獨角獸專案

看 IT 部門如何引領百年企業振衰起敝，重返榮耀

The Unicorn Project

致謝

此書獻給我的父親 Byung Kim（1937-2019），他衷心期盼我完成此書。

獻給我此生摯愛：妻子 Margueritte 和我們的三位兒子，Reid、Parker 和 Grant，他們也非常、非常希望我完成這本小說。

這本小說也獻給 DevOps Enterprise 社群的各路好手，你們的傑出成就值得歌詠，同時啟發了這本小說。

致讀者

《獨角獸專案》的時間設定是「此時此刻」，是《鳳凰專案》的姐妹作品（此書設定也是「現在」）。兩部小說的劇情事件同步發生，不過，為了更加貼近當代產業的變化，我對《獨角獸專案》的情境元素做了些許修改。

儘管這兩部小說都是關於無極限零件公司的故事，但您無須事先閱讀或重新閱讀《鳳凰專案》，也能盡情享受《獨角獸專案》！（您可能會認出《鳳凰專案》的出場人物——但話說回來，不認識也別擔心！）

由於兩書創作時間間隔了六年，在閱讀時請您暫且放下懷疑與不信——比如說，現在所有人都清楚零售業前景遲暮，共享乘車（Uber、Lyfy）愈發普及，這些變化都比創作《鳳凰專案》當年更為大眾所知。

如果有讀者需要更具體的線索，人物表中會特別註記曾在《鳳凰專案》出場的角色，書末隨附一張綜合了兩本小說劇情的時程表。（小心劇透！）

反映真實問題，讓人心有戚戚焉

在介紹這本書之前，讓我先說一個故事…

* *

由於常常有機會在課程中和學員分享敏捷與 DevOps 導入相關的議題，前陣子上課時，有位學員問了這個問題…

「導入敏捷最難的是什麼？」同學這麼問。

「這問題，我可是很有經驗呢！」我心裡這麼想著，然後慢慢的回答…

導入敏捷最難的是…「組織總想在其他條件都不改變的狀況下，實現敏捷轉型。」

我常說：「人人擁抱敏捷，但真實狀況是…沒人想要改變。」

學員說：「不會啊，我們公司常常改變！老闆總是朝令夕改…搞的大家無所適從。」

我笑著說：「是啊，那是他改變你，不是改變他自己。況且，你也不喜歡別人調整你的工作模式…對吧？」

總之組織從上到下，沒人喜歡「被改變」。

所以，導入敏捷當然可以…但，不能碰 KPI、不能違反 ISO、不能調整考績與獎金制度、不能改變合約簽訂方式、不能變更 HR 既定規則、不能調整休假與簽核流程、不能違反死板的法規法條、不能取消既有的公司會議（不管多麼無效）、不能改變組織結構、不能拆分部門與團隊…在僵化的組織官僚體系下，要我們協助導入敏捷…

這不是「難」，這根本是「為難」。

但我得說，這才是企業轉型的真實狀況。

有興趣「談」轉型的老闆很多，有膽量豁出去的可算是鳳毛麟角。

這也是大家常常看到，新創和小公司比較容易導入敏捷的原因。在大概超過百人左右的組織中，即便想要在一個小部門中導入敏捷，都很容易碰到與企業規範衝突的問題。

要知道，你可是在跟整個組織既有的習慣和文化對著幹，後台不夠硬，身段不夠軟，導入到最後，往往沒能改變組織，先陣亡的會是你自己。

「那怎麼辦？」另一位學員問。

「看起來很難，但也不是沒辦法」。我說：「先準備好自己，別聽到台上講的精彩，一股熱血就勇往直前。敏捷轉型不是小事，要幫企業實踐轉型，得長時間陪著企業一步步解決問題，身為顧問，你要非常清楚每一個工具、每一個 Activity 想達成的目的，然後幫助企業選擇最適合的方式，量身訂做，趨吉避凶…」

* *

沒想到…就在跟學員分享完上面這一段話之後，我看到了這本書。

出版社請我為這本書寫序，我一向堅持把整本書看完，才動筆寫下閱讀後的真實感受。

怎料，越看越是驚訝，三百多頁的內容，從故事的開始到末了，非常精彩、一氣呵成。

書中主角所經歷的組織轉型困境，根本就是我們在企業中進行顧問服務與推動敏捷和導入 DevOps 時，所面對到的真實問題的翻版。舉凡陳舊資訊系統所發生的難題、組織官僚體系的僵化、企業內政治問題的牽絆、乃至於改善時所採用的方法與工具，在在都讓人心有戚戚焉。

在閱讀時，我常看到似曾相識的熟悉情境，不時讓我聯想起了過去在客戶端所碰到的問題。沒想到那麼真實貼近，回憶起來感觸良多。

我當下下定決心，要拿這本書做為日後上課的教材，我立刻聯繫出版社，請他們務必為我留下一定的數量。

除了組織轉型，書中所提到的五個理念與三大層面，以及核心與脈絡業務的概念，也讓我在教育訓練與顧問服務中有所啟發。

這本書帶給我不少幫助，我非常開心能夠有機會和你分享。

董大偉

微軟技術社群區域總監（Microsoft RD+MVP）/ 光岩資訊資深技術顧問

值得你看門道的好書

2011 年 8 月，瀏覽器之父 Marc Andreessen 曾在華爾街日報評論道：「軟體正在蠶食整個世界」（software is eating the world）。

接下來這十年，果然如他所預言，世界徹底被軟體顛覆。各行業，如果不對軟體研發的重要思潮保持關注，就無法善用科技力量站在競爭力的最前線。

近十年，軟體研發界有兩大類重要思潮。在技術面，有大數據、機器學習、immutable infrastructure、微服務、容器、函式編程、資料流水線等；在流程面，則有敏捷開發、DevOps、自助服務、混亂工程、精實 UX 等。這些思潮，有些是新發明，有些則是文藝復興，甚至是跨界學習而來。

這些思潮，不只是純軟體界在乎，就連《獨角獸專案》這本小說的場景設定：汽車零件製造商暨零售商，影響一樣深遠。畢竟「軟體正在蠶食整個世界」。

某方面來說，《獨角獸專案》這本書，可謂 2010 ～ 2020 這個波瀾壯闊時代軟體研發界的具體縮影。

在這小說中，你可以看到在「無極限零件公司」這樣年營業額 40 億美元的製造商暨零售商中，行銷企劃部門、軟體研發部門、服務維運部門彼此爭功諉過的寫實場景。你會看到故事主角梅克辛如何在穀倉泥淖中獨自展開她的「英雄之旅」，與地下反抗軍合作，導入先進的軟體研發思潮。正當一切似乎漸入佳境時，居然還有一條懸疑支線在背後悄悄醞釀……高潮迭起，頗有潛力改編成劇情片。

如果你是愛看熱鬧的小說族，你會喜歡它的。

如果你是非技術人，「軟體正在蠶食整個世界」，於公於私，免不了必須與組織內外的技術人打交道。因此，這本書請不要走馬看花。請設身處地多讀幾次，增長同理心，瞭解這群愛說外星語的「外星人」的日常，有助於你和諧推動工作任務。

如果你是第一線的軟體研發者，這本寫實刻劃日常甘苦的書，能點燃或重燃你的熱情，像故事主角梅克辛及反抗軍一樣，用技術改變世界，至少改變公司。

當然啦，內行看門道。這本奇書，並不止於小說，而是真正可以照表操課的。

如果你是技術經理人，在對劇情發展擊節讚歎之餘，不妨換位思考：換作是我，會如何決定優先順序？會如何設定領先指標？會如何協調目標衝突的相關部門？會如何兼顧近憂與遠慮？如何形塑適合 IT 滋長的企業文化？如何處理外部利害關係人的財務表現壓力？

在前一部姐妹作《鳳凰專案》中，神祕人物埃瑞克教導了三步工作法、四大類工作，引導無極限零件公司的維運團隊走出裁撤危機，成為 IT 敏捷力的堅強後盾。同樣的，在這本《獨角獸專案》裡，埃瑞克以另一個神祕的碼頭酒吧酒保身分亮相，教導了企業經營的三層面、四大區域顧客群、系統與組織的五大理念，引導無極限零件公司的研發團隊站在企業視角，以敏捷的 IT 能力驅動並翻轉整間公司的競爭力。

一言以蔽之，本書鎖定在敏捷性，尤其是企業敏捷性。

這麼精彩的書，只讀一遍是不夠的。

我鼓勵讀者們，第一遍看熱鬧，第二遍看門道。第一遍速讀，先享受高潮起伏的劇情，並熟悉人物與關係。第二遍重讀時，請以「核心業務與脈絡業務」及「系統與組織的五大理念」兩種觀點細讀，從頭分析故事的人事時地物及因果關係。如此下來，比起許多愛談高大上理念的敏捷、DevOps、數位轉型書籍，你會有更深刻具體的領悟。

橫看成嶺側成峰，願你能從中獲益。

敏捷魔藥師 葉秉哲 (William Yeh)

無極限零件公司 員工名冊

紅衫軍

梅克辛・錢伯斯：開發部組長、架構師

庫爾特・雷茲尼克：QA 經理

「怪人戴夫」戴夫・布林克利：開發部組長

香儂・寇曼：安全性工程師

亞當・佛林：QA 工程師

德威・考克斯：首席基礎設施工程師

珀娜・薩希亞拉傑：QA 與發布經理

➤ 布倫特・蓋勒：營運部組長

中階軍官

蘭迪・凱斯：開發部經理

瑞克・威里斯：QA 經理

➤ 威廉・梅森：QA 總監

➤ 韋斯・戴維斯：分散式技術營運部總監

➤ 帕蒂・麥基：IT 服務支援部總監

艦橋領袖

➤ 史蒂夫・馬斯特斯：CEO、代理 CIO

➤ 迪克・蘭德里：CFO

➤ 莎拉・莫爾頓：零售營運部資深副總

➤ 克里斯・阿勒斯：應用程式開發部副總

➤ 克爾斯登・芬格：專案管理部總監

➤ 瑪姬・李：零售計劃管理部資深總監

➤ 比爾・帕爾默：IT 營運部副總

➤ 約翰・佩斯凱：首席安全官 (CISO)

董事會

艾倫・沛瑞茲：新任董事長、營運合夥人、韋恩 - 優科豪馬基金合夥人

➤ 鮑勃・斯特勞斯：首席總監、前主席、前 CEO

➤ 埃瑞克・里德：候選董事

以 ➤ 註記的角色曾於《鳳凰專案》中登場。

寄件者：史蒂夫・馬斯特斯（無極限零件公司 CEO）

收件者：無極限零件公司全體員工

副　本：迪克・蘭德里（無極限零件公司 CFO）、蘿拉・貝克（人力資源部副總）

日　期：9 月 2 日，下午 11:50

主　旨：薪資核算故障

致無極限零件公司全體同仁，

今天早上，我們經歷了一次技術故障，導致數千張值班卡受損，主要影響波及製造工廠和零售店的正職員工與兼職人員。

我的目標是讓所有人盡快拿到薪資。必須讓未拿到全額薪資的所有人在接下來二十四小時內收到支票。

身為無極限零件公司的 CEO，我的職責是確保我們履行對員工的義務，是你們讓公司如常運作，維持營運。沒有你們的辛勤付出，我們無法為客戶提供服務，讓他們的車子如常運轉，維持日常生活。

針對薪資核算故障所造成的問題與不便，我要向全體員工及家庭致上誠摯歉意。我承諾，公司將會提供對收款機構或銀行進行溝通斡旋等任何必要協助。

在本封郵件底部，您將看到一份由 HR 和業務營運部提供的

FAQ 清單。如果您在近期未能得到協助，請不吝寫信給我，或隨時撥打我的辦公室電話。

與此同時，我們的優先任務是釐清此次故障的根本原因，我們將採取任何措施，杜絕類似事故再度發生。

史蒂夫‧馬斯特斯
無極限零件公司 CEO

寄件者：克里斯‧阿勒斯（開發部副總）
收件者：IT 部門全體員工
副　本：比爾‧帕爾默（IT 營運部副總）、史蒂夫‧馬斯特斯
　　　　　（CEO）、迪克‧蘭德里（無極限零件公司 CFO）
日　　期：9 月 3 日，上午 12:30
主　　旨：針對薪資核算故障的改正措施

各位同仁，

由於此次薪資核算故障造成重大影響，我們進行了徹底的根本原因分析。分析結果顯示，此次事故源於人為失誤與技術故障。我們採取了果斷行動，確保這類事件不再發生。造成事故的人員已被調職，日後薪資核算業務將不再受到影響。

如有任何疑問，歡迎寫信給我。

克里斯

埃克哈特　格魯夫《先驅時報》

**無極限零件公司弄錯薪水，
本地工會領導人表示這個錯誤「不合情理。」**

根據汽車零件供應商無極限零件公司的內部備忘錄顯示，該公司未能正確發放薪酬給部分計時員工，甚至一部分計時員工根本沒有收到任何工資。無極限零件公司否認本次事件與公司的現金週轉問題相關，而是把過錯歸咎於薪資核算系統發生故障。

這家成功企業市值一度高達 40 億美元，但最近幾個季度深陷營收減少與成長衰退的困擾，公司的財務困難──有人把這些問題歸咎於高層管理人員的嚴重失職──導致努力養家活口的本地員工未來恐怕工作不保。

根據備忘錄，不論導致薪資核算故障的原因為何，員工可能都得等待數日或數週才能拿到正確的薪酬。

內斯特‧梅耶斯公司的首席產業分析師凱利‧勞倫斯表示：「這次事件不過是這家公司近年來一連串管理階層錯誤的又一個例子罷了。」

《先驅時報》致電無極限零件公司的 CFO 迪克‧蘭德里，請他就薪資核算事故、會計錯誤以及管理階層失職的問題發表意見，但並沒有接到任何回應。

在一份以無極限零件公司名義發布的聲明中，迪克‧蘭德里對這個「小故障」深表遺憾與抱歉，並且誓言不再讓同樣的錯誤發生。《先驅時報》將持續追蹤這個事件的後續發展。

第一部
9月3日 − 9月18日

第 1 章

9 月 3 日，星期三

「你打算做什麼？」梅克辛脫口而出，不可置信地盯著克里斯，無極限零件公司的開發部副總。

位於工作桌後方的克里斯，回以一個虛弱的微笑。**他本人也知道自己聽起來多荒謬**，梅克辛想。

「梅克辛，真的很抱歉。我懂，休假回來後這種重新進入工作的方式實在糟糕，但這次薪資核算故障已經造成一場腥風血雨。CEO 和 CFO 要我們殺雞儆猴，折騰了好幾天，我們終於想出一個還不錯的解決方法……畢竟，沒有人會被開除。」

梅克辛將 email 影本甩在桌上。「你在 email 上寫著這是個『人為失誤與技術故障』。而我現在成了那個『人為失誤』？我們一起耗費那麼多心血來解決合規性問題，你卻將所有責難都推到我身上？你到底在說什麼鬼話？」她怒視著他。

「我懂、我懂，這麼做是不對的，」克里斯這麼說，在梅克辛強烈的注視下顯得侷促不安。「這裡所有人都很看重你的才能，以及這八年間為公司所付出的卓越貢獻——沒有人會相信這是你闖的禍。但是這個薪資核算失誤上了頭條新聞！迪克不得不跟工會談判，阻止他們提出正式申訴。有鑒於此，這已經是我們在這麼糟糕的情況下能找到的最好辦法。」

「所以你選擇將責任推卸到剛結束休假的人身上？就因為這個人無法為自己辯護？」梅克辛語帶厭惡：「真是令人欽佩，克里斯。你從哪本領導學著作得到這個靈感？」

「好啦，梅克辛，你知道我是你的忠實粉絲。請把這當成一個最大的讚美——你是 IT 領域中最傑出的人才之一。」

將薪資核算故障歸咎於某人真是一種奇特的賞識方式，她如此想道。

他接著說：「所有人都知道實際上這不是你的錯。就把這當成一段假期吧──你可以做任何你想做的事，如果你不想做，也不需要承擔任何實質責任。」

當她想到剛剛所聽見的話時，梅克辛正要做出回應。「等等，克里斯，你說把**什麼**當成假期？」

「呃……」克里斯頓時語塞，在她的注視下瑟縮不安。梅克辛任由他愈發侷促。在一個男性佔壓倒性比例的專業領域，她清楚自己的直率敢言可能造成克里斯不舒服，但她堅持捍衛自己的權利。

「我……向史蒂夫和迪克保證，將你調離第一線，調到一個不會影響客戶的開發工作，」克里斯語帶窘迫：「所以，呃，從現在起，你將離開製造工廠的 ERP 系統，去幫助鳳凰專案撰寫說明文件……」

「你要把我調到……」梅克辛無法呼吸。她簡直不可置信。

「聽我說，梅克辛，你要做的就是低調四個月，然後就能回來，選擇任何你想做的專案，好嗎？」他弱弱地笑著，一邊補充：「就像放鬆度假一樣，對吧？」

「我的老天……」她找回自己的聲音，「你要把我調到鳳凰專案？！」她差點大叫出聲。梅克辛很氣自己顯露出了一絲軟弱。她深吸一口氣，調整好自己的外套，重新振作。

「簡直胡扯，克里斯，你明明很清楚！」她指著他的臉說道。

梅克辛腦中急速運轉，思考著她對鳳凰專案的瞭解。沒有一項是好的。多年來，這個專案一直是公司的死亡行軍，數百位開發者落入圈套，惡名昭彰，前所未見。梅克辛非常肯定，事情之所以沒有任何進展，正是因為沒有任何一件事是做對了的。

儘管鳳凰專案的失敗顯而易見，但它仍持續進行著。隨著電子商務興起，實體店面式微，在逐漸數位化的時代裡，所有人都心知肚明，必須做些什麼好讓無極限零件公司保持競爭力。

無極限零件公司依舊是產業中的龍頭之一，在全國擁有近千家商店。但有時梅克辛挺好奇成立百年之後，公司將如何發展，不久之前她還這麼想過。

鳳凰專案本應是帶領公司走向未來的明日之星。現在，專案進度已經晚了三年（而且還在繼續推遲），2000 萬美元就此蒸發，唯一成果是開發人員痛苦不堪。它散發出即將失敗的氣味，這將對公司產生極其嚴重的影響。

「你要將最好的人才流放到鳳凰專案，就因為你必須為薪資核算問題找一個替死鬼？」梅克辛的沮喪溢於言表。「這才不是讚美——這是『去你的，梅克辛！』的最佳說法！見鬼了，鳳凰專案根本不值一談，除非你想要我將他們的無能記錄下來？這簡直就像為**鐵達尼號**上所有躺椅貼上標籤。我剛剛說過這件事是癡人說夢了嗎？克里斯？」

「我很抱歉，梅克辛。」克里斯攤開雙手。「這是我能力範圍內最能幫助你的方法了。就像我說的，沒有人會歸咎於你。只要盡你所能，一切很快就會恢復正常。」

梅克辛坐下身來，閉上雙眼，深吸一口氣，攏起雙手，試圖思考。

「好、很好，」她說。「你需要一個替罪羔羊，我懂。我可以為這整件事承擔責任。沒問題，我懂的，有時候工作就是這樣子嘛！我沒放在心上。只是，把我調到自助餐廳或供應商管理部門都可以，就是不要鳳凰專案。」

聽著她說出的話，梅克辛意識到僅僅兩分鐘，她的情緒從「否認」到了「憤怒」，現在全力開啟「討價還價」模式。她很確定自己漏掉了庫柏勒─羅絲悲傷週期的某個階段，但目前她想不到是具體是哪一個。

「克里斯，」她繼續說道：「我對撰寫說明文件沒有任何不滿。每個人都需要好的說明文件，但還有更多地方比鳳凰專案更需要人手。請讓我去其他地方發揮更大的影響力。請給我一兩個小時發想一些靈感。」

「嘿，梅克辛。八年前，我因為你的優秀技能和豐富經驗而僱用你。每個人都知道你的實力，帶領團隊使用軟體來實現不可能的任務。」

克里斯說：「這就是我為你奮力爭取，讓你帶領軟體團隊，負責 23 家製造工廠的所有供應鏈和內部製程的原因。我清楚知道你有多優秀……但是，梅克辛，我真的盡力了。很遺憾，木已成舟，只要保持低調，不要搗亂，等風平浪靜後再回來。」他看上去懊悔不已，以至於梅克辛真的相信他。

克里斯繼續說：「有些高層在這場腥風血雨中腹背受敵，還不僅僅是因為這次故障。董事會剛剛解除了史蒂夫·馬斯特斯的董事長職務，所以他現在只是 CEO。CIO 和 IT 營運部門的副總昨天被開除了，沒有給出任何解釋，所以史蒂夫現在也是代理 CIO。顯然，**所有人**都在擔心會不會出現更多血光之災……」

克里斯探頭確認門有關好，用較低的聲音說：「還有謠言說，**未來可能會有規模更大、更徹底的變革……**」

克里斯頓了一下，好似他透露太多了。他繼續說道：「聽著，當你準備好了之後，就去聯絡鳳凰專案的開發經理蘭迪——他是個好人。就像我說的，把這四個月當作一場假期。我是認真的，就做些你覺得有幫助的事情，或者什麼都不做也行。保持低調，不要搗亂。無論你想做什麼，避開史蒂夫和迪克的雷達範圍，懂了嗎？」

當克里斯提到無極限零件公司的 CEO 史蒂夫·馬斯特斯和 CFO 迪克·蘭德里時，梅克辛斜眼看了他一下。她每隔一個月就會在公司全員大會上見到他們。她是如何從為期兩週的吉隆坡觀光之旅，淪落到讓克里斯一股腦將這些爛事倒在她身上呢？

「梅克辛，我說真的。低調行事，千萬不要搗亂，遠離麻煩，那麼一切都會好起來的，好嗎？」克里斯懇求道：「好好感謝幸運之神，至少你不像去年同樣因為薪資核算問題被革職的那兩個人。」

「好、好，絕不搗亂。」她站起來。「四個月後見，**真感謝你保住了自己的工作。真是高招啊！克里斯。**」

年復一年，克里斯越來越沒骨氣了，她氣沖沖地走出房間。她原本想奮力甩門，但還是好好關上了。她聽到他說：「拜託別搗亂，梅克辛！」

當她終於一個人的時候，她倚靠著牆，淚水奪眶而出。突然，她想起了庫柏勒—羅絲悲傷週期「討價還價」後的下一階段：「抑鬱」。梅克辛緩慢地走向她的辦公桌。**她的舊辦公桌。她曾經工作的地方。**

梅克辛不敢相信這種事竟發生在她身上。她回想自己的經歷，試著反駁腦海中所有負面的自我對話。她知道，過去二十五年來，她以創意與天賦，更重要的是技術能力，讓科技為她所用，快速創造精準而有效的成果。

她清楚自己擁有無與倫比的實戰經驗，能夠打造在困難甚至惡劣環境下運行的系統。她有著一種奇妙的直覺，能辨認出哪些技術最適合完成手上任務。她一絲不苟、細心負責，並要求身邊所有人都高度勤奮，追求卓越。**畢竟，我可是曾獲選《財富》雜誌 50 大企業中最受歡迎的顧問之一**，梅克辛提醒自己。

梅克辛停下腳步。儘管她注重細節，堅持做對的事，但她早有體會錯誤與無序才是人生現實。她見證過恐懼文化所造成的腐蝕效應，犯錯的人經常受罰，而代罪羔羊會被開除。嚴懲失敗和「解決提出問題的人」只會讓人們隱藏自己的失誤，最後，所有創新的希望之苗都消失無蹤。

在她過去擔任顧問的時期，梅克辛總能在幾個小時之內就判斷出，人們是否害怕說出真正的想法。人們小心翼翼地斟字酌句，拐彎抹角地說話，竭力避免使用某些**禁語**，這常常令她抓狂。她厭惡這種努力，會盡全力說服客戶中止專案，為他們節省時間、金錢與苦難。

她不敢相信竟開始在無極限零件公司看見這些危險徵兆。

梅克辛想，**我期望的是領導者能讓人們遠離所有政治與官僚主義，而不是將他們扔進這種瘋狂中。**

就在昨天，她和家人從吉隆坡起飛，歷時二十小時終於返國。她開啟手機，瘋狂湧入的訊息簡直要將手機融化。當丈夫傑克和她兩個孩子在機場尋找吃食時，她終於連絡上克里斯。

他在通話中提及薪資核算問題，並告訴她那　片混亂。她仔細聽著，但當克里斯說道：「我們發現……薪資資料庫中所有的社會安全號碼都被損壞了。」她的心跳驟然停止了一下。

她出了一身冷汗，雙手發麻，血液彷彿急速凍結。她無法呼吸，那瞬間幾乎像是永恆。她知道。「那是記號化安全應用，對嗎？」

她大聲咒罵。機場大廳周圍的父母趕緊將他們的孩子從她身邊帶走。她聽到克里斯說：「是的。我們將會付出很高代價。盡快回來辦公室。」

即便到了此刻，她仍對這場屠殺的規模之大感到敬畏。就像所有工程師，她私底下也喜歡聽災難故事……只要她不是主角。「愚蠢的克里斯，」她喃喃自語著，一邊思考著是時候拿出塵封八年的個人簡歷，試著尋找新的工作機會。

當梅克辛抵達工作區域時，她所能表現的鎮定自持已經蕩然無存。她在門前停下。她的腋窩出汗了。她聞了一下，確認她所受到的羞辱沒有散發異味。她知道自己多心了——今天一早她噴了那麼多的止汗劑，腋下都是白白的印記。她很慶幸自己那麼做。

梅克辛走進工作區。所有人都知道了她將被調職，但都努力不將情緒表現出來。她的上司葛倫走向她，他們已經共事了三年。他捏了捏梅克辛的肩膀，臉上露出痛苦的表情。他說：「別擔心，梅克辛。你很快就會回來的。我們之中沒有人樂見事態發展至此。很多人想為你舉辦盛大的歡送派對，但我知道你一定不想引人注目。」

梅克辛說：「你懂我。謝了，葛倫。」

「小事情，」他露出苦笑：「讓我知道我能幫上什麼忙，好嗎？」

她強顏歡笑：「拜託，我又不是要死了或是被送到外太空！我會更靠近總部，那可是決定所有行動的地方。我會把最新情報告訴你們這些無知的村民，你們可還不夠格瞭解一切呢！」

「就是這個態度！如果一切順利，我們四個月後就能在這裡相見！」他說，玩笑似地給了她一拳。梅克辛在聽到「如果一切順利」時微微皺起眉頭。這對她來說可是個新聞。

當葛倫去開會時，梅克辛走回她的辦公桌前，開始收拾行李。她挑選了在流放期間最需要的東西：精心配製的筆記型電腦（她對鍵盤和 RAM 容量非常講究）、家人的照片、平板電腦、多年來仔細挑選、搜集的 USB 與充電器，以及掛在它們上方的大牌子：「非禮勿觸，違者一死！」

「嘿！梅克辛！你為什麼在打包？」她聽到有人問。她抬起頭，看見了伊芙琳，一位年輕而充滿潛力的資工系實習生。梅克辛親自招募了她。整個夏季，伊芙琳的學習速度令人驚艷。**等她畢業時，她可以自由選擇想去的地方**，梅克辛想。這就是為什麼整個夏天梅克辛一直不懈地向她推銷無極限零件公司，這是個學習和工作的好地方。她自己也深信不疑，直到今天早上。**到頭來，也許這並非一個適合工作的地方。**

「我暫時被調去支援鳳凰專案。」

「喔！哇，」伊芙琳說：「太慘了……我很抱歉！」

連實習生都為你感到抱歉時，你真的大難臨頭了。梅克辛心想。

她帶上紙箱，獨自離開大樓。她覺得自己正前往監獄。**也就是鳳凰專案**，她告訴自己。

前往公司總部園區的車程是四英里。她一邊開車，一邊權衡留在公司的利弊。優點：她先生是終身教授，這也是他們搬到埃爾克哈特格羅夫的關鍵。孩子們喜歡學校、朋友以及各式活動。

她熱愛這份工作以及各種挑戰，她喜歡與涉及全公司，複雜無比的商業流程打交道——這要求對公司業務瞭若指掌，具備解決問題的優秀能力，無以倫比的耐心，以及敏銳老練的政治手段，才能好好應對似

乎存在於每個大型組織中錯綜複雜、有時甚至難以理解的作業流程。再加上，薪資和福利都很好。

缺點：鳳凰專案。為克里斯工作。還有公司文化每下愈況的預感。**就像我剛剛成為替罪羔羊一樣**，她心想。

環顧四周，她眼前盡是旨在彰顯地位與成就的建築物。無極限零件公司是該州最大的雇主之一，擁有七千名員工，因此贏得了很高的聲望。他們幾乎在各州都開設商店，擁有數百萬忠實顧客，儘管所有指標都顯示這些數字逐年下降。

在 Uber 與 Lyft 盛行的乘車共享時代，年輕一代更傾向不買車，如果他們擁有車輛，肯定也不會自行修理。根本無需策略頭腦，就能清楚意識到若要維持榮景，公司需要煥然一新的、跳脫框架的東西。

她繼續開車，深入公司園區內部，卻找不到五號大樓。再繞了第三圈之後，她終於看見了停車場的標示。她的心沈了一下。和其他建築物相比，這棟大樓簡直就像個垃圾場。**它甚至看起來像一座監獄**，她心想。

五號大樓曾經是一個製造工廠，和她的「舊」大樓 MRP-8 一樣。然而，MRP-8 仍是公司的驕傲，而五號大樓卻是他們拋棄像她一樣做錯事的 IT 人員並且扔掉鑰匙的地方。

如果鳳凰專案對公司來說是最重要且最具策略性的專案，難道該團隊不值得一個更好的大樓嗎？梅克辛深感好奇。但話又說回來，梅克辛很清楚，在大多數組織中，企業 IT 部門甚少受到重視，通常被安排在最不起眼的地方。

這很弔詭。在 MRP-8 大樓，ERP 技術團隊與工廠營運人員併肩共事。他們視彼此為夥伴。他們一起工作、吃飯、抱怨，並且一起喝酒。

另一方面，企業 IT 人員則是一張張無名無姓的臉孔，你只在電腦故障或無法列印資料時才會想到他們。

梅克辛注視著五號大樓，她意識到雖說鳳凰專案已然惡名昭彰，而事實可能比傳聞中更糟糕。

所有人都告訴梅克辛，堅持不懈及正向樂觀是她最受人歡迎的特質。她不斷提醒自己，同時走向五號大樓，手裡抱著裝滿東西的紙箱。

一位百無聊賴的保全檢查了她的員工吊牌，並建議她搭乘電梯，但梅克辛選擇走樓梯。她希望能有一個更可愛的包包來裝自己的東西，而不是拖著這個蠢箱子到處走。

當她打開門時，她的心又沉了一沉。這裡像一個巨大的隔間農場，灰色隔板分出一個個工作區域。宛如迷宮的隔間令她想起了很久以前的文字冒險遊戲《魔域》──她迷失在蜿蜒曲折的篇章中，和現在如出一轍。

彷彿所有色彩全都抽離這棟大樓，她心想。梅克辛想起了她父母的舊式彩色電視，當時她哥哥胡亂調節了亮度、對比度及色彩，讓畫面看起來充滿病態的灰色和綠色。

另一方面，梅克辛很高興地發現，每一張桌子上都有兩台巨大的 LCD 顯示器。她來到了對的地方──這些人是開發人員。新的顯示器、開啟的程式碼編輯器介面，很高比例的人戴耳機，這些都是明顯到不行的鐵證。

這空間安靜到你甚至能聽到一根針掉到地上的聲音。這裡就像大學的圖書館。**或者墓地**，她心想。這裡看起來一點也不像個充滿活力，人們在此一同解決問題的空間。打造軟體服務需要協同合作，充滿一來一往的對話》──人們需要互相交流，激發新的知識，為客戶創造新的價值。

在寂靜之中，她舉目四望，對自己的命運感到更加難過。

「你知道在何處能找到蘭迪嗎？」她向離她最近的人提問。他指著房間內另一個角落，甚至沒有摘下耳機。

梅克辛走過寂靜的隔間，看見無數白板，還有人們聚在一塊，用壓抑的音量交談。在一面長牆上有著巨大的甘特圖，四英尺高，三十英尺寬，看起來像用了四十幾張紙組合而成。

貼在甘特圖旁邊的是列印出來的進度報告，上面有許多綠色、黃色和紅色的方塊。一群穿著休閒褲和有領襯衫的人們站在圖表前，他們雙臂交叉，看起來充滿憂慮。

梅克辛幾乎能感覺到這些人在心裡試著將圖表中的長條使勁壓縮，以便如期達成所有承諾期限。**祝你們好運**，她心想。

當她走到據說可以找到蘭迪的那個角落時，梅克辛突然聞到了一股明顯的氣味，毫無疑問，那是在辦公室過夜的人所散發的氣味。她清楚這種味道意味著什麼。這是長時間工作、通風不良，以及深陷絕望的味道。

在科技業界，這幾乎是個老生常談。在必須盡快推出新功能、抓住市場機會或趕上競爭時，漫長工時變得永無止盡，在這種時候，睡在辦公桌下顯然比回家後立刻趕回公司更容易。雖然在流行文化中這種長工時有時被過度美化，但梅克辛認為這是一種症狀，顯示某些地方出錯了。

梅克辛想知道究竟發生了什麼：對市場做出太多承諾？領導工程師的能力太差勁？產品管理能力不足？太多技術債？對平台或架構的投注不夠，無法讓開發人員保持高效？

梅克辛發現她穿得太過正式了。她低頭看看她穿了多年的上班穿著，意識到自己過於顯眼。在這棟大樓裡，T恤和短褲的數量遠遠超過有領襯衫。沒有人穿西裝外套。

明天，我要把這件西裝外套留在家裡，她心想。

她在角落的一個隔間中找到蘭迪，他正在不停地打字，被一疊疊高聳的紙張圍住。蘭迪一頭紅髮，穿著有領條紋白襯衫以及卡其色長褲，這打扮就像中階管理層的標準制服。梅克辛猜他三十多歲，可能比她小十歲。從他精實的身形來看，可能有天天跑步的習慣。但他看起來壓力很大，無論跑多久都無法紓解。

他給她一個大大的笑容，站起身來與她握手。她放下大紙箱，意識到自己的胳膊有多痠痛。當她與他握手時，他說：「克里斯全告訴我了，我很抱歉。但請相信我，你的優異表現聲名遠播，我們很高興能有像你這麼資深的人加入團隊。我知道這裡不是任你一展長才的最佳落腳處，但我會接受任何幫助。我相信你可以在此有所作為。」

梅克辛強迫自己扯出一絲笑容，因為蘭迪看樣子是個好人，甚至很真摯。「我很樂意幫忙，蘭迪。你需要完成什麼？」她問，試圖展現同樣的真誠。她確實想成為有用的人。

「我負責說明文件和軟體版本。坦白講，事情一團糟。我們沒有標準的開發環境以供開發人員使用。新進人員必須花上好幾個月才能在他們的筆記型電腦上建立軟體版本，無法充分發揮生產力。就連我們的軟體版本管理伺服器也沒有被確實紀錄，」藍迪說：「事實上，我們已經有好幾位約聘人員來公司好幾星期了，卻還還沒有辦法提交程式碼。天曉得他們到底做了些什麼。我們還在支付薪資，而他們基本上什麼事也沒做。」

梅克辛皺起眉頭。她不喜歡花大把鈔票讓人無所事事的做法。而且，這些人都是開發人員 —— 當開發人員有意做出貢獻卻被阻止時，她覺得被深深冒犯了。

「我很樂意盡力幫忙，」她說，對自己的認真感到訝異。畢竟，提升開發人員的生產力始終是非常重要的，即便是那些在持續殞落的鳳凰專案中工作的人。

「走吧，我帶你去你的位子。」蘭迪說。

他領她走過更多的隔間，向她展示一張空桌子、一個文件櫃，和兩台連接著筆記型電腦的大顯示器。**這比起我偏好的機型還小、還單調，**她心想，**但還可以接受。**畢竟她只會在這兒待上幾個月。**不管怎樣，我很快就會離開這裡，**梅克辛想。**要麼刑期先結束，要麼就是另尋出路。**

「我們為你準備了適合開發人員的標準配置，這和剛進入無極限零件公司工作的開發人員是一樣的，」他說，指向筆記型電腦。「電子郵

件、網路共享區和印表機已經連上你現有的憑證。今天下午我會傳一封郵件,向大家介紹你。我還派了喬許來協助你搞定一切。」

「太好了,」梅克辛微笑著說。「我會觀察一下開發人員在入職方面的情況,也許能提供一些建議。我也會在我的電腦上安裝一個鳳凰專案的軟體版本。」

「那太好了!哇,我太開心了,梅克辛,」蘭迪說。「我手下從來沒有資深工程師能解決這些問題。優秀的工程師總是被其他團隊挖走。他們被能夠向客戶展示的功能開發工作所吸引,不願意開發乏味的基礎設施。好了……喬許在哪裡?」他喃喃著,環顧四周。「這裡有太多約聘人員,有時候你真的很難找出真正的員工。」

就在此時,一個拿著筆電的小孩走了過來,在他們身邊的桌子旁坐下。「抱歉我遲到了,蘭迪。我去檢查了昨晚的版本故障。某位開發人員在合併變更時破壞了軟體版本。詳細情況我還在調查。」

「我馬上來幫你,喬許。這位是梅克辛·錢伯斯,」蘭迪指了指梅克辛。

梅克辛愣了一下。他看起來比她女兒大不了多少。事實上,他們可能是同一所高中的同學。原來蘭迪說團隊裡有「年輕」員工並不是在開玩笑。

「梅克辛是公司的資深工程師,暫時被派到這裡來幫忙我們幾個月。她是 MRP 系統的首席架構師。你能帶她熟悉這裡的情況,早點進入狀況嗎?」

「呃,哈囉,錢伯斯女士。很高興認識你,」他說,伸出手,看起來一臉困惑。**他大概很疑惑為什麼自己要負責帶一個年紀大到可以當他媽的人**,她心想。

「很高興認識你,」她微笑著說。「還有,請叫我梅克辛就好,」她補上這句,儘管她女兒的朋友直呼她的名字時,她常常覺得很厭煩。但喬許是職場同事,而且她很開心有個熟悉這裡的人能帶她四處看看。**雖然他還不到能開車上路的年齡**,她在心裡默默開玩笑。

「好，如果你需要任何東西，直接告訴我，」蘭迪說。「梅克辛，我等不及要將你介紹給團隊其他成員了，員工會議將在下週舉行。」

蘭迪轉向喬許：「告訴我更多關於版本故障的細節。」

梅克辛聽著。原來在鳳凰專案的種種傳聞中，土法煉鋼的技術實踐都是真的。多年的工作經驗告訴她，當人們無法持續地進行版本測試時，災難通常近在眼前。

她環視整個辦公空間。一百多名開發人員在鍵盤上奮力打字，在他們的電腦上各自開發系統的一小部分。如果沒有一個集中式的軟體版本、整合及測試系統，來提供持續的意見回饋，這些人不可能知道將所有人的產出進行合併時會發生什麼事。

喬許將椅子轉向梅克辛。「錢伯斯女士，我得去找蘭迪。但我剛剛發了郵件給你，內容與提供新進開發人員參考的說明文件有關——我將所有供開發人員參考的發布說明和說明文件都放到維基頁面上了。裡面還有一些待撰寫事項的連結。這應該能幫助你進入狀況？」

梅克辛對他豎起大拇指。在他們離開後，梅克辛登入新電腦，成功開啟電子郵件信箱。在點開喬許寄來的郵件之前，她先在電腦上看看裡面有些什麼。

沒過多久，她感到一頭霧水。梅克辛找到了人資系統的連結、公司資源的網路共享區、報帳系統的連結、薪酬系統、工時紀錄系統的連結……她還找到 Microsoft Word 和 Excel，以及其他 Office 軟體。

她皺眉，**這對從事金融業的人來說沒問題，但對開發人員來說可遠遠不夠**。電腦上沒有安裝任何開發者工具、程式碼編輯器或版本控制系統。她打開終端機介面，確認沒有任何編譯器、Docker、Git……什麼都沒有。甚至沒有 Visio 或是 OmniGraffle ！

老天！他們到底想要新入職的開發人員做什麼？閱讀電子郵件和撰寫備忘錄？

雇用水電工或是木匠時，你會預期他們帶上自己的工具。但在不只有一位開發人員的軟體組織中，整個團隊會使用同一套開發環境來提升生產力。顯然，在鳳凰專案中，這套工具並不存在。

她打開電子郵件，想看看喬許寄了些什麼。她看到一個公司內部的維基頁面，這是許多工程師撰寫說明文件的協作工具。

她試圖在這個維基頁面上下滾動，卻發現說明文件簡短到甚至沒有滾動條。

對著幾近空白的螢幕，她盯了好長一段時間。**去你的，克里斯**，她心想。

出於病態的好奇心，梅克辛接下來花了半小時到處查看。她東點西點，只找到幾份文件。她讀了有著架構圖的 PowerPoint 簡報、許多會議記錄和 Agile 衝刺回顧文件，以及一份三年前的產品管理需求文件。在發現一些測試計畫的參考內容時，她感到很興奮，但是當她點選這些連結，螢幕上卻跳出要求輸入帳號密碼的認證視窗。

顯然，她需要 QA 伺服器的存取權限。

她在電腦上打開一個新的備忘錄檔案，提醒自己找人取得存取權限。

說明文件先放到一邊，她決定來找找代碼庫。**開發人員寫程式，而程式碼都會出現在版本控制庫裡。有開發人員負責鳳凰專案的意思就是，嗯，一定有個鳳凰專案專屬的版本控制庫**，她心想。

她很驚訝，她找了整整十分鐘，還是毫無發現。她在備忘錄中補充：

　　找出鳳凰專案的代碼庫。

她找到了導向 SharePoint 內部說明文件伺服器的連結，這些連結可能會提供更多線索，但她並沒有這些伺服器的帳號。

她輸入另一則提醒：

　　取得 DEVP-101 SharePoint 伺服器的存取權限。

接下來的一小時，就像這樣：搜尋。查無結果。搜尋。查無結果。搜尋。點選。認證視窗。點選。認證視窗。

每一次，她都在這不斷拉長的備忘錄中加上更多提醒：

取得 QA-103 SharePoint 伺服器的存取權限。

取得 PUL-QA-PHOENIX 網路共享區的存取權限。

取得 PUL-DEV-PHOENIX 網路共享區的存取權限。

她加入更多筆記和待辦事項，累積了一整個清單，上面全是她需要的使用者帳戶，再加上 QA 維基伺服器、效能工程維基伺服器、手機 app 團隊的維基頁面，以及一大堆她看不懂的縮寫。

她需要網路憑證。她需要上述所有工具的安裝程式。她需要授權金鑰。

梅克辛看了看手錶，驚訝地發現已經快一點了。她在這兩個小時內一事無成，除了記下 32 件需要的東西以外。她仍然不知道開發工具和代碼庫究竟在哪裡。

如果鳳凰專案的開發設置是一項產品，那它絕對是有史以來最糟的產品，梅克辛想。

現在，她需要食物。環顧四周，整個樓層空無一人，梅克辛意識到她錯過了午餐時段。

如果她有跟上人潮就好了，但是她剛剛太專注於試圖揭露鳳凰專案的重重迷霧。現在，她不知道哪裡才能取得食物。她不知道是否也該將這件事記錄到備忘清單中。

就記在「更新我的履歷然後寄出去」之後。

寄件者：艾倫・沛瑞茲
　　　　（營運合夥人、韋恩 - 優科豪馬基金合夥人）
收件者：史蒂夫・馬斯特斯（無極限零件公司 CEO）
副　本：迪克・蘭德里（無極限零件公司 CFO）、莎拉・莫爾頓（零售營運部資深副總）、鮑勃・斯特勞斯（無極限零件公司董事）
日　期：9 月 4 日，上午 6:07
主　旨：未來決策選項，一月董事會議 ** 機密 **

史蒂夫：

很高興兩天前在埃爾克哈特格羅夫見到您。身為新上任的董事，我很感謝管理團隊花時間帶我進入狀況，我獲益匪淺。迪克（CFO）和莎拉（零售營運部資深副總）更是令我印象深刻。

儘管我初來乍到，但很明顯，無極限零件公司在提升股東價值的努力失敗了，這不僅引發了信心問題，也激發了採取行動的迫切需求。我們必須共同合作，停止一季又一季的原地踏步，確實履行承諾。

有鑒於軟體服務對於計劃的重要性，您換掉 CIO 和 IT 營運部副總的決定看來是正確的 —— 希望這樣一來，公司能夠修復問責制度，並且提升決策執行的急迫性。

站在董事會的角度，我要再次重申檢視策略選項的動機：增加營收並不是回饋股東的唯一方式 —— 一直以來，我們將焦點放在將無極限零件公司轉型成為「數位企業」，以至於我認為我們忽略了一些能夠創造價值的低風險作法，比如重組公司結構，售出非核心、績效不佳的資產等。這只不過是提升獲利能力的種種方法之二，可以增加股東價值，還能提供企業轉型所需的營運資本。

我們必須盡快想出可行選項以供董事會參議。鑑於管理層在現有策略上投注了大量時間，董事會主席要求我和執行團隊的幾位關鍵成員合作，為董事會提供討論選項。迪克和莎拉在公司任職多年，擁有豐富經驗，我將與他們兩位合作。每兩週我們會開一次會，討論並評估各種想法，並準備在一月份向董事會提出策略選項。

我們公司購買了無極限零件公司的大量股份，是因為我們相信可以在此創造龐大的股東價值。我期待無極限零件公司能建立成效非凡的工作關係，創造更好的成果，令我們引以為傲。

艾倫 敬上

第 2 章

9 月 5 日，星期五

梅克辛掃了一眼待辦事項，沮喪地搖搖頭。已經過了兩天，她打定主意要在電腦上運行鳳凰專案的軟體版本，就如同任何新進工程師的本份。對她而言，這已然成為一項任務。但從她的待辦清單來看，至少有超過一百個項目不見蹤影，而且看起來沒有任何人知道怎麼辦。

在處理待辦事項上，她毫無進展，除了更新履歷並寄出去以外。許多朋友很快回覆，保證為她留意可能感興趣的職位。

梅克辛問了喬許，關於所有無影無蹤的軟體版本項目，但他對這些一無所知。負責軟體版本的小組理應掌握這些，但具體細節不是過期了，就是整個消失無蹤，這些項目的相關知識散落在整個組織中。

她非常沮喪，每一次嘗試都是此路不通。這個挑戰一點也不好玩。她很確定，她現在所做的事，跟有趣沾不上半點關係。

她天生就適合當工程師，熱愛挑戰與解決問題。現在她被流放到對於公司來說最舉足輕重的專案。在某處，一定存在程式碼——這三年來數百位開發人員肯定編寫了近百萬行程式碼。只是她現在找不到。

梅克辛熱愛編寫程式碼，而且她是箇中翹楚。但她也知道，除了寫程式之外，還有更重要的事：讓開發人員提升工作效率的系統，讓他們能夠快速且安全地產出優質的程式碼，令他們不受制於任何對解決業務問題無益的事情。

而這個健全的系統看來在此完全不存在。梅克辛身懷絕技，卻毫無表現機會。她只能不停地點擊頁面、閱讀說明文件、開啟服務工單、和其他人安排會議來取得需要的東西，她被困在糟糕透頂的尋寶遊戲中。

某個瞬間，梅克辛懷疑她是否是唯一一個陷入這種困境的人。但她看看周遭的開發人員，全是苦苦掙扎的模樣，所以很快地趕走了這種自我懷疑。

梅克辛**很清楚**自己身手了得。在她的職場生涯中，很多時候在看似毫無希望、絕無轉圜餘地的時刻，她挺身而出，解決問題。有時候甚至沒有任何說明文件或程式碼可以參考。在種種精彩戰績中最廣為人知的是「梅克辛的節後救援」，那是聖誕節過後的星期五，當天所有處理退款流程的商店系統突然大當機。這是一年之中最熱鬧繁忙的購物日，人們帶著親友送的禮物到商店進行退貨，好買到他們真正想要的東西。

梅克辛和她的團隊一路搶修到星期六清晨，努力修復資料庫供應商的ODBC 驅動程式的多執行緒僵局。她必須手動分解供應商的函式庫，然後產生新的修補程式。一切親力親為。

所有人都直呼不可能。但她完美解決，大大驚豔了那些花上七個小時也無法修復此次故障的人們。資料庫供應商的專業服務團隊大感震驚，立刻向她拋出橄欖枝。但她禮貌地委拒了這份盛情邀約。

此後，她的輝煌事蹟不斷增加。受過精實開發人員訓練的她寫過無數程式，她曾經為 CAD/CAM 應用程式寫過全景圖像和晶圓配置的演算法，寫過大型多玩家遊戲的後端伺服器。她最近的戰績是為工廠MRP 系統編寫程式，協調涉及數千家供應商的訂購、補貨和調度等生產流程。

她規律地活在一個充滿 NP 完備問題的世界，想要完美解決這些棘手難題，可能需要花費比解決多項式還更久的時間。她熱愛閱讀《我們所愛的論文》系列，重溫關於數學和電腦科學的學術論文。

但她從未認為自己的工作僅僅是為應用程序編寫程式，不僅僅是在正式部署前埋頭工作。在產品正式上線後，當理論與現實相符，她修復過運作不良的中介軟體伺服器、超載的訊息匯流排、RAID 磁碟陣列的間歇性故障，以及不知緣由一直轉變為半雙工模式的核心交換器。

她搶修過那些總在三更半夜故障、填滿所有磁碟和紀錄檔伺服器，搞得團隊全員束手無策的技術元件。出於幾十年來的直覺，以及無數次與正式生產環境的角力，她帶領團隊將這些服務系統性隔離，然後進行診斷與修復。

在著了火的應用程式伺服器上，她破解了技術堆疊的線索，在灑水器、滅火器和緊急斷電摧毀一切之前，爭分奪秒地將這些線索安全備份。

但說到底，她仍是個開發者。她是個喜歡函式語言程式設計的開發者，因為純函式和可組合性對於思考更有幫助。她避開指令式程式設計，更傾向於選擇宣告式程式設計的思考模式。她對狀態變動和非參照透明嗤之以鼻，並且懷有別招惹它們的畏懼感。比起圖靈機，她更偏好 λ 演算的數學邏輯。她喜歡 LISP，這是因為她喜歡將程式碼視為資料，將資料視為程式碼。

然而，她的職業並非只講究理論——她最喜歡親自動手，從零開始創造商業價值，應用扼制模式來拆解老舊的程式碼片段，並且安全地、自信地、完美地替換它們。

從 vi 到最新、最好的編輯器中，她是唯一一個將所有鍵盤快捷鍵都熟記於心的人。但她從不羞於告訴別人，她也需要查看 Git 的所有命令行選項——因為 Git 有時很可怕也很棘手！還有什麼工具會使用 SHA-1 雜湊當作 UI 啊？

儘管她如此優秀，身懷數十年來磨礪精深的強大技能，現在卻深陷鳳凰專案中，白白花了兩天，卻連一個軟體版本也搞不定。她找出了四個版本控制庫中的兩個，找到專用程式碼管理（Source Code Management, SCM）工具和編譯器的三個安裝程式。

不過，她仍在等待三個網路共享和五個 SharePoints 的金鑰，而且沒有人知道怎麼拿到在說明文件中出現的那十個神秘的配置檔。她寫了一封 email 給撰寫說明文件的人，卻查無此人。他們早已離開公司了。

她被困住了。沒有人會快速回覆她的 email、任務、語音留言。她請求蘭迪幫忙，尋求上級支援，但所有人都要她再等幾天，因為他們都太忙了。

當然了，梅克辛不是個坐以待斃的人。她將無論如何都要搞定軟體版本視為使命。她找出所有答應幫她的人，她知道他們座位在哪，纏上他們，甚至駐紮在他們的辦公桌前，賴在那兒直到拿到她需要的東西為止。

有時候，的確可以得到她需要的東西：一個 URL 連結、SharePoint 文件、授權金鑰、一個配置檔案。但更多時候，她跟蹤的那人並沒有她需要的東西——他們也要問問其他人，然後代表梅克辛開啟一個新的任務工單。現在，他們都在等待。

偶爾，他們會給出充滿希望的線索，告訴梅克辛接下來該去找誰或做些什麼。然而，大多時候都會繞進死胡同，然後她又回到了起點。

試圖搞定鳳凰專案的軟體版本彷彿在玩虐待狂創作的《薩爾達傳說》，逼她四處冒險，尋找分散在王國各處的鑰匙，而且線索還只能從漫不經心的 NPC 那兒得到。當你終於通過一個關卡，你還不能直接進行下一關——你必須將紙本優惠券寄給廠商，然後等上好幾星期才能拿到啟動碼。

如果這真是一個電玩遊戲，梅克辛早就退出了，因為這遊戲爛透了。但鳳凰專案可不是一場遊戲——鳳凰專案非常重要，梅克辛從不放棄重要的事，更別提半途而廢。

梅克辛坐在辦公桌前，看向她列印出來並釘在牆上的日曆。

她將目光收回到電腦前，再一次將手指停留在不斷增長的待辦清單上——每一項都是讓她的軟體版本好好執行的相依項目（dependency）。

她剛剛加上了另外兩個 SharePoint 金鑰需求，她得分別從兩位開發部經理那兒才能拿到金鑰，出於某些原因，他們執行各自的 Active

Directory 網域。據說這些網域中有著關鍵的軟體版本說明文件，其中有她在尋找的資訊。

蘭迪寄給她一大堆 Word 文件、Visio 圖表和行銷用的 PowerPoint 簡報，她快速瀏覽了一下，試著從中找出一些線索。這些東西可能對行銷人員和架構師很有幫助，但她是個工程師。她不想看他們承諾打造的車款宣傳冊——她想看的是工程設計規畫，還有實際用來組裝汽車的零件。

這些資料可能對其他人有所幫助，所以她上傳到維基頁面。沒過多久，一個她不認識的人要她撤下這些內容，因為這可能含有機密資訊。

繼續看看她的待辦清單，她寫道：

> 找到可以給我開發環境或測試環境的許可權限的人。

在她昨天閱讀過的參考資料中有提到這點，但她不知道該找誰幫忙。

她劃掉一項：

> ~~取得整合測試環境的帳號。~~

這件事的進展並不令她滿意。她在環境中摸索了兩個小時，試圖搞懂這個龐大的應用程式。到頭來，她發現這一切太令人困惑了——好比在沒有地圖或手電筒的情況下，在通風管中爬行來描繪偌大建築的內部結構。

她輸入一項新的待辦事項：

> 找到真的在做整合測試的人，好好觀摩他們如何工作。

觀察某人如何使用鳳凰專案的應用程式，應該能幫助她進入狀況。令她困惑的是，沒有人知道有誰真的在使用鳳凰專案。**他們到底在為誰建構這些程式碼？**

再次瀏覽她的待辦清單，她確認她確實沒事可做——她今天已經纏了所有人，現在她只能等人（不）回覆。

現在是星期五下午 1 點 32 分，離五點還有四個半小時，那時她終於可以離開大樓。她努力不再唉聲嘆氣。

她看向待辦清單。她看向時鐘。

她看看指甲，想著需要修剪了。

她離開辦公桌，手拿著咖啡杯，走向廚房。路過一群穿著連帽上衣的人，他們聚在一起，小聲說著話，看起來在討論緊急狀況。只是為了有事可做，她又為自己倒了一杯咖啡。梅克辛低頭看著自己的杯子，意識到這已經是今天的第五杯咖啡了，就為了滿足**做點事情**的需求。她將咖啡倒進流理台。

除了不斷增加的待辦清單以外，梅克辛在過去的十年裡，每天都會在個人電腦中紀錄日常工作日誌。她紀錄了她所做的每一件事，花了多少時間、從中學到什麼有趣的東西，以及一系列永遠不要再做的事（最近一件是「不要浪費時間在 Makefile 的檔案名稱中跳脫字元—太難了，用其他的東西代替吧。」）。

她不可置信地盯著那龐大的待辦清單和最近的工作日誌。她從未遇過她無法擊敗的系統。**平庸至極、一事無成的鳳凰專案，可能真的擊敗我？除非我死**，她默默發誓，再次看向工作日誌。

星期三

下午四點：等了喬許一下午，原本說要帶我看看他的裝置，讓我如法炮製。他正在處理更多的夜半事故。

我有一個取得軟體版本伺服器的任務，但是資安部門說需要經理授權。寄了 email 給蘭迪。

我正在閱讀我能找到的每一份開發人員設計文件，但它們現在對我來說都開始變得一樣了。我想看程式碼，我不想讀設計文件。

下午四點半：在某份設計文件中，我找到了對鳳凰專案最簡潔的描述：「鳳凰專案將消彌我們與競爭對手間的差距，網路服務將帶給客戶如同在我們 900 家實體門市的消費體驗。我們將會擁有一體式的顧客檢視系統，實體門市員工可以查看客戶偏好和消費紀錄，實現更有效的跨渠道促銷。」

鳳凰專案所涵蓋的範圍有些嚇人。這個專案涉及整個企業的數百個應用程式。每個環節都可能出錯。

下午五點：今天到此為止。克里斯來了一趟，再三提醒我不要搗亂或招來太多關注，叫我不要部署任何會上線的東西。

好的，好的，噓。我連一個軟體版本都不能搞定，也沒辦法登入網路共享區。我要怎樣才能把東西推上線？

無聊死了。我要回家跟新來的狗狗玩。

星期四

上午九點半：太好了！他們給了我幾個維基頁面的帳號，我等不及要深入了解了。這顯然是進展，對吧？

上午十點：認真？就這樣？我找到了一些 QA 文件，但這不可能就是全部，對吧？其他測試計畫在哪裡？自動化測試腳本在哪？

中午十二點：很好，我見了 QA 部總監威廉，他看起來是個好人。我們聊得夠久，久到我可以拿到他們部門的網路分享區帳號。看到充滿手動測試計畫的數百份文件。

我發了 email 給威廉，問問能否見見他的測試團隊。他們究竟是如何執行這些測試的？看起來他們需要一支小型軍隊。而且他們把測試結果放在哪兒？我被排到他的行事曆上，兩週後，真是瘋了。

下午三點：我找到每日大型專案例會的開會地點：上午八點，白板前。我今天錯過了會議，但明天一定參加。

下午五點：這兩天我幾乎什麼也沒做。每一件我想做的事情，都要先寫 email、開任務工單，或者先找到某人。我準備請他們喝杯咖啡，或許我能得到更多回應。

星期五

上午十點：由於各種緊急狀況，說好的「十五分鐘的例會」持續了九十分鐘。我很納悶我怎麼可能錯過了昨天的會議──這麼明顯的大聲嚷嚷，這個會議根本難以錯過。哈。

我的老天。幾乎沒有人可以在電腦上佈建鳳凰專案的軟體版本，誰都沒辦法。他們理應在兩週後將版本上線！（沒有人為此擔憂。真是瘋狂。他們覺得會再次推遲。）

換成是我，我真的會嚇瘋。我的老天。

下午兩點：我找到一群兩個月前入職的約聘人員。他們也沒辦法佈建軟體版本。令人震驚。我請他們吃午飯。真是令人失望。他們比我瞭解的還要少。至少今天的沙拉還可以。

我告訴他們我所知道的一切，他們對此非常感激。施比受更有福──你永遠不會知道誰在未來能拉你一把。人際關係很重要。

自我提醒：要好好控制咖啡攝取量。我昨天一定喝了整整七杯咖啡。這樣很不好，我可能在心悸。

下午四點四十五分，梅克辛收拾她的東西。已經這麼晚了，還是星期五，沒有人會回覆她的。

遇到蘭迪時，她正要走下樓。

「嗨，梅克辛。真遺憾我們無法在開發環境這件事上取得更多進展。我上報了一系列問題，在離開公司前我會打幾通電話處理一下。」

梅克辛聳聳肩。「謝謝，希望這麼做能加速進展。」

「無論如何，對吧？」蘭迪微笑。「有一件事想請你幫忙？」

噢，噢，梅克辛心想。但她說：「當然，怎麼了？」

「嗯。鳳凰專案的每個人都要回報出勤狀況，」蘭迪說：「我們要展現效率，不然專案管理人員將會帶走我們的人。我把工時紀錄系統的連結傳給你了。在離開公司前你可以填寫一下嗎？應該只需要幾分鐘。」

他望了望四周，然後小聲地說：「我特別需要你的出勤狀況，因為明年審核預算時，這可以幫我留下你這個職位。」

「沒問題，蘭迪。我會在離開前搞定。」梅克辛語調輕快，但她並不開心。她理解參加預算遊戲的必要，這並不是令她困擾的主因。相反地，正是因為她的日誌鉅細彌遺地紀錄了這一週來她做了些什麼。完全沒有任何實際成果。零。什麼都沒有。空空如也。

回到她的座位，她登入工時紀錄系統。在她名字旁邊是數百個專案代碼。這些不是專案名稱。這些是專案代碼，看起來跟班機預定代號沒兩樣，十個字母，全是大寫。

看著蘭迪傳來的郵件，她將他給的專案代碼（PPX423-94-10）複製貼上到欄位中，然後盡責地在星期三到星期五的欄位中輸入八個小時，按下「送出」。她皺了下眉。她必須描述每一天做了些什麼才能送出。

梅克辛發出哀號。她變著花樣描述每天的工作狀況，基本上就是「處理鳳凰專案的軟體版本，但還在等全世界給我回覆。」她花了五分鐘修改內容，讓每條敘述看起來都足夠不一樣。

儘管她盡了最大努力，但這一週來她完成地太少，這種感覺已經夠糟，還得用文字撒謊的感覺更是爛透了。

整個週末，梅克辛一直查看手機，想確認她提出的任務進度，卻只看到了任務一再被轉給其他人。當她先生傑克關心她為何悶悶不樂時，她拒絕承認這是因為她所填寫的工時紀錄——就像在傷口上灑鹽一樣。她試圖分散注意力，很開心看到孩子們和新來的狗狗鬆餅一起玩耍。

到了星期一早上，當她走進由 CEO 史蒂夫・馬斯特斯每隔一個月舉行的員工大會時，梅克辛成功地讓自己變得快樂積極、樂觀向上。自她加入公司以來，一直很喜歡參加這類大會。第一次的參加經驗令她印象深刻，因為那是她第一次見到公司高層向整個公司發表演講，回答來自近七千名員工的提問。

史蒂夫通常與 CFO 迪克共同出席。大約從一年前開始，零售營運部資深副總莎拉・莫爾頓也會一起出席大會。她全權負責零售業務，零售營運部是公司第二大事業單位，每年帶來超過七億美元的收入。儘管史蒂夫和迪克給人一定程度的信任與真誠，但相較之下，莎拉較不令人信服，感覺不太可信。在去年的每場全員大會上，她的宣傳內容都不一樣，承諾要開展一場與先前完全不同的轉型活動，造成許多混亂，整個組織朝令夕改，莫衷一是，最後只落得遭到奚落的下場。

梅克辛看到史蒂夫在台下做準備，在一張摺起來的紙上寫著筆記。有人遞來一支麥克風，然後他在禮貌的掌聲中走上舞台。「各位，早安。謝謝你們來參加大會。這是我有幸主持的第六十六屆員工大會。」

「大家都知道，近一個世紀以來，我們的使命一直是幫助辛勤工作的顧客，維護車輛如常運作，讓他們的日常生活得以開展。對於我們的多數顧客來說，這意味著開車去工作，好讓他們領得薪水，送孩子去上學，並且照顧他們的至親。無極限零件公司致力為客戶提供服務。我們是世界聞名的製造業，專門生產高品質且價格合理的零件，滿足顧客需求，讓他們的車輛正常運作。在這個偉大的國家內，我們擁有超過七千名世界級的優秀員工在近千家商店為顧客提供一流服務。我們是唯一能讓顧客的車遠離昂貴修車廠的人。」

史蒂夫這一番話，梅克辛已經在員工大會上聽了不下五十次——對史蒂夫來說，提醒每個人哪些人是他們的顧客這件事顯然很重要。當梅克辛的車子出了問題，她通常會將它送回車廠處理，因為她的車還在

保固期內。但是公司大多數的顧客並沒有這種餘裕。他們的車子更老，有些車齡甚至比她的孩子還要大──事實上，有些顧客所駕駛的車輛品牌、款式和車齡，可能跟她十幾歲時所開的車一樣。他們通常沒有太多可自由支配的收入。當車子出了問題，他們的所有積蓄（如果有的話）可能都會化為烏有。假如把車子送到修車廠，不僅瞬間沒了積蓄，還不能開車去上班。這意味著他們無法養家活口。

梅克辛很欣賞這些關於顧客的諄諄提醒──當工程師將「顧客」視為抽象概念，而不是當作真實的人來看待時，你很難得到正確的結果。

史蒂夫繼續說道：「近一個世紀以來，儘管商業環境不斷更迭，這個使命始終不變。在製造生產方面，我們現在面對大打價格戰的海外競爭對手。在零售業務方面，在同樣的市場內，我們的競爭對手開設了數千家商店。」

「我們目前所處的經濟局勢正在重新洗牌。Amazon 和其他電商巨頭正在重塑經濟版圖。陪伴我們長大的許多知名零售品牌紛紛倒閉，比如玩具反斗城、百視達和博德斯連鎖書店。距離公司總部不遠，我們之中許多人會開車經過的地方，是百視達曾經的落腳處，而那個地方已經閒置十幾年了。」

「我們並沒有倖免於此。我們的同一店舖銷售額持續下降。許多顧客寧願用手機向其他競爭者訂購雨刷，也不願意光顧我們的實體店面，由真人提供服務。」

「但我深信，人們並不只是想要汽車零件。他們需要他們信任的人來提供幫助。這就是商店員工的重要性，這也是為什麼我們在員工培訓上投入這麼多的原因。鳳凰專案將幫助我們透過顧客偏好的購物渠道，無論是實體店面或網路，提供一樣的專業和信任。」

「稍後，莎拉將會說明鳳凰專案的進展，以及這個專案如何支援我最在乎的三項指標：員工參與度、顧客滿意度和現金流。如果我們所有的員工每天都能帶著興奮的心情來上班，如果我們持續創新，為顧客提供優質服務，現金流自然會跟上來。」

「在我們探討年度總目標之前，我想先談談最近發生的事情，」史蒂夫停頓了一下。「最近，我發了一封 email，告訴大家鮑勃·斯特勞斯將接任無極限零件公司的董事長一職。很多人可能知道，我來這裡已經有十一年了，在前八年，我有幸為鮑勃工作。當我還是另一家製造商的銷售主管時，鮑勃就是那個雇用我的人。我永遠感謝鮑勃給我機會，讓我擔任公司的 COO，這麼多年來一直指導我。在他退休之後，我接替了 CEO 和董事長一職。」

「從上週開始，董事會已經重新任命鮑勃為董事長，」史蒂夫說，聲音開始微微顫抖。梅克辛驚訝地看見他擦去眼中的一滴淚。「當然，我非常支持，並且期待與鮑勃再度合作。我已經邀請鮑勃出來和我們講幾句話，告訴我們這對公司來說有什麼含義。」

直到此刻，梅克辛還未意識到這對史蒂夫來說這是多麼大的挫折。她聽說這是一種降職，但說老實話，她並不真的理解或在乎這類高層間的人事異動。高層們來來去去，往往對她的日常生活沒有太大的影響。但她被眼前這戲劇性的場面震懾到了。

一位稍微有些駝背的老人走上舞台，站到史蒂夫旁邊。他一頭白髮，露出拘謹的笑容。

「各位好，過了這麼多年，還能見到大家的感覺真好。我甚至看到了一些熟悉的面孔，這讓我非常高興。如果你不認識我，我的名字是鮑勃·斯特勞斯。在恐龍還主宰著地球的時候，我曾經在公司當了十五年 CEO。甚至在那之前，我已經在這家偉大的公司工作了近三十年。就像史蒂夫說的，多年前，我帶著希望和自豪，將他從另一家公司挖角過來。」

「退休之後，我繼續在董事會中任職。董事會的工作很簡單：代表公司股東的利益，包括你們所有人。我們想確保公司未來安全無虞。如果你有退休金或是參與員工退休股票認購計畫，那麼，這於你於我都是同樣重要。」

「我們透過僱用，嗯，偶爾開除 CEO，讓公司高層承擔責任，」他開誠布公地說。梅克辛不禁屏息——在此之前，鮑勃看起來就像一個和藹的爺爺。顯然，他有著嚴格的一面。

「只要看看股價，你就會知道市場並不認為我們的表現合乎預期。當股價下跌，而我們的競爭對手股價上漲時，表示我們應該做出改變。」

「我喜歡這麼想，公司有兩種運作模式：承平時期和戰時狀態。承平時期就是事情進展順利的時候。這是當我們公司持續成長，而且可以正常經營的時期。在這種時期，CEO 通常會兼任董事會主席。相反地，戰時狀態就是當公司陷入危機，面臨業務萎縮或完全消失的風險之中，就像我們現在一樣。」

「在戰時，首要任務是尋找避免滅絕的方法。在這種時候，董事會通常會將 CEO 和董事長的角色區分開來。」鮑勃停了下來，瞇著眼睛看向明亮的燈光，目光越過陷入寂靜的觀眾。「我想讓每個人都知道，我對史蒂夫和他的領導力有十足的信心。如果一切順利，我們會想辦法讓他再次擔任董事長，這樣我就可以回歸退休生活。」在臺下人們略帶緊張的笑聲中，鮑勃揮著手離開。

史蒂夫走向舞臺前方，然後說：「讓我們再給鮑勃一次掌聲吧？」

掌聲過後，史蒂夫繼續說道：「今年公司的目標是穩定業務。我們的製造業務佔總收入的三分之二，雖然持平但仍有利潤空間。近一個世紀以來，這一直是我們的主流業務，而且我們有能力抵禦來自亞洲的激烈競爭。」

「然而，我們的零售業務持續表現不佳。零售收入比去年低了近 5 %。」他說：「我們最重要的季度即將到來，所以還有希望。但單單心懷希望並不是可行策略，而且你們都知道目前市場對於我們表現的反應。話雖如此，我仍然堅信鳳凰專案將會幫助我們順應新的市場局勢。」

「所以，不再贅言，我現在將麥克風交給莎拉・莫爾頓，我們的零售營運部資深副總。請她說明一下鳳凰專案對於公司未來的重要性。」

莎拉穿著一套極其美麗的皇家藍西裝。撇開梅克辛對莎拉的個人看法，她承認莎拉總是看起來無懈可擊。老實說，她就像《財富》雜誌封面的人物坐在家中的樣子——聰明、積極、野心勃勃。

「就像史蒂夫和鮑勃說的，」莎拉開始說道：「我們正處於零售經濟重新洗牌，進入數位化的階段。連**我們的**顧客都利用網路和手機訂購商品。鳳凰專案的目標是要讓我們的顧客能夠隨心所欲地訂購，不論是網路購物、在實體門市消費，或是向我們的通路合作夥伴購買商品。不論他們用什麼方式消費，我們都能將商品送到顧客家中，或者在特定店舖取貨。」

「這是我們多年來一直努力在做的事情。現在，我們的商店仍然處於黑暗時代。那是無極限零件零件公司 1.0。鳳凰專案讓我們進化為無極限零件公司 2.0。我們很有希望創造極大效率，和電商巨頭一競高下，但我們必須創新和保持敏捷。為了維持市場競爭力，人們必須將我們視為創造新商業模式的市場領導者——前一個世紀的有效經營模式可能對下一個世紀的成功沒有幫助。」

和往常一樣，莎拉所說的話還是有其道理，梅克辛不甘心地承認，但她的姿態真是高高在上。

「鳳凰專案是我們公司最重要的項目，我們賭上了生死存亡。三年來，我們在這個專案上已經耗資近兩千萬美元，但客戶還是沒有看到任何價值。」她繼續說道：「我已經決定，現在是時候上場了。我們將於本月稍晚時候啟動鳳凰專案。不會再延後。不會再推遲。」

梅克辛聽見了所有人倒抽一口氣，還有一聲聲急促的喃喃自語。莎拉繼續說道：「我們可以重新與對手平起平坐，重新奪回市場份額。」

梅克辛沮喪地嘆了口氣。她理解莎拉的燃眉之急，但這並不能改變有一百多位開發人員遠遠未及應有的工作效率的事實，他們為例行軟體版本工作焦頭爛額，花了太多時間在會議上，或者苦苦等待他們需要的東西。莎拉的演講聽起來就像一位將軍告訴你取得勝利有多重要，但事實上，你發現所有士兵被困在港口長達三年了。

往好的地方想，至少莎拉今天沒有拋出任何全新的東西。

史蒂夫向莎拉表示感謝，然後快速地回顧了公司的財務狀況，以及上個月在某個製造工廠發生的工傷意外。他談到漢娜，她的手指被衝壓機壓壞了，他們的處理方式是替代為搭載感應器的另一台衝壓機，如

果有人靠近危險區域，感應器可以防止衝壓盤關閉。他稱讚該團隊沒有等到預算下來才採取行動：「記住，安全是工作的第一前提。」

梅克辛很喜歡這類報告，史蒂夫對員工安全的關心令她印象深刻，也深受感動。他說：「我們的報告到此結束，剩下十五分鐘可以進行提問。」

當人們問史蒂夫營收預期、實體門市表現、製造業近期議題時，梅克辛有些心不在焉。但是，當某人問到薪酬故障時，她突然警覺起來，然後縮回座位上，盡力聽見每個字。

「我向所有受此事件影響的人道歉，」史蒂夫回答。「我明白這件事的傷害對所有人來說有多大，請放心，我們已經採取了非常具體的行動，確保這種情況不再發生。這次故障是技術問題和人為過失，我認為，我們已經解決了這兩個問題。」

梅克辛閉上眼睛，感覺自己的臉頰正變得通紅，希望此時沒有人看到她。她真的看不出來，將她流放到鳳凰專案，怎麼會變成一種補救措施。

第 3 章

9 月 8 日，星期一

員工大會結束後，梅克辛回到辦公桌前。她看著行事曆，今天是她入獄的第四天，也是她試圖運行鳳凰專案軟體版本的第四天，但總感覺已經過了一年，真是度日如年。

她的手機收到一則通知，一下子將她拽回現實：

鳳凰專案：進度更新（十五分鐘後開始）。

這對她來說是個全新的會議。為了推進任務進度，她請所有人不吝邀請她參加任何會議。總比枯坐在辦公桌前好，畢竟她還在努力了解狀況。她想要找人幫忙，得到她可能需要的東西。她小心翼翼，避免接到任何任務，也不會自告奮勇去開發一些聽起來很有趣的功能——她不能被鳳凰專案之外的東西分心。

這裡所有人都認為開發功能很重要，因為他們可以在應用程式、網頁，或者 API 中看到功能。但似乎沒有人意識到軟體佈建過程有多麼重要。沒有一個完善的軟體開發、整合和測試過程，開發人員不可能高效工作。

她到得很早，很驚訝地發現除了後排，會議室已經沒有空位了。她和另外五個人靠牆站著。環顧四周，她眼睛睜得很大——公司裡所有大人物都到齊了。當梅克辛看見克爾斯登·芬格在主持會議時，她笑了。克爾斯登是專案管理團隊的領導者。梅克辛喜歡和她一起共事，當時克爾斯登派了幾位專案經理人支援她負責的一項大型專案——這些人通常只會接手需要跨團隊協調的重要專案。他們有能力將不可能化為可能。他們可以上報問題，快速解決問題，而且通常只需要一則簡訊。

克里斯位於會議室前方，對她點頭示意——他負責督導鳳凰專案下超過兩百位開發人員和 QA 人員。克里斯怒視著桌子對面的人，這人長得像電影《阿波羅 13 號》裡的艾德‧哈里斯。她悄悄地問旁邊的人這位是何方神聖，那人回答：「他是比爾‧帕爾默，新來的 IT 營運部副總。在上星期那一場高層人事異動後升職的。」

真棒，梅克辛心想。但她喜歡會議中有資深的人出席。這就好比站在**企業號**星艦的艦橋上，看著資深軍官們互相交流。

她享受會議的前十五分鐘。一片混亂。每個人都試圖解讀莎拉在員工大會上說過的發布會「將於本月稍晚時候」究竟是什麼意思。克爾斯登語帶強調：「發布日期仍在協調，我還沒收到任何具體消息。」**這次又會是虛驚一場嗎？**梅克辛狐疑地想。

梅克辛猜想，在他們檢視業務時會發現更多事情需要優先處理，最重要的問題需要上報，得到更多關注，而各項任務衝突也需要好好解決。她不知道那些縮寫代表什麼意思，但她把一些她覺得確實很重要的縮寫記到清單中，省略那些不知所云的東西。

會議越開越久，越來越偏離她的期待，她覺得百無聊賴，焦點轉向毫無意義的細節，滔滔不絕地討論著……她真的不知道現在在討論些什麼。OEP 是「訂單輸入準則」嗎？還是「訂單輸入程序」？他們又在討論 OPA 嗎？還是這兩個是同樣的東西？我真的在乎嗎？

四十分鐘後，她眼神渙散——現在進入到「任務狀態」階段，梅克辛已經失去所有興趣。如果她有要事在身，她早就溜之大吉了。

站了這麼久，她的腳很疼，在聽到有人抱怨為了需要的東西等了很久時，她正重新思考是否該繼續留在會議。她露出得逞的笑，心想：**加入我的行列，那可是我整天在做的事。**

一名開發經理從會議桌的「基層」區發出回應：「是的，我們的確進度落後，但這週開始會有幾位開發人員來支援，他們應該能在一兩週內進入狀況，提升工作效率。」

哈，這個我有經驗，我可是一事無成呢！她心想，冷冷一笑。**祝你們好運，笨蛋們。**

會議室突然一陣尷尬，陷入長久的沈默。梅克辛抬起頭，很震驚地發現所有人都看向她——她意識到，一定是她大聲說了些什麼。

她看向克里斯，他露出震驚的神情，瘋狂地對她比出「不、不、不！」的手勢。

在會議室前方，克爾斯登很快地說道：「很高興在這裡看到你，梅克辛！我不知道你也在鳳凰專案中。有像你這樣有經驗的人來幫忙真好——你來得真是及時！」

克里斯雙手捂住他的臉。如果此時梅克辛沒有靠牆站著，她很可能一步步後退。像模仿克里斯的動作一樣，她晃了晃雙手：「不、不、不……抱歉，我才剛來沒幾天。你們都做得很棒。請繼續——我只是來幫忙處理說明文件和軟體版本而已。」

克爾斯登並不放棄，帶著她為人稱道的真誠，身子向前：「不，真的。我聽到你剛剛說：『祝你們好運，笨蛋們。』你在工廠營運方面的工作表現十分優秀，我很想知道你的見解。我也想知道什麼東西令你發笑。」

「很抱歉這麼失禮，」她開始說：「只是從上星期三開始，我除了試圖在電腦上運行鳳凰專案的軟體版本之外什麼也沒完成，而且這件事尚待解決。我一直在等登入憑證、授權金鑰、環境、配置文件、說明文件等等——我知道每個人都很忙，我也知道鳳凰專案是個多麼龐大的應用程式，整合所有部件進行構建一定是一件困難重重的浩大任務，但如果我們想讓開發人員發揮高效，他們必須在上工第一天就能執行軟體佈建工作。在理想狀況下，開發人員應該要能在類似生產環境的開發環境中撰寫程式碼，這樣才能快速得到回饋，了解他們所寫的程式碼是否在整個系統中正常運轉——我手上累積了很多零散組件，缺了很多很多細節。我真的非常、非常擅長這件事。」

她看向整間會議室，漫不經心地對克里斯聳了聳肩。她真的不吐不快，克里斯一臉驚駭。

「我誠摯希望這批新來的工程師比我好運，僅此而已，」她迅速總結。

會議室陷入一陣漫長而尷尬的沈默。蘭迪狠狠點頭，雙臂交叉，看起來很是滿意。桌子對面有人放聲大笑。「她說的太對了！他們需要的可不僅僅是幸運！搞定一個開發環境就像去監理站更新駕照一樣——領號碼牌、填寫一堆表格，然後乖乖等待。見鬼了，我一天內就能領到新駕照……而這件事更像是申請新建案的開發許可——沒人知道究竟要等多久。」

會議室中半數人笑得很放肆，而另一半人顯然被這番話冒犯了。

梅克辛看著說出這番俏皮話的人物——年紀大約四十五歲，體格像是退役運動員般有些超重。他有著方下巴，鬍子倒剃得乾乾淨淨，戴著一副又大又方的眼鏡。他穿著一件滑板 T 恤，臉上看起來永遠都是橫眉怒目的樣子。

從他陰陽怪氣的樣子來看，梅克辛打賭他是一位資深開發人員——長期被像鳳凰專案這樣的任務糾纏，肯定對人造成傷害不小。

會議室前方的人開始做出回應——她認出威廉，**人超好**的 QA 總監，他**特意**向她伸出援助之手。「聽著，」他說：「我們團隊在測試方面的進度也逐漸落後，為了如期達成任務，我們都同意要降低環境工作的優先度——交付完整測試後的功能將是首要任務。我們都明白這麼做會增加導入環境的前置時間。請相信我，我的團隊跟你的團隊同樣深受其害——QA 也需要測試環境。」

那位脾氣古怪的開發人員立即回應道：「威廉，你上當了啦。那是個糟糕的決定。這可是一場災難。梅克辛說得對——開發人員需要環境才能提高工作效率。你應該指派**一整組人馬**來修復環境建立程序。我手上有三個需要搭建環境的專案，每一個都等上好幾個月了。說老實話，這真的太重要了，我自願幫忙。」

「否決，」會議室前方的克里斯語帶疲倦。「待在你的崗位上，戴夫。我們需要你專注功能開發。」

威廉說：「等等，等等……我想讓你們知道，不是我們要擋這些環境——我們這邊有幾個環境已經就緒，但我們還在等資安部門的登入帳號和營運部門的儲存與掛載點。我已經上報這個問題，但還沒有聽到任何消息。」

克里斯臉帶指責，手指著比爾，然後對克爾斯登說：「請將我們的需求上報給營運部門。」

比爾很快回應：「如果我們是瓶頸，我必須知道。我們想辦法讓威廉得到他需要的東西。」

克爾斯登點點頭，看起來有些惱火。梅克辛覺得這是因為越來越多的依賴關係浮出水面了。「嗯，好主意，比爾。好吧，讓我們進入會議下一階段。」

克爾斯登說話的時候，克里斯轉頭看向梅克辛，他臉上的表情像在尖叫著：「**梅克辛，你聽不懂『低調行事』是什麼意思嗎？**」梅克辛用嘴型說著抱歉。

她眼角餘光看見一位年輕男子蹲在克爾斯登身旁，一邊在她耳邊低語，一邊作勢指向梅克辛。他沒有穿卡其色褲子，而是穿著一件牛仔褲，手中拿著一本黑色的 Moleskine 筆記本。

克爾斯登微笑，對他點了點頭，然後指向梅克辛，低聲回應了幾句。那位年輕男人點點頭，拼命做筆記。

梅克辛決定徑直向門口走去，在做出其他蠢事之前盡快離開。

她走進涼爽的走廊，如釋重負地走出那個悶熱的會議室。她走向廚房，那裡更加涼爽。他正在思考要不要來杯咖啡，這可能是今天的第五杯，這時她聽到身後有人出聲：「嗨！你就是梅克辛吧！」

她轉過身來。來人是會議中和克爾斯登說話的年輕人。他露出大大的笑容，伸出手說：「你好，我是庫爾特。我是威廉那邊的 QA 經理。我在會議上聽見你說需要授權金鑰、環境還有一些其他東西才能運行軟體版本對嗎？我應該能幫上忙。」

梅克辛默默盯著他好一陣子，不確定她有沒有聽錯。這麼多天來，她一直在尋找拼湊鳳凰專案軟體版本的各種部件。這麼久以來，她送出一張又一張的任務單給漠不關心、神隱到底的官僚機構。現在竟然有人出手相助，她非常驚訝。

梅克辛發現自己正盯著庫爾特伸出的手，她立刻回神，和他握了握手。「很高興認識你。我是梅克辛，是的，我樂意接受任何幫助，讓鳳凰專案軟體版本運作起來！」

她補充道：「希望我剛剛沒有觸犯任何人的逆鱗。我知道每個人都盡了最大努力，你也知道，考量到最近發生的事……」

他笑得更燦爛了，舉起大拇指指向後面的會議室。「那些傢伙？別擔心。他們的麻煩可大了，個個互相陷害，把責任推到別人身上。我覺得他們完全不會記得你說過些什麼。」

梅克辛笑了，但庫爾特一本正經。「所以，你想運行鳳凰專案的軟體版本，目前狀況如何？還需要些什麼？」

梅克辛一臉萎靡：「遠遠不如預期，而且我也不是沒有行動。」她詳細地敘述了到目前為止所做的努力，以及所有尚待處理的步驟。她在平板上開啟待辦清單，向他展示所有待處理事項，那些她還在等的東西。

「哇，其他人可能在達到你這程度之前就放棄了。」庫爾特說：「方便看一下嗎？」他指著她的平板補充道。

「當然，」她說，將平板遞給他。庫爾特看了看清單，點了點頭，似乎在比較他腦海中的另一份清單。

「沒問題，我想我可以給你這上面的多數東西，」他說，並且笑著補充道：「我還能給你一些之後可能會需要的東西。別擔心，我也是過來人。我們也是一路這樣過來的，這裡還沒有人好好記錄過如何佈建環境。」

庫爾特用手機拍下她的待辦清單，然後將平板還給她。「我會在一兩天內給你回覆，」他說。「鳳凰專案還處於石器時代，我們有數百名開發人員和 QA 人員投入這項專案，但大多數人只能佈建屬於他們那一份的函式庫。他們不是為整個系統進行構建，更別提定期進行測試了。我一直向上層指出這項問題，但他們告訴我一切都在掌握之中。」

他直視著她。「在你之前待過的 MRP 團隊裡，你一定不會容忍這種事情，對吧？」

「絕不，」她迅速回答。「就像會議上那人說的——開發人員需要一個可以快速回饋，持續反應工作品質的系統。如果問題癥結沒有盡早處理，那你可能在幾個月後才會發現。到了那時，這個問題可能會被掩蓋於其他開發人員所做的變更中，因果關係因此變得不清不楚。這可不是執行專案的正確方式。」

庫爾特點頭稱是。「然而，此時此刻，我們手中的鳳凰專案，是公司最看重的專案，而我們開發程序的方式卻好像停留在 1970 年代。開發人員寫了一整天 code，只會在專案末期才一次性整合變更，進行測試。在這個過程中，哪些環節會出錯？」他語帶輕笑，「他們一直跟我說，這不是我能決定的。」

他們一起笑了出來。

庫爾特既不刻薄，也不憤世嫉俗。他流露出一種善良的氣場，可以輕鬆順應這個世界運作的方式。他繼續說道：「我很羨慕你待過的製造團隊，工作成果無比豐碩，支援了無數的平台。鳳凰專案的人比你們還多了十倍，但我覺得你們一定比我們還完成更多任務。」

梅克辛點頭，她超級想念她的老團隊。

「哦，順帶一提，你可能會對這個謠言感興趣，」庫爾特說，一邊看向四處，似乎害怕被人聽見：「有消息說莎拉要在這星期內啟動鳳凰專案，史蒂夫已經核准了。一切準備雞飛狗跳，天翻地覆。到時候他們會公布發布團隊，如果你也想知道第一手消息的話，記得跟我說。肯定是場精彩好戲。」

在那場奇妙的互動後，梅克辛回到她的辦公桌前，意識到她又在等東西了。她心不在焉地看著她貼在桌子上的那句話，摘錄自她最愛的《蘇斯博士》系列童書《你要前往的地方！》。

書中描繪了可怕的等待之地，人們在那兒等魚上鉤，為了放風箏等待風起，等待傑克叔叔，等水燒開，或是等待更好的空檔……每個人都在等待。

不！
你不屬於那裡！
你會想辦法離開，
不再發呆和等待。
你會找到光明的所在，
那裡的樂隊彈得正澎湃。

鳳凰專案的所有人都被困在等待之地，她決心要將大家從無盡的等待中拯救出來。

現在是上午十一點四十五分，梅克辛看著她的行事曆。這僅僅是她被放逐的第四天。雖然還沒有收到庫爾特的回覆，她還是設法登入了四個代碼庫中的第三個。今天，她決定不要再等待任何人。

她要佈建一些東西。

在接下來的四個小時，她嘗試執行每一個 Makefile、maven POM、bundle、pip、ant、build.sh、build.psh，以及任何類似佈建腳本的東西。絕大多數都在開始執行時立刻失敗。有些則吐出長長一串錯誤訊息。

她仔細查看所有錯誤紀錄，尋找可以讓腳本正常執行的任何線索，這就像在一坨坨屎中尋找看起來像花生的東西——既吃力又不討好。她找到了至少二十項她在尋找的相依項目或可執行項目。好幾次她四處打聽是否有人知道這些東西在哪，她開過任務工單、發過 email，卻通通石沉大海的那些東西。她花了三個小時在 Google 和 Stack Overflow 上尋找蛛絲馬跡。

出於非常錯誤的判斷，她決定試著從零開始佈建一些缺失的部分，從她在 GitHub 上找到的，看起來很類似的部分開始。五個小時之後，她的心情非常糟糕——疲憊、沮喪、惱怒，而且非常肯定，她就是浪費了一整天去鑽一個永遠不該進入的兔子洞。

就好像她試圖融化鋁罐來鍛造那些丟失的引擎零件。**你真蠢，梅克辛**，她心想。

那天晚上，當她回到家中，她發現她把工作上的沮喪情緒都帶回來了。梅克辛警告先生和兩位孩子，她現在沒心情聊天，在冰箱找到兩小瓶凱歌粉紅香檳。當她的孩子們看見她的樣子，他們立刻知道要乖乖避開。她臉上掛著「媽媽現在心情很差」的表情。

在他們準備晚餐時，她爬到床上看電影。

好好的一天都浪費了，她憤慨地想。

她思考好日子和壞日子的差別。如果她搞定了重要的業務問題，那天就是好日子。因為她全心專注，而且熱愛工作，時間過得飛快。在這種狀態下，你渾然不覺你其實正在工作。

壞日子就是拿頭撞螢幕，在網路上搜尋她一點也不感興趣卻不得不學的東西，以便解決手頭上的問題。在她陷入睡眠之前，她盡量不去多想她這輩子浪費了多少時間在網路上搜尋如何消除錯誤訊息。

又是新的一天。經過一場好眠，她坐在辦公桌前，決心**不再**重蹈覆轍。僅僅覺得自己很忙並不代表她真的做了什麼有意義的事情。在一個終端機視窗中，她調出昨天的工作成果，不看一眼，一鼓作氣地刪除了。

接著，她在任務系統中調出所有待解決的任務工單。她拒絕感到無能為力，任由遙不可及的上位者任意擺佈，受困於冰冷無情的官僚體系，無以施展抱負，無人回應她的需求與目標。

梅克辛和任務工單系統打過不少交道，經驗豐富，好壞參半。

去年，她資助了一個馬克杯的群眾募資專案，這個專案承諾以馬克杯將咖啡或茶飲維持在她設定的溫度下可達數小時。它甚至支援藍芽功能，可以從手機上查看並設定飲料溫度。她很喜歡這個點子，並且爽快地就支付了五百美元來幫助這位發明者。

每當她收到通知時都很激動：當專案達成募資目標、選定製造工廠、開始首次生產，還有，當她的馬克杯終於出貨的時候。作為這趟共同旅程的一份子，而且在最後拿到前五百個馬克杯的感覺著實令人滿足。

和開發部門的任務工單系統打交道的感覺則恰恰相反，和神奇馬克杯帶給她的愉悅和滿心期待有著天壤之別。相反地，這讓她回想起1990 年代她第一次讓高速 DSL 寬頻運作起來的可怕經驗。儘管她很快就收到了 DSL 數據機，卻還得和賣她 DSL 服務的網路服務商和鋪設電纜的電信公司打交道。

姑且不管是誰在她家進行安裝，他們都鐵定搞砸了，因為一點用處也沒有——當她聯絡這兩家公司，他們只會告訴她修繕是對方的責任。有時候他們能找到相關對話紀錄的工單，有時卻找不到。她被困在一個殘酷、毫不在乎、卡夫卡式的官僚主義中。長達四週，她那偉大的 DSL 數據機除了閃著紅燈以外什麼事也沒做。它毫無用處，而她向這兩家公司發送了無數的待處理工單。

某一天，梅克辛決定請假一天，搞定 DSL 網路問題。經過整整三個小時，她想方設法，終於能和擁有雙方任務工單系統權限的 Level 3 升級支援人員通上電話。這個人非常了不起，顯然經驗老道，他能將梅克辛的請求指派給正確部門，使用正確的關鍵字讓兩家公司的兩位主管在電話中安排所有必要的工作。一個小時後，她終於讓網速 64 Kbps 的寬頻連線運作起來了。

過了這麼多年，她仍然記得當時的她有多麼感激那位支援人員。她告訴他：「我想和你的上級談談你做了多麼了不起的事情，並且表達我的感謝。」她愉快地等了十多分鐘，和一位主管交談，然後花了十分鐘滔滔不絕，鉅細彌遺地講述她所受到的幫助。

對梅克辛來說，描述這位 Level 3 升級支援人員所做的一切有多麼偉大英勇，以及她有多麼感激他的幫助這件事非常重要。聽到他被列入升職名單，而且她這通電話很可能促成這個決定時，梅克辛感到非常開心。

在那之後，梅克辛花了一個小時看著閃爍的綠燈，享受著那驚人的下載速度。

想起那位經驗老道的支援人員，梅克辛提醒自己，她熱愛解決問題，熱愛挑戰，以及她的工作有多麼重要。這將提升所有開發人員的工作效率。

深吸一口氣，她重拾她那惡名昭彰的無腦樂觀，仔細掃視她的電子郵件，尋覓任何新的工單狀態變更。她忽略所有的團隊狀態更新，除了那些用大寫英文字母互相嘶吼的內容。她想知道哪些人是急性子，這樣她就能繞道避開。

繼續滾動網頁，梅克辛的心跳怦怦直跳，當她看到這則郵件標題：

通知：#46132 鳳凰專案開發環境 狀態變更

她的開發環境終於準備就緒了？

她盡量不要太激動，畢竟她曾被耍過。昨天她收到兩則通知，但都是枝微末節的狀態變化。第一次是終於有人開啟工單，第二次是這個任務被指派給別人處理。

梅克辛點選了郵件中的超連結，在瀏覽器中開啟了這張任務工單的所有歷史紀錄。她眯著眼睛，前傾身體更靠近螢幕。她在六天前發送了這份工單（如果算上週末），隨著不同的人處理她的佈建環境請求，已經出現了七次狀態變化。在今天早上 8 點 07 分，工單狀態顯示為已解決。

她大聲歡呼。營運部門的人終於搞定了！她終於可以開始佈建軟體！

但下一瞬間，她陷入困惑。她的環境在哪裡？要從哪裡登入？IP 位址是什麼？登入憑證在哪裡？

她拉到網頁尾部的備註和評論區，閱讀每個人處理這張工單所輸入的內容。從鮑勃到莎拉，到泰瑞，再回到莎拉，最後是德瑞克。德瑞克在最下方寫道：

我們需要您的上級批准，才能提供開發環境。
正確流程如下所示。關閉工單。

梅克辛的臉一下子變得通紅。

德瑞克關了我的工單？在等了這麼久之後，他憑什麼因為沒有上級批准就關了我的工單？

誰是天殺的德瑞克？！梅克辛在心裡大喊。

她在工單系統中移動游標，試著找到任何可以點選的東西。唯一可以點選的只有德瑞克提供的政策說明文件。她找不到任何方法找出誰是德瑞克，也不知道如何聯絡上他。她找到一個重新開啟工單的按鈕，但按鈕顯示為灰色，無法點選。

多謝你了，德瑞克，你這個混蛋，梅克辛憤怒地想。

在憤怒之下，她意識到自己需要休息。她用力踱步，走出大樓，然後坐在戶外長椅上，深深吸一口氣，閉上雙眼，在心裡數到五十。然後她走回辦公室，坐回桌子前。

她按了按鈕，準備開啟一張新的工單。畫面中跳出一個空白的任務工單，有著無數的欄位需要填寫，她差點直接放棄然後回家。差點。她勉強扯出笑容，召喚出自己最友善的那一面：

> 嗨，德瑞克。非常感謝你協助我的環境請求，鳳凰專案急需這個開發環境 —— 請參閱 #46132 任務工單（連結如下）。我想我可以將來自經理（蘭迪·凱斯）的批准訊息複製到這張工單中？我會在三十分鐘內拿到蘭迪的許可，然後附在 email 寄給你。我可以打電話給你，確認今天之內能否處理嗎？

她按下「送出」按鈕，寫了一封簡短的 email 給蘭迪，問他是否同意建立開發環境，然後她跑向他的辦公桌。發現他就在那裡，沒有會議纏身。她把需求告訴他，然後站在他身邊，看他回覆了短短一句：「批准」。

當她回到她的位置，一種堅毅不屈的決心油然而生，與之而來的還有持續不懈的專注。她會無所不用其極，用盡全力取得她的開發環境。

她坐了下來，複製 email 上蘭迪的批准訊息，然後貼到任務工單中，並且加上一條註記：

> 德瑞克，感謝幫忙。這是我經理的批准。我今天可以得到
> 開發環境嗎？

她按下「送出」。

她調出公司的員工通訊錄，瀏覽 IT 部門內所有叫做德瑞克的人。有三個人。看起來最可能的人是網管部服務中心的德瑞克。

她傳了一封語氣友善的 email 給他，並且寄送副本給蘭迪，先感謝德瑞克的幫忙，並讓他知道當她拿到鳳凰專案的軟體佈建版本時會有多麼感激。事實上，她是想求他不要將她的任務工單排到最後，晾上一週才處理。

她按下「傳送」。過了五秒：

> 自動回覆 —— 請將所有和服務中心相關的任務轉到服務中
> 心。我會盡力閱讀所有郵件，並在七十二小時內回覆。如
> 果是緊急情況，請撥打這個號碼……

她發出咒罵。她想像德瑞克坐在他的桌子前看著她受苦受難，放聲大笑。她印出所有和任務工單 #46132 相關的資料、她的電子郵件內容，還有那三個叫做德瑞克的人，尋找他們的具體位置。服務中心的德瑞克在隔壁棟的地下一樓。

當她走出德瑞克所在樓層的電梯時，看見一排排小隔間，位於電腦前的人們戴著耳機。這裡沒有窗戶。天花板出乎意料地低矮。她能聽見螢光燈發出的嗡嗡雜訊。這裡意外的安靜。**這裡應該裝上更多風扇讓空氣流通**，她心想。她聽到人們打字的聲音，有幾個人禮貌地與電話那頭交談。

眼前這一切，讓她為自己先前對德瑞克的憤怒感到非常非常內疚。她向某人詢問德瑞克的位置。穿過迷宮般的辦公隔間後，她終於看到德

瑞克的名牌，這個名牌看起來是用缺了墨水的噴墨印表機列印出來的。然後她看見了德瑞克。

他根本不是一個頑固的老官僚。恰恰相反，他才二十出頭，是個亞洲人，當他盯著一個小小的 LCD 螢幕瀏覽東西時，表情相當嚴肅。梅克辛的筆記型電腦螢幕都比這個經濟款電腦螢幕還要大。想起自己先前對他抱持的負面看法，她感到更加難過。

這裡沒有多餘的椅子，所以梅克辛在他身邊蹲下身子。「嗨，德瑞克，」她以最友善的聲音說道：「我是梅克辛，上週提交了開發環境任務工單的人。因為我沒拿到經理批准，所以今天早上你關閉了這個工單。我剛剛拿到批准了。但因為你將工單關了，我不得不重開一張新工單。我想知道你是否能幫忙處理一下。」

「哦，天啊，抱歉我關了你的工單。我是新來的！」德瑞克很認真地回答，顯然非常擔心他搞砸了一切。「我只知道，我要確認某些請求必須先獲得批准。我沒辦法重新開啟任務工單。只有主管有這個權限。所有新的工單會進入待處理佇列，然後指派給下一位有空的人。也許我的主管可以幫上你的忙？」

梅克辛感到頹喪，害怕前方等待她的東西。但環顧眼前人群，她意識到如果現在不搞定這個問題，那麼她永遠拿不到她要的開發環境。

「當然，太好了，謝謝你。」他露出微笑，一起走向外面的一間辦公室。

在接下來的十五分鐘裡，梅克辛看著德瑞克的主管熟練地瀏覽那一長串工單歷史紀錄。自從梅克辛離開她的座位時，一個叫莎曼莎的人就關閉了她新提交的工單，指出不可以在「備註」欄位提交批准。

梅克辛拒絕失去冷靜。這些人在試著幫助她。這位主管為造成不便致歉。她將梅克辛的兩張工單合併，將蘭迪的名字填入批准人欄位，然後重新送出工單。「現在，只要蘭迪按下工具列的按鈕，就大功告成了！很抱歉，我們沒辦法授權請求，只有特定經理才有權限。」

「他可以在手機上批准嗎？」她問道，努力控制自己的雀躍。顯然不行——服務中心的工具早在智慧型手機問世之前就開發出來了，那時的行動電話還像手提包那麼大，而且只能以 LED 顯示七位數字。

梅克辛嘆了口氣，但她真誠地向他們表達謝意，她很確定，自己終於向著目標邁前一步。當她轉身離開時，德瑞克語帶試探，小心地問：「你介意我問一個愚蠢的問題嗎？」

「歡迎，這世界上沒有愚蠢的問題。請問吧，」她微笑，盡量不顯得過度興奮。

「什麼是開發環境？我處理過關於筆電的問題，還有重設密碼等等，但我從來沒聽說過『環境』。」

來了，梅克辛心想，感到徹徹底底的渺小。**這星期，就讓德瑞克和服務中心為您帶來關於耐心、友善和同理心的一課。**

梅克辛為自己贏來的冷靜自持、富有同情心和設身處地同理他人的名聲感到自豪。但是現在，她覺得自己沒有展現出一分一毫。被派到鳳凰專案這事讓她成了壞人？

她體認到將怒氣發洩在得瑞克身上有多不妥。這個可憐的傢伙並沒有因為她是開發人員而對她有所不滿。他甚至聽不懂她在要求些什麼，更別提要明白這些有多麼重要。在缺乏經驗的情況下，他只是按照指示關閉了她的工單。他只是盡力做好他的份內工作。

梅克辛在兩個小時後回到座位。她帶德瑞克和他主管一起去吃午餐──感謝他們的幫忙，也是為了彌補一開始對德瑞克的負面看法。她抓住機會向他解釋軟體開發工作，激發了他源源不絕的好奇心。她描述了服務中心以外的技術人員可以選擇的各種有趣職涯，希望能鼓勵他探索一些新的選項。

她去找蘭迪，確認他會批准請求。他不在位子上。她立刻用手機打給他。

「在回到位子前，我沒辦法批准，」蘭迪告訴她。「我百分百保證，等我開完會一定會幫你批准。五點前一定回覆。」

梅克辛回到她的位子，感到一陣矛盾。她明白自動化工作流程的必要。還在製造工廠時，她所寫的 MRP 系統控制著成千上萬人在一天之內每分每秒所做的事情。如果沒有嚴謹的流程，不可能大量生產成本動輒數千美元的產品。

即使是服務中心的工作流程，無論是這裡，還是十幾年前為了安裝 DSL 數據機而不得不與其打交道的那個組織，在大多數情況下都是提供客服的好方法，即便這些服務是由成千上萬名客服人員提供的。

那麼，為什麼這裡的任務工單系統這麼爛？我們都是無極限零件公司的一份子，為什麼搞得我像在跟政府官僚體系或是不負責任的供應商打交道？梅克辛陷入深思。**也許是因為當朋友找你幫忙的話，你不會叫他們先開一張工單吧。**

隔天，梅克辛發現蘭迪確實履行承諾——他批准了開發環境的工單，但那時已經太晚了，沒人可以處理。

儘管有了這個突破，梅克辛還是在等開發環境。失望之餘，她漫無目的地在各個會議之間遊走，不想在桌前無所事事。

在廚房等待另一壺咖啡泡好，她在打發時間的時候，手機突然嗡嗡震動。螢幕上跳出一個又一個關於工單 #46132 的郵件通知。虛擬機的需求被指派給分散式系統組，來自另一組的儲存區，另一組要求 IP 位址，還有另一組請求網路掛載點，另外三個組要求應用程式的安裝程序……

梅克辛高興地大叫——進展！終於！聖誕老人剛剛動員了他的魔法精靈軍團，開始佈建她渴望已久的開發環境。這群騎兵部隊終於來了！

狂喜之餘，她閱讀了所有工單。有好多好多工作被指派給各組，看起來像是動員了整個營運部門。梅克辛突然對建立一個環境需要動員**多少人馬**感到震驚。

她坐到桌前開始工作，計畫著要在開發環境中先做些什麼，此時她的手機開始不停地嗡嗡作響。打開信箱，她很驚訝地發現收件匣中竟然有四十封通知。在螢幕頂部的是如洪水般的新通知，將她的工單標記為已關閉。

「不，不，不，」她發出哀號，開始從頭追溯所有工單歷史紀錄。她看到使用者帳戶完成建立，掛載點完成配置，然後她看到一位儲存空間管理員的註記：

> 很抱歉，我不得不關閉您的任務工單。您可能不會相信，過去三個月以來，我們的儲存空間已經告急。我們有一筆要求更多儲存空間的大訂單，也必須等到一月才能處理，更慘的是，所有控制器都已經超負荷了。採購部說我們每年只能訂購兩次，才能從供應商那兒拿到大筆訂單的折扣。您的需求被排在最前面，所以我們會在二月幫您處理。

梅克辛眨了一下眼睛。

現在才九月。

鳳凰專案是這個公司最重要的專案。這三年來已經花了 2000 萬美元。然而，此時此刻，她想要幫上忙，而他們卻不願意花 5000 美元在更多的磁碟空間上。她必須等上五個月才能拿到開發環境！她將頭埋在雙手之間，靠在鍵盤上無聲地尖叫。

被徹底打敗之後，她又走了出去，漫無目的。現在是下午兩點半。行事曆上的會議對她來說都不再有趣。人們都在抱怨要等待。等待某些東西。等待某人處理。每個人都在等待。她現在不想參與其中。

她回到辦公桌，拿起外套和電腦包，決定離開。她不知道要去哪裡，但絕對不能繼續待在這裡。

直到坐到駕駛座上，她才決定去她孩子的學校。並不是要去看孩子——他們已經到了不想再和父母一起的年紀了。她要去的是中學，五年級生和六年級生聚在一起參加課後活動的地方。她很自豪她曾經幫助老師們建立一個寫程式的社團，現在這個社團非常熱門。她很開心有這麼多學生在進入高中之前就熱衷於科學、技術、工程和數學等領域。

梅克辛深信，習得這些技能非常重要，因為程式設計能力將會是未來十年從事每一種職業都必須具備的專業技能。撰寫程式碼不再只侷限於開發人員。

她走進教室，立即看到了瑪雅和佩姬，兩個她最喜歡的孩子。她們是最好的朋友，也是可敬的對手，有時甚至視彼此為勁敵。她們都很聰明、積極學習，並且擁有解決問題的天賦。

今天是梅克辛這學年第一次拜訪社團。她很驚訝每個人都長大很多，而且寫程式的能力也進步很多。一些人用 JavaScript 編寫類似遊戲的東西，一些人在設計網路伺服器，還有兩個學生看起來像在製作手機應用程式。

她在接下來一個小時內研究每個小組在做些什麼，在他們向她展示成果時笑得很燦爛，而且很享受他們提問。當瑪雅和佩姬請她幫忙解決問題時，她迅速拉起一把椅子。

他們正試著完成一份課堂練習，要使用 Python 來計算一組數字的平均值、眾數和四分位距。她馬上就看出她們一次又一次犯下相同的縮排錯誤。

當然，在她們試著執行程式時，Python 解析器會退回所有縮排錯誤。她們很努力釐清哪裡做錯了，盡一切努力讓錯誤消失。

「介意我給個建議嗎？」梅克辛問道，採取更積極的角色。

「當然，錢伯斯女士，」瑪雅回應。梅克辛嘆了口氣，仍然不確定她希望青少年如何稱呼她。

梅克辛向她們解釋 Python 縮排的運作方式,以及它與大多數程式設計語言的不同之處。「不過,無論你使用哪一種設計語言,最重要的一點是要常常執行你的程式,」她說。「當我第一次編寫某些東西時,只要我改動了**任何地方**,我都會執行一次程式,好確保程式依然可以正常運作和進行編譯。這麼一來,我就不會在不知情的狀況下犯相同的錯。最好能在第一次出錯時就發現,你們說對不對?」

她指導她們正確對齊某些縮排。「檢查看看這樣是否解決了第一個錯誤……」

她快速掃過編譯器上的按鈕。「看起來只要你按下 Control-Enter 就能執行程式了。啊,看來還需要做些改變。是的,現在你修正好第一個錯誤了。繼續修復下一個錯誤,直到程式可以正常執行。如果你在出現每個小小變動時都能堅持檢查,那麼就永遠不會有大 bug 需要你解決……」

反思她剛剛那一番話,梅克辛繼續補充:「頻繁執行程式的真正好處是,你可以親眼看到程式被執行,這很有趣,這也是程式設計的精髓。」

女孩們會心一笑,並快速地找出其他錯誤。看到她們使用剛剛她展示的快捷鍵,梅克辛露出微笑。

看到程式終於正常執行,女孩們開心地笑了。看著輸出結果,瑪雅注意到不對近的地方。她們計算的平均值不太合理。

「嗯……這應該是『差一錯誤』,」梅克辛說。「這是開發人員最常犯的錯誤之一。通常會發生當我們在陣列中對每一個要素進行迴圈計算,但是卻錯誤計算哪個是最後一個要素的時候。現在就是這種情況──我們錯過了最後一個要素……你們信不信,如果不小心對同一個要素處理太多次,這可能會導致程式故障,甚至被駭客鑽漏洞。」

梅克辛無法停止笑容。她為有機會分享這項經驗感到很興奮,因為幾十年來的切身體會,讓她了解到狀態轉變和迴圈是非常、非常危險的做法,而且很難糾正錯誤。十年前,她在半夜搶修那個出了故障,讓她聲名大噪的 ODBC 資料庫,就是由這類問題引起的。

這就是為什麼梅克辛如此投入於在任何地方應用函式語言程式設計的原則。學習她最喜歡的程式語言 Clojure 是她遇過最困難的事情，因為這個程式語言完全消除了改變（或變異）變數的能力。毫無疑問，Clojure 使她獲益匪淺，她發現她過去常犯的錯誤（就像那些女孩們剛剛犯的錯一樣）十有八九都消失了。

函式語言程式設計確實是一個更有助於思考的優秀工具。

「你們想看些更酷的東西嗎？」梅克辛問女孩們。當她們點頭時，她說：「我的做法會像這樣。雖然看似有點奇怪，但你們可以利用迭代器來取代迴圈──這是一種用來撰寫迴圈的方法，它更簡單、更安全。」

她快速瀏覽在網路上找到的 Python 說明文件，然後在他們的編譯器上輸入一行程式碼，按了幾下 Control-Enter 鍵，然後找到了正確答案。

「瞧瞧！看這裡，這行程式碼和你們寫的程式功能相同，但少了迴圈或條件式邏輯，比如檢查陣列結尾。事實上，只需要一行程式碼，就能避免『差一錯誤』！」她說，為她剛剛所寫的程式碼感到自豪。

當女孩們看到梅克辛展示的東西時，眼睛睜得大大的，不斷地發出「哦！」和「啊！」的讚嘆聲。梅克辛很高興，因為即使這個小小的課後練習也能消除一些這個世界不需要的複雜性。這可能使女孩們免受幾十年的沮喪情緒，讓世界變得更加安全。

接下來一個小時，她穿梭在各個小組中，開心地看著孩子們解決問題，不時地教他們一些小技巧，幫助他們提升效率，更樂在其中。當孩子們停下手邊工作，各自收拾又大又重的書包時，梅克辛意識到她的好心情。

教會人們一些他們想學習的東西，那種令人愉悅的感受無可比擬。再加上，這些孩子真的很優秀。她想到這裡的一切有多麼簡單。只要按下 Control-Enter 鍵，程式就會開始執行。如果哪裡出錯了，只要進行修復，按下幾個鍵，然後再試一次就行。

在她目前水深火熱的工作環境中，恰恰相反。她仍然無法建立鳳凰專案系統的任何一個部分。不知何故，軟體佈建這件事似乎不再是每個人的日常任務。

瑪雅和佩姬在半小時內犯下相同的縮排錯誤。在無極限零件公司中，有一百位開發人員可能會犯下更大的錯誤，卻要過了好幾個月才會意識到自己哪裡做錯了。

每個人都向梅克辛揮手告別，感謝她的指導幫忙。她爬進車裡，癱坐在駕駛座上。出乎意料，她感到一陣悲傷和沮喪 —— 在工作上，她沒有感受到剛剛在這裡所體驗的快樂和學習成果。她想知道，鳳凰專案中的所有成員是否一直都有相同感覺。

梅克辛正準備發動車子時，手機震動了起來。傳來訊息的人是她所編寫的開源專案的協作者，這個開源專案是為了幫助她管理個人任務。她在五年前開始了這個專案，協助她持續記錄工作日誌。她總是鉅細彌遺地紀錄自己如何運用時間。

起初，這只是為了幫助她提升工作效率，從電子郵件、Trello、Slack、Twitter、閱讀書單以及無數產生工作的地方中篩選出她的新任務。這個 App 讓她可以輕鬆地將工作推送到 GitHub、Jira、Trello 和其他和其他人或團隊進行互動的許多工具。

多年來，她每天都會使用這個 App 來管理大部分的工作與個人生活事項。她將所有的任務都放在那裡。這裡就是她的主信箱，在這裡她可以一覽所有的工作，並在她操作的無數系統之間自由移動工作。

很多人也使用她的 App，還有一些人編寫了配接器好連接其他工具。她經常驚訝於世界各地有無數人天天使用這個 App，超過二十位活躍貢獻者為它編寫程式碼。

她看了看簡訊上的合併請求（pull request）——有人為任務管理器建立了新的配接器。這個變更請求看起來棒極了。這是她多年來一直想做的事。這個變更相當高明，她相當贊同自動化測試的編寫方式，讓新的變更在不改動其他東西的情況下進行運作。這人還詳細記錄了他的工作，寫了幾段關於這個變更的做法和原因。她非常認同這人以教學文件紀錄他的變更，這麼一來其他人也能依樣畫葫蘆。

她樂見於其他人發揮聰明才智與熱情，讓 App 變得更好。身為專案負責人，她認為能夠讓成員有效率的工作是她的首要之務。

幾年前，曾經有超過二十個合併請求，但出於各種原因，她無法將這些變更合併到主幹——有時變更互相衝突，有時是她的 API 無法完整適應這些變更的需求。她知道，當你向某人的專案提交變更卻沒人理會，或者被告知無法整合時有多麼令人沮喪。如果這種情形一再發生，那麼人們最終會放棄或複製（fork）你的專案然後另開爐灶。

因此，當她的專案發生這類情形時，她花了好幾個星期的晚上，重新構建系統，讓人們可以快速、輕鬆、安全地做出他們想要的變更。這花費了很多精力，她親自重寫每一個合併請求，這樣貢獻者就不必重做他們的工作。當他們的變更成功合併到主版本時，每個人既高興又感激——而梅克辛的開心無人能及。

梅克辛知道敏捷性從來不是白吃的午餐。隨著時間流逝，如果沒有投入這樣子的心血，軟體經常會變得越來越難以變更。當然也有些例外，好比浮點數運算函式庫這四十年來都沒有改動——它們無需改動，因為底層的數學運算邏輯沒有改變。

然而，幾乎所有其他領域中，尤其是當你需要面對客戶的時候，變化是生活的一部分。一個健康的軟體系統可以讓你依照速度需求進行改變，在這個系統中，人們可以快速且輕鬆地進行改動，無需費力。這就是讓一項專案變得有趣且值得貢獻，並且擁有活躍社群的真諦。

她開車回家，欣喜地發現先生已經準備好了晚餐。她最後一刻決定去拜訪學校，見到一群新一代電腦高手這件事，讓她的孩子們感到非常開心。

當孩子們去寫作業時，她拿起筆記型電腦，打開那令人振奮的合併請求。她輸入程式碼，然後在電腦上執行新版本。梅克辛登入系統，到處點擊，測試一些邊角案例（corner case），確認這人是否掌握細節。

她露出微笑，在瀏覽器中打開合併請求，然後按下按鈕，將這個請求合併到函式庫中。她寫了一封感謝信給這位提交者，大力稱讚他的聰明與主動。

在按下「送出」之前，她注意到這人寫道：「梅克辛，假如有人修改屬性時，你能讓系統跳出桌面通知的話，我會為你舉辦一個盛大派對……」

好主意，她想。她打開程式碼編譯器，在接下來的十五分鐘內嘗試實現這個點子。當它第一次成功執行時，她大大地笑了，大聲叫好，為自己鼓掌。她的心情很好。因為這些奇蹟般的科技，你可以用小小努力就完成很多事情。

她繼續寫信給這位提交者：

> **我必須再說一次：幹得好！我相信每個人都會像我一樣喜歡它。謝謝你！（我剛剛新增了你提議的通知功能。我接受你的派對邀請。）**

按下「送出」時，她想著，是否全宇宙正向她傳達一則訊息。和中學生們共度的下午時光，以及她輕而易舉地將新功能加入 App 中（這個 App 可比鳳凰專案還有老得多）這件事，在在顯示**真正的 coding**是什麼樣子。

她能夠全神貫注，流暢且愉悅地進行構建，在工作時能夠快速得到回饋。人們能夠做他們想做的事情，不需要依賴於其他人。這是優秀的軟體架構可以實現的事。

她被放逐到全公司最具策略意義的專案中，專案成功與否攸關整個公司的存續。然而，數百名開發人員卻被困住，無法盡職完成工作。

在那一刻，梅克辛下定決心，她要把她為中學生和開源專案所培養出的生產力水準重現於鳳凰專案中，即使在短期內她會因此吃上苦頭。

第 4 章

9 月 11 日，星期四

第二天早上，梅克辛仍從昨天無數光榮事蹟中感到勝利。但正如庫爾特所預測的那樣，每個人都被嚇壞了。令所有人震驚且難以置信的是，發布並不會取消或延期。鳳凰專案將於明天五點正式啟動。

寇克船長顯然按下了曲速按鈕，儘管史考特工程師告訴他二鋰晶體即將爆炸。所以，今天沒有無聊的進度會議。相反地，每一場會議都是混亂場面，人人處於恐慌臨界點。一場會議很快演變成喧鬧嘈雜的局面，充斥著問題與反對，震驚與質疑。人們瘋狂地在手機和電腦上打字，房間內三分之一的人在打電話。這場面猶如一部攝於 1940 年代的老電影，記者們爭先恐後衝出法庭，走向公用電話亭，或者衝回辦公室，瘋狂地想搶先發布頭條新聞。

梅克辛轉頭問隔壁的人，大聲喊道：「鳳凰專案以前有上線過嗎？」

「沒有，」他喊道。

「有發布團隊嗎？」梅克辛問。

「沒有。克里斯、克爾斯登和比爾今天會召集一個正式的發布團隊，但我不知道會由誰來主導這件任務。」他回應道，假裝咬指甲，表現出緊張和恐懼的樣子。

梅克辛回頭看了他一眼，無言以對。

梅克辛並不喜歡看人受苦，但是看著鳳凰專案燃起烈火比等別人處理她的工單需求還更令人興奮。她在心裡哀號，意識到如今大難臨頭，根本沒人有空處理她的工單。

那天早上的稍晚時候，克里斯宣布 QA 總監威廉將帶領發布團隊。他的目標是：讓一切都進入可發布狀態，和同樣被忽視的營運部門好好協調。

可憐啊。她清楚他們麻煩大了。鳳凰專案的開發人員甚至無法好好地合併程式碼變更，絕對會缺東缺西，或是破壞整個軟體版本。成功推出一個生產環境部署真是樂觀到不行的想法。**或純粹是癡人說夢，**她心想。

「威廉，你的發布團隊什麼時候開會？」梅克辛在他小跑經過時問他。她也小跑跟上。「我能幫忙嗎？」

「第一個會議在一小時後。我們需要任何幫助，」他說，甚至沒有放慢腳步。梅克辛很開心，她的技能和經驗終於有用武之地了。

這將是一場有趣的會議，她心想。梅克辛已經見識了在鳳凰專案上，開發部門和營運部門之間如何進行互動。他們完全不像一個真正的團隊，反而更像戰爭一觸即發的兩個主權國家，外交官在雙邊大使館間斡旋，在協議和官方禮節之間周旋出一個令人不適的和平。就連安排這兩個部門之間的會議都需要舉辦高峰論壇，還要律師出席見證。

無論如何，她很興奮能夠加入戰局。奇怪的是，這是目前為止她在鳳凰專案中最開心的時刻。她意識到自己笑的合不攏嘴。**我這樣是不是很壞？**她默默地想，然後又笑了出來，蠻不在意。

儘管梅克辛盡力早點抵達會議室，她還是遲到了。因為參加會議的人數不斷增加，超過了場地限制，會議不得不推遲兩次。

會議室裡的溫度比走廊還要高上十五度，空氣滯悶，一點也不暢通。有將近五十人擠在一個超出人數限制一半以上的空間裡。她看到了克里斯、克爾斯登、威廉，還有一群開發組長和經理。庫爾特坐在威廉旁邊，向她揮手致意。

在另一端坐著的是比爾・帕爾默，身邊是一群她不認識的臉孔。她注意到……他們有些不同。

比爾左手邊坐著一位體型壯碩的人，他雙手交叉在胸前，臉上寫滿了「我很不高興」的怒容。他搖了搖頭，一臉不買帳。「你們這些人有什

麼問題？你是在告訴我，除了幾台 Linux 伺服器之外，你們不知道還需要多少台 Windows 伺服器？……再跟我說一遍，你們到底要幾台伺服器？『幾台』伺服器究竟是幾台？是公制還是英制單位？順便想一下，你們要不要 Kumquat？或者 Tandem？」

在他兩側的是一位女士和一位年輕男人。他們忍俊不禁的樣子讓梅克辛立即想到了史萊哲林學院的克拉和高爾，這兩人是踐哥・馬份的跟班，總是心懷不軌，屢次和哈利作對。

「呃……」一位開發經理說。「事實上，目前只有一個組件可以在 Kumquat 伺服器上執行。這是一個在既有的訊息匯流排上加入的擴充程式，我們只做了小小的修改。理論上不會造成任何問題，而且新增的負載量小到可以忽略不計……」

梅克辛聽到了房間裡此起彼落的哀號聲，而且不僅僅是從桌子對面的史萊哲林學院那邊傳出。坐在大個子男人（梅克辛已經把他當作踐哥・馬份）一旁的年輕男人嘆了口氣，說：「從技術上來看，Kumquat 伺服器沒有任何問題—— 我們有超過十年在這個系統上執行生產環境工作負載的經驗，而且我們對它知根知底。問題是這個叢集的重新啟動時間幾乎要八個小時。我們要盡一切小心處理任何可能牽涉到重啟系統的事情，好比安全性修補程式。我很擔心有些變更會需要多次重啟，這可能意味著一整天的停機時間……或者永遠當機……」

梅克辛這才意識到，這些人是營運部門的人。難怪她從沒見過他們。

「韋斯，相信我，我們和你同樣害怕這種情況發生，」開發經理在桌子另一端回應道。「這三年來，我們一直努力試圖重新移植這個應用，但總是會有其他事情比這件事更優先。」

「對啊，你各位開發人員總是要確保功能得到優先處理，永遠不會清理那些技術債……真是工程師的典型陋習，」馬份大哥憤怒地說。

比爾對馬份大哥說，連頭都沒有轉向他：「停，韋斯。解決這個問題。保持專注，不要離題。」

「對，好，了解，老大，」韋斯（馬份大哥）說。「幾個 Linux 伺服器、幾個 Windows 伺服器，一個 Kumquat 伺服器。了解。現在誰來定義一下『幾個』的意思？」

梅克辛看著所有開發經理聚在一起，將每個組件的運算需求製作成表格。顯而易見，他們只是靠著直覺憑空臆測，沒有經過任何深思熟慮。

梅克辛意識到這次發布比她想像的更為棘手。開發人員仍然沒有合併他們的程式碼。他們也還沒有定義執行應用的生產環境──用「幾個」這樣的字眼來描述環境，顯然無法解決問題。

她提高音量發問：「在網頁顯示產品和處理訂單時，我們預期每秒會有多少交易量？目前的軟體版本每秒可以處理多少交易？這可以告訴我們需要多少伺服器來支援水平擴展能力，以及我們還需要多少資料庫等垂直擴充組件。」

房間陷入寂靜。每個人都轉向梅克辛。他們似乎被她這個出於常識的問題嚇了一跳。坐在韋斯身旁的女人說：「謝謝你！這正是我們需要知道的！」

梅克辛點了點頭，向她眨眼。

克里斯站了起來。「這是整個公司歷史上最受矚目的公開發布活動。行銷部門不遺餘力進行宣傳，他們準備花將近一百萬美元來宣傳鳳凰專案。所有門市經理都接到指示，告訴顧客下載 App 然後在星期六登入網站──他們甚至還舉辦競賽，要比哪一家分店得到最多的用戶註冊數量。他們在產業新聞和商業媒體上廣發宣傳曝光。他們還想讓莎拉或史蒂夫去各大新聞節目──甚至是《早安美國》──露臉宣傳。

「這是我能從市場行銷部那裡得來的最佳估算數字，」克里斯繼續說道，快速瀏覽他的筆電。「預計會有一百萬人拜訪無極限零件公司的官方網站和行動應用，我們應該做好每秒至少有 200 筆訂單的準備。」

梅克辛聽到房間裡此起彼落的喃喃自語和低聲咒罵。

韋斯掃視了一下房間，最後轉向克里斯，一掃剛才的滑稽神情：「好吧，明白了。」他指著梅克辛，說道：「我們這位聰明的架構師剛剛問了目前的鳳凰專案能處理多少筆訂單。嗯？」

克里斯看向威廉，他手上拿著一份文件。「今天早上剛剛出爐。在我們的測試中，鳳凰版本目前每秒可以處理 5 筆交易。任何導致資料庫用戶端因為逾時而崩潰的原因，包括行動應用……我想我們遺漏了不少資料庫索引，但我們還沒有釐清究竟是缺了什麼……」

威廉抬起頭。「情況非常、非常不好，克里斯。」

韋斯沈默了一會兒，目瞪口呆。然後，他用一種生硬、厭世的聲音對克里斯說：「我們不會成功的，對嗎？」

沒有人說話。最後，比爾問道：「韋斯，你需要什麼幫助？」

「……我甚至不知道，」他回答。「也許幫團隊打個掩護，讓他們維持注意力吧。」

就在此時，梅克辛聽到走廊傳來一個響亮的聲音。「為了讓無極限零件公司繼續生存，我們必須完成這項任務，所以，我們當然會成功。」

噢不，梅克辛心想。來人是莎拉·莫爾頓。

她穿著一身明亮奪目，看起來要價不菲的黃色套裝，容光煥發，她臉龐的光采明亮到令梅克辛懷疑這怎麼可能。辦公室裡的螢光燈通常會讓人臉看起來陰森恐怖，褪盡顏色。梅克辛懷疑她的化妝品中加了鐳粉，讓她看起來像 1950 年代的床頭燈一樣亮。莎拉有一種危險的風采，令房間內的所有人為之著迷。

「我們所處的市場正在衰退，競爭對手不斷地搶佔原屬我們的市場份額，」莎拉說。「更別說像 Amazon 這樣的科技巨頭和其他 20 家新創公司了，它們正在顛覆我們這個產業。正如史蒂夫在員工大會上所說的，我們已經花了三年進行籌備，現在，是我們發動戰爭，捍衛我們天下的時候了！」

莎拉環顧房間，尋找任何反抗或叛亂的跡象。「這是高層拍板定案的企業戰略。有人對此有疑問嗎？」她尖銳地問道。

梅克辛聽到自己的笑聲，這令她難以置信。她驚恐地摀著自己的嘴。**堅持點，梅克辛！**很快地，她抹去臉上所有表情，就像做了壞事被抓包的高中生。**你從什麼時候開始在乎當權者對你的看法了？**她在心中問自己。

從克里斯叫我保持低調開始。梅克辛強迫自己冷靜看向莎拉，盡全力擺出《星艦迷航記》中莎維可中尉的萬年表情，不受任何事物影響的冷酷理性。

「似乎有什麼事情讓你覺得特別好笑……嗯，不好意思，請問你叫什麼名字？」莎拉問道，冷靜地看著梅克辛。

「梅克辛，」她平靜地回答。「我笑是因為你說鳳凰專案很重要，但現在整個會議室裡，我們只想搞清楚**如何讓鳳凰專案運作起來**。」

「而進展一點也不順利，」韋斯小聲嘟囔著，笑得有些窘迫。

「我看得出來，在你們之中有些人對我們的使命並不買帳，」莎拉說，評價著會議室裡的每個人。「嗯，正如我在員工大會上所說的，用來創造目前成績的技能，並不一定能創造未來的成功。作為領導者，我們必須弄清楚團隊中是否有志同道合的夥伴。我會通知史蒂夫。我知道這次發布對他個人來說至關重要。」

聽到史蒂夫的名字，克里斯一臉不可置信地看向梅克辛，然後用雙手摀住自己的臉。**保持低調，你最厲害，**梅克辛心想。

「好了，莎拉，適可而止。」比爾說，然後站了起來。「我們去通知史蒂夫這些問題，然後讓團隊找出執行發布任務的方法。我們在這裡只會礙事。」

「沒錯，史蒂夫需要知道這些狀況，」她說。莎拉轉身離開，但又回頭看了一下梅克辛。「我欣賞你的直言不諱。如果你這星期有時間，我們一起吃午餐嗎？我想更了解你。」

什麼？……梅克辛全身僵硬，像是一頭撞進車頭燈的小鹿。

「身為女性，我們必須團結一致，你說對嗎？」莎拉眨了眨眼。

梅克辛臉上掛著僵硬的微笑，說道：「嗯……謝謝你——我……很樂意。」話一出口，她覺得自己好可恨，為這麼多人眼睜睜看著她拙劣的謊言而感到無比尷尬。

「那就說定了，」莎拉帶著溫暖的微笑回答。「如果你需要有人來指導你，我很樂意。」她看著手機，然後說：「是史蒂夫的電話，他有事找我。那就交給你了，記住，我們都要保持樂觀。」

當莎拉離開後，梅克辛長嘆一口氣，不太相信剛剛發生了什麼。她知道經營人脈很重要，有助於找人幫忙完成重要任務。但是，不論莎拉多麼有影響力，她並不是很期待和莎拉扯上關係。梅克辛對於經營自己的人脈這件事相當挑剔。

接下來一個小時，在這龐大的發布團隊試圖完整理解發布鳳凰專案究竟需要些什麼的時候，梅克辛遊走於不同的組之間。至少有十二個技術堆疊需要部署，比梅克辛在建構軟體版本時所預估的還要多。

她知道那些運行於 Windows 和 Linux 系統的各種應用程式伺服器以及網路上的前端應用，但她完全忘記還要加上兩個行動應用程式（一個用於 iPhone，另一個用於 Android），這兩個應用涉及至少十個不同的後端系統，這些全部都必須進行變更，才能適應鳳凰專案。

她也忘記了當你將營運部門納入考慮後，專案所牽涉的團隊數量增加了不止一倍，因為想讓這些應用程式上線到生產環境，會需要伺服器管理團隊、虛擬化團隊、雲端團隊、儲存團隊、網路團隊……

這些需求再再提醒梅克辛為何生產部署對所有技術組織來說是最為複雜的活動，因為這件事必須在組織間不同團隊間進行協調。鳳凰專案可不僅是一次單純的部署工作——它的設計初衷是為了徹底改變組織每一份子和顧客進行互動的方式。

梅克辛聽的越多，她感覺越糟糕。涉及到這麼多部件，他們幾乎不可能一次就搞定。光一個開發環境就要梅克辛提交那麼多工單，而且她尚未成功。她猜部署鳳凰專案需要提交幾百張工單，甚至是幾千張。

她聽著某個團隊的專案經理說：「難道我們不需要改動防火牆的設定嗎？而且不只是針對外部連線。我不認為公司內部這些系統曾經互相交談過。」

梅克辛挑眉，她聽見更多人發出呻吟。「噢，好極了。防火牆團隊通常需要至少四週的時間處理變更請求，」名為佩蒂的女人說。「你覺得我們的變更管理程序很慢嗎？和資安部門比起來，我們簡直是極速狂飆的惡魔。」

突然，梅克辛聽見身後的門砰地一聲打開了，佩蒂抬起頭。「哈，說曹操，曹操到。這位是約翰，我們的首席安全官。好戲上場了……」她說。

約翰大約三十多歲，體型像超重了二十磅，但他的衣服看起來仍然很寬鬆。就像一部故事背景是美國西部的老電影，他被兩個人簇擁著——一男一女的工程師，看起來有些眼熟。「我終於找到你們了，」約翰一邊冷笑，一邊環顧四周，有如一位追捕亡命之徒的警長。「我聽說了部署鳳凰應用的瘋狂計畫。除非我死，否則這個部署不會過我這關。」

約翰身後的女人突然面露尷尬，好像她也曾聽過約翰這番挑釁。約翰繼續說道：「鳳凰專案有成千上萬行新的程式碼，如果沒有事先經過我團隊測試漏洞，我們可不會承擔部署責任。我們剛剛和稽核人員開了一個非常、非常有趣的會議，相信我，他們可不會樂見我們把一些危及合規性的東西投入生產環境。」

「據我所知，CIO 和 IT 營運部副總才剛被開除，原因就是一些再也無法容忍的合規性稽核。」約翰繼續說道。「就當作是給你們的警告吧，合規性不再只是一種道德義務或一系列契約條款……依法行事吧，現在，合規性說了算。」

梅克辛不知道約翰為這番話練習了多少次。**真是一段精彩的台詞**，她承認。

克爾斯登在會議室前方回應：「如你所知，發布鳳凰專案是高層——CEO 史蒂夫·馬斯特斯和零售營運部資深副總莎拉·莫爾頓——的

指令。事實上，剛剛莎拉就在這裡當面提醒我們。這次發布預計於明天五點開始，這樣星期六一早商店開始營業的時候，一切都會上線。」

「那是你的想法，克爾斯登，」約翰說。「我現在要去和史蒂夫談談。放心吧，我會阻止這瘋狂的一切。」

他轉向韋斯。「你也出席了那場稽核會議——告訴他們事態有多嚴重，讓他們知道為什麼不可能在明天發布生產環境部署！」

韋斯很快回答：「不——別把我扯進來，約翰。事到如今，沒有把擠出來的牙膏擠回去的道理。我們唯一能做的就是設法阻止這枚火箭在發射台原地爆炸，直接炸死我們所有人。請原諒我這亂七八糟的隱喻，」他說，放聲大笑，然後環顧四周，看看有誰和他同一陣線。

「還是這種說法是明喻？」韋斯突然問道，臉上帶著困惑的表情。

約翰身後的女人面無表情地說道：「那是個隱喻，韋斯。當你說某件事『是一堆垃圾』，這是隱喻。當你說某件事「好像一堆垃圾」，這才是明喻。」

「謝啦，香儂，」他笑著說。「我總是搞不清楚這兩種修辭。」

約翰瞪了香儂一眼，然後生氣地對韋斯說：「韋斯，我**不會**把你排除在外的。阻止這次發布是你的道德責任！」他看向整個會議室。「阻止發布是你們所有人的道德責任！你們知道我是認真的——我剛剛說了，除非我死，否則發布絕不會過我這關。」

韋斯嘟囔著：「凡事總有希望嘛。」

當約翰和他的跟班離開時，梅克辛聽到了一些略帶緊張的咯咯笑聲。克爾斯登站了起來，看起來有些情緒不佳。「嗯，我想再重申一次，我們承諾在星期五部署鳳凰專案。但如果你們之中有人，嗯，覺得自己有道德義務不參與這次發布，請一定要告訴我。」

韋斯哈哈大笑。「克爾斯登，在這條路上一意孤行是我職涯中見過最愚蠢的事情……但為了幫助整個團隊，我保證會盡我們所能。」露出疲憊和無可奈何的神情，他繼續說：「讓我們盡快終結這一切吧。」

梅克辛看向四周,回想莎拉和約翰陸續現身會議,覺得有些不真實。她想起了約翰‧斯卡爾齊和威爾‧惠頓所寫的小說《紅衫》,這是一本故事設定類似《星艦迷航記》宇宙觀的有趣著作。故事角度側重於默默無名的低階「紅衫」軍,這些人物在故事中是無足輕重的角色,他們深知,和任何艦橋軍官扯上關係都是大難臨頭。無論是誰雀屏中選,和高階軍官們一起出外勤任務,都注定以千奇百怪的方式死去:死於奧特蘭血蟲、精神病毒、肉食性植物,或者死於克林貢衛星的爆炸中。在這本小說中,紅衫軍在所有地方都裝了感應器,探測寇克船長或史巴克長官的同類何時走下甲板,以便他們適時躲開。

無極限零件公司的高層,也就是艦橋團隊,與這個技術組織中「紅衫軍」的日常工作脫節的程度令她感到萬分沮喪。莎拉提醒所有人想要「拯救宇宙」就得靠鳳凰專案,對現況一點幫助都沒有。約翰訴諸「道德上的正確」也於事無益。

我們都清楚公司確實面臨威脅,她想。艦橋團隊的工作是確保公司戰略是可行的,而不是提醒他們戰略是什麼,或者如同控制狂一樣管理所有人。他們的工作應該是確保每個人都能完成工作。

這一切怎麼會變成這樣?

梅克辛帶著一份三明治,蹣跚地回到辦公桌前。被沒完沒了的鳳凰專案發布會議搞得精疲力竭,周圍都是被捲入發布旋風的人們。奇怪的是,她看到有些人愉快地在辦公桌前工作,彷彿這只不過又是個尋常的一天。

出於好奇,她問了其中一個人為什麼他看起來一點也不擔心。他面露困惑,回答道:「我是個開發人員,我的工作是開發功能。我把功能開發出來,交給 QA 和營運人員進行測試和部署。然後我繼續為下一次發布開發功能。這些份內工作讓我很忙。」

梅克辛離開了,對那人說的話感到無比困惑。在她的職業生涯中,她從來沒將測試和部署工作甩手交給別人。**如果你從來不知道你開發**

出來的東西有什麼使用回饋，你要怎麼創造任何具有價值的東西？她想。

當她回到位子，看見庫爾特手裡拿著一個黑色的三孔資料夾。看見梅克辛，他露出燦爛的笑容：「我有禮物要給你！」

這是一份多達八十頁，滿是分頁標籤的文件。光是掃一眼各節標題就讓她心跳加速——這是那要命的鳳凰專案軟體構建說明，有著各種文件連結、授權金鑰、逐步教學，甚至還有一堆影片連結。其中有個影片標題是「在我們（非常）瘋狂、混亂至極的生產環境網路叢集中執行 uberjar（8 分鐘）」，另一個標題是「如何繞過營運部門，監測你的應用程式（12 分鐘）」。

她看到由 20 個字符組成的十六進制啟用碼和授權金鑰。她看到網路共享區的使用者帳戶和臨時密碼。更棒的是，還有一個能夠以管理人員權限存取四節點虛擬機器叢集的超連結！這表示梅克辛可以做任何她想做的事，不再需要填寫一張張任務工單！

她突然說不出話來，感覺眼眶中眼淚在打轉。**為了授權金鑰而哭？**

她強烈懷疑自己失去了正確表達情感的能力。但是被死死困在鳳凰專案的時候，突然有人伸出援手，關心她的需求……如此出其不意，如此令人感激涕零。

梅克辛想起當她和家人一起做志工，幫助新難民家庭的時候。那一家人因為得到食物、肥皂和洗衣粉時哭了出來，她還記得當時還是十歲和八歲的兩位孩子的反應。

沒有什麼事比給真正需要幫助的人提供一些東西更具有意義。她需要幫助，而她也得到了幫助。

梅克辛興高采烈地翻閱文件。她看到一長串需要設定的 Windows 註冊金鑰清單。「別擔心，梅克辛，」庫爾特說，禮貌地忽略了她情緒化的反應。「你的電子信箱中有這份文件的電子版，你可以直接複製貼上。」

他眨了眨眼睛，補充道：「這文件裡還有一個維基頁面的連結，如果我們漏掉了什麼，你可以在這裡加上備註。有一群人很欣賞你的努力。我們花了好幾個月，試著破解鳳凰專案軟體版本之謎！但我們一直沒有時間全職投入在這件事上。你的筆記幫助我們拼湊出所有片段，為我們省下了好幾個月的心血！」

梅克辛眉頭深鎖，她不知道庫爾特在說些什麼，但她不在乎。「太謝謝你了！你不知道這對我來說有多麼重要，我實在無以言表。我該怎麼報答你呢？」

庫爾特笑著回答：「任何能幫助另一個辛勤工作的工程師幫助其他工程師提升生產力的事情！」但他換上嚴肅的表情，繼續補充道：「如果你想認識促成這一切的人，對逆境和困難視若無睹，不畏艱辛地完成這項創舉的人，那麼今晚五點碼頭酒吧見。我們每個星期四都在那裡碰面。」

「等等，等一下，」梅克辛說，突然起了疑心。「如果真的有用的話，為什麼沒人使用這份文件？」

「這是個很好的問題，而答案令人驚訝，」庫爾特說。「簡而言之，『官方佈建團隊』並沒有正式授權這些東西。在他們眼中，我們的努力似乎是個麻煩，或者更慘，是對他們的挑釁。在公司有史以來規模最大、潛在風險最高的應用程式發布之際，這種事情確實很奇怪，對吧？」

「不過，無論如何，如果你喜歡我們的成果，歡迎和任何有需要的人分享。今晚我可以向你解釋更多細節。請一定在今晚五點加入我們——有一群人很想認識你！」他說。「祝你佈建順利！」

梅克辛打開筆電上的終端機視窗，開始按照庫爾特給她的指示進行操作。當她意識到這可能是一個確實可運作的開發環境時，她的興奮感不斷增加。

當她可以登入並且成功在命令行中輸入 make 的時候，她感到無比快樂。螢幕中開始顯示一個又一個令人開心的輸出結果。

她超開心看到檔案被編譯、二進制檔案被連結、程序被複製、佈建工具被安裝和執行……系統不斷、不斷、不斷地輸出結果……

令人驚訝的是，過了十幾分鐘……十五分鐘……三十分鐘，佈建過程還在進行。她一方面對尚未出錯感到如釋重負，另一方面開始對鳳凰專案軟體版本的規模感到憂心忡忡。**非常龐大。**

四十五分鐘後，她再也無法忍住不去洗手間了。她害怕她一離開就會錯過些什麼。她匆匆忙忙趕回來，看到佈建尚未失敗，仍然在終端機視窗中產生無止盡的輸出結果。

她翻閱歷史紀錄，想看看是否錯過了任何有趣的東西。她決定缺席接下來的發布團隊會議，這樣她就可以目睹持續進行的佈建過程，雖然有點不負責任，但是她知道，擁有好的軟體版本流程是擁有優秀程式碼部署和發布流程的關鍵。也許，在這些神秘恩人的鼎力相助下，她終於能征服鳳凰專案的軟體版本了。

軟體版本的輸出結果既有催眠效果，又富含教育意義，因為這是她第一次看到鳳凰專案的某些部件。有 Java 的 JAR 檔案、.NET 的二進制檔案、Python 和 Ruby 的腳本，還有大量的 bash 腳本。

等等，剛剛跳出的是遠端外殼和安裝程式嗎？在她搞清楚那是什麼之前，視窗就消失了。對於鳳凰專案的規模和多樣性，梅克辛的敬畏與擔憂不斷滋長。

當她正要往後翻閱歷史紀錄時，她看見系統從某處下載了 Eclipse。**這到底是怎麼回事？**她心想。二十分鐘後，她發誓她甚至看到了 InstallShield 的安裝程式，但她可能只是累了，一切都是海市蜃樓。

老實說，又盯著螢幕看了一小時的佈建輸出後，她已經很難集中注意力。但她可以看出，鳳凰專案上的各種技術堆疊，出自於個性大相徑庭的不同團隊。她不知道竟然有這麼多。

太瘋狂了，她心想。**不可能有這麼多團隊都為鳳凰專案工作，對吧？**她想知道世界上有沒有一個人能夠全面理解，尤其是這個由各種不同的技術堆疊組成的系統。

梅克辛通常不喜歡刻板的標準作業，但她也不喜歡每個人各行其是，選擇自己喜歡的東西。每道決策都是一項承諾，必須履行好幾年，甚至是幾十年 —— 這些決定可不能任憑各團隊的喜好而定。

如同大多數開發人員，她有點迷信，深怕自己一不注意看螢幕，軟體佈建就會失敗。終於，在開始佈建近三個小時之後，她看見佈建視窗停止輸出結果。當她看到以下這段內容時，她的心沉了一沉：

builder: ERROR: missing file: credentials.yaml

該死的！她猜她需要一個她手上沒有的登入憑證。

她發簡訊給庫爾特，他很快回覆道：

啊，沒錯。你需要提交一張工單，將你的登入資訊和 ActiveDirectory 帳戶進行綁定。這件事只有蘇珊可以處理。我把她的聯絡資訊給你。

梅克辛沒有發郵件給蘇珊，她選擇直接走到蘇珊的辦公桌，得知這個缺漏檔案包含一個來自某個遠程安全組的加密憑證。蘇珊在電子郵件中翻來覆去，尋找如何取得新憑證的方法。當蘇珊終於找到時，梅克辛用手機拍下電子郵件地址的照片。

她很快就能運行鳳凰專案的軟體版本了！

第 5 章

9 月 11 日，星期四

在搞定鳳凰專案的軟體版本這件事上取得大好進展，讓梅克辛依舊處於亢奮狀態，她跳上車，花了五分鐘抵達碼頭酒吧，把車子停好，正好趕上庫爾特的神秘聚會。

她懷疑停車場裡那台閃亮亮的 Lexus IS300 是不是庫爾特的車。她覺得應該是旁邊的 Datsun 300 才對。聚會竟然選在碼頭酒吧，出乎她的意料。這裡通常不是技術人員的聚會地點，但她知道許多工廠員工是碼頭酒吧的老主顧。

下午的時候，梅克辛向一些人問起庫爾特。有三個人很熱情地給予評價，說他實力堅強，而且樂於助人。她之前團隊的一位開發經理說他是整間公司最聰明的人。奇怪的是，另一位同事傳來以下簡訊：

> 庫爾特？他不是最出眾的人才，這也是他被困在 QA 部門的原因。他也很愛管閒事。怎麼突然問起他？

梅克辛愈發好奇。**庫爾特到底有什麼意圖？**他送來的資料夾為她省下可能長達好幾個月的等待時間。但是他的動機是什麼？他顯然很懂如何搞定別人想要的東西。她非常確定他沒有竊取公司資源——即便他真的偷了，為什麼他要送給她？

當她走進酒吧，啤酒花香氣撲鼻而來。她已經很多年沒來了。看到這裡比她記憶中還要更乾淨、更明亮，她鬆了一口氣。地板上不再有木屑，而且裡面的空間比從外面看起來更加寬敞。

酒吧雖然才半滿，但是聲音不小——也許是水泥地板太過乾淨的緣故。

庫爾特在看見她時露出笑容，然後招了招手，示意她過來這一側的座位區。「嘿，大家，這位是梅克辛，不出意外的話，她將是反抗軍的最新成員。梅克辛就是我一直提到的那個人。」

她立刻認出了鳳凰專案進度會議上為她撐腰的暴躁工程師，還驚訝地發現今早和約翰一起出現，名叫香儂的嬌小女人也在這裡。還有一個三十多歲的男人，和一個不像會出現在這場合的男人——這人五十多歲，穿著一件保齡球襯衫——坐在一起。在他旁邊的是布倫特，她在發布會議上見過。他和香儂是在場最年輕的人。

每個人面前都有一台筆電。突然間，她希望自己也帶上她的筆電——因為實在無事可做，她最近沒了隨身攜帶筆電的習慣。

「你還記得戴夫嗎？」庫爾特指著那位脾氣古怪的工程師。「他是開發部門的其中一位組長。他常常抱怨，這是為了大聲疾呼解決技術債的陋習，呼籲大家翻新架構、平台和技術實踐。」

庫爾特大聲笑道：「戴夫之所以這麼優秀就是因為他從不會徵求許可！」

怪人戴夫舉起酒杯向梅克辛致意，嘴角拉起一個微不可見的笑，彷彿微笑會造成生理不適一樣，然後喝了一口啤酒。近距離觀察他的面容，他的年紀似乎比她還大。「在這裡，打破規則是唯一的成事辦法，」他抱怨道。「想做任何事之前，都得先開二十個會議。」怪人戴夫停頓了一下：「你知道嗎，這可是庫爾特對我說過的最佳讚美。你可能已經注意到，他在公司裡經營自己的黑市，對吧？」

庫爾特大笑，顯然沒被他的說法冒犯。「我只是想解決人們的問題。如果說我有什麼過錯的話，那就是我太在乎鳳凰專案的成功，還有整間公司的成功，所以我不能眼睜睜看著官僚主義扼殺它！如果這是一種罪，那麼我乖乖認罪！沒有人為我們的偉大努力頒發勳章，真是遺憾。幫助別人的成就感值得相對應的回報，你們說對不對？」

所有人都發出哀號，桌子對面的一人喊道：「說得好，庫爾特！」

庫爾特沒有理會這些戲謔，他指著一位三十多歲，穿著滑稽 T 恤的男人。「這位是亞當，測試工程師。別被他的職稱騙了——他是個徹頭徹尾的開發人員，而且他是我見過最懂基礎設施的工程師。」

「你可以好好謝謝他為你提供所有虛擬機和預先構建的容器——全部出自他之手。而且這只是亞當所做的一小部分。他的主要任務是幫我們把傳承自外包廠商的祖傳測試套件自動化。」

亞當靦腆一笑：「實際上，那邊的布倫特才是做了大部分工作的人。」他說：「他是基礎設施的箇中高手。我們一起在努力實現自動化佈建環境。這個任務道阻且長，我們只能在晚上和週末工作，因為這件事並沒有得到官方授權。儘管遇到無數阻礙和死胡同，我們為至今取得的成就感到自豪。」

「你的軟體佈建筆記真是太棒了，梅克辛。布倫特在讀這些筆記的時候差點痛哭流涕。這幾個月來，他一直試圖將這些東西拼湊出來。」亞當說。

布倫特對梅克辛報以一笑：「你真是出色的警探，梅克辛。將這些開發環境的變數一一記錄下來真是幫了大忙！」

「告訴我們那個佈建環境有沒有用，」亞當繼續說道。「用正常管道向營運部取得東西是一件非常痛苦的事情，所以我們東拼西湊了一些硬體來構建足以支援幾個小組的叢集。現在你可以根據需求獲得佈建環境，不必再提交工單了。」

梅克辛脫口而出：「哇！太感謝你們了。開發環境幫了大忙。我花了三小時執行軟體版本佈建，但在最後缺了一個憑證，所以尚未成功。」

「哇！太神奇了，」布倫特說。

「如果不是向營運部提出申請，你們是怎麼拿到這些硬體的？」梅克辛問。

亞當露出神秘的笑容。「庫爾特自有他的門路——這邊拿一點，那邊拿一點，你懂嗎？庫爾特一直說最好別問它們從哪裡來……我打包票有群人搞丟了一整個伺服器叢集，如果他們願意費神檢查的話啦。」

庫爾特裝出一副受傷的神情。「囤積伺服器可是個大問題，」他說。「因為營運部總是要很久之後才能給出我們要的東西，所以人們總是獅子大開口。這讓營運部的工作更難了，還拖延了所有東西的交付週期，讓短缺情形更加嚴重！這就像舊蘇聯時期，你必須乖乖排隊等待一切。你可以說我們正在建立一個二級市場，讓這些未使用的環境物盡其用。你懂的，這是為了解決供需不平衡。」他說。

怪人戴夫嘟囔道：「別讓他又開始了，」在庫爾特像個教授滔滔不絕時，戴夫翻了翻白眼。

亞當補充道：「但戴夫說得對——庫爾特經營著一個黑市。」

「別理他們，梅克辛，」庫爾特繼續說道。「接下來是香儂，致力構建自動化安全工具的安全性工程師。在此之前，她有五年的資料倉儲經驗。現在她和布倫特合作，正在試驗一些機器學習和資料視覺化的工具包，打造一些大數據基礎設施，超前部署我們目前掌握到的行銷企劃。你可能還記得她去年主辦關於資安的全面紅隊演練。」

梅克辛笑了，難怪她如此眼熟。她記得清清楚楚——她第一次成為無受限滲透測試的攻擊目標。他們無所不用其極地試圖植入惡意軟體，比如實際進入製造工廠、傳送包含惡意連結的電子郵件、假冒公司高層，甚至是假扮為大客戶。

她對這次演練留下了非常深刻的印象。**你要有足夠的膽識才敢舉辦這類資安演練**，她心想。梅克辛記得有一個人曾經嘗試過卻被開除了，因為他讓一群人失了顏面。

香儂將視線移開她的筆電上，抬起頭說：「很高興認識你，梅克辛。我記得你的小組。你們是全公司裡準備最充分的人。你們部門所有人都知道不要輕易點開郵件連結，無論這些連結看起來有多正式這點令我印象深刻。顯然，他們受到了良好訓練。」

梅克辛點點頭，面露鄭重：「很高興認識你，香儂。我們花了好幾星期修正你們發現的資安漏洞。你們做得很好。」

香儂將視線收回到她的筆電，打了些東西。突然，她抬起頭看向所有人：「噢，對了，早上約翰的行徑讓大家見笑了。他是個混帳，但誰叫他是我老闆。」

所有人都大笑，還有幾個人模仿香儂早上的反應。

「接下來這位是剛剛提到的布倫特，他參與了所有和基礎設施相關的工作，」庫爾特繼續說道。「任何插了電的東西，布倫特樣樣精通。網路、儲存空間、運算能力、資料庫。但他可不僅僅擅長日常維護，他還是流程自動化的主要推手。不幸的是，正因為他太厲害了，每個人都找他幫忙。而且他太常接到緊急呼叫任務，我們正設法解決這個問題。」

布倫特只是聳了聳肩。突然，他的手機閃了一下，無數通知湧入螢幕。他拿起電話，念念有詞：「該死，又有東西故障了。我可能要暫時離開一下。」他一口喝乾剩下的啤酒，開始打電話。

「看吧，這是個大問題。」庫爾特說，看著布倫特離開。「我們必須讓他的工作生活回歸理智。他那麼優秀，人們卻一直把爛事丟到他身上，他已經很多年無法不帶呼叫機去度假了……」

他稍作停頓。「最後這位是德威，」庫爾特說，指向聚會中最年長的人。他不僅穿著打扮與眾人不同，連筆電也不一樣——這是一台有著巨大螢幕的野獸。「他是營運部門裡負責資料庫和儲存空間的資深工程師，也是把布倫特帶進這個團隊的功臣。他們一直密謀著尋找更好的方法來管理基礎設施。」

梅克辛笑了。對鳳凰專案的大多數人來說，營運部只代表在另一頭接收任務工單的人。他們是所有人的抱怨對象。但是，庫爾特和這群烏合之眾顯然有截然不同的工作之道，他們用非正式的方法繞過正常的組織溝通管道。

德威隔著桌子伸出手來：「很高興認識你，梅克辛。」

梅克辛發現德威真的穿著一件保齡球衫，上面繡著他的姓名縮寫DM，旁邊還有一個褪色的芥末漬。

「這麼多年來，德威一直試圖推動流程自動化，但他和布倫特總是被打槍，」庫爾特繼續說道。「所以，他們改成幫助亞當建造屬於我們的基礎設施。營運部的人他幾乎都認識，而且通常都叫得動他們幫忙。就像這週我們需要在兩個內部網路之間打開一個防火牆埠口，是德威促成了這件事。」

「這是我的份內工作，」德威說，露出友善的笑容。「說句公道話，庫爾特才是把不可能變成可能的大師……我不過是向他學習！」

梅克辛很確定德威誇大其詞。他看起來有五十多歲了，他能從庫爾特這樣的年輕小伙身上學到多少東西？

庫爾特將身體靠向椅背，張開雙臂。「梅克辛，你為了破解鳳凰專案軟體版本的努力成果讓我們很驚艷。我們對你所展現的技術和社交技巧深感敬畏，你成功地找出了幾乎所有的環境要素，這件事需要驚人毅力、專注，還有永不妥協的態度！」

梅克辛覺得很困惑，但她環顧四周，發現所有人都對她點頭，發自內心地覺得她的努力令人敬佩。庫爾特繼續說：「我們誠摯邀請你成為『反抗軍』的核心成員。我們正在招募公司裡最優秀、最聰明的工程師，進行秘密訓練，準備在對的時間推翻帝國，我們要推翻這個歷史悠久，強大但不公不正的秩序！」

所有人都咯咯笑了，怪人戴夫舉起酒杯，大笑喊著：「敬帝國覆滅！」

梅克辛再次困惑地看向眾人。這些人來自開發、QA、資安，還有營運部門——一群八竿子打不著的人，更不用說一起共事了。她注意到每個人的筆電上都貼著一張《星際大戰》中象徵反抗軍同盟的小貼紙，就像 X 翼戰機駕駛員安全帽上的標示一樣。這個隱晦透露反抗意圖的團結徽章，讓她不禁會心一笑。

發現梅克辛空手敬酒，庫爾特跳了起來：「你想喝點什麼？」

「請給我一杯黑皮諾，謝謝。」

庫爾特點點頭，然後走向吧台。他沒走幾步，一個頭髮泛白的高大男人走向他，給了他一個大大的擁抱。他大聲說道：「庫爾特！再見到你真好，我年輕的朋友。你需要些什麼呢？」

梅克辛注意到庫爾特一群人所受的關注，猜想他們一定是這裡的常客。她露出笑容。自從被調到鳳凰專案後，她第一次覺得遇到志同道合的人。

「你們到底是什麼來頭？你們聚在一起的目的是什麼？你們想要幹些什麼？」當庫爾特還在吧檯時，她快速問道。

所有人都大笑。德威說：「如你所知，我們是使用 Kumquat 資料庫的巨型商店，Kumquat 也是帶我入行的資料庫。現在，我想盡一切可能遷移到 MySQL 和開源資料庫，因為我受夠了每年向爛廠商支付幾百萬美元。我們正設法開闢一條通往那兒的路。」

環顧四周，他向所有人說：「其他公司早就這麼做了。我認為，任何還在支付 Kumquat 資料庫維護費用的人，其實就是愚蠢到不知道怎麼遷移資料庫。」

梅克辛點頭表示同意。「明智！在我以前的團隊裡，我們因此省下了數百萬美元。我們將這筆預算花在創新和其他業務需求上，而且多了不少樂趣。但你為什麼還提到了開源軟體呢？」

「我來告訴你為什麼，」亞當說。「差不多是五年前，當我還在營運部門的時候，我們團隊常常因為系統使用的中介軟體，在半夜兩點接到緊急呼叫任務。每次故障的原因都是因為資料庫驅動程式出問題。我就是那個必須提供驅動程式補丁的苦主！就算結束補丁工作，六個月後依舊再度發生故障，因為廠商每次都會忘記將我的補丁整合到他們的程式碼中。接下來會發生什麼，你想必也知道了，我們又在半夜兩點被叫起來解決一模一樣的問題。」

梅克辛對他刮目相看。**亞當的實力不容小覷。在場所有人都深藏不露。**

怪人戴夫皺眉說：「我來無極限零件公司快滿五年了，依然不敢相信這裡被官僚主義和各自為政荼毒到了什麼程度。除非你先說服一大堆指導委員會和架構師，或者填寫一堆表格，或者跟各有不同優先任務的三四個團隊合作。一切都由委員會決定。沒人可以下決定，哪怕是最微不足道的事情都要先取得所有人的共識。任何我想要做的事情，

都要先往上報告兩級，平移兩級，然後往下兩級，然後才能跟同為工程師的人交談！」

「這是個方塊！」亞當喊道，所有人都大笑。

德威插話：「在營運部門，我們通常還有回程——往上、平移、往下，然後往上、評級，往下，直到兩位工程師終於能夠一起共事。」

「我想讓開發人員回到可以輕鬆且快速為人們創造價值的美好時光，」怪人戴夫說。「我想建立一些可以長期維護的東西，而不是發布那些『熱門功能』，到頭來累積一堆技術債。」

怪人戴夫滔滔不絕：「公司被一群不懂技術的管理高層牢牢把持，專案經理還想要我們遵守一堆難懂的流程。如果再有人要我寫 PRD（產品需求說明），我一定會抓狂。」

「PRD ！」全部人異口同聲地喊，大笑不已。梅克辛揚起眉毛。十幾年前，當你想要浪費開發人員的時間之前，要求白紙黑字寫下 PRD 還算是合理。但現在，你可以用寫下一頁 PRD 的時間，直接對功能做原型設計。現在的團隊可以建造曾經需要數百位開發人員支援的任務。

庫爾特在梅克辛旁邊的位子坐下，在她面前放下一杯紅酒。「我們就像《星艦迷航記》的紅衫軍，真正把事情搞定的那些人。」

「我剛剛就是這麼想的，」梅克辛笑著說。

「對吧？你也親眼目睹了艦橋團隊的現實泡沫。」庫爾特說。「他們知道鳳凰專案很重要，但他們甚至想不出一個爛辦法，將每個人組織起來完成專案。他們把 IT 部門外包出去，又收回來，再外包一部分出去，或者數個部分，反反覆覆……在許多方面，我們的組織結構就像還是被外包一樣，如果沒有取得三、四級管理層的許可，什麼事情也做不了。」

「庫爾特說得對，」怪人戴夫說。「我們不過是另一個成本中心，只是大組織裡的小齒輪，可以隨便外包到世界上任何地方。他們覺得我們是可以被替換、還可被取代的。」

「這就是我來這裡的原因，梅克辛，」香儂說。「我們可以建立世界級的技術組織，打造優秀的工作文化。這就是我們的生存之道，也是為客戶創新的方式。我的夢想是讓**所有人**都成為公司資料的守門人。這不僅是單一個部門的工作。」

「史蒂夫在員工大會上提到電商巨頭如何破壞產業局勢，還有我們該怎麼與之競爭，」她說。「嗯，我們只能不斷創新，了解顧客需求，才能贏得這場戰爭。唯有掌握數據才有望取得勝利。我認為，我們正在建造的能力，是公司未來不可或缺的能力。」

眾人發出歡呼，一同舉杯。

當每個人舉杯互敬後，德威轉向庫爾特，問道：「所以，你和老闆談得怎麼樣？我記得你向威廉提案，想請他贊助一個自動化測試的試點專案。」

眾人傾身聆聽。

「你們知道嗎？一開始我真的覺得他會同意。有兩位開發經理和一位產品負責人為這個提案背書。其中有人還說了一句很棒的話：『如果沒有自動化測試，我們寫越多程式碼，就會花越多錢在測試上！』哈！我當時真的以為威廉會被嚇死！」梅克辛感覺一陣緊張氛圍瀰漫周遭。

「別賣關子了，庫爾特。他最後怎麼說？」德威催促道。

「孩子，讓我娓娓道來，」庫爾特說，將威廉的神態模仿地惟妙惟肖。「你還年輕，顯然還不明白這遊戲是怎麼運作的。我們是做 QA 的。我們的工作是保護組織免受開發部門荼毒。在我看來，你似乎跟他們走得很近。不要相信他們，別把他們當朋友。開發人員最會得寸進尺了。」

庫爾特的神模仿讓梅克辛哈哈大笑。

「孩子，你是個很棒的 QA 經理，手上有五十萬美元預算。」庫爾特滔滔不絕：「如果你做好你的工作，你可以像我一樣拿到三百萬美元的預算。如果我做好我的工作，我就能升官，預算會提高到兩千萬美元。如果你將 QA 工作自動化，你的預算就會被砍。我不是說你傻，但你肯定不明白這遊戲是怎麼運作的。」

梅克辛和眾人一樣放聲大笑。她知道庫爾特誇大了不少。

「威廉就像是工會領袖，沒有商業領袖的風範，」香儂說。「他只在乎增加工會會費，從不關心什麼對公司來說才是對的。營運部門和資安部門的風氣也是一樣。」

德威和藹的臉上閃過一絲不悅。「相信我，在營運部，事態更嚴重。開發部至少是被當作利潤中心。我們營運部被視為成本中心。資助基礎設施的唯一方法是透過新的專案。如果找不到新的資金來源，你就完蛋了。如果你沒辦法把預算全部花光，明年就等著預算被砍。」

「啊，說到專案資助模式……，無極限零件公司另一件令人頭痛的事，」庫爾特說，所有人都哀號著表示同意。

「所以呢，你準備怎麼辦，庫爾特？」德威問道。

「別擔心，德威。我還有另一個計畫，」庫爾特說，充滿自信。「我們繼續低調行事，尋找新的潛在客戶和成員。我們要睜大眼睛，豎起耳朵，尋找進入遊戲的機會。」

「哦，這計畫真是完美，庫爾特，」德威說道，翻了一下白眼。「我們聚在酒吧，喝著啤酒抱怨。簡直完美。」

德威靠近梅克辛，解釋道：「其實沒那麼瘋狂。就像在電影《巴西》中，頭號通緝犯是一個不請自來的空調維修工，他之所以為主角修理空調，正是因為中央服務部從來沒空進行修繕。這就是我們。我們總是在尋找能提供幫助的地方。這是結識朋友，為反抗軍尋找潛在成員的好方法。」

「什麼？」她語帶狐疑。「這行不通吧，這有可能嗎？」

「嗯，我們把你帶到這兒了，不是嗎？」德威笑著說。

「我試著從各方面進行突破,」庫爾特繼續說道。「我甚至想問問威廉,能不能和他以及他老闆克里斯見面聊一聊。我會告訴威廉,我希望克里斯到場聽聽我的提案,這對我來說真的很重要。」

哇嗚,梅克辛心想。**真是有種,也許這步很高明,但可能也很致命。**

「我會隨時告訴你們進度,」庫爾特說。「好了,誰有新的資訊或情報要分享?」

香儂告訴大家她最近和行銷部一個新的資料分析團隊共事,還有她如何安排他們和庫爾特見面。「他們正在著手一系列專案,想要提升顧客促銷活動的轉化率。天阿,他們真的需要幫助。他們甚至沒有使用版本控制系統!他們在最基本的資料工程問題中苦苦掙扎,而且他們仍處於試圖向資料倉儲團隊取得所需資料的狀態,」她說,對他們的苦難感同身受。庫爾特迅速在他的筆電上拉出公司的組織架構圖。

他問她:「又一個資料分析專案?這專案由誰資助?他們有多少預算?誰是專案負責人?」香儂一一回答,庫爾特一一紀錄。

輪到德威時,他說:「我有一個壞消息。鳳凰專案的發布殺得營運部所有人措手不及——直到上星期才有人注意到這件事。這件事沒有預算支援。每個人爭相尋找足夠的運算和儲存基礎設施。這是近二十年來規模最大的專案發布,然而所有我們需要的東西都極度匱乏。這很糟糕。」

「我的老天,」亞當說。

「沒錯,」德威說。「這幾個月我一直試著告訴所有人事情的嚴重性,但沒人在乎。現在,他們終於注意到了,每個人都放下手邊工作來支援鳳凰專案的發布。今天,我聽說某人試圖和採購部合作,好讓他們打破既有規則,繞過年度採購流程訂購所需。」

儘管危機當前,還是有人照本宣科、本性難改,梅克辛心想。

「為了明天的發布,每個人都趕著準備環境,」德威說。「關於軟體版本的構建規範,開發部和營運部始終各說各話。我把我們寫的佈建版本給他們,他們好像抓住了救命稻草一樣,立刻開始使用它。儘管如此,這次發布應該很慘烈,一定很快就草草結束。」

「你說的對，」梅克辛說。「我真的、真的很擅長這種工作，但我也花了將近一週試著搞定鳳凰專案的軟體版本。如果不是庫爾特給的開發環境，我一定還停留在原點。發布團隊今天才要開始，而明天就要進行發布，他們真的麻煩大了。」

庫爾特身子前傾，一臉嚴肅：「請仔細說說。」

突然之間，梅克辛終於意識到她受到邀請的原因，以及庫爾特根本不是傻瓜。

接下來二十分鐘，梅克辛看著手機上的工作日誌，向眾人描述她這幾天的經歷。她又一次因為沒有帶上筆電而自責。每個人都在做筆記，尤其是剛回來的布倫特。他和亞當問了她很多問題，她感覺自己就像是被中情局抓住的秘密特務。每個人都對她一點一滴地、比任何人都更快拼湊出鳳凰專案的軟體版本感到津津有味。他們問了很多問題，比如她找過誰談話，他們是哪些團隊的人，她被卡在哪一個環節等等。

「你真了不起，梅克辛，」怪人戴夫說。「幾年前我組建了一個可供我的團隊日常使用的構建伺服器。但那時候鳳凰專案只有兩個組，現在我們有二十多個組。軟體佈建團隊真的心有餘而力不足，我必須很遺憾地說，他們的能力經驗都不夠格勝任應用程式的開發人員。」

亞當說：「我們離目標真的不遠了。我想現在只差一份用於款項處理服務的署名憑證。」

「他說的對，」布倫特說。「梅克辛，你能給我看看佈建紀錄嗎？我敢打賭，我們可以自行建立憑證——實際上它可能是無效的，但對於開發或測試環境來說已經足夠了。」

梅克辛在腦中咒罵，想著仍躺在她辦公桌上的筆電。「明天一早就拿給你看，」她嘆息道。

「太棒了，各位。我們還需要這些：一種自動化的方式來建立環境和執行程式碼佈建，」庫爾特說，扳著手指數著。「我們還需要一些將測試自動化的方法，以及將軟體版本部署到生產環境的自動化方法。我們需要可以讓開發人員真正完成工作的軟體版本。」

「那麼，誰願意抽出一些時間幫助梅克辛搞定鳳凰專案的軟體版本？」庫爾特問道。梅克辛很驚訝所有人的手都舉了起來。

「梅克辛，在這些充滿才華的志願者的慷慨幫助下，請問你是否願意挺身，接下這份任務？」庫爾特問道。

這些人的熱情相助突然讓梅克辛不知所措。上星期的她還孤立無援，想著要面試其他公司。突然，她不那麼確定了。

她花了一點時間冷靜下來，然後說：「是的，我樂意接受。謝謝大家，我期待和你們一起共事。」

梅克辛非常興奮。她對這個團隊一直致力完成的事以及自己被選來幫忙這件事，發自內心感到驚艷。**我終於找到屬於我的部落了**，她心想。**這就是經營人脈的意義所在 —— 你可以集結一群充滿動力的人來解決一個大問題，儘管這個組合人選和官方組織架構圖一點關係也沒有。**

我很確定，比起和莎拉共進午餐，我能從這個團隊中學到更多，完成更多，她心想。她不確定自己是不是一個心胸狹隘的人。她依舊不知道她是否該主動邀請，還是直接等莎拉忘了她。

「太棒了！如果有任何我能幫上忙的地方，一定要告訴我，」庫爾特對眾人說。他看向梅克辛說道：「我們盡量每星期都聚會。通常只有兩個議程項目。首先，我們會分享哪些人需要幫助，還有具有潛力的招募人選。然後，我們會分享最近學到的東西，或是可以改變無極限零件公司現狀的新技術。我提議新增第三個議程項目，一起討論鳳凰專案軟體版本的進度，你們覺得呢？」

眾人點頭稱是。

庫爾特看向他的手錶。「各位，在我們散會之前，還有最後一件事。來打個賭，猜猜發布團隊何時能夠上線鳳凰專案，讓應用在生產環境中成功運行。」

最樂觀的賭注來自怪人戴夫，他猜星期六的凌晨兩點可以上線，也就是部署開始後的第八個小時。大多數賭注落在凌晨三點到早上九點之間，梅克辛猜應用會在早上六點上線。

「畢竟，」她說：「實體店面的 POS 系統必須要在星期六早上八點之前準備就緒。」

令所有人驚訝的是，德威打賭在星期日晚上才會上線，「你們這些人一定不清楚，我們對這次發布的準備有多麼不充分 —— 這次發布一定會遺臭萬年。」

寄件者：艾倫·沛瑞茲（營運合夥人、韋恩 - 優科豪馬基金合夥人）

收件者：迪克·蘭德里（無極限零件公司 CFO）、莎拉·莫爾頓（零售營運部資深副總）

副　本：史蒂夫·馬斯特斯（無極限零件公司 CEO）、鮑勃·斯特勞斯（無極限零件公司董事）

日　期：9 月 11 日，下午 3:15

主　旨：將股東價值最大化 ** 機密 **

莎拉、迪克：

謝謝你們的來電，也感謝你們帶我了解公司策略和鳳凰專案。我同意，現今任何零售公司都亟需發展全渠道策略以求生存空間，尤其是在電子商務虎視眈眈的威脅下。銷售內部製造的產品，並且維持低銷售成本這一點很吸引人。

然而，過去三年你們從製造業務轉移了不少現金（＄2000萬美元），用來投資零售業務，卻沒有得到明顯的回報，這件事讓我有點在意。現在的問題是，如果當時選擇投資到企業其他業務或者直接回饋給股東，這筆錢是否能得到其他回報。依現狀來看，把這筆錢拿去買樂透彩券的經濟效益可能更大。

關於創新和全渠道策略的提案很動人，但董事會需要的不僅僅是動聽故事和精彩簡報。

預祝明天鳳凰專案發布順利。我知道我們押上了不少籌碼。

──艾倫

第 6 章

隨著眾人如火如荼地準備緊急發布，梅克辛的週五過得飛快。她看到無數的混亂場面，開發部、QA 部、營運部的人們為了完成部署工作，著急安排上百個移動部件。**德威說得對**，她想。現在想將賭注改為週日已經太遲了。

下午五點，發布如期開始。在這之前有謠言說發布會在最後一刻踩煞車，因為威廉、克里斯和比爾都不見蹤影。當莎拉和史蒂夫發來郵件，明確表示發布會如期進行，這渺小的希望只好破滅。

那天晚上十點，梅克辛還待在辦公室。到了此刻，事態即將一發不可收拾的恐慌氛圍正在蔓延。情況不妙到連下賭注時最樂觀的德威也對著梅克辛嘟囔著：「這比我想像的還要糟糕。」

連梅克辛也著實感到害怕。

到了半夜，眾人終於確定一件事：遷移資料庫需要五個小時，而不是五分鐘才能完成，更慘的是，這還沒算上終止或重啟的時間。梅克辛試著幫忙，但她對鳳凰系統還不夠熟悉，不知道從何下手。

相比之下，布倫特被眾人爭搶，從正在上演的資料庫崩潰，再到幫人修復配置檔等各種問題都找上他。見此，梅克辛召集了一個守門團隊，保護布倫特不被無關的問題干擾。

梅克辛還注意到了另一件事。至少有兩百人各自負責專案發布的一小部分，但對於大多數人來說，他們各自的一小部分環節只需要花上五分鐘處理，卻不得不在這個極其漫長、複雜危險的手術中等上幾個小時，才得以完成各自的部分。他們在大多數時間裡都在旁觀，以及等待。

即使在這場重大危機中，人們也只能坐以待斃。

到了凌晨兩點，所有人都意識到無比真實的危機即將到來，那就是他們將會破壞近千家商店的所有 POS 收銀機，將無極限零件公司一舉穿越回到石器時代。而且，市場行銷部推出的促銷活動會讓事情更加雪上加霜，無法買到心儀商品，憤怒不已的顧客將會擠爆商店。

布倫特邀請她加入一個「特警小隊」，研究如何加快資料庫查詢的速度，現在的速度仍比商店開門後的預期負載量慢上將近一千倍。

幾個小時以來，她用自己的整合開發環境（IDE）和視窗，與一群鳳凰專案的開發人員和營運人員一起作業。當他們發現如果點選產品分類的下拉式選單，將會有 8,000 個 SQL 查詢湧入資料庫時，所有人都驚呆了。

他們埋頭努力解決這個問題時，韋斯探出頭：「布倫特，我們有麻煩了。」

「我很忙，韋斯，」布倫特回答，甚至沒有將視線移開筆電。「不，我是認真的，」韋斯說。「在電商網站和行動 app 上，至少一半的產品價格消失了。應該顯示價格的地方，要麼一片空白，要麼顯示為 null。我把截圖放在 #launch 頻道了。」

梅克辛臉色煞白，打開截圖。這比資料庫查詢無比龜速還更嚴重，她心想。

「該死，我敢打賭，這一定又是訂價團隊的上傳錯誤，」布倫特盯了一會兒螢幕說。梅克辛俯身看著布倫特調出各種管理員視窗和產品資料表——有些屬於鳳凰專案，有些在她不認識的系統上。

當布倫特調出紀錄檔案、對產品資料庫執行 SQL 查詢、在不同的應用中打開更多資料表時，梅克辛飛快地做筆記。直到布倫特打開終端機視窗，然後登入某個伺服器時，她才停下問道：「你現在在做什麼？」

「我要檢查他們上傳到應用程式裡的 CSV 檔案，」他說。「我應該能在某個應用程式伺服器上的臨時目錄找到一個。」梅克辛點點頭。

當布倫特瞇著眼睛端詳螢幕畫面時，梅克辛也加入檢查。這是一個以逗號分格的文字檔案，第一列是各欄位名稱——商品貨號（SKU）、批發價格、商品標價、折扣價、促銷日期……「看起來沒問題，」布倫特咕噥著。

梅克辛也是這麼想的。她說：「你能將檔案複製到聊天室嗎？我想仔細看看。」

「好主意，」他說。她將檔案匯入 Excel 和她愛用的其他工具中。看上去沒有問題。

韋斯試圖聯繫一位開發經理，布倫特則試著找出哪裡出錯。過了大約三十分鐘，他咒罵出聲。「我簡直不敢相信，這個是 BOM ！」

看到梅克辛露出困惑，他說：「這是位元組順序記號（Byte order mark）！」

「不可能，」梅克辛咕噥，再度開啟檔案，這次在二進制文件編輯器中檢視。她盯著螢幕，驚訝地發現自己竟然漏看了。BOM 是隱藏的第一個字元，有些應用程序會將它放在 CSV 檔案中，用來標示大尾序或小尾序。她以前也吃過 BOM 的虧。

多年前，同事給了她一份從 SPSS 統計分析軟體匯出的檔案，她花了半天時間試圖找出為何無法正確載入檔案的原因。最終，她發現這份檔案有 BOM，被錯誤解讀為第一個欄位名稱的一部分，導致所有程序執行失敗。**現在的情況和當時如出一轍**，她心想。

解開這個特殊難題所帶來的成就感很快消失無蹤。她問布倫特：「以前有過這種狀況嗎？」

「你不懂，」布倫特回答，翻著白眼。「取決於產生檔案的人是誰，每次出現的問題都不同。最常見的是零長度檔案或檔案缺了資料列。不只訂價團隊會出包——這裡資料問題屢見不鮮，到處都是。」

梅克辛非常震驚。她現在要做的第一件事就是編寫自動化測試，為了避免生產環境的資料庫遭到破壞，她要確保在匯入前所有檔案的格式都正確無誤，而且檔案中要確實存在正確數量的資料列。

「如果我猜得沒錯，你是唯一一個知道如何修正這些錯誤上傳檔案的人？」梅克辛問道。

「是的，」她聽見身後的韋斯回答。「條條大路通布倫特。」梅克辛寫下更多筆記，決心調查並處理此問題。

差不多過了兩個小時，訂價資料表的修正才完成。鑑於布倫特剛剛說的，梅克辛仔細檢查了檔案，確信這份檔案漏了大量產品條目。由於訂價團隊的人並不在發布團隊中，沒有人知道如何在半夜（或者是清晨）聯繫上他們。梅克辛在她準備佈建的待辦清單上加入更多東西，決心避免再次出現這類情況。

到了早上七點，梅克辛再度回到資料庫小組。他們仍在努力加快查詢速度，然而為時已晚。位於美國東岸的商店開始營業了。

鳳凰專案距離完成發布還遙遙無期。「距離我們開始發布已經過了十四個小時，而導彈仍死死卡在發射器裡，」德威鬱鬱寡歡。

梅克辛不知道該大笑、傻笑還是緊張地嘔吐——導彈卡在發射器裡表示情況十萬火急，因為這時導彈已經全副武裝，危險到難以靠近。

到了早上八點，他們距離讓 POS 系統重新運作還遙遙無期。莎拉和她的團隊被迫訓練所有門市經理使用碳式複寫紙，有些商店甚至被迫只能接受現金或個人支票。

對梅克辛來說，星期六的剩下時間轉瞬即逝。她無法回家。大型故障都不足以形容鳳凰專案的首次亮相……這是梅克辛此生見過最慘烈的資料遺失案例。

不知何故，他們破壞了新的顧客訂單。成千上萬份訂單消失了，而同樣數量的顧客訂單卻不知為何重複了——有些甚至被複製了三四次。

香儂傳了訊息給反抗軍所有人，驚恐地發現無數客戶的信用卡號在未經加密的情況下傳輸——然而，這不過是鳳凰災難中的一個小小插曲。

下午三點，庫爾特傳來訊息：

不是想火上加油，但最後是德威贏了賭注。恭喜呀，德威。

德威回道：

一點也不爽！FUUUUUUUUUUUUU⋯

他附上一張輪胎著火的照片。

到了星期六晚上，梅克辛終於設法回家，爆睡六個小時，然後再回到辦公室。**德威說得沒錯，這次發布一定會遺臭萬年，**她悶悶不樂地想。

到了星期一早上，梅克辛被鏡中的自己嚇壞了。她看起來糟糕又狼狽，就像她身邊每個人一樣──深青的眼袋、糾結成一團的頭髮。精心熨燙的西裝外套早已在她的生活中消失。現在她以牛仔褲和皺巴巴的夾克來掩蓋同樣皺巴巴、上面還帶著污漬的襯衫。今天她看起來一點也不優雅。就像其他人一樣，她像是剛從宿醉中恢復意識，身上穿著和前一天晚上相同的衣服。

自星期六上午以來，他們的電商網站在空前瀏覽量下持續崩潰。在一次進度更新會議上，莎拉吹噓著行銷部門在宣傳鳳凰專案這件事有多麼出色，然後要求 IT 部門發揮用處。

「她簡直不可思議，」香儂發著牢騷。「這場災難就是她一手造成的！會有人站出來向她興師問罪嗎？」梅克辛只是聳聳肩。

這場大屠殺令人難以置信。絕大多數的商店系統仍然處於故障──不只是 POS 收銀機，幾乎所有為店員提供支援的後端應用程序也都故障了。

由於一些令所有人困惑的原因，連公司網站和電子郵件伺服器都出現問題，這也進一步阻礙了他們將關鍵資訊傳達給需要的人——因為不是所有人都能加入開發者聊天視窗。

在這種情況下，技術故障向整個組織蔓延，就像海水淹沒正在下沉的潛艇。

為了讓理智保持清醒，梅克辛走向廚房倒更多咖啡。德威也在廚房沖泡咖啡。他們點點頭打了招呼，然後他說：「你聽說了嗎，竟然有數百人因為識別證不能使用，進不了辦公大樓。」

「什麼？！」梅克辛大叫出聲，露出疲憊至極的大笑。我才剛跟一個努力釐清為何批次處理工作沒有正常執行的人說過話。他甚至說薪資發放可能會再度延後——嗯，這次就讓其他人代勞吧。她笑著總結。

「嗯，」他陷入沈思。「也許我們湊巧破壞了人資管理系統的介面。這樣一切奇怪的錯誤都解釋得通了。我們湊巧搞砸了一切。」

在整個故障修復過程中，她時常聽見這類問題：為什麼所有交易都出錯了？在哪個環節出錯？它是怎麼進入那個狀態的？在三種可能的解決方式中，我們應該嘗試哪一個？這個方式會讓事情變得更糟嗎？我想我們修復它了，但它真的被修好了嗎？

又一次，梅克辛再度被這些互相糾纏的系統搞得情緒鬱悶。想要單獨理解系統中的任何部分簡直難如登天。

有時候，盡量不感到恐慌是一件很困難的事。當天稍早時候，無極限零件公司的電商網站看似遭到外部第三方攻擊，積極地竊取顧客的信用卡資料。香儂和資安團隊花了一個多小時調查，最後發出公告郵件，斷定這是出於應用程式錯誤——如果有人在錯誤的時間重新整理購物車，畫面就會顯示隨機顧客的完整信用卡號和三位數 CCV 碼。

好消息是，這個問題不是來自外部駭客攻擊。壞消息是，這是一個貨真價實的持卡人資料暴露事件，非常可能再度讓無極限零件公司登上新聞頭條。社群媒體上所有關注和嘲笑揶揄只會增加每個人無形的壓力。

稍事休息後，梅克辛走回她的辦公桌。她看見對上週發布事件毫不在意的同一位開發人員。他穿著乾淨的衣服，看起來睡眠充足。

「我猜，這週末不好過吧？」他對梅克辛說。

梅克辛定定地看著他，無話可說。他仍在為下一次發布開發功能。對他來說，唯一的大變化就是所有會議都取消了，因為大多數人都深陷鳳凰專案的發布危機。

他回到螢幕前，繼續完成他的拼圖，毫不在乎這些拼圖是否真的能拼在一起。也不關心上週末這份拼圖燃起熊熊烈火，火勢襲捲了整間房子和街區。

寄件者：艾倫・沛瑞茲（營運合夥人、韋恩 - 優科豪馬基金合夥人）

收件者：迪克・蘭德里（無極限零件公司 CFO）、莎拉・莫爾頓（零售營運部資深副總）

副　　本：史蒂夫・馬斯特斯（無極限零件公司 CEO）、鮑勃・斯特勞斯（無極限零件公司董事）

日　　期：9 月 15 日，上午 8:15

主　　旨：鳳凰專案發布 ** 機密 **

莎拉、迪克：

我一直看到關於鳳凰專案發布的頭條新聞。這不是一個好開始。我再度懷疑軟體究竟是不是無極限零件公司能夠創造的核心能力。或許我們可以探索外包 IT 的選項？

莎拉，你提到你雇用了大量開發人員來幫忙。他們還要多久才能有實際貢獻？當你在培養銷售團隊時，新的業務需要一

些時間才能達成業績目標。新的開發人員真的能足夠快進入狀況並有所作為嗎？還是，我們只是在浪費錢？

—— 艾倫 敬上

寄件者：莎拉・莫爾頓（零售營運部資深副總）
收件者：IT 部門全體員工
副　本：公司全體高層
日　期：9 月 15 日，上午 10:15
主　旨：新的生產環境變更政策

謝謝各位在向顧客交付鳳凰專案這件事上的辛勤付出。這是我們取得主動權，回到市場所亟需的第一步。

然而，由於 IT 部門某些成員的錯誤判斷而導致的意外問題對客戶造成傷害，現在所有生產環境變更都必須得到我、克里斯・阿勒斯和比爾・帕爾默的批准。

未經批准進行變更者將受到嚴厲懲處。

感謝。

—— 莎拉・莫爾頓

梅克辛讀完莎拉的郵件。一種前所未有、甚是不祥的詭譎態勢，悄然潛入鳳凰專案。在每次事故或危機管理會議上，高層主管都似乎刻意擺出一副他們盡心完成本份，其餘人**都沒有做好**工作的樣子，這種作態有時候很隱晦，有時候非常明顯。

梅克辛觀察到，**當紅衫軍奮力撲滅危及整艘星艦的引擎失火的時候，艦橋長官們卻忙著撇清責任。**有些人甚至利用災難事件來實現他們的政治目的，通常用所謂的「失職」來懲罰某個工程師或是整個部門。

顯然，IT 部門的領袖們人人自危——梅克辛聽到傳言，開發部和營運部的負責人克里斯和比爾，都即將面臨解僱，甚至還謠傳整個 IT 部門將再度被外包出去。不過，大多數人認為 QA 部門的負責人威廉最有可能被解僱。

簡直胡鬧，梅克辛心想。**威廉在發布剩下不到二十四小時臨危授命，挺身出來領導大家！沒有人應該為試圖避免災難而遭到解僱，不是嗎？**

「這就好像《倖存者》真人實境秀，」香儂說：「所有技術部門的高層主管都只想再多撐一集。所有人都嚇壞了。史蒂夫被降職了，而莎拉試圖讓每個人相信她能拯救公司。」

當天下午晚些時候，布倫特邀請梅克辛參加一場會議。「資料庫中發現了近六萬份錯誤或重複訂單，我們必須盡快修復這些問題，這樣財務人員才能獲得準確的收入報告。」

梅克辛和小組針對問題激烈討論了一個小時。最後，當他們終於找出一個解決方案時，一位行銷經理說：「這超越了我的職級範圍。莎拉現在對變更無敵敏感。我必須先得到她的批准。」

啊，怪人戴夫說的「批准方塊」出現了。但是現在，那些可能只需要「一上再上」的決策現在必須「一上再上，再往上」了。現在，所有的產品經理需要莎拉來決定一切。某人滴咕道：「可別屏息以待——她從不立即回應。」

太好了，梅克辛想。**莎拉成功地讓房間裡所有人都動彈不得。**

一整天下來，所有決策和升級很快地陷入停滯，甚至連緊急狀況都必須等上一等，這是梅克辛沒有預料到的。她發現了為什麼每位經理都堅持要成為溝通計畫的一員。原因何在？因為他們想搶先聽到任何壞消息，這樣他們就不會在狀況外，還能互通有無。

梅克辛和庫爾特分享她的觀察時，他的手機響了。看見他露出苦澀的表情，她問道：「怎麼了？」

「是莎拉的訊息，」他說。「她說她從韋斯和我詢問了關於損壞訂單數據的情況，結果得到相互矛盾的內容。當我手上還有兩個緊急事件要處理的時候，我還得花上三十分鐘跟她解釋。」

梅克辛還沒來得及祝他好運，克爾特就氣沖沖地走了。她搖搖頭。缺乏信任和過多的資訊四處流動讓一切變得越來越慢。

星期二，梅克辛參加了一個韋斯主持的會議，討論電商網站和 POS 系統上更加匪夷所思的間歇性故障。

莎拉傳了無數封電子郵件，有時通篇使用大寫字母，不斷提醒人們事情的重要性。但是，所有人早就知道這事很重要——處理訂單是任何零售公司最重要的功能之一。

辦公室裡幾乎人去樓空，儘管眼前是嚴重程度第一級的故障。

顯然，每個人因為生病不得不在家休息。鳳凰專案的發布逼得人們沒日沒夜地埋頭工作，嚴重缺乏睡眠。現在，每個人都像蒼蠅一樣搖搖欲墜。需要出席這場會議的人，沒有一個人能夠健康地可以出現在辦公室。事實上，現在只有兩個人健康到可以透過電話參加會議。

梅克辛聽到莎拉大吼：「你能做些什麼？誰能解決這個問題？門市經理需要我們的幫助！難道沒人意識到這件事有多麼重要嗎？」

梅克辛不可置信地盯著莎拉，還注意到她看起來身心俱疲，不再是平常無懈可擊的莎拉。即使是莎拉也難以逃脫鳳凰專案大屠殺的魔爪，不能毫髮無傷地置身事外，不再像她任職無極限零件公司三年來，每一次出事都能安然無恙。

韋斯舉起雙手。「我們能做些什麼？沒有。整個應用程式支援組都病倒了。布倫特才剛回家休息。DBA（資料庫設計與管理）人員全都請病假了。雖然我們有實力堅強的梅克辛，但她跟我一樣——我們對這

項服務知之甚少，除了重啟系統以外什麼也做不了，而這件事支援團隊已經在做了。」

梅克辛發現韋斯也生病了——他的眼睛充滿血絲，整個人看起來很虛弱。眼袋發青，聲音嘶啞……她突然懷疑自己是否看起來也像他一樣糟糕。

「這令人難以接受，韋斯，」莎拉說。「業績成敗落在我們身上。門市經理指望著我們。我們必須做些什麼！」

「嗯，這些就是我們在你提議進行鳳凰專案發布時警告過的風險——但你的回應是『不入虎穴，焉得虎子』，對吧？我們已經盡了一切所能，除非你也想幫忙重啟一些伺服器，不然我告訴你，現在沒有我們可以做的事。」

韋斯繼續說道：「但有件事我們應該談談：我們要怎麼讓員工維持健康，讓他們好好完成工作？我們要怎麼讓員工足夠開心，以免他們紛紛走人？克里斯說他手下兩名主力開發人員在上週辭職不幹了。我也失去了兩個營運部的人，而且另外三個人很可能也會走人。誰知道還有多少人正在積極尋找下家公司？」

「一旦事情演變成這樣子，我們真的會陷入困境，因為我們就會像現在這樣，一直開一些無人參加的會議，」韋斯說著，半真半假的笑變成了一陣咳嗽。

他拿起筆電，準備走出會議室。在離去之前，他說：「莎拉，我知道你一定很納悶，為什麼這麼重要的問題沒人出面解決，但事情就是這樣。如果你真心想幫忙，那就去練習醫術或學著了解中間軟體。在此之前，不要再插手了，因為我們已經盡力了。」

梅克辛欣賞韋斯的說話風格——他無所畏懼，總是直言不諱。

她在心中暗自記著，問問反抗軍要不要招募韋斯。一想到反抗軍，她意識到這個團體有多麼重要。對她來說，反抗軍就像象徵希望的一盞明燈。因為嚴重缺乏睡眠，梅克辛知道她可能精神錯亂、誇大其詞了，但反抗軍確實集結了全公司最厲害的工程師。而且他們有可能將每個人從……這些水深火熱中解救出來。

我們必須團結反抗軍，繼續這項無比重要的任務，她心想。

她馬上傳訊息給庫爾特：

> 不論發生什麼事，我們都不能取消星期四的碼頭之約。

他立即回覆：

> 英雄所見略同。我還為大家準備了一份驚喜。兩天後見！

到了星期四，事態逐漸穩定。鳳凰專案最顯著的缺陷和效能問題已經完成修復。而且顧客流量大幅下降也有助於穩定情況。畢竟，誰想在無法接受訂單的商店或網站上消費？每個人不再需要通宵工作。梅克辛睡到了今天早上十點鐘。在開車去上班的路上，她發現自己無比期待今晚和眾人在碼頭酒吧相會。

正如他承諾過的，庫爾特傳訊息給反抗軍所有人：

> 我會晚一點到。德威、梅克辛，請主持會議討論例行議程，包括鳳凰專案軟體版本的佈建進度。我會帶一位非常特別的客人參加。

梅克辛十分確定，今晚所有人都會出現。

儘管補了一覺，梅克辛還是覺得身體不太舒服。她殷切希望自己不要患上任何會傳染給同事們的疾病。話雖如此，她還是很高興能再次參與鳳凰專案軟體版本的開發工作。

當天晚上，當梅克辛抵達碼頭酒吧，她很興奮地看到所有人都出現了。她想知道如何拿到反抗軍貼紙，貼到她的筆電上，而且也想和大家分享各自戰績。她驚訝地發現每個人看起來憤憤不平，臉上又出現了沮喪的神情。

她將夾克扔到椅背上，高興地問道：「嗨，各位！什麼事讓大家這麼不開心？」

德威看著她。「看一下剛剛傳來的郵件。威廉被解雇了。」

寄件者：克里斯・阿勒斯（應用程式開發部副總）
收件者：IT 部門全體員工
日　　期：9 月 18 日，下午 4:58
主　　旨：人事異動公告

彼得・基爾派翠克（前端開發經理）從今日起離任。威廉・梅森（QA 總監）將於明日開始休假。我們感謝他們兩位對公司的所有貢獻。

請將所有前端開發相關郵件寄給蘭迪，將所有與 QA 相關的郵件寄給我。謝謝。

　——克里斯 敬上

梅克辛感到震驚不已。政治迫害開始了。亞當生氣地搖頭。「我不是威廉的超級粉絲，」他說，「但把這一切都歸咎於他是不對的。」

在克里斯的郵件中，並沒有提及他個人對於鳳凰災難的應負責任。儘管梅克辛不贊同嚴懲或找替罪羔羊，但是將所有責任都歸咎給技術組織，沒有一個業務部或產品部的人被追究責任，真是天大的差別待遇。

怪人戴夫從手機上移開視線，一臉厭惡。「可憐的彼得 —— 他不過是做了業務經理要求的任務。真是一場徹頭徹尾的鬧劇。」

「這太有問題了,」杳儂抱怨道。「我猜寫一份請願書也不能改變什麼,對吧?就是,提出我們對他們被解僱的不滿?」

亞當說:「真正該負責的人總是逍遙法外!我們應該……」,他突然停止說話,目光呆滯,盯著梅克辛身後。「我的老天……」他最後吐出一句。亞當旁邊的所有人都震驚地看向梅克辛後方。

梅克辛轉過身,看見庫爾特從門口走來。他身旁是專案管理總監克爾斯登。

「媽呀,」梅克辛聽到亞當說。他被嚇壞了,匆忙關上筆電站起來,看起來想逃離現場。

「看在上帝的份上,坐下,亞當,」梅克辛說。「這不是秘密警察突然現身。我們誰也沒犯錯──維持你的尊嚴。」

怪人戴夫侷促地笑著,但和其他人一樣,他也闔上了筆電,就像要藏起什麼東西一樣。

克爾斯登穿著一件別緻的西裝外套,比梅克辛平時的商務休閒打扮隆重了兩倍,比現場身穿連帽上衣、T恤、保齡球衫的其他工程師隆重了四倍。酒吧裡所有人的視線都集中到了這裡,顯然想知道是誰邀請了管理高層光臨。

梅克辛知道她自己看起來不像會出現碼頭酒吧的人,但,哇嗚,克爾斯登更加格格不入,她就像正要去參加一場資深法律合夥人的聚會,但是車子突然爆胎,手機又沒電,只好進來酒吧尋求幫助。

庫爾特環顧四周,笑著說:「如果有人還不認識克爾斯登,她是專案管理部的負責人。儘管和我們這些科技人有著相愛相殺的關係,專案管理部是無極限零件公司最值得信賴的組織。」庫爾特大笑。「公司內所有最重要的計畫都由克爾斯登和她的專案管理團隊經手,她會定期和CFO迪克·蘭德里回報計劃進展。」

這是真的,梅克辛心想。克爾斯登確實是祀奉秩序和紀律的高級祭司。她為組織內每個大型計畫按照重要度分配顏色,分別是紅色、黃色或綠色,這些舉措決定著相關人員的生殺大權,某人的職涯發展可

能突然飛黃騰達，也可能一落千丈。除了莎拉和銷售部副總經理外，克爾斯登是 CFO 在員工大會上最常提到的人物。

克爾斯登坐了下來，拿起桌上的啤酒壺為自己倒了一杯啤酒，也幫庫爾特倒了一杯。庫爾特向克爾斯登依序介紹每個人，然後指一指梅克辛：「梅克辛是我們反抗軍菁英團的最新成員。她因為薪酬核算故障被流放到鳳凰專案，當然，從那之後她的天賦都被浪費了。所以，我們招募了她一起來推翻這個冷酷無情、古老強大的現有秩序，噢……嗯……」庫爾特突然面露尷尬，意識到克爾斯登也在這個秩序之內。「當然，現在在場的人除外，」他總結道。

克爾斯登只是舉起酒杯以示回應。

庫爾特繼續說道：「梅克辛在百無聊賴和尋找意義的過程中，開始致力打造可重複使用的鳳凰專案軟體版本，這是鳳凰專案的團隊逃避了一年多的工作。我們有著許多偉大且崇高的信念，但一致認同，當務之急是讓軟體版本重新運作起來。一旦我們擁有持續構建的軟體版本，就能同時啟動自動化測試。有了自動化測試，可以更快、更有信心地做出變更，不必依賴長達數百小時的手動測試。我相信，這是讓我們更安全、更迅速、更快樂地交付更好價值的關鍵第一步。」

「如果少了持續構建，我們就像沒有生產線的汽車製造商。有了持續構建，所有人都能自由進行工作，不受工廠目標的影響，」他繼續說：「我們在構建或測試過程中就應該發現問題，而不是等到部署或上線之後才急忙補救。」

「我想做這件事有一整年了，但是我老闆，呃，具體來說是我的前老闆，並不認為這件事有多重要。所以，我和團隊的人暗中行事，尋找公司中最優秀而且有志一同的工程師。梅克辛在這麼短的時間裡就幫了很多大忙。」他補充道。

庫爾特停頓了一下：「呃，我們為威廉舉杯吧 —— 儘管我與他有分歧，但他顯然不應該為整個鳳凰專案的慘敗承擔責任。」

梅克辛舉起酒杯，其他人也一樣。她向在場所有人碰杯致意。

看向克爾斯登，她說：「這聽起來一定很瘋狂，但是，克爾斯登，我真的認為這個團體能有所作為。我見過開發人員必須等上好幾個月才能拿到開發環境。缺乏開發環境和集中的佈建系統大幅減弱了我們的速度。事實上，絕大多數開發團隊最後都放棄等待開發環境和軟體版本，只是各自獨立地編寫程式碼，不再關心他們寫的東西能否在整個系統上正常運作。」

梅克辛繼續說道：「看看上週鳳凰專案發布會的慘況，更好的軟體設計流程可以避免這一切。真是可惜了……」

「我們都贊同梅克辛，」怪人戴夫說。「話說回來，克爾斯登，是什麼風把你吹來了？」

克爾斯登笑了，說道：「我一直懷疑我們公司管理技術的方式不太對勁。我指的不僅僅是鳳凰專案的發布慘劇。鳳凰專案承諾為公司帶來的貢獻，一切都還差得遠呢。這幾個月來，庫爾特一直跟我說反抗軍的近況。直到庫爾特指出，在我們所建立的這個系統中，數百位開發人員必須先經過大量溝通和協調，才能完成非常簡單的工作，我才真的恍然大悟。」她解釋。「當然，為公司中最重要的專案保駕護航是我們的份內工作。但在理想情況下，每個人都應該要在我們不出手協調的情況下完成他們的工作。不知為何，我愈發覺得專案管理部已經淪為只能跟文件打交道的人，被各種依賴關係拽進每一項工作任務中。」

「我們追蹤了位於鳳凰專案各個環節內近三百位開發人員的工作內容。然而，事情並沒有這麼簡單，」她繼續說道。「你們可能會覺得，我們有三十個十人小組，每一個團隊都能獨立完成任務。然而，有時候，我們好像只有一個由三百人組成的團隊……或者是三百個一人團隊。不管是哪種情況，都存在著很大的問題……」

她看向庫爾特：「你當時是怎麼形容的？西瓜專案？綠色在外，紅色其中？這就是現在公司裡每一個 IT 專案的狀態。」克爾斯登語帶挖苦。

她繼續說下去：「我在公司已經待了十五年，這裡不斷上演著將 IT 部門外包出去再帶回來的戲碼。最近一次，你信嗎？當時 CIO 宣稱無極限零件公司『不再培養內部人才』，然後將所有東西都外包出去。」

「我們最終將大部分部門再次帶回來，然後一切變得每下愈況。公司喪失了非常基本的工作能力。去年，我們不得不為資料倉儲進行一個簡單的模式變更。我們向長期合作的外包廠商提出請求，結果他們花了三個星期才向我們報價。他們說這項工作需要一萬個小時才能完成，」她說。「在公司將 IT 外包出去之前，這分明是幾個小時內就能搞定的事情。」

梅克辛在腦中估算。根據過去她服務於管顧業的經驗，她知道一位全職工程師每年工作約 2000 小時——也就是每週 40 小時，每年 52 週，不算上休假的話。她突然大笑：「光是小小改動資料庫欄位的工時，就要花上五名工程師全職工作一年的時數？！那可是我十五分鐘內就能搞定的事情！」

「是的，」庫爾特回答，露出哭笑不得的表情。「變更資料倉儲需要兩三個不同的外包商來處理。你必須召集各團隊的客戶經理來開會。每個客戶經理都會要求變更費用和可行性研究。你還需要好幾星期的時間，讓所有技術人員同意這份變更計畫，即使如此，任務工單會花上好幾星期來來回回。你需要壯士斷腕般的英勇，才有可能真的做出改變。」

德威笑得很猖狂。「你以為這樣就很糟糕了嗎？那根本沒什麼！在以前，公司所有製造工廠都有整整三台網路交換器。一個給內部工廠營運用，一個提供員工和客戶連接 Wi-Fi 網路，另一個專門給所有需要回電給母公司的設備廠商人員使用。」

「好幾年前，應該是每年審核預算的時候，有個會計人員發現了這件事，決定將三個網路供應商整合成一個。聽起來蠻合理的，對吧？」他繼續說道。

「結果，在沒有事先詢問任何人的情況下，他們直接做了。而且他們可不是只在一間工廠做這件事，而是對好多間工廠的交換器進行整合。他們用一個更大、更牢固的交換器替換原來那三個，然後將所有工廠的網路流量都移到新的交換器上，」德威說。「但他們實在有所不知，這三個交換器是由三個完全不同的供應商負責管理。曾經在各自

交換器上相安無事的三個廠商，現在不得不在同 個網路交換器上共事，而且還時不時對其他人造成干擾。」

「不到一週，其中一家製造工廠的網路整個被關閉了——沒有任何東西能夠與外界交流。沒有人能得到工廠的生產調度資訊，沒有人能傳送補貨訂單，設備無法進行維護更新……所有對外管道都不通！」德威繼續說道，顯然還對那次故障的規模心有餘悸。

「唯一還能運作的東西只剩傳真機了。每個部門的所有人都必須乖乖排隊，向管理部門傳送每週生產報告或原料訂單等資訊，」德威說。

梅克辛突然大笑：「我有印象——簡直不可思議。我們不得不從附近的辦公用品商店購買一些沒有網路連接功能的 USB 印表機。那一整個星期，就好像突然回到了 1970 年代。」

亞當在桌子另一端嘟囔：「是呀，就像我們上週對商店系統所做的事一樣。」

德威又喝了一杯啤酒，將身體靠回椅背，享受來自所有人的目光。「你可能會好奇為什麼要花上一整週的時間才能修復問題。嗯，當時，沒人出來負責。那三家供應商全都矢口否認他們是始作俑者，即便我們向他們展示一份記錄檔案，上面清楚指出其中一家供應商禁用了其他人的帳戶。顯然是有人厭倦了他們的變更被另外兩方無情踐踏，索性剝奪其他人的使用權限。」

所有人都在大笑，但梅克辛卻震驚得張大嘴巴，目瞪口呆。

德威繼續說：「整整一週，這三家供應商都在互相指責，而網路癱瘓了好幾天。這個事件最後上升到史蒂夫那邊。是的，連 CEO 都驚動了。即使他聯繫了這三家外包廠商的 CEO，一起開會討個說法，而網路真的恢復正常依舊花了將近 24 個小時。」

當每個人都在挪揄嘲笑時，梅克辛慢慢開口：「真是有趣。整合網路交換器這件事在本質上不是個壞主意。在此之前，這三個團隊都能在各自的網路上獨立行事。當他們突然被移到同一個網路交換器時，突然之間他們被緊緊捆綁，再也無法獨立工作，為了不互相干擾，他們不得不進行溝通和協調，我說的沒錯吧？」

她的聲音流露出敬畏，繼續說道：「嗯，當他們被放到同一個網路交換器的時候，我敢打賭，那些團隊必須建立一個紀錄所有工作的主時間表。我甚至敢打包票說，他們需要引入以前根本不需要的專案經理。」

「天阿，」梅克辛繼續滔滔不絕。「他們這麼做是為了降低成本，但是到頭來，這讓每個人都吃了更多苦頭。我敢打賭，每個人都必須花上更多的時間完成工作，因為所有人都必須進行溝通、協調、取得批准，而專案經理必須忙著解決所有工作的衝突。」

「哦，我的老天，這不就是鳳凰專案嗎！」她驚呼。

場面突然陷入寂靜，所有人都對梅克辛說的話感到震驚，彷彿五雷轟頂。

「你的意思是，鳳凰專案所有的問題都是我們造成的？」香儂問道。

克爾斯登看起來亂了陣腳，眉頭緊蹙，但是不發一語。「是的，」梅克辛說。「我想，這是我們自己造成的。」

「完全正確，梅克辛。你對於眼前挑戰瞭解得很透徹。」梅克辛身後傳來一道聲音。

第 7 章

出乎意料，這個熟悉聲音的主人，竟然就是上次她在碼頭酒吧見過的酒保。

他在梅克辛桌前放下一盤酒水，然後友好地拍了拍庫爾特的後背。然後他看向克爾斯登，驚訝地說：「噢，不會吧 —— 這不是芬格女士嗎！好久不見！歡迎光臨碼頭酒吧，這裡是明日之星反叛軍的總部。」

「我的老天，」克爾斯登脫口而出，眼睛睜得很大。

「呃，你們認識對方嗎？」庫爾特問，他話語中一貫的自信消失得無影無蹤。

克爾斯登笑著說：「這位是埃瑞克·里德博士。你們可能不知道，但史蒂夫和迪克這幾個月來一直想招募他加入無極限零件公司的董事會。他在這家公司工作了幾十年。事實上，埃瑞克在 1980 年代就參與了最初的 MRP 發布，然後為公司的製造工廠導入精實原則和實踐。我們是第一批擁有自動化 MRP 系統的公司，而他是製造業中數一數二的英雄人物。」

「他？」庫爾特不可置信，用大拇指指著這位酒保。

梅克辛也很驚訝。畢竟，她在幾年前接手了這個令人驚豔的自家 MRP 系統。她一直對這個系統感到嘖嘖稱奇，它創造出一個無比流暢的工作流程，讓生產線員工和工廠經理能夠持續學習。

「別相信你們聽到的一切，」埃瑞克忍俊不禁。

梅克辛迅速打量了他一番。他看起來大約五十多歲，的確符合當初一手打造 MRP 系統的人的現在年紀。他身材高大，看得出來以前身材很好。他的頭髮及肩，有些花白，讓她想到了電影《謀殺綠腳趾》裡

的男主角「督爺」。不過，比起溫和沈穩，埃瑞克整個人顯得更加機敏、聚精會神。

他轉向梅克辛，露出狡黠的笑容。「我要代表製造營運部門的所有人，感謝你精心照料 MRP 系統。你幫忙建立和維護了一個傑作，兼具簡潔性和區域性（locality）。你不僅出色地實現了業務目標，還打造了一個能讓小型工程師團隊高效、獨立地工作的系統，各個組件之間精細而巧妙地相互獨立，而不是被 complected 為一個又大又醜、無比棘手的爛攤子。」

「這是軟體工程和架構的偉大傑作！」他笑著說，臉上有著燦爛的笑容。「你所激發的開發效率完美體現了優雅的簡潔性。更令人驚艷的是，你將解決技術債納入日常工作中。很高興終於見到你本人！」

梅克辛盯著埃瑞克。**可不是每天都有酒保來稱讚你多年來精心撰寫與呵護的程式碼**，她心想。

「謝謝你──我一定會將你的讚美轉告團隊，」她說，儘管臉上充滿困惑，但仍然無法掩飾她的自豪。

「呃，你剛剛說的 complected 是什麼意思？」庫爾特問。

埃瑞克答道：「這是一個很古老的詞彙，里奇·希奇大師（Rich Hickey, Clojure 程式語言發明人）重將它重新帶回大眾視野。Complect 的意思是把簡單的東西變得盤根錯節。」

「在緊密耦合且盤根錯節的系統中，幾乎無法改動任何東西，因為你不可能只改變一小部分程式碼，你必須改動幾百個，甚至幾千個地方。即使是最細微的程式碼變動也可能在系統內造成始料未及的影響，也許這個受影響的地方你從未聽說過。」

「希奇大師會這麼形容：『想像各自獨立懸吊的四條毛線──這是一個簡單的系統。將這四條毛線編織起來，這時這個系統就變得錯綜複雜了。』這兩種毛線形式都能實現相同的軟體工程目標，但是其中一種更容易進行變更。在這個簡單的系統中，你可以獨立地對其中一條毛線進行改動，不需要接觸其他。這種做法非常好。」

埃瑞克笑著說：「然而，在另一個複雜的系統中，如果你想對改動其中一條毛線，你不得不一同改變另外三條。事實上，你根本無法實現大多數你想完成的事情，因為這一切是如此眼花撩亂，錯綜複雜。一旦發生這種情況，」他繼續說，「你已經被困在一個無法輕鬆解決商業問題的工作系統中——此時的你只能成天解謎，試圖找出如何進行小小改動，卻被盤根錯節的複雜系統阻礙，舉步維艱。這時的你必須安排與其他組的會議，盡力說服他們為你變動某些東西，將請求上報給他們的經理，也許要一路上報到最高層級。」

「此時的你所做的每一件事都離解決真正的商業問題這件事背道而馳，」他說。「德威，這就是當時那些替換了路由器的製造工廠給人們的啟示。在過去，是三條毛線各自獨立，各團隊得以獨立運作，而代價是必須同時維護三個網路交換器。」

「當你將他們都放在同一台交換器上，這時他們的價值流變得撲朔迷離，各團隊的互相依賴性大幅提高，以前並不存在這種情況。他們必須不斷地溝通、協調、斡旋、排序，以及消除工作衝突。現在，他們付出許多時間成本進行協調，導致了更長的交付週期，削弱了工作品質。而且，在你的故事中，這個災難持續了一整週，對業務造成極大傷害，甚至驚動了史蒂夫。」埃瑞克說，有些幸災樂禍。

「軟體交付週期的重要性不言而喻，妮可·福斯格倫（Nicole Forsgren）博士和傑茲·亨堡爾（Jez Humble）的研究紛紛佐證了這件事，」埃瑞克說。「程式碼部署的交付週期、程式碼部署頻率以及解決問題的時間長度，是軟體交付、營運成效和組織績效的預測因素，這些和職業倦怠、員工參與度等諸多因素有所關聯。」

「保持簡潔非常重要，因為簡潔性與區域性相輔相成。程式碼的區域性可以讓系統維持鬆散耦合的狀態，幫助我們更迅速地交付功能。團隊可以更快速且獨立地開發、測試，以及部署價值給顧客。組織內的區域性允許團隊自行決策，無需與團隊外部的人進行溝通或協調，因為如果要從位處高位的管理層或委員會獲得批准，他們可能缺少對於實際業務的相關知識，無法做出適宜決策。」他說，顯然對此感到厭惡。

「你應該要能透過僅僅改動一個檔案、一個模組、一項服務、一個組件、一個 API 呼叫、一個容器、一個 app，或是單單一個東西就能創造價值！這也是為什麼將橫切關注點（cross-cutting concerns）放到同一塊是一件好事，比如紀錄檔案、安全性或重試規則。你改了這裡，結果所有地方都被改動了。」他說。「當你在打造功能時，有時卻必須經過 UI 組、前端組、後端組和資料庫組進行改動，這難道不弔詭嗎？」

「真有趣，」梅克辛說。「程式碼區域性和組織區域性如此令人嚮往，而我們現在擁有的卻是四散各處的程式碼。」

「是的，你說的沒錯。四散各處！」埃瑞克說。「想要實現這項偉大目標絕非白吃的午餐。你需要專注改善日常工作，不斷提升，『改善』甚至超越日常工作本身。如果沒有這種一絲不苟的專注，每一個簡單的系統都會隨著時間的推移而失色，逐漸被掩蓋在技術債的一片凍土之下。鳳凰專案的佈建系統就是血淋淋的例子。」

梅克辛皺起眉頭。「你是說，鳳凰專案曾經是個簡單的系統，但現在已經複雜得面目全非了？這個鳳凰專案曾經有過優秀的佈建流程，但這麼多年來卻飽受冷眼，讓位給功能，結果最後完全被淘汰了？」

「沒錯，」埃瑞克說。「佈建軟體版本的責任從開發轉移到 QA，最後丟到實習生身上。Facebook、Amazon、Netflix、Google 和 Microsoft 這些科技巨頭只會將提升開發生產力的重責大任交給最資深、經驗最豐富的工程師。結果，在無極限零件公司，情況恰恰相反。」

德威大笑著說：「至少我們的軟體佈建工作不再被外包了。不久之前，每執行一次軟體佈建可是要價 85 美元呢！」包括梅克辛在內的所有人哄堂大笑，全都一副不可置信的樣子。

克爾斯登說：「我聽到工程師們一直在抱怨技術債。除了表示不好的東西之外，技術債究竟是什麼意思？」

埃瑞克笑了。「技術債的定義有很多，不過我最喜歡的說法是沃德·坎寧安（Ward Cuningham）在 2003 年對技術債下的最初定義。他說：『技術債是你覺得下一次要對其作出改動的感覺。』有很多東西都

被人們稱為技術債，但它通常指的是我們需要清理的束西，或者需要建立或回復簡潔性的地方，好讓我們可以迅速地、自信地、安全地在系統中進行變更。」

「有時候，技術債是一個無法提供快速開發人員回饋的軟體佈建和測試系統，或者是一個完全故障的系統，」他繼續說道。「有時候，技術債是當簡單的組件變得錯綜複雜，如果沒有付出巨大努力或鋌而走險，你很難對其進行疏理或改動。還有時候，技術債是當決策流程或組織架構失去了區域性的時候，連小小決策都要上報──就是你們口中那惡名昭彰的『上報方塊』。」

「我開始將這些情況稱為『複雜債』，因為它們都不只是技術問題──它們是業務問題。況且，這種狀況都是咎由自取，」他說。「你可以選擇構建新功能，或者選擇償還複雜債。當一個傻瓜將所有時間投注在開發功能上，不可避免的結果就是，即便是最簡單的任務也變得棘手，還需要花上更長的時間來執行。不論你有多麼努力，不論你有多少幫手，最終，系統都會不堪負荷，驟然倒塌，逼迫你從頭開始。」

他看向梅克辛，然後說：「這就是為什麼你對 MRP 系統的貢獻如此出類拔萃的原因。你的團隊以一種令鳳凰團隊欣羨的速度新增功能。必須將償還技術債納入日常工作的一部分，才能夠實現這麼快速的開發效率。這恰恰是在程式碼與組織中實踐第一個理念：區域性與簡潔性的極佳例子。幹得好，梅克辛。」

埃瑞克站起身。「今晚我有點人手不足。等下再回來，很高興見到你，克爾斯登！」

「噢，還有一件事，」他重新轉過身。「想想看技術員工和其他業務部門的員工參與度評分，仔細思考其中差異吧，特別是那些為鳳凰專案工作的人。」

當梅克辛看著埃瑞克回到吧台時，她聽見每個人突然開始交談。

梅克辛說：「我不知道剛剛究竟發生了什麼。」看向克爾斯登和庫爾特，她問道：「剛剛是怎麼回事？他說的第一理念是什麼意思？」

「我不知道，」庫爾特搖著頭說。「我認識埃瑞克一年多了。我完全不知道他和公司有關聯……」

德威對庫爾特說：「我從沒想過要告訴你，因為，你懂的，這件事似乎無關緊要。但某天晚上，他突然問我是否知道如何配置 Kubernetes 叢集。那時我感覺超奇妙的。」

「真的很奇妙，」香儂說。「現在我想起來了，我曾經和他辯論過為了遵守支付卡行業（PCI）資料安全標準，是否應該完全隔離持卡人資料的環境。他甚至傳標準規範中特定章節的超連結給我。他似乎博學多聞，更可能是位專家。我以為這只是因為這家酒吧接受信用卡付款……」

「我聽說他和 IT 營運部的新副總比爾・帕爾默聊過很多次，」克爾斯登補充。「比爾曾經告訴我，埃瑞克教了他一些叫做三步工作法和四大類工作的東西。」

「這些我都沒聽過，」梅克辛說。「他只提到了第一個理念……我真想知道總共還有幾個理念。」

「而且他剛剛說的員工參與度評分是什麼東西？」庫爾特問。

「我不太清楚，」克爾斯登說：「但我的確知道，在業界我們的員工參與度是最高的……除了 IT 部門以外……我記得確切分數是負二十七分。」

「是很糟的意思嗎？」德威問。

克爾斯登一臉尷尬：「非常糟。」

梅克辛一點也不意外。然而，有些事令她困擾。在員工大會上，史蒂夫提到他有多麼在乎員工參與度。當他發現負責全公司最具戰略意義專案的 IT 部門如此悲慘時做何感想？難道不會擔心嗎？

當埃瑞克端著滿滿一杯啤酒經過的時候，梅克辛站起來，快步趕上了他。「再次感謝你的美言，埃瑞克。你剛剛提到了第一理念──總共有多少理念，它們分別是什麼？」

「哈！遊戲不是這樣玩的，」埃瑞克大笑著說。「事實上，我讓比爾·帕爾默東奔西跑，要他努力尋找什麼是四大類工作。不過，也許我可以讓你們領先一步。」

埃瑞克和梅克辛走回眾人桌前。「總共有五個理念，」埃瑞克娓娓道來，整桌的注意力都到了他身上。「我剛剛說了第一個理念：區域性和簡潔性。我們必須設計一些東西，在系統和組織中實現區域性。保持簡潔是任何工作的第一原則。我們最不希望看見複雜性出現在內部，不管是在程式碼、組織，或是流程中。現實世界就已經夠複雜了，如果連我們可以控制的東西也變得無比複雜，那將是忍無可忍！我們必須讓工作變得容易進行。」

梅克辛坐下來，打開筆電（真開心她這次記得帶來），開始做筆記。

「第二個理念：專注、流暢和快樂。這關乎我們對於日常工作的感受。我們的工作日常是無聊和等待他人幫忙完成任務嗎？我們是否一葉障目，僅僅關注系統中一小部分，忘了顧及大全？我們是否只在部署的那一刻看見整體工作成果，結果一切都爆炸，搞得大家急著滅火，殺雞儆猴，人人精疲力竭？還是，我們以小批量的方式工作，在理想狀況是單一工作流，獲得迅速而持續的工作回饋？這些是促成專注、流暢、挑戰、學習、探索，精通工作領域，甚至是獲得快樂的必要條件。」

他看向桌前眾人，臉上露出得意的表情。「這就是我現在可以透露的全部了。等你們準備好之後，我再分享另外三個理念。」

「別逗我們了，」梅克辛說。「你又不是尤達大師或《小子難纏》的宮城先生，沒必要賣關子吧！至少告訴我們其他理念**是什麼**！」

「算你走運，沒耐心的年輕人，我沒時間和你討價還價，酒吧裡還有一堆人等著我服務，」他說。「簡而言之，第三個理念：持續改善日常工作。想一想豐田安燈索的啟示，我們必須重視日常工作的改善，

勝過執行日常工作。第四個理念：心理上的安全感，我們要創造能夠安全談論問題的工作環境，因為唯有預防才能真正解決問題，這需要誠實以待。想要人們誠實以對，必須消除恐懼。在製造業中，心理安全和身體安全同樣重要。最後，第五個理念：以顧客為中心，我們必須時刻保持一絲不苟，質疑某個東西對客戶來說是否真的很重要，比如，客戶願意為這個東西付錢嗎？還是它只是對各行其是的職能部門有所價值？」

埃瑞克一口喝光啤酒，然後笑著說：「祝你們好運，下週見。」

「等等，等一下，就這樣？」梅克辛說，但是埃瑞克已經走了。梅克辛低頭看看她剛剛草草寫下的筆記：

> 第一個理念 —— 區域性和簡潔性
> 第二個理念 —— 專注、流暢和快樂
> 第三個理念 —— 持續改善日常工作
> 第四個理念 —— 心理上的安全感
> 第五個理念 —— 以顧客為中心

梅克辛盯著筆記 —— 所有的理念聽起來都很好，但他們究竟該如何加以善用，改變鳳凰專案的既定軌跡呢？

「這真是太詭異了，」庫爾特說，說出所有人的想法。

怪人戴夫接著說：「第四個理念真是踩到痛點。人人都害怕分享壞消息的恐懼文化？不就是我們嗎？」

「埃瑞克說的沒錯，」亞當說。「沒有人談論真正的問題。大多數人沒有勇氣說出真正的想法或做正確的事情。無論心裡同意與否，他們只會說『好』。這也許是一個機會。現在的組織架構圖上有些大位子空了出來，」他對庫爾特說。「你應該爭取看看，也許爭取威廉的位子？」

場面鴉雀無聲，每個人都轉頭看向亞當和庫爾特。

「這是個很棒的主意，庫爾特。你可以在 QA 部門大顯身手。你知道我們都會因此而開心，」香儂說，全桌人都低聲表示贊同。

「也許吧，」庫爾特說，慢慢點頭。「但你們也知道，如果我們真的想有所作為，還有另一招。我想跟克里斯爭取彼得的職位。」

梅克辛聽到有人倒抽一口氣，然後怪人戴夫發出大笑。「你說的對，庫爾特。如果你來帶領一個開發團隊，一定會更有作為。我們都知道必須改變 QA 進行測試的方式，而最好的方法就是改變開發部門進行測試的方式。這麼做，首先需要成為開發經理……但是，這會產生一個小小的問題……他們絕對不會給你那個位子的，庫爾特，」他說。「你懂的，因為你『不過是一個 QA 經理』。」

梅克辛的嘴角抽了一下。怪人戴夫說出了開發人員對 QA 人員的常見偏見，這讓她無比尷尬。QA 常常被當作下流階級，但至少他們的位階還是比營運部高。**這些都是無稽之談**，梅克辛想。畢竟，她在高中就累積了營運經驗，替換備份磁碟，後來，在讀研究所之前，她做了 QA 相關工作 —— 如果不是這些背景經驗，不可能成就今日的她。科技領域始終存在著階級制度。

亞當對庫爾特說：「你知道我一直是你的死忠粉，而且我喜歡和你共事 —— 你是一個偉大的領導者 —— 但我必須同意戴夫的觀點。那群開發經理不可能乖乖讓一個 QA 經理拿走那個位子。也許你該爭取的是威廉的位子。畢竟，還得有人帶領 QA 部門走出石器時代，將自動化測試導入鳳凰專案。」

「我必須同意你朋友說的，庫爾特，」克爾斯登說。「你我都知道，一直以來威廉都不是你的死忠粉。他在會議中從未給你很高的評價。他們大概會從其他公司挖角。」

庫爾特笑了，看起來對克爾斯登的觀察不太在意。他開始模仿威廉，說道：「沒錯，克爾斯登，你說的沒錯。雖然庫爾特有些天賦，但我很清楚他不懂測試這工作該怎麼做。也許再過幾年，他會成熟到足以管理 QA 部門。」

大家都笑了。庫爾特用他平常的聲音說：「各位，這是改變現狀的絕佳機會。但是我不認為我們能從 QA 部門實現這件事——據我們所知，QA 正在發生變化。我們不能一直當事後諸葛。我們必須加入戰場，我們要偷偷潛入開發團隊，對功能發布和程式品質負起全責。否則，其他事情都只是在浪費我們的時間。」

他繼續說：「事實上，如果我們能接手彼得的團隊，我的目標是展現我們能夠勝過鳳凰專案中的其他開發團隊。我們這桌集結了全公司最優秀的技術人才，而且我們也建立了能為這場戰局帶來偉大技術實踐的基礎設施。」

庫爾特身子前傾。「如果我能說服克里斯給我這個機會，你們是否願意加入這個團隊，向大眾證明我們能夠扭轉鳳凰專案的命運？」

「這還用問嗎！庫爾特，算我一個！」怪人戴夫說。梅克辛很驚訝他第一個響應。

梅克辛緊隨其後。「還有我。這就是我想做的。而且我知道我們一定能繞過其他團隊。我曾經近距離觀察過，」她說，面露狡黠的笑。

全桌的人紛紛響應，對潛在的大好機會感到躍躍欲試。怪人戴夫說：「好，我們都參加，庫爾特。不過，說老實話，我沒有太大信心。亞當說的對——由你來帶領開發團隊的可能性微乎其微。」

克爾斯登：「庫爾特，我同意你的直覺。如果你需要的話，我可以寫一封推薦信給克里斯。」

「那太好了，克爾斯登，」庫爾特說，滿面笑容，顯然對克爾斯登的提議感到由衷的驚訝和感激。那一刻，梅克辛恍然發現庫爾特這麼長時間以來，一直在沒有任何領袖掩護下行事。**他有可能因為不守規矩而被開除**，她意識到。

「我很樂意幫忙，」克爾斯登說。「但有一點我要事先聲明。我非常樂意寫封推薦信來支持庫爾特的點子，但我真的不能跟你們一起公開露面。至少，現在還不行。在眾人面前我必須保持公正。」

「噢，你願意賞我們一個冒著被解僱風險的機會，而你想要安全地置身事外？」怪人戴夫半開玩笑地說。克爾斯登只是向戴夫舉杯致意。

第二部

9 月 23 日 – 11 月 9 日

第 8 章

9 月 23 日，星期二

星期二，梅克辛到了公司，看見庫爾特一臉喜氣。「我得到那個職位了，」他興奮地說。

「真的嗎？開發組長？」梅克辛問。

「是的，開發組長！」他說，似乎自己也不太相信。「如果沒有克爾斯登的幫助，這絕對是天方夜譚。我將會加入資料中心組，你也跟我一起。」

「太棒了！」梅克辛興高采烈地說。「你怎麼說服蘭迪讓我調職的？」

「嗯，他很不想讓你走。他一直說你來到這裡是除了切片麵包之外最美好的事情，不過，嘿嘿，我自有辦法，」庫爾特狡黠地笑。

梅克辛和他擊掌。

他看看四周，然後低聲說道：「所有經理都在談論奇怪的事情將要發生。顯然，在本週早些時候，技術高層們和史蒂夫私下見過一次，他們同意停止發布功能一個月。很明顯，他們現在想要暫停功能交付，好償還這麼多年來累積的技術債！」

「真的假的？」梅克辛很震驚。

「他們意識到當務之急是修復目前現有的垃圾，」他說。「營運部暫停了所有和鳳凰專案無關的工作，這樣他們就能著手解決技術債，實現自動化。開發部和 QA 部也將停止所有功能相關任務，償還他們各自的技術債。」

「我們發光發熱的時候到了。這是我們向眾人展示偉大工程的機會。」庫爾特發出感嘆。

那天晚些時候，公司寄來一封電了郵件，宣布庫爾特的新職位。梅克辛不想直接告訴庫爾特，但她很確定他能得到這份工作的真正原因是開發部所有人對這位子避之唯恐不及。資料中心被大肆吹捧為鳳凰專案發布災難的「根本原因」。克里斯甚至在某次梅克辛也出席的會議上對資料中心指名道姓，她很為資料中心團隊打抱不平。

將鳳凰部署時地面上不斷冒煙的彈坑歸咎於資料中心團隊，就像將飛機失事歸責於客艙後方沒有繫緊安全帶的乘客。

她知道為什麼將責任推給資料中心如此容易。這是公司內最不吸引人的技術領域。資料中心是又大又無聊的訊息匯流排系統的其中一部分，梅克辛個人很喜歡這個系統，因為大多數的主要應用和紀錄系統在此進行交流：產品資料庫、訂價資料庫、庫存管理系統、訂單執行系統、銷售佣金系統、公司財務系統以及其他近百個主要系統，其中許多系統已有數十年的歷史。

梅克辛從來不欣賞公司存在三個庫存管理系統 —— 兩個系統用於實體門市（一個來自某次併購，始終未被汰換），另外一個系統則供電商渠道使用。此外，至少還有六個訂單輸入系統 —— 三個用來支援實體門市，一個用於電商網站，另一個是 OEM 客戶專用，最後一個系統則作為維修廠銷售渠道。

梅克辛喜歡錯綜複雜的流程，就像小兒科醫生喜歡生病的小孩一樣，但即使是這樣的梅克辛也會對資料中心需要和多少系統進行對話感到吃驚。

梅克辛對資料中心的認識越深，她就變得越困惑。資料中心似乎根本不該是鳳凰專案的一部分。畢竟，資料中心的大部分系統都是在二十多年前寫成的，遠在鳳凰專案出現雛形之前。

顯然，資料中心在過去是四散在公司內部的小型應用程序的集合。有些應用寄宿在財務部門的 ERP 系統，有些應用存在於製造業務部門，還有一些系統位於克里斯麾下的開發部門。

當鳳凰的巨輪開始轉動，難以置信的大量新請求排山倒海而來，而這些團隊卻沒有足夠的人手來處理。由於資料中心內業務互相競爭處理

優先度，耽擱了數以萬計的鳳凰新功能，然後，鳳凰專案的功能就一而再、再而三地被延遲了。

最後，在某次組織重組中，這些散落的所有組件都被匯總到名為「資料中心」的新組，並歸屬於鳳凰專案之下，確保鳳凰工作的處理優先度始終放在第一位。現在，所有人都把問題都歸到資料中心上。

星期三一早，梅克辛和怪人戴夫和庫爾特一起參加了與資料中心工程師的首次會議。梅克辛很驚訝怪人戴夫也這麼快就能加入資料中心組。她問他是怎麼辦到的。

怪人戴夫只是笑了笑，說道：「我成功性格的眾多好處之一──沒有任何經理會放過將我送去其他團隊的絕佳機會。我可以去任何我想去的地方。」

她和怪人戴夫站在一起，而其他五名資料中心的工程師聚集在會議區中央。

他們要麼和她同齡，要麼就是剛從大學畢業，沒有人的年紀介於中間。她懷疑這些資深工程師應該從一開始就在團隊中，而年輕的工程師很快就會轉去其他更有趣的組，由更年輕的社會新鮮人補上空缺。

克里斯清了清嗓子，向會議室眾人講話：「各位早安。讓我們歡迎庫爾特‧雷茲尼克，他將會接替彼得的位子。」

庫爾特似乎對這簡短的介紹感到訝異，但還是愉快地說：「大家好，你們可能知道，這是我第一個管理的開發團隊。我相信我的工作很簡單：聽著，我會做任何能夠幫助你們成功的事情，排除你們前進道路上的任何阻礙。」從每個人不為所動的表情來看，他們很清楚庫爾特缺乏經驗。

庫爾特繼續說道：「我已經和眾多內部用戶談過，他們告訴我資料中心有多重要。不過，他們也說我們經常是整個企業和鳳凰專案需要進行變更時的瓶頸。大家都知道，當我們的服務掛了，鳳凰專案也只能

喊停。我在本週晚些時候安排了一場會議，邀請大家集思廣益，探討如何讓我們的服務更可靠、更具恢復韌性。」

「將鳳凰系統故障的責任推給資料中心和彼得簡直不可理喻。」其中一位資深工程師這麼說。

「我完全同意，湯姆。」庫爾特說。「請放心，我會努力糾正這種看法。」

庫爾特繼續說：「我很感謝彼得在我接任之前願意和我見面。他告訴我，多年來他一直爭取增加資深開發人員的職缺，因為業務需求一直在成長，特別是關於鳳凰專案的整合工作。他建議我繼續努力爭取。」

庫爾特指了指克里斯：「我向你們保證，我會繼續遊說克里斯讓我們增加人手。」

「我也會繼續遊說史蒂夫，」克里斯回答，皮笑肉不笑。庫爾特大笑：「因此，與此同時，我帶來了兩位自願加入我們的資深開發人員。梅克辛是 MRP 團隊中最資深的開發人員，戴夫是鳳凰專案後端伺服器組的資深工程師。他們兩位是我最信賴的開發人員。」

資料中心組的開發人員看著他們，對她和怪人戴夫出現在這裡感到驚訝卻又由衷地開心。

「克里斯很快就會發布暫停功能工作的指令，好讓我們將全力修復影響到客戶的問題，並解決程式碼中有問題的地方。」庫爾特說。「不過，別等到公告出來才開始。當務之急是修復那些應該解決的問題，還有能夠幫助你們提升工作效率或讓資料中心更加穩定的任何事情。我來處理任何可能出現的投訴。」

看著資料中心組的工程師勉強表示的同意神情，梅克辛默默笑了。

身為初來乍到的工程師，怪人戴夫和梅克辛盡力融入資料中心組的日常儀式中。他們參加每日例會，很快地自願幫忙組上任務。

梅克辛和湯姆搭擋，他是一位年長的開發人員，在上次會議表示為鳳凰專案的失敗找代罪羔羊是不公平的。湯姆大約四十多歲，戴著眼鏡，穿著 T 恤和牛仔褲。她坐在他的辦公桌前，打開筆電，聽他解釋他手上的工作。

跟著湯姆的敘述，梅克辛發現資料中心是過去幾十年來的技術混合體，包括一大塊 Java Servlet 的程式碼、一些 Python 腳本，還有一些看起來像是 Delphi 的東西。甚至還有個跑 PHP 的 Web 伺服器。

她不會批評或否定任何技術堆疊 —— 畢竟，這些技術成功地為企業服務了幾十年。這可能不是她見過最優雅的軟體，但已經上線二十幾年的東西很少是優雅無瑕的。軟體就像一座城市，不斷地變化面貌，需要時時翻新和維護。然而，她必須承認資料中心不是最時髦的社區。毫無疑問，這裡很難招攬那些想要學習和應用最熱門、最受歡迎的程式語言和框架的大學畢業生。

至少，資料中心的狀態比鳳凰專案的軟體佈建系統好得多，鳳凰專案更像不宜人居的放射性物質存放地，或者是被砲彈轟炸過的戰區遺址。

梅克辛坐在湯姆的辦公桌前，聽他解釋手頭任務。「我正在處理一個緊急狀況。資料中心偶爾會產生不準確的訊息交易，容易在高流量下崩潰。有時候，當店內員工將客戶維修工作標記為已完成的時候，就會出現這種情形。」他面露赧色，繼續說：「我花了好幾天的時間來研究這個問題。終於，我建立了一個可部分重現的測試用例——十次測試中會發生一次問題。我很確定這是由於競爭條件造成的。」

哈，感受一下整個人被狠狠拋下深淵的感覺吧，梅克辛心想。但她這個人熱愛挑戰，並確信當他們完美解決問題時，會帶給整個團隊非常正面的印象。畢竟，競爭條件是所有分散式系統和軟體工程領域中最棘手的問題之一。如果和中學女孩們一起解決的問題是空手道的黃帶挑戰，那麼湯姆剛剛講的內容甚至會讓經驗老道的十級黑道高手陷入絕望與瘋狂。

梅克辛對於湯姆甚至可以重現這個問題感到非常驚訝。有些人曾經稱呼這些問題為「海森堡 bug」，指的是量子力學的觀察者效應——觀察系統的行為將不可避免地改變其狀態。

這類工作與電影中描繪的寫 code 方式大相徑庭：一個年輕的男性軟體工程師正在瘋狂地打字，當然，他穿著連帽上衣，不過奇怪的事，這人還戴上太陽眼鏡（她在現實生活中從未見過開發人員戴過）。他的電腦上開了各式各樣的視窗，所有視窗內的文字正在快速滾動。在他身後有一群人焦急等待著些什麼。幾秒鐘後，這位工程師大喊：「我辦到了！」然後眾人歡呼不已。解決方案成立，功能完成交付，世界得到救贖。然後這一幕就結束了。

回到現實世界，在開發人員工作的時候，他們通常會全神貫注地盯著螢幕，絞盡腦汁理解眼前程式碼的作用，好讓他們可以像動外科手術一樣，在不破壞任何東西的情況下，安全地改變程式碼，極力避免造成意想不到的副作用，特別是當他們要處理的是極其關鍵的任務時。

湯姆帶她快速瀏覽這個問題。「當多個維修交易被同時處理的時候，有時其中一個交易會得到錯誤的客戶 ID，還有時候資料中心的系統會整個崩潰，」他說。「我試過鎖定客戶物件，但是這麼做大大降低了整個應用程序的處理速度，根本沒得談。事實上，我們的效能問題早就罄竹難書了。」

梅克辛點點頭，因為湯姆證實了她長久以來的看法，多執行緒錯誤（multi-threading errors）是人類推理能力的極限，尤其是因為大多數主流程式設計語言如 Java、C#，還有 JavaScript 都鼓勵共用狀態轉變。

如果某程序的任何一處可以隨時改變你所依賴的資料，那麼你幾乎不可能預測這個程序將如何執行，梅克辛心想。不過，她很確定她知道如何解決這個問題。

「我們可以再走一次程式碼路徑嗎？」梅克辛問。當他們再次執行時，梅克辛在心中建立一個檢查清單，準備一一驗證她的假設。有一個執行緒池處理新訊息。打勾。服務紀錄可以被多個並行的執行緒處理。打勾。執行緒傳遞物件，而物件會隨著呼叫方式而發生改變。打勾。

假設成立。一定是狀態轉變出了差錯，她心想。**就像在中學社團遇到的問題一樣。**

「你說的對，這絕對是一個競爭條件，」梅克辛說，「而且我確定，我們可以在不鎖定客戶物件的情況下解決這個問題。可以讓我試試看嗎？」

當他點頭同意，梅克辛提出以函式設計程式語言的原則重寫程式碼路徑，如同當時她對中學女孩的提議。湯姆的測試用例有著許多模擬生產環境的模擬對象和測試樁（mocks and stubs）：配置伺服器、資料庫、訊息匯流排、客戶物件工廠……

她將這些全部拋棄，因為這都不是她想測試的系統領域。相反地，她將所有的輸入／輸出和副作用拉到最大值，然後針對新進的維修訂單訊息如何被處理、客戶資料如何轉換，以及最後發出的訊息內容這些工作建立了單元測試。

她讓每一個執行緒都製作專屬的客戶物件副本。這些執行緒將每一個物件方法重新改寫為一系列純函式──函式的輸出結果完全依賴輸入值，排除副作用、狀態轉變，或者對全局狀態的存取。

當梅克辛向湯姆展示了一個 100% 可重現問題，並且 100% 成功執行的執行緒安全（thread-safe）修復的單元測試時，湯姆目瞪口呆，驚訝不已。「這，這，實在難以置信。」

她能體會他的震撼。她的程式碼非常簡單，容易理解，也很方便測試正確性。最終，對著眼前螢幕驚嘆不已的他說：「我簡直不敢相信你化繁為簡了多少。這怎麼也能和之前那個複雜無比的東西達成相同目的呢？」接下來的下午，他不斷問問題，顯然很想向自己證明，梅克辛的測試用例的的確確精準抓住問題癥結，而且程式碼的重寫也是正確的。最終，他說：「我還是不敢相信，但我想你是對的。這一定能奏效！」

梅克辛對湯姆的反應感到心滿意足。又一人見證了函式設計程式語言原則是更好的思考工具。而且，他們還將程式碼變得比原本更好──更加安全、更易於測試、也更容易理解。**這真的樂趣無窮**，她想。**而且還完美展現了第一個理念──區域性和簡潔性。**

「好，我們來合併這些修復吧！」他說，開啟 個終端機介面，輸入一些命令。他轉向梅克辛。「恭喜！你剛剛修復了第一個問題，還檢入了首次變更！」

梅克辛給了他一個大大的 high five，臉上露出燦爛的笑容。在初來乍到第一天就殲滅一個競爭條件錯誤的感覺真是美好。「太好了！那，我們來測試這東西，然後推到生產環境吧。」腦中浮現門市經理的感激神情，梅克辛不由得精神一振。

「呃……噢……」湯姆說，停頓了一下。「要等到星期一才能進行測試。」

梅克辛感覺心臟失速下墜。「我們無法自行測試？」

「以前是可以的，在我們被重組到鳳凰專案之前。」他語帶傷感。「QA部門全面接管了測試工作。當不同的團隊同時使用測試環境的時候，他們遇到了一些問題，於是收回了所有人的存取權限。現在，他們是唯一可以登入測試環境的人，更不用說執行測試了。」

「等等，」她說。「我們寫了測試，卻無法執行它們？」

他大笑。「不，不。他們才是寫測試的人。他們甚至不再讓我們碰測試計畫。」

梅克辛更加洩氣，知道前方什麼正等著她。「我們也沒辦法把東西推上線？」

湯姆再次大笑。「不，再也不行囉。我們曾經也可以自行部署。不過現在有人為我們代勞了。『管好你自己』，他們是這麼告誡我們的。」他聳聳肩。梅克辛很確定「管好你自己」這話是誰說的。只能是克里斯。

梅克辛在解決問題時所得到的快樂消失無蹤。畢竟，專門為功能修復程式碼只是整個工作的一小部分。直到客戶可以使用他們所寫的東西，一切才算大功告成。即便如此，這可能仍是一項狀態永遠處於『進行中』的工作，因為我們總是可以學習更多如何幫助客戶更好地完成目標。

「該死」，她小聲咒罵。**我又回到了最初的地方，第一個理念依舊遙不可及。我自己一個人還是什麼也做不了**，她心想。又一次，她必須依賴別人來創造顧客價值。

湯姆渾然不覺，笑著開啟另一個新視窗。「事情沒這麼糟糕啦。我們只需要進入工單系統，將這個問題標示為『已解決』。然後 QA 的人就知道可以進行測試，然後就能推上線了。」

湯姆看了看手錶，然後轉頭看她：「我們很棒，今天完成了許多工作。你想再挑一個緊急問題處理一下嗎？」梅克辛勉強扯出笑容，然後點點頭。**糟透了**，梅克辛心想。她喜歡完成事情，而不是僅僅完成了開頭。

梅克辛和湯姆一起工作了一整天，挑選最緊急的問題進行修復。湯姆再次讚許梅克辛思考問題的邏輯。最令他印象深刻的是，她所寫的單元測試無需複雜的整合測試環境就能執行。

不過，還是有所限制——資料中心的任務是將各個系統相互連接起來。在一台筆電上你能做的事情有限。**要是能重新構建資料中心就好了**，梅克辛惆悵地想。

儘管她熱衷了解資料中心和它牽涉的業務範圍，但這些所有工作都有一些讓她非常不滿意的地方。

她想起埃瑞克的第二個理念：專注、流暢和快樂。當湯姆告訴她他們只完成了創造價值所需的一小部分工作時，她曾感受到的快樂瞬間蒸發了。這對她來說還不夠好。在她的 MRP 團隊中，任何開發人員都可以測試自己的程式碼，甚至讓程式碼實際上線。他們不需要苦苦等待好幾星期，等著別人為他們完成工作。能夠測試程式碼並將其推入生產環境可以讓人們更有生產力，讓客戶更開心，讓寫程式碼的人顧及品質，為其負責，並讓工作更加快樂，讓人更有成就感。

梅克辛開始思考如何導入反抗軍打造的一些工具。**最起碼需要一個標準化的開發環境，這樣我就能在筆電上進行軟體佈建**，她心想。下一次碼頭會議要討論更多事情。

她繼續埋頭苦幹，幫助湯姆完成他被分派的工作量。他們一起修復了兩個問題，然後解決了一個需要緊急處理的功能，這是為了針對延長保固計畫建立一些業務規則，這個功能非常重要，足以凌駕功能凍結的公告。

「為什麼這功能的處理優先度排這麼高？」梅克辛在閱讀工單時順便問湯姆。

「這能帶來豐厚收入，」湯姆解釋道。「這些新的延長保固計畫是公司利潤最高的產品之一。客戶們對試點保固計畫的迴響很好，特別是像輪胎這樣的消耗品。現在門市員工需要提取這些資訊的方法，這樣他們就能進行維修工作，然後向第三方保險公司申報費用。」

湯姆繼續說：「對客戶和我們來說都很好，因為第三方保險公司承擔了所有財務風險。」

「酷，」梅克辛說，感到振奮。史蒂夫在員工大會上說的一切，都是由這樣的功能支撐起來的。梅克辛已經很久沒有碰到為公司創造收入的業務了。

重新告誡自己保持無腦樂觀，梅克辛和湯姆開始研究這個功能，試著找出實現這一關鍵業務能力所需的條件。她盡量不提醒自己，即便他們在今天之內搞定了，也只能乾等 QA 團隊進行測試。

第二天早上，湯姆和梅克辛站在白板前，清點他們需要改動的所有系統，以便啟用延長保固計畫。隨著工作牽涉範圍不斷擴大，又有兩位工程師加入他們。接著，他們發現還必須和另外兩個團隊的工程師進行交涉。梅克辛猜他們不得不引入另外六個團隊，因為真的涉及了太多業務系統。

需要參與的團隊數量不斷增加，梅克辛感到很沮喪。這又與第一個理念：區域性和簡潔性背道而馳。需要進行改動的地方並沒有好好區隔開來。相反地，它們散落在許多不同的團隊中。這裡完全沒有展現 Amazon 的著名理念「雙披薩團隊」，兩個披薩就能餵飽的小型獨立團隊可以自行打造功能。

梅克辛看著湯姆在白板上畫下另一組方塊，心想，**我們大概需要一卡車的披薩才能交付這個功能。**

庫爾特在會議室門前探頭。「嘿，抱歉打擾了。營運部的人和渠道培訓管理應用程式的經理在電話另一頭。他們的使用者介面都無法登入。他們的說法是連接器停止運作了？」

「別又來了，」湯姆說。「自從鳳凰部署之後，身份驗證系統一直很不穩定。我們正在處理……」

「收到，」庫爾特說。在他的手機上輸入了一些東西。「我剛剛把所有人加到一個聊天頻道，OK 嗎？」

梅克辛跟著湯姆回到他的桌前。當湯姆開啟另一個瀏覽器視窗並輸入一些東西時，螢幕上出現了登入錯誤的訊息。

「好吧，一定是有什麼東西出錯了。我們來看看能否釐清原因……」湯姆嘟囔著。「我懷疑應該不是資料中心連接器的問題。更有可能是企業用戶身份驗證服務或網路出了問題。」

梅克辛點點頭，在資料中心的宇宙向她鋪展開來的同時做著筆記。心存疑惑，她問：「我們不能直接排除網路和身份驗證系統嗎？如果是兩個系統故障了，我們都不可能瀏覽網站，假如身份驗證系統出問題，那所有服務都會停擺……」

「有道理……」湯姆說：「不過，可能還是網路出了問題……最近出現很多這類問題。上星期，網路人員才阻擋了一些內部 IP，對我們造成不少麻煩。」

「網路。都是網路人員的錯，對嗎？」她笑著說。「但如果都是網路的問題，為什麼要找我們？」梅克辛問。

「哈哈，嗯，用戶們只知道他們無法連上資料中心，」他說。「我們一直解釋錯不在我們，問題是出在資料中心要連接的東西。但他們根本不在乎。」

梅克辛看見湯姆開啟營運部的工單系統並建立一張新工單，她問：「這是做什麼用的？」

「我們需要資料中心和連接器的紀錄檔案，檢查它們是否正在處理流量，還是已經故障了。」他一邊回答一邊填寫無數欄位。

「我們不能直接存取紀錄檔案？」梅克辛問道，害怕聽到答案。

「不行。營運部的人不准我們這麼做，」他一邊說，同時繼續填寫。

「所以，要有人處理這張工單，然後幫我們從伺服器上複製紀錄檔案？」她不可置信地問。

「是的，」他說，繼續在鍵盤上打字，顯然非常習於填寫工單。他在欄位、類型之間自在切換，將滑鼠移到下拉式選單，然後按下「送出」按鈕，卻發現還有一個必填欄位需要填寫。

梅克辛在心裡哀號。他們手上的資料中心應用程序可能也是在遙遠外太空或深淵底部執行。他們無法直接存取，無法確認系統正在做什麼，他們唯一能夠理解實際情況的作法是透過工單系統與營運部的某人交談。

她想知道這張工單是否會被傳送到服務中心的她朋友德瑞克那兒。

湯姆終於成功送出這張工單。他滿意地說：「現在，我們只需等著。」

「通常需要多久？」她問。

「嚴重程度第二級的問題？還可以 —— 我們可能在一個半小時內就能收到回覆。如果跟故障無關的話，可能就要等上好幾天。」湯姆說。他看向時鐘。「等待的時候我們做些什麼好呢？」

即使到了資料中心組，她還是無法逃離等待之地。

過了四小時，在查看了紀錄檔案後，他們確認問題並非出自資料中心。兩個小時後，大家終於取得共識。正如湯姆的猜測，問題起因是內部網路變更。

接踵而至的是業務營運部、行銷部和技術組織內部又一輪激烈的相互指責。最後，莎拉加入戰局，要求嚴懲肇事者。

「哦哦，」湯姆說，和梅克辛一起在桌子另一端隔岸觀火。「事情大條了。」

寄件者：韋斯·戴維斯（分散式技術營運部總監）
收件者：IT 部門全體員工
日　　期：9 月 25 日，下午 7:50
主　　旨：人事異動公告

網路工程部的查德·史東從今日起將會離開公司。請將所有電子郵件直接發送給他的經理艾琳·庫柏或我。

看在老天的份上，請不要再犯錯了，這樣我就不必寫這些愚蠢的郵件（還有，如果我也被開除了，請將你們的郵件直接寄給 IT 營運部副總比爾·帕爾默。）

謝謝。

——韋斯

終於，這天的工作結束了，眾人又一次聚在碼頭酒吧。他們邀請了整個資料中心團隊加入。梅克辛認同一網打盡的作法，總好過無意間排除了有潛力的人。湯姆和另外三位工程師來到酒吧，梅克辛很開心他們出現了。這幾天以來，她渴望和眾人集思廣益，找出大幅提升資料中心團隊的開發生產力。

看見大家都樂在其中，梅克辛發現這是一群喜歡和人社交的人。庫爾特站起來，對著大家說話。

「嗨！反抗軍的新兵們！請讓我介紹每個人，」庫爾特說。他一一介紹所有反抗軍成員，就像他為梅克辛和克爾斯登介紹眾人一樣。「既然你們也聽說了我們為了讓無極限零件公司的工程師們重拾快樂而進行的顛覆創舉，如果你們不介意的話，不如和我們分享怎麼做可以讓你的生活變得更簡單一些？」

湯姆的兩位同事先自我介紹，分享他們的背景經歷。其中一人和湯姆一樣，在資料中心團隊工作了近十年，不過他沒有抱怨任何東西，只是說：「生活上沒什麼問題，謝謝你們邀請我來喝酒。」

當他顯然沒有其他東西要分享的時候，湯姆開始接話。「和我的同事一樣，我在資料中心團隊待了很久。久遠到它還被稱為 Octopus 的時候。我們之所以將團隊稱為章魚，是因為它連接了八個應用程式。現在，資料中心連接了超過一百個系統。」

「我最近和梅克辛有過一次很棒的組隊經驗，直到現在我仍不敢相信我們解決了一個競爭條件錯誤！我很欣賞她想讓資料中心的開發環境為我們所用的想法，」他繼續說道。「我一點也不為此感到自豪，但有時我們雇用了新的開發人員，結果過了半年，他們還是無法在自己的筆電上進行完整的軟體版本佈建。」他搖著頭說道。「不是一直都是這種情況。當我剛來組上的時候，那時更簡單。然而這些年來，我們硬是寫死了一些不該出現的東西，在這裡更新一點，在那裡更新其他東西，從來沒有完整紀錄過……現在呢，簡直是一團糟。」

他抬起頭，看著桌邊的隊友們，露出一個玩味的笑容，然後說：「你們聽過那個『在我電腦上可以動啊』的工程師笑話嗎？嗯哼，在我們資料中心，甚至無法在大多數人的筆電上動起來。」

全桌人發出哄堂大笑。在某一時刻，這地球上的每一位開發人員一定都講過這句話。通常它會發生在最糟糕的時刻，比如某些東西在實際生產環境中故障，但是卻匪夷所思地能在開發人員的筆電上完美運作。梅克辛記得不知道多少次，她不得不絞盡腦汁，找出開發人員的筆電和生產環境之間到底有什麼不同。

「我的痛點？」湯姆陷入深思。「就是我們的環境吧。我們以前可以自行掌握，但後來我們被納入鳳凰專案，我們必須使用中心化環境團隊給的開發環境。」

「非常不合理。和鳳凰專案的其他領域相比，我們根本不值一提。現在，想運行資料中心的話，我們必須安裝好幾 GB 無關的相依項目，」他繼續說道。「要想弄清楚如何讓所有東西運轉起來大概需要一輩子。我可沒開玩笑：我每天都會備份，因為我超怕軟體版本出現故障，然後就得花上好幾個星期想辦法修復。」

湯姆笑著說，「十年前，我把 emacs 配置檔案搞丟了，還找不到最近的備份。我真的沒種重建。最後，我認賠殺出，換了另一個編輯器。」

大家都笑了，爭相分享各自不得不放棄寶貝工具的痛苦與哀傷。

湯姆轉頭看向梅克辛。「我很樂意花上幾天時間，探索如何打造一個大家都能在日常工作使用的開發環境。如果我們能有一個虛擬機或 Docker 映像檔，任何新加入的團隊成員都可以隨時在任何機器上進行軟體構建。聽起來真是太棒了。」

「我們一定很合得來，」梅克辛說，露出笑容。「我們需要開發人員將全部精力投注在構建功能，而不是費神讓軟體版本運作起來。我對這件事也有很大的熱情，希望你也一起幫忙。」

「太棒了，」庫爾特說。「我們都知道環境有多重要。現在，你們可以將一半的工作時間處理這件事──我會在工時紀錄系統幫忙打掩護。」

當天晚些時候，克爾斯登也來了，從桌上的啤酒壺為自己倒了杯酒。她微笑著說：「我錯過了什麼？」

「我們一如往常地為顛覆現有秩序進行策劃，」庫爾特說。新來的資料中心成員瞪大眼睛看著克爾斯登坐下來。

庫爾特問：「克爾斯登，『倒轉專案』的進展如何？功能凍結？我聽說比爾‧帕爾默說服史蒂夫暫停所有的功能開發，好讓所有人有餘力償還技術債。」

「確有此事，」她說。「莎拉‧莫爾頓氣炸了，瘋狂抱怨『所有怠工的開發人員』正在破壞公司對客戶和華爾街做出的承諾。我還是不敢相信她竟然不明白這對她有利。不過，倒轉專案勢在必行：接下來三十天內，營運部會全力支援鳳凰專案。」

「他們這次是來真的，」布倫特說。「比爾真的超罩。他信誓旦旦跟我說，我之後手上只會有鳳凰專案的任務。基本上，他把我從緊急呼叫的排班表中解救出來。他甚至把我移除所有郵件清單，讓我關掉所有聊天室的通知，並告訴我不要接任何人的電話。更棒的是，他說絕對不要回應任何緊急呼叫。如果我去救火，他會立刻解僱我。」

聽了這話，梅克辛大吃一驚。比爾會開除布倫特嗎？一想到最近被開除的人，梅克辛不懂布倫特為什麼笑。

「這真的太美好了，」布倫特說，看起來好像有點……熱淚盈眶？「比爾告訴我，他沒辦法解僱業務部門的高級主管或要求他們做事。他說他唯一**能做的**就是確保我不會在那些事情上浪費時間。他說要警告任何試圖找我幫忙的人，如果我真的回電，他就會立刻開除我。」

布倫特大笑，開心溢於言表，他一口喝光啤酒，然後又為自己倒了一杯。「他還指派韋斯來過濾我的郵件和電話，允許他對任何試圖聯繫我的人大吼大叫。人生真美好！我說真的，再好不過了。」

梅克辛露出笑容。在她的職業生涯中，她早已多次見識到工程師備受掣肘。成為一切事物的中心很有樂趣，卻不一定能持久。這條路一直走下去，等在前方的只有連續的起床鈴聲、精神疲勞、憤世嫉俗和職業倦怠。

克爾斯登笑著說：「真的很有效。布倫特的名字比任何人更常出現在更加重要的執行項目上，而且比爾告誡大家保護布倫特的寶貴時間必須作為首要目標。」

「至於開發部門，克里斯承諾接下來三十天內，所有和鳳凰專案相關的團隊都不會開發新功能，」克爾斯登一邊看著她的手機一邊唸出來。「所有團隊都必須修復擁有高優先權的問題，將函式庫穩定下來，並做任何必要的重新構建工作，全力避免下一個發布災難。」

梅克辛聽見桌邊傳來許多激動的低語聲。她知道這樣的做法很有必要——這是反抗軍施展本領的大好機會。

「克里斯的直屬部下們對於如何展開這項工作仍未達成共識，」克爾斯登繼續說。「他們花了很多時間在決定哪些事該做，哪些事不該做上，以至於我們已經浪費整整一週——很多團隊還是只專注在功能開發上，一切照舊。我們需要領導層的明確指示，否則照這樣下去，一個月很快就會過去，而我們的技術債只會比以前更多。」

「我真的很驚訝沒人關心開發環境、自動化測試或缺乏生產遙測等問題，」庫爾特說。「我們已經建好一些可供使用的科技能力，但我們不能只是給人魚吃，直接把解決方案交給不知道早已遇上問題的人。」

庫爾特既困頓又沮喪。

「我真心想幫忙，」香儂舉起手說。「我和鳳凰專案的小組一起共事過，明天我可以一個個問各組的瓶頸，還有他們對解決這些瓶頸的想法。」

「好，很好，」庫爾特說，在筆記本上記下一些東西。

「我也想幫忙，香儂，」梅克辛說。「但我和湯姆星期一會有點忙，因為那天是測試日。我終於可以和 QA 人員一起測試程式碼變更。除此之外，我的時間都是你的！」一整個托盤的啤酒和兩杯葡萄酒出現了。

他們很快地深入探討技術債和如何善用倒轉專案的想法。梅克辛轉過頭來，看見埃瑞克在她身旁的椅子坐下。

他加入討論，好似他一直都在團體中。「有了倒轉專案，你們將會展開一段偉大旅程。每一個科技巨頭都曾經差點被技術債殲滅。隨便舉例：Facebook、Amazon、Netflix、Google、Microsoft、eBay、LinkedIn、Twitter……族繁不及備載。跟鳳凰專案如出一徹，他們被技術債深深

拖累，無法滿足客戶需求，」埃瑞克說。「深陷技術債的後果是相當致命的——像 Nokia 這麼知名的公司被技術債趕盡殺絕，從頂端一夕墜落深淵，一再警示著每一位倖存者。」

「技術債，就像死線一樣，真實存在於生活中。商業人士懂死線，但經常將技術債的存在完全拋諸腦後。技術債本質上不好不壞——它之所以存在於我們的日常生活，是因為我們總是在做取捨。」他說。「為了趕上發布日期，有時候我們會抄捷徑，或者略過不寫自動化測試，或者為特定情境寫死某些東西，心裡很清楚這種方式在長遠看來是行不通的。有時我們容忍日常的變通辦法，就像手動建立環境或手動執行部署。我們在無意識中犯下嚴重錯誤，對未來的生產力造成巨大影響。」

埃瑞克看向眾人，很高興所有人都在認真聽他說話。

「在它們輝煌歷史的某一時刻，所有科技巨頭都曾利用功能凍結來大規模重新構建它們的系統。以 2000 年代初期的 Microsoft 為例，當時有許多電腦蠕蟲造成網路故障，最著名的有 CodeRed、Nimda，別忘了還有 SQL Slammer，它不到十分鐘就感染並摧毀了全球近十萬台伺服器。當時的 CEO 比爾‧蓋茲非常擔憂，他寫了一份著名的內部備忘錄向每位員工聲明，如果開發者必須在實現功能和提高安全性做取捨，他們必須選擇安全性，因為這攸關公司的生存。於是，著名的安全停工就這樣展開，影響了 Microsoft 旗下所有產品。有趣的是，現任 CEO 薩蒂亞‧納德拉依舊提倡如果開發人員必須在開發功能和提升開發人員生產力之間做出選擇，他們始終應該選擇後者的這種開發文化。」

「回到 2002 年，那一年，Amazon 的 CEO 傑夫‧貝佐斯寫下一封舉世聞名的備忘錄，向所有技術專家聲明他們必須重新構建系統，讓所有資料和功能性都透過服務提供。它們最初將焦點放在 OBIDOS 系統，這系統寫於 1996 年，它包含了幾乎所有的業務邏輯、顯示邏輯以及成就 Amazon 的所有功能。」

「然而，隨著時間的推移，這個系統變得錯綜複雜，各團隊無法獨立工作。Amazon 在六年之內耗資超過十億美元來解除所有內部服務的

耦合性，重新構建系統。這些努力的成果斐然，到了 2013 年，他們每天執行近 136,000 次部署。有趣的是，我剛剛提到的這些 CEO 都有軟體相關背景，對吧？」

「與之對比的是 Nokia 的悲劇。當 Nokia 的市佔率被 Apple 和 Android 奪走的時候，他們耗資數億美元招募開發人員和推廣敏捷開發實踐。但他們並沒有意識到真正的問題癥結：技術債在軟體架構之中根生蒂固，在這架構中開發人員無法高效工作。他們缺乏重建軟體系統基礎的信念。就像 2002 年的 Amazon，Nokia 的所有軟體團隊都無法進行構建，因為他們被 Symbian 平台綁手綁腳。」

「2010 年，里斯托‧席拉斯馬（Risto Siilasmaa）時任 Nokia 的董事，當他得知產生一個 Symbian 軟體版本需要整整 48 小時時，他說那感覺就像被當頭棒喝。」埃瑞克說。「他知道，如果任何人必須花兩天時間才能確定一個變更是否有效，或者是否需要重頭來過，那麼他們的基礎架構中一定存在根本性缺陷，對短期獲利能力和企業存續有著致命影響。他們可以招募二十幾倍的開發人員，卻無法更有生產效率。」

埃瑞克停頓了一下。「簡直不可置信。席拉斯馬大師知道了工程組織的所有希望和承諾不過是海市蜃樓。儘管組織內部做了不少努力試圖擺脫 Symbian 系統，卻一直被高層否決，直到為時已晚。」

「商業人士眼中只看得見功能或應用，所以這些東西想拿到資金比較容易，」他繼續說。「但他們卻忽略了支撐起這些功能和應用，將系統、團隊和數據串起來的龐大架構。在這架構之下有著舉足輕重的東西：讓開發人員在日常工作中提升效率的系統。」

「有趣的是，技術巨頭們將最好的工程師分派到底層系統，讓每個開發人員都受益。但在無極限零件公司，最好的工程師卻在開發功能，除了實習生以外沒人在管如何提升開發生產力。」

埃瑞克接著說：「所以，你們的任務很明確。每個人都被告知要償還技術債，這麼一來可以實現第一個理念：區域性和簡潔性和第二個理念：專注、流暢和快樂。但幾乎可以肯定的是，你們必須掌握第三個理念：持續改善日常工作。」然後他站起來，像一陣風迅速離開了，如同他來時一樣。

所有人都看著他離開。然後克爾斯登說：「他還會回來嗎？」

怪人戴夫將雙手舉到半空中。「在 Nokia 發生過的事情正在這裡發生。兩年前，我們可以在二到四週內實現一個重要功能。我們交付了很多好東西。我還記得那些日子！只要有好點子，我們都能實現它。」

「現在呢？同樣的功能要二十到四十週才能完成。整整十倍之久！難怪所有人都不爽我們，」怪人戴夫喊道。「我們雇用了更多的工程師，但感覺我們完成的事越來越少。我們不僅速度慢吞吞，連程式碼變更都變得危險重重。」

「有道理，」克爾斯登說。「不管以任何標準衡量，生產力都是持平或下降。準時交付率則大幅下降。我做了一些研究——我讓手下的專案經理針對幾個功能進行採樣，研究實現一個功能需要多少團隊，平均所需團隊數量是 4.2，這非常令人震驚。然後他們告訴我，許多功能必須涉及**八個團隊以上**，」她說。「我們從未對此進行正式追蹤，但我手下的大多數人都說，這些數字一定比兩年前還要高。」

梅克辛目瞪口呆。**如果還要與其他八個團隊合作，絕對沒有人能完成任何工作**，她心想。就像她和湯姆現在手上的延長保固功能。

「好吧，倒轉專案是我們的機會，我們要修復這些東西然後找出擺脫困境的方法。」庫爾特說。「香儂會找出鳳凰團隊需要協助的地方。那我們呢？假如我們得到授權，在這個月有無限資源的話，我們可以做些什麼？」

當一個個建議不斷被拋出來，梅克辛露出笑容。他們開始列出清單：讓每位開發人員使用通用的佈建環境。要有一個能夠持續構建和持續整合的系統來支援所有開發人員。所有人都可以在類似生產環境中執行程式碼。以自動化測試套件取代手動測試，將 QA 人員解放出來，讓他們做更有價值的工作。將軟體架構解耦，放功能團隊自由，讓開發人員可以獨立交付價值。團隊需要的所有數據要放在易於取用的 API 中……

香儂微笑著看著他們腦力激盪出的清單。「明天採訪完所有團隊後，我會發布更新過的清單。這太令人振奮了，」她說。「即使開發人員無法清楚表達出來，這就是他們要的。這也是我們可以幫上忙的地方！」

這份清單超棒，梅克辛心想。所有人的熱情溢於言表。

「這確實是一份偉大的清單，香儂，這可能大大改變工程師的工作方式，」埃瑞克說，再次坐到了克爾斯登旁邊。梅克辛看看四周，好奇埃瑞克究竟從哪裡冒出來。

他指向克爾斯登，繼續說：「不過，考慮一下橫亙在你們面前的不利因素。整個專案管理部門的目標是確保專案能夠符合預算，準時進行，遵守規則並且執行很久以前許下的承諾。看看克里斯的下屬如何行事──縱使有倒轉專案，他們還是繼續開發功能，因為他們害怕錯過死線。」

「為什麼？一百年前，當大規模生產帶來產業革命時，領袖的角色是設計和分解工作，並且檢驗這些工作被大批可互換的工人準確完成，這些人用勞動獲取報酬，而不是腦力。工作被分子化、標準化和優化。工人們幾乎沒有能力改善他們工作的系統。」

「這很弔詭，對吧？」埃瑞克語帶深意。「創新和學習發生在邊緣，而非核心。問題必須要在第一線解決，那裡的日常工作是由世界最頂尖的專家來完成的，他們是最經常直面問題的人。」

「這就是為什麼第三個理念是持續改善日常工作。正是這種動力讓我們透過學習，改變並提升我們的工作方式。史蒂芬‧史貝爾博士（Dr. Steven Spear）所言極是：『無知是一切問題的根源，唯一能夠克服它的只有學習。』」

「豐田企業是最廣為研究的學習型組織之一，」他繼續說道。「著名的安燈索只是他們促進學習的眾多工具之一。當任何人遇到問題時，所有人都應該隨時尋求幫助，即使這意味著停止整個生產線。他們被鼓勵這麼做，因為這是一個改善日常工作的珍貴機會。」

「因此，問題很快被發現、聚焦和解決，然後這些工作知識被廣泛傳播，讓許多人都可能受益，」他說。「這是促成創新、追求卓越和超越競爭對手的關鍵。」

「第三個理念的對立面是堅持程序合規性和 TWWADI 的人，」他說，露出一個大大的笑容。「你們懂吧，『The Way We've Always Done lt.（這是我們一貫的做法）』。無數的規則、條例、流程、程序、批准和階段門檻，隨時都有新的規則出現，為了防止最近的災難再度發生。」

「嚴格的專案計畫、不靈活的採購流程、強勢的架構審查委員會、不頻繁的發布時程、冗長的審核流程、嚴格的職責分離⋯⋯你們對程序合規性一定深有體會。」

「每一項都增加了我們所做的每一件事的協調成本，也推高了延遲成本。再加上決策所在和工作執行地之間的距離不斷擴大，我們交付的成果品質每下愈況。正如愛德華茲・戴明大師（W.Edwards Deming）的觀察，『一個壞系統將次次擊潰所有好人。』」

「你可能不得不改變過時的舊規則，改變組織人員和構建系統的方式，」他繼續說道。「對於領袖來說，他們的任務不再是指揮和控制，而是引導、授權和排除障礙。斯坦利・麥克里斯特爾將軍（Stanley McChrystal）將聯合特種作戰司令部的決策權力大規模下放，最終擊敗了伊拉克的基地組織——一個規模較小但極為靈活的對手。在那裡，延誤的代價不是用金錢來衡量的，而是人們的性命和他們要保護的公民人身安全。」

「這不是僕人領導，這是**變革型領導**。」埃瑞克說。「變革型領導需要充分理解組織願景、敢於質疑現行的工作執行方式、鼓舞人心的溝通技巧、認可個人成就，以及支持性的領導風格。」

「有些人認為這意味著領袖要扮白臉，」埃瑞克大笑著說。「一派胡言。變革型領導是追求卓越，對於完美的無盡追求，對於實現使命的緊迫感，永遠不安於現狀，還有渴望幫助組織更上一層樓的不懈熱情。」

「這也帶出了第四個理念——心理上的安全感。在充滿恐懼的文化中，不會有人敢於冒險、嘗試或創新，人們害怕告訴上司壞消息。」埃瑞克一邊大笑一邊說。「在這類組織中，創新備受冷落，一旦發生問題，人們會問『是誰造成問題的？』他們指名道姓、責備和羞辱當事人。他們制定新的規則，更多的批准流程，更多的培訓。如有必要，他們還會擺脫『壞蘋果』，欺騙自己說他們已經把問題解決了，」他說。

「第四個理念主張我們需要心理上的安全感，讓所有人在談及問題時感到安全。Google 的研究人員研究氧氣專案長達數年，他們發現在優秀團隊中，心理安全是最關鍵的特質之一：人們信任團隊不會因為某人勇於發聲而讓他失去顏面，或者拒絕他，甚至是懲罰他。」

「當出現問題時，我們會問『是什麼導致問題？』而不是『是誰造成問題？』。我們誓言盡最大努力讓明天比今天更好。正如約翰‧阿利爾鮑大師（John Allspaw）所言，每一個事件都是吸取教訓的機會，是一個未經同意、在計畫之外的寶貴投資。」

「想像這個情境：在你所在的組織裡，每個人都能做出決策，每天都能解決重要的問題，並把啟示與教訓與其他人分享。」埃瑞克說。「而你的對手是一個只有高層能夠下決策的組織。誰會贏？你的勝利勢在必行。」

「對於企業領袖來說，談論如何創造心理安全、員工賦權、讓一線員工有發言權這些陳詞濫調是很容易的，」他說。「然而，重複陳腔濫調遠遠不夠。每一天，領袖必須持續以身作則、指導和積極強化這些行為。心理上的安全感太容易溜走，就像當領導者逢事必管、事事干涉時，他們沒辦法說『我不知道』，或者表現得像個無所不知、自大自負的蠢驢。這不只局限於領導者，也是團體同儕之間的行為互動。」

一位酒保走到埃瑞克面前，在他耳邊低語了幾句。埃瑞克嘀咕道：「又來了？」他抬起頭說：「我馬上回來，我先去處理一些事情，」然後和酒保一同離開。

他們看著埃瑞克離開。德威說：「他對第三和第四個理念的判斷準確無比。我們要怎麼對抗我們身處的恐懼文化？看看查德的下場。他試著做正確的事情，卻被無情地開除了。我可能比你們任何人更有理由對查德不滿——接二連三的網路故障搞得我快抓狂。但解僱查德並不能減少未來故障發生的可能性。」

「我四處打聽，想知道當時究竟發生了什麼，」德威繼續說道。「很明顯，除了白天的工時，查德連續加班了四個晚上，就為了支援商店現代化的計畫。當我問他為什麼要加班，他的回答是，他不希望商店團隊的進度報告因為他而受到影響。」

克爾斯登揚了揚眉。德威繼續說：「他的經理一直趕他回家休息，最後他總算在星期三準時回家了。但他在那天半夜又上線，因為他不想讓商店團隊失望。他非常擔心在工單系統和聊天室中堆積如山的那些工作，那天晚上他根本沒有闔眼休息。」

「所以他在星期四一大早就開始工作，那些挑燈奮戰的夜晚讓他非常疲勞，然後他接到一個緊急的內部網路變更，」他說。「查德打開筆電，畫面中大概有三十個終端機介面。他在終端機介面中輸入一項命令，然後按下 Enter 鍵。結果，他將命令輸入到錯誤的終端機介面。」

「蹦！大多數第二級業務系統變得無法存取，其中包括資料中心，」他說。「第二天，他被開除了。你們覺得合理嗎？這個決定公平公正嗎？」

「天啊！」梅克辛脫口而出，一臉驚恐。她很清楚這種感覺。在她的職涯中曾經出現好幾次失誤。你輸入了一些東西，按下 Enter 鍵，接著立刻意識到你犯下巨大的錯誤，然而為時已晚。她不小心刪除了一個客戶資料庫表格，因為她以為那是一個測試用資料表。她不小心重啟了錯誤的生產伺服器，讓訂單輸入系統故障了一整個下午。她刪除錯誤的目錄，關閉錯誤的伺服器叢集，還停用了錯誤的登入憑證。

每一次出錯，她都感覺體內血液凍結成冰，隨之而來的是深深的恐慌。有一次，在她職涯初期，她不小心刪除了生產環境的版本控制程式，那時的她真的很想躲到辦公桌下。因為那個作業系統，她**知道**沒有人會發現那是她幹的。儘管害怕告訴任何人，她還是鼓起勇氣向她的經理報告。那是她還是年輕工程師時做過最可怕的事情之一。

「這真的、真的很糟糕，德威，」布倫特說。「這有可能發生在我身上……說真的，每個星期我都會面臨犯下同樣錯誤的情境。」

她說：「被開除的可能是我們當中任何人。我們的系統是如此緊密相連，即使是微小的變化也可能造成災難性的影響。更糟的是，當查德顯然需要幫助的時候，他卻無法尋求幫手。沒有人能夠忍受這麼長的工時。如果你睡都睡不好，怎麼可能不出錯呢？」

「沒錯！」德威喊道。「我們是怎麼落得如此田地？竟然有人過度工作，連續熬夜加班四個晚上？當有人連一天都無法休假時，他們被賦予什麼樣的期待？當你為工作盡心盡力的回報是我們把你開除了，這釋放了什麼樣的訊息？」

「說得好，德威，」梅克辛聽見埃瑞克回應，他再次加入眾人。「你會驚訝地發現，這種不公不義會在史蒂夫心中產生多麼嚴重的影響。如果你曾經在製造端工作過，你很快就懂。」

「怎麼說？」梅克辛問。她和工廠製造人員共事過不少年。

「你們知道當史蒂夫被公司延攬為 COO 暨製造部門的副總經理時，他把公司公開宣揚過的零工傷目標作為簽約前提嗎？不僅是董事會的人，連工廠員工，甚至是工會領袖都笑得前仰後合，」他笑著說。「人們認為他很天真，甚至腦子有點秀逗。也許是因為『貨真價實的商業領袖』應該以獲利能力或準時交付率作為衡量標準。或者是產品品質。竟然有人把安全當作衡量條件？」

「傳聞說，史蒂夫對當時的 CEO 鮑勃・斯特勞斯說，『如果製造人員不能在工作上毫髮無傷，人們憑什麼相信任何我們對於品質的說詞？或者憑什麼相信我們的盈利能力？安全是工作的第一前提。』」

埃瑞克停頓了一下。「在一眾成就非凡的企業領袖中，也很少有人會說出這樣的話。史蒂夫曾經仔細研究過保羅・歐尼爾大師的事蹟，在 1980 和 1990 年代，他是美國鋁業公司的傳奇 CEO，他將確保工作場所安全性放在首位。他的董事會一開始認為他瘋了，但在他擔任 CEO 的十五年間，美鋁的淨收入從 2 億美元增加到 15 億美元，市值從 30 億美元飆升到 270 億美元。」

「儘管在公司獲利能力上交出了出色的成績單，」埃瑞克繼續說。「歐尼爾大師最常談論的還是他對於安全的重視。數十年來，美鋁一直是工作場域安全的領頭羊，這一事實毫無爭議。當他加入時，美鋁很自豪擁有高於平均水準的安全紀錄。但是在 90,000 名員工中，每年還是有 2% 的人會受傷。如果你這一生都服務於美國鋁業公司，你有 40% 的機率會在工作中受傷。」

「美國鋁業公司的工作環境比你們的製造工廠危險得多，」他說。「在鋁業，你必須處理高熱、高壓、高腐蝕性的化學物質，以及需要安全運輸、重達數噸的最終成品……」

「歐尼爾大師有句名言，『每個人都必須為個人安全和團隊安全負起責任。如果你看到任何可能傷害某人的東西，你必須盡快修復它。』他告訴每個人，解決安全無關預算 —— 看到問題就趕快解決，他們會想辦法搞定費用。」埃瑞克繼續說。「他將住家電話給了所有工廠人員，還說如果看到工廠經理行動不夠迅速，或是不重視安全問題，就直接打電話給他。」

「歐尼爾大師分享了他經歷過的第一個工傷死亡案例。」他繼續說道。「在亞利桑那州，有一個十八歲的男孩死掉了。他跳進一台擠壓機，試圖清理一塊廢料。但當他這麼做的時候，機器突然發出巨響，劇烈晃動，而他當場死亡。」

「這個男孩有一個懷孕六個月的妻子，」埃瑞克說。「事發現場有兩位監工，歐尼爾大師說，他們就看著他跳進機器裡，很可能還訓練男孩做這些事。」

「最後，歐尼爾大師站到工廠前，告訴所有人，『是我們殺了他。我們都是共犯。我是殺人兇手。因為我沒有妥善傳達人們不應在工作上受傷的訊息。不知為何，人們竟然覺得受傷是合理的。我們都必須對保護自己和他人安全負起全責。』」

「正如他後來說過的：『美鋁人非常關心他人。每當有人受傷，他們會深刻哀悼，總是感到非常遺憾 —— 但他們不明白自己應該負責。忍受傷害儼然變成習以為常的狀態。』」

埃瑞克暫停說話，擦去眼中的淚水。「史帝夫的第一項行動是將歐尼爾大師的**零工傷**準則全面導入無極限零件公司的製造工廠。第一步，他制定了一項政策，規定所有工傷事故必須在二十四小時內直接向他報告，並且附上補救計畫。這真是第三個理念：持續改善日常工作和第四個理念：心理上的安全感的最佳示範。」

埃瑞克盯著牆面看了一會兒，梅克辛突然懂了為什麼史蒂夫會在每一次員工大會上談論工傷事故。他很清楚他無法直接影響每個人的日常工作，但是，史蒂夫可以強化並塑造他想要的價值觀和行為規範。梅克辛意識到，這一點他做的很有成效。

梅克辛看向埃瑞克。她從來沒有和史蒂夫說過話。她該怎麼照著埃瑞克的建議做呢？

寄件者：克里斯・阿勒斯（開發部副總）

收件者：開發部門全體員工；比爾・帕爾默（IT 營運部副總）

日　期：9 月 25 日，下午 11:10

主　旨：倒轉專案：功能凍結

從現在開始，功能凍結將作為倒轉專案的一部分，全力支援鳳凰專案。我們將在三十天內盡最大努力提升鳳凰專案以及支援系統的穩定性和可靠性。

我們將暫緩所有功能開發工作，以便修復程式碼中的缺陷和漏洞，好好償還技術債。這麼一來，我們能夠實現更高的開發效率和更快的功能產量。

在這段期間，除了緊急變更之外，我們也會暫停鳳凰專案的所有部署工作。營運團隊將致力於讓部署工作更快、更安全，並提升生產服務的恢復韌性。

我們相信這麼做，能夠幫助公司實現最重要的戰略目標。如有任何問題或顧慮，請直接寫信給我。

謝謝。

—— 克里斯

寄件者：艾倫‧沛瑞茲（營運合夥人、韋恩 - 優科豪馬基金合夥人）

收件者：莎拉‧莫爾頓（零售營運部資深副總）

日　　期：9 月 27 日，下午 3:15

主　　旨：策略選項 * 機密 *

莎拉 —— 請保密……

昨天很高興見到你。很榮幸有機會與你分享關於創造股東價值的理念 —— 總體而言，我們更喜歡「價值」和營運紀律，而不是「成長」。我們公司透過投資無極限零件公司這樣的企業創造了巨大收益。我的計畫將帶來美妙而穩定的現金流，賺錢速度甚至超乎眾人想像。在其他公司中，我們為投資者（和企業高層）創造了可觀財富。

按照約定，我將為你引見敝司投資組合中的幾位 CEO，你可能會想和他們聊聊。歡迎你問問他們，我們如何為他們增加股東價值。

—— 艾倫 敬上

P.S. 如果我沒搞錯的話，現在鳳凰專案有一個「功能凍結」活動？這難道不會拖你後腿嗎？上次你提到的新進開發人員，你現在拿他們怎麼辦？他們能做些什麼？

第 9 章

9 月 29 日，星期一

星期一，梅克辛蹦蹦跳跳地走進大樓。她的好心情不是因為上星期四的碼頭會議，而是因為今天是測試日！她的程式碼終於能接受測試並投入生產環境了。

她在上班路上買了五盒 Vandal Doughnuts 甜甜圈。她甚至還點了一些「可頌圈」，將可頌和甜甜圈結合在一起的特別商品，是她的最愛。

她雀躍無比，懷疑這六十個現做甜甜圈的香氣讓她的血糖飆高。**這是和測試人員打破沈默的完美辦法**，她想。當你帶上好吃的點心，總是比較容易交到新朋友。

無論她走到哪裡，大家都會問：「這些是給我的嗎？」

她開心地回應：「不！這要留給測試日！」

她將所有甜甜圈都放到辦公桌旁的桌子上，然後將包包放在椅子上。湯姆已經到了，正在編輯器中打字。

「萬歲！今天是測試日！」梅克辛開心地宣布。「謝天謝地。」

「你今天很反常，」湯姆頭也不抬地說。他嗅了一下，說：「哇，那是 Vandal Doughnuts 的甜甜圈嗎？」

「沒錯！為了慶祝測試日！」她報以燦爛的笑容。「終於能見證我們的程式碼變更能否發揮作用超令人興奮！」梅克辛說。「所以，他們什麼時候開始測試？我們可以去現場看嗎？」

湯姆轉過身面向她，看看手錶。「我猜他們今天應該會開始測試，但測試內容不是只有我們的程式碼變更。他們要測試鳳凰專案其他大部分變更——我們的只佔其中小小一塊。今天可能輪不到我們。」

「什麼？！」梅克辛打斷他，一臉震驚。她等了整整一個週末！「我們可以知道要等多久嗎？我們能不能幫忙？呃，QA 人員的位置在哪裡？我買這些甜甜圈要請他們吃！」

湯姆看上去很驚訝。「嗯，我見過他們之中一些人——有些人遠端工作，有些人來公司上班，但我已經很久沒有和他們直接對話過。我們通常在下星期結束前和 QA 經理碰面，那時他們會回報測試結果。」

「下星期？下星期？！」梅克辛目瞪口呆。「那這段時間我們能做什麼？嘿，我們能跟進他們的工作進度嗎？工單會向我們通知測試進度，對吧？」

「呃，不好說，」湯姆回答，皺起眉頭。「QA 團隊使用另一個工單系統。這個系統針對他們所有的測試用例進行排程、回報和管理。我們沒有存取權限——至少，我們這種非管理職的工程師沒有權限。兩週之後，他們會傳一份試算表給我們，上面會列出他們發現的所有缺陷，然後標上功能工單編號。我們會一一檢視，將這些資訊複製到我們的工單系統中，然後著手修復問題。」

「……然後呢？」梅克辛問，害怕聽到最糟的回答。

「彙整所有修復之後，QA 人員會再測試一次，」湯姆回答。

「那，假設我們的所有變更完美無瑕——客戶什麼時候才能真正地使用我們編寫的內容？」她問。

湯姆扳著他的手指，開始數數：「另一個測試週期要兩週，然後他們會送一份工單給營運部門，請他們將程式碼變更部署到生產環境。有時候他們需要一點時間安排到時程表中……大概需要三週。」他看著自己的手指：「所有，從現在開始算的話，大概要七週。」

梅克辛發出哀號，把頭埋進她的雙手，身體前傾，額頭靠在桌子上。

我真是太傻太天真，她心想。她的頭依舊靠在桌子上，問道：「那在這段時間裡，我們的任務就是修復更多的問題？」

「對，」她聽見湯姆回答。「你還好嗎，梅克辛？」

「嗯，我還好，」她說，試著不感到沮喪。**這與第二個理念背道而馳，她心想。我們就是一個蠢到家的功能流水線，生產著客戶不見得在乎的小零件。工作一點也不有趣，也不令人愉悅，完全不符合我的認知。功能開發的工作流不見蹤影，沒有回饋，當然也沒有任何學習，她心想。**

她聽見湯姆問道：「嗯，我可以吃一個甜甜圈嗎？」

「不行，」梅克辛回答。然後她有了一個主意。她抬起頭看向湯姆，露出笑容。「但你可以幫我把甜甜圈送給 QA 人員。」

想找出 QA 人員在哪比想像中困難。湯姆至少一年多沒見過 QA 團隊的任何一人了。他們的主要互動管道是透過官方儀式──他交出程式碼，等待試算表，進行修復，然後重複這項動作，直到開發團隊收到正式的驗收信，表示該版本已經準備就緒，可以上線。

當然，事情哪有這麼簡單。由於意見分歧和各種問題，事情會不停地在開發部和 QA 部的管理鏈中來回上報。這個缺陷屬於第一優先級還是第二優先級？當開發人員無法重現問題時，他們會關閉缺陷，等待 QA 人員重啟。或者，假如 QA 人員無法重現修復，問題就會拋回開發部門。

梅克辛和湯姆來到庫爾特的辦公桌前，將他們的打算告訴庫爾特。「這麼多甜甜圈，鐵定能交到新朋友，」庫爾特說。「你也一起去嗎？」他問湯姆。

「當然囉，」他回答。「我一直很想知道我們完成的工作會通往哪裡。感覺就像沖馬桶一樣──把程式碼放到馬桶裡，按下沖水器，然後程式碼就在眼前消失……」

庫爾特一臉鄙夷：「鑑於鳳凰專案的程式碼品質，你的比喻真是恰如其分。羅伊是負責資料中心的 QA 經理，」他一邊說，一邊拿起手機向某人傳訊息。「趁他還在忙，你們趕快去七號大樓送甜甜圈吧。我請夏洛特聯絡你，她是，呃，曾經是威廉的助理。夏洛特就像所有QA 人員的保姆。」

庫爾特傳完訊息。「她在等你。我想三盒甜甜圈應該夠資料中心團隊吃了。你可以問問夏洛特，另外兩盒甜甜圈怎麼處置最得宜。」他笑著補充道。

「她會安排一間會議室，然後邀請資料中心的 QA 小組」庫爾特說。「你們可以見到他們的盧山真面目，也許會有一些人需要幫助。」

梅克辛露出笑容。這正是她現在需要的幫助。「謝啦，庫爾特。我們要去認識新朋友了。嗯，不如我們訂一些披薩當午餐，這樣我們就有理由聊更久？」

「好主意，」庫爾特說。「跟夏洛特說把帳記在我以前的 QA 部門編號上。既然威廉走了，我打賭他們還要一段時間才會處理報帳。我們可以趁機利用一下。」他說，露出大大的笑容。「在你們離開之前……我可以吃一個甜甜圈嗎？」

「不行，抱歉啦，甜甜圈要留給我們的 QA 朋友！」梅克辛說。

梅克辛和湯姆帶著甜甜圈穿過園區來到七號大樓。他們向保全問好。梅克辛將識別證放在電子讀卡器上，緊閉的大門依舊毫無動靜，顯示燈還是紅色的。

梅克辛再次刷卡，但又一次顯示紅燈。梅克辛嘆了一口氣。她沒想到竟然連大樓都進不去。

「開發人員進不了 QA 大樓，真有意思，」湯姆說。「這是不是代表 QA 人員也進不了開發部的大樓？」

梅克辛正準備打電話找庫爾特求救，這時她聽見門開了。一位充滿朝氣，精靈般的女子興高采烈地向他們揮了揮手。梅克辛立刻對她產生好感。

「你一定是梅克辛吧？你是湯姆！庫爾特跟我說了很多你們的事！請進……我很確定你們的識別證在這裡沒法派上用場。庫爾特的識別證

遲早也會失去權限。我們超為他開心 —— 當然，我們大部分人都為他開心。我們都知道他注定要幹更大、更棒的事，而不是管理一個小小的 QA 團隊。」

夏洛特剛剛那句「注定要幹更大、更棒的事」讓 QA 部門聽起來像個下層階級。**就好像庫爾特逃離了某種貧民窟一樣**，梅克辛想。

「為 QA 舉辦派對的主意真是太棒了！我不確定以前有沒有這麼做。大家一定會喜歡這個派對！我預訂了最大間的會議室，還訂了一整天 —— 大家不用開會時就會過來。我還為所有人訂了披薩！」梅克辛對夏洛特如此迅速地處理好每一個細節感到印象深刻。在會議室裡，梅克辛發現夏洛特已經在白板上寫下大大的「感謝 QA ！！！」前後還綴上兩顆愛心。

看了一會兒後，梅克辛問她能否做些修改。「當然！」夏洛特非常熱情。

梅克辛把這句話改成：「感謝 QA 夥伴！！！」然後她在底部加上湯姆、她、庫爾特，還有其他五位資料中心開發團隊的名字。

「好主意，」梅克辛聽見身後的湯姆說。「也許我們也該叫上資料中心的全體開發人員一起來吃午餐？我寫封郵件通知大家？」

梅克辛很快表示同意，又加上一句：「我們需要更多的披薩……」

「沒問題，我來搞定，」夏洛特笑著說。

幾分鐘內，QA 團隊成員陸續進入會議室。梅克辛向眾人介紹自己。她發現 QA 團隊的人員組成和開發團隊有些不同。沒有人是二十幾歲的年輕人。梅克辛猜也許是因為大學畢業生通常都應徵開發職位？

「所以，這個派對要慶祝什麼？」一位有印度口音的女性發問。

「今天是測試日！」梅克辛笑著回答。「我們努力好幾個星期的功能終於要接受測試，我感到非常興奮。我覺得辦一個派對應該很好玩，這樣我們可以和從事這項重要測試任務的人們碰面，讓你們知道我們非常樂意提供幫助。」

「天阿,你人真好,」女人笑著說,回報梅克辛的笑容。「以前從來沒這種事呢。」

夏洛特從會議室另一頭大喊:「我已經在這裡七年了,從來沒有人為此辦過派對。這個點子真的好極了,梅克辛。我來為你介紹大家。珀娜是 QA 組長,這幾位是她的小組成員……」

房間突然陷入沈默。梅克辛猜大家應該在等她說些什麼。身為派對主辦人,也許她該說點話。

「那麼,呃,謝謝大家。我們訂了披薩當午餐,資料中心的開發團隊到時也會加入我們,」梅克辛說。「你們最近在忙些什麼?」這總歸是個打破沉默的好問題。

眾人紛紛分享手頭上的專案,提供前情提要。然後她問在測試過程中最令他們沮喪的是什麼。

話匣子突然打開了。他們的痛點和故事對她來說完全不陌生:等待環境、環境沒有完全清理乾淨、一旦某個環節出了差錯,問題會接踵而至、無法確定問題是程式碼造成的,還是環境本身的問題。

突然之間,她跟湯姆和他們多了很多共通話題。畢竟,沒有人不喜歡抱怨工作。梅克辛開始做筆記。接著,派對漸入佳境。

九十分鐘後,梅克辛搞清楚了,問題不是出在開發和 QA 部門的對立——反而是因為鳳凰專案的業務需求太常變來變去,每一次都需要緊急的程式碼變更。這大幅影響了可供測試的時間,導致品質下降,最近的鳳凰災難就是鐵證。

每個人都很清楚,變化是工作的常態,但是鳳凰專案顯然對這麼快速的變化適應不良。每個人,真的不誇張,所有人都表達了對鳳凰專案品質低落和無極限零件公司潛在後果的深深擔憂。有人說:「在員工大會上,史蒂夫說了需要我們實現的目標。我們卻沒有交出好成績——我們發現問題,卻沒有足夠的時間解決。」

人們對功能凍結抱持很大的期待，儘管他們不清楚具體會凍結哪些功能。人們感到振奮，因為這表示公司從上到下發生了真正的變化，而且肯定是朝向更好的價值觀發展。

然而，許多經理深信他們的工作內容基本上不受功能凍結影響。最終，派對場所移動到了用餐區，桌上有十五個各式口味的大披薩。披薩香氣讓梅克辛飢腸轆轆——她只吃了一點甜甜圈，現在她有點心跳過速，甚至有些出汗。處於低血糖的邊緣，她必須盡快攝取蛋白質，否則等著她的將是劇烈頭痛和嚴重低血糖症狀。

截至目前，一大群 QA 人員抵達現場。梅克辛不知道哪些人負責資料中心的測試，但她也不是那麼在意。今天的目的就是結識新朋友。將人拒之門外會事與願違。

梅克辛吃完第二片義大利臘腸披薩，將紙盤扔進回收箱。仔細把手洗乾淨之後，她跟著珀娜來到她的辦公桌。珀娜很樂意向梅克辛展示她平常工作的樣子。梅克辛發現這裡的桌子排得比開發部門還要擠，不過沒有像見到德瑞克的服務中心辦公區那麼密集。

珀娜的桌子上有兩個大顯示器，她和小孩的合照，還有一瓶八年的單一純麥蘇格蘭威士忌。梅克辛指了指那瓶酒，「你的最愛？」

珀娜大笑著說：「一點也不，但也足夠用來慶祝了。你需要它才能繼續為鳳凰專案努力。」她在螢幕中拖曳視窗，向梅克辛展示她在 QA 工單系統中建立的發布項目。

皇天不負苦心人，她心想。她一直渴望見識 QA 團隊的工作流程。不過，當梅克辛仔細一看，她立刻大吃一驚。

「這是 IE6 嗎？」梅克辛語帶遲疑。她最後一次看到這版本是在 Windows XP 系統。

珀娜笑了，她似乎很習慣向人們解釋。「對呀，我們已經使用超過十年了，現在我們必須在一個舊的 Windows 虛擬機上執行客戶端。這裡面包含所有測試項目，還有跑一些自動化功能測試。這十幾年來，我們在此建立了數千個測試計畫。」

「這是 IE6 耶？」梅克辛問道。

「廠商提供的版本更新有支援現代瀏覽器，但要求伺服器也進行更新，」珀娜說。「我們終於拿到預算，但還在等待營運部門支援安裝。」

這不是梅克辛第一次見到人們不得不使用舊版 IE 瀏覽器。她之前待的部門有一些工廠支援系統，而系統廠商老早就倒閉了。他們設法遷移那些系統，除了一個例外。他們必須為這個至關重要的伺服器建立一個名為 6.6.6.6 的完全封閉網路。這個伺服器在一個已知有安全漏洞的 SunOS 版本上運作，完全無法安裝修補程式。

那段時光真是難忘啊！她心想。

珀娜帶著她看一遍 QA 流程，梅克辛發現 QA 的工作流程應用程序雖然是有些年紀的東西，但擁有相當不錯的組織性和功能性。

珀娜開啟一個網路分享區，裡面有兩百多個關於測試計畫的 Word 文件。梅克辛問起內容時，她會隨機打開一些文件。有些文件描述了測試給定用戶場景的測試程序：前往這個 URL、在欄位上填寫這些值、按下這個按鈕、在另一個 URL 中驗證正確的值……

其他文件則描述了驗證輸入的測試計畫，確保每個表單的所有欄位拒絕任何不一致的輸入值。

看著這些文件的內容，梅克辛仿佛回到幾十年前。畢竟，她的第一份工作就是軟體 QA。想勝任偉大的 QA 工作，你需要一種異於常人、甚至有點自虐的直覺，仔細判斷哪些東西可能會導致軟體爆炸、崩潰，或者是永無止境的當機。

梅克辛曾經聽過一則笑話：「有一位 QA 工程師走進酒吧。點了 1 杯啤酒。點了 0 杯啤酒。又點了 999,999,999 杯啤酒。點了 1 隻蜥蜴。點了 -1 杯啤酒。最後點了一份『sfdeljknesv』。」

眾所周知，優秀的 QA 人員擅長破解別人的程式碼。他們會用成千上萬的字元、無法顯示的表情符號和 Unicode 字元來填寫表單，在日期欄位輸入負數，做出一些意想不到的事情。最後，程序崩潰或者嚴重故障，通常讓開發人員扶著額頭，對這個惡意滿滿的測試用例發出驚嘆。

這些輸入錯誤可能被駭客鑽漏洞，取得完整的存取權限，還可能從系統中奪取所有數據。歷史上發生過不少嚴重的個資洩漏事件。

找出這些錯誤和漏洞是非常重要的任務。珀娜和她的團隊必須手動執行測試這件事讓梅克辛感覺非常糟糕。在接下來的兩週內，他們必須手動清除多少次測試，重新開啟鳳凰應用狀態，前往正確的網址，在欄位中輸入多少次相同的內容呢？……

珀娜展示了其他測試來檢驗這個功能是否正確運作。通常，這意味著在一個精心設計的整合測試環境中將某功能與其他業務系統連接起來，而這個測試環境模擬著目前正在生產環境內執行的系統。

梅克辛腦中一直想著這其中有多少測試可以被自動化。讓 QA 團隊從乏味、耗時，容易出錯的工作中得到救贖，釋放他們的天賦去找出更多破壞程式碼的方法。

除此之外，自動化測試將在開發人員每次簽入程式碼的時候自動執行，即時快速回饋，這是梅克辛和其他開發人員心儀的方式。他們可以立刻發現錯誤，還能避免日復一日，週復一週地犯下相同錯誤。

梅克辛沒有大聲發表她的想法。QA 人員最不想從初次見面的開發人員口中聽見的話就是如何自動化他們的工作。

將近一個小時後，梅克辛仍在振筆疾書。珀娜很友善，但梅克辛快失去耐性了。她今天是來見證她的程式碼成功執行，並且幫助 QA 團隊確保一切正常。

珀娜轉向她，開口：「好了，我們的工作這大致上就像這樣。QA 1 環境還在等待重新設置。我們還在等資料倉儲團隊那邊的用戶測試資料集，而鳳凰專案的開發團隊還沒合併變更……除非這些先搞定，不然我們真的無能為力。」

「開發人員還沒開始合併？」梅克辛問，感覺心裡一沉。「這需要多久時間？」

「我們通常會在兩三天內拿到……我知道他們也盡力了……」珀娜說。

梅克辛在心裡哀號。在她來到鳳凰專案的短短任期裡，任務工單已經帶她體驗過各種冷暖。為了讓鳳凰專案順利進行，為了拿到需要的東西，她送出了無數張工單給大半個 QA 和營運部門，而她一個人無助地癡癡等待。

她喜歡接手資料中心開發工單，因為它們代表著客戶的需求。他們將這些任務標記為「等待測試」，結果她現在殺到了 QA 部門，卻發現他們也在苦等開發部門完成工作。

他們同時也在等待其他人騰出他們需要的測試環境。他們在等待營運部安裝伺服器，等著升級測試管理系統。他們也在等資料倉儲團隊更新測試數據。這片混亂究竟何時才能終結？！

「你需要資料倉儲團隊做些什麼？」她問，回想起鳳凰專案發布時布倫特遇到的資料問題，還想起了香儂說過那五年待在資料倉儲團隊的苦日子。

「哦，他們讓所有人等，」她說。「他們負責從公司所有地方獲取資料，進行清理和轉換格式，提供給其他組使用。我們等匿名用戶資料已經快一年了，而且我們還是沒拿到最新產品、價格，還有促銷活動的測試用資料。我們總是被排到優先處理名單的最後面，我們的測試資料超級舊，超級過時。」

真耐人尋味，梅克辛心想。資料中心實際上是資料倉儲團隊接收大部分資料的方式。

越來越多的相依項目浮出水面，簡直琳瑯滿目，她想。想在這個混亂至極的系統中搞定任何工作，通通都是異想天開。無論你是建立工單、等待或處理它都不重要。你就是被困在依賴重重的天羅地網中，不管你在哪一環節，你都別想完成任何工作。

「這太糟糕了，」梅克辛深深嘆氣，最後說了這句。「我真的受夠了等待……」

「事實上，現在沒以前那麼慘啦，」珀娜說。這讓梅克辛感覺更糟。

珀娜看著梅克辛。梅克辛覺得她需要解釋心情鬱悶的原因：「我很生氣開發部沒有做好他們的份內工作。我們必須做得更好才行。」梅克辛終於脫口而出。

「我們有時候也是造成問題的人，」珀娜說。

噢，好極了，梅克辛想。**更棒的是，我們全都罹患斯德哥爾摩症候群了呢。**

就在此時，她聽見餐廳傳來一陣喧鬧。一位五十幾歲的高大男性指著桌上的披薩，憤怒地對夏洛特大吼大叫，然後指著湯姆和其他資料中心開發人員。

哦，哦，那人一定是羅伊，她想。她立刻傳訊息給庫爾特：

> **羅伊來了。你趕快過來！**

「失陪一下，」她對珀娜說，快步走向廚房。

「……不能讓人們在這裡干擾我們的工作。當然，我謝謝你們的好意，但應該要通知我。下一次，先取得我的批准，夏洛特！」

「噢，但這派對的立意很棒，」夏洛特回答。「我是說，披薩和甜甜圈！從來沒人為 QA 部門舉辦派對。庫爾特人很不錯的。」

「庫爾特！庫爾特總是有所圖謀！這只是他詭計的冰山一角，」羅伊怒氣沖沖，對著眾人揮動他的文件板夾。現場大概有十五個人站著不動，眼睛睜得大大的，正在關注事態發展。有些人被嚇壞了，有些人津津有味。

「他一定把帳單都記在我頭上了！」羅伊說，轉身面向夏洛特。「如果是真的，那可是一大筆錢。」

梅克辛自信地步入餐廳，伸出手。「嗨，羅伊。我是梅克辛，資料中心團隊的開發人員。我很抱歉。這都是我的錯。今天早上帶來甜甜圈是我的主意。我只是想和大家慶祝測試日，並提供我們的幫助。」

羅伊握了握梅克辛伸出的手，一臉茫然。最後他問：「你說慶祝什麼？」

「測試日，」梅克辛很快地說，無法控制嘴角勾起。羅伊的表情和今早她對湯姆提起測試日的表情一模一樣。「我在幫資料中心小組處理功能的時候非常開心，所以我想說幫忙測試程式碼應該也會一樣有趣。」

梅克辛指著她身後的會議室白板，所有人都能從餐廳看見上面寫了些什麼，尤其是夏洛特畫的粉紅色大愛心。

羅伊看著她，說不出話來。最後，他鬆開她的手，大聲說：「噢，不，不要。我不知道你們有什麼陰謀，」他指著梅克辛、湯姆和其他五位穿著 T 恤和連帽外套的資料中心開發人員。「我很確定，庫爾特像往常一樣沒安好心。他大概又在搞什麼鴻圖大業，現在還為自己謀取了開發部的職位。我一定會查個水落石出，你們等著吧。」

羅伊轉身要走，梅克辛想著她該如何重申「我們懷著善意而來」。

當她試著做些什麼的時候，她看見庫爾特大步走進房間。

「哦！嗨！羅伊！真開心你還在這兒。抱歉沒有事先跟你協調好。我們只是覺得辦一個驚喜派對應該很好玩。QA 是整個流程中的重要環節，我們希望盡可能提供幫助。」

聽到庫爾特的聲音，羅伊轉過身來，一臉漲紅。「噢，噢，他來了！我有話對你說。現在。」

庫爾特正要回應時，克爾斯登從他身後走進房間，說著：「嗨，庫爾特。嗨，羅伊。介意我加入你們嗎？噢，我愛披薩。」

梅克辛很驚訝克爾斯登現身。其他人陸續走進餐廳，等著好戲上場。

「很高興你能抽空參加，克爾斯登。」庫爾特面向眾人：「我們在來的路上談論著 QA 的工作有多麼重要，QA 值得更多話語權。克爾斯登，你願意分享一下剛剛告訴我的內容嗎？我想大家應該很感興趣。」

「樂意之至，庫爾特，」克爾斯登說，手上端著一個紙盤，盤子裡有一片鳳梨香腸披薩。「大家都很清楚，鳳凰專案是公司史上最重要的項目。兩週前的發布災難讓所有人大開眼界，尤其是公司高層。我們對下一次發布懷抱很大的期望。我們已經向市場做出長達三年的承諾，現在終於準備兌現了。」

「我們剛剛宣布了倒轉專案，這是我們第一次為了提升程式品質而實施功能凍結，」她繼續說：「這是來自公司高層的承諾，我們不只要做正確的事情，更要**做好**正確的事情。按時發布程式碼就是其中一件事。我知道開發部門常常延遲合併程式碼變更。」

「和所有開發與 QA 部門的主管開完會後，他們承諾在今天五點之前向你們交付準備測試的產品，」她說。「我們知道讓你們能夠測試一些穩定的東西有多麼重要，這需要優秀的開發流程。改進流程也是倒轉專案的一部分任務。」

眾人歡呼，QA 人員鼓掌地尤其大聲。

「就像參加一場接力賽，我們必須將接力棒轉交給你們，」她繼續說，用另一隻手做了個誇張的手勢。「你們的工作非常關鍵，而我的任務是幫助你們成功。首先，誠摯感謝你們的辛勤工作，有什麼我能幫上忙的地方，請一定要告訴我。」房間再度爆發掌聲，梅克辛也用力鼓掌。她想起某次在芝加哥舉辦的高級聚會，當時芝加哥市長對眾人致詞。她對他的溝通天賦感到驚訝，他讓眾人不僅感到舒服，感覺被賞識，讓人感覺自己很特別。

克爾斯登也有這種天賦，梅克辛心想。她以前從未見過克爾斯登的這一面，真是令人驚艷。

人群開始散去，有幾個人走向克爾斯登。另一些人走向庫爾特，和他握手，恭喜他的新職位。

羅伊站在餐廳後方，怒視著克爾斯登和庫爾特。

這時，夏洛特出現在她身旁。「庫爾特的生活總是樂趣無窮，對吧？我要向克爾斯登介紹我自己。我一直很想見到她本人。她太酷了！今天有好多有趣的人光臨 QA 部門！」

梅克辛看見羅伊走向庫爾特。她一寸一寸地靠近他們，以便聽見：「……我們之間還沒完。看起來你找了一個靠山，但她不可能永遠為你護航。你以為你比我們強？你以為你可以大搖大擺走進來，裝腔作勢，然後將所有人的工作自動化？想都別想。我保證讓你鎩羽而歸。」

羅伊大步走出房間。梅克辛看向庫爾特，他露出毫不在意的笑。庫爾特對梅克辛和剛剛加入的湯姆說：「嗯，事情變得好玩了。什麼都不用擔心。我早有心理準備。」

「擔心？」湯姆大笑。「**我**一點也不擔心。這比每天寫埋頭寫程式更刺激。接下來會發生什麼？」

梅克辛面無表情地說：「還用問嗎？開發人員匆匆忙忙合併程式碼，努力趕上五點的死線。」

湯姆的笑容消失地無影無蹤。「我們去看看吧。」庫爾特露出笑容。

第 10 章

9 月 29 日，星期一

這幾十年來，梅克辛一直努力向非技術人員解釋合併程式碼有多麼可怕。她有一套無懈可擊的神比喻：讓五十個編劇同時完成一份好萊塢電影劇本，然而卡司待定、結局不明，不確定電影主角是嚴謹睿智、思維敏捷的大神探，還是一個笨手笨腳、需要外援的迷糊偵探。

劇本創作被分攤到每一位編劇身上，他們各自完成獨立片段，個別在 Word 文件中奮力打字。然後，就在劇本準備定稿前夕，這五十位編劇聚到一塊，將他們的獨立創作合併成一篇作品。

想當然爾，任何想將貫串劇情的嘗試都會是一場災難。關於主角是誰，眾人各執一詞，再加上數百個無關角色、完全不連貫的場景，還有故事情節的處處漏洞……問題不勝枚舉。

而且，大多數編劇都沒看完執行製作人的備忘錄，不知道市場偏好已經發生變化，電影製作團隊準備將這個故事拍成深海怪物的恐怖片。

合併程式碼就是這麼困難重重。編輯程式碼可不像在 Google 文件中進行編輯，大家都能看到各自的修改紀錄。相反地，開發人員就像電影編劇，他們建立源碼的私有分支，也就是他們專用的私有副本。和編劇一樣，他們可能會有好幾星期的時間獨立工作，有時甚至長達幾個月。

所有現代的版本控制系統都具備將合併流程自動化的工具，不過，如果有太多程式碼變更，這些系統的局限性顯而易見。有些人會發現其他人覆寫變更，或者他們變更或刪除了某些人的相依項目，或者多人對同一段程式碼的變更發生衝突……可能出錯的狀況依舊數不勝數。

梅克辛比較喜歡將程式碼變更頻繁地合併到「主幹」的作法，好比每天合併一次。這樣一來，每次程式碼變更的大小就不會太大。就像製造業一樣小批生產，建立順暢的工作流，避免生產中斷或任何災難。

然而，鳳凰專案的開發人員的做法是：一百位開發者各自一口氣工作好幾星期，這當中從來沒有合併程式碼變更，按照珀娜的說法，每次合併通常至少需要三天。**有誰樂意這樣子工作呢？**梅克辛想。

梅克辛與庫爾特和珀娜一起走回五號大樓，前往「合併作戰室」，她覺得這名稱真的太貼切了。她走進會議室，一股潮濕空氣立刻撲面而來，因為太多人同時聚集在一個又熱又擁擠的空間。她看看周遭，百分百肯定地對庫爾特說：「我不管克爾斯登說了什麼。我們今天絕對不可能搞定任何發布分支。」

珀娜走到會議室前方，拿出她的筆電。在來的路上，梅克辛得知珀娜是整合經理，負責確保 QA 發布分支取得所有說好的功能和問題修復。大家親暱地叫她「合併 Boss」。

梅克辛看著手上那份珀娜給的試算表。共有 392 個 Dev 工單需要合併。每一行都記錄了 Dev 工單編號、問題描述、是否完成合併的核取方塊、QA 測試計畫的超連結、QA 工單編號等等內容……

珀娜負責合併所有變更，好讓 QA 進行完整測試，確保任何已知缺陷都完成修正。這是一項吃力不討好的浩大工程。

梅克辛和庫爾特在會議室後方找了位子坐下。大約有二十五位開發人員和經理將會議桌團團包圍，他們各自代表需要合併變更的團隊。他們兩三人一組，面前至少擺了一台筆電。通常有一人負責打字，其他人在他身後看著。

談話聲此起彼落，沮喪顯而易見。「聽起來就像開發人員的合併工作，」湯姆說，拉著椅子坐到她旁邊。

「說個笑話——『開發人員』的複數型態是什麼？」梅克辛說。「一個『合併衝突』。」

湯姆大笑，打開他的筆電。「我還不如現在就把我們做的變更合併到發布分支。我通常不會立刻合併啦，因為，有什麼好急的？我的意思是，你看，通常每個人都需要幾天時間才能搞定變更。」

他打開版本管理應用系統，拖曳一些東西，到處點擊，然後輸入一些東西。他說：「搞定！」然後闔上筆電。

「我通常不會搞太久，」他說。「我們幾乎沒有和鳳凰專案共用任何程式碼。我甚至不記得出現過合併問題⋯⋯」

梅克辛點點頭，再次思考資料中心歸屬於鳳凰專案這件事有多麼奇怪。

「**你覺得**這些人今天之內能搞定合併嗎？」梅克辛問。

湯姆大笑，指向會議室前方，顯示著珀娜筆電畫面的大電視螢幕。「現在合併了 4 個變更。5 個，如果把剛剛我們的合併也算進去。還有 387 個。照這個速度，如果明天能搞定的話簡直就是奇蹟。我猜要三天。至少。」

在接下來的一個小時裡，當人們在合併時遇到問題，更多的開發人員進來會議室幫忙。當再也沒有站立空間時，他們在走廊對面的會議室另闢新戰場。其中一位經理抱怨：「我不懂為什麼不事先預定兩三間會議室。到最後，每次都這樣。」

梅克辛看見一位開發組長在他筆電上的終端機視窗輸入 git pull，畫面立刻跳出一長串的錯誤訊息，顯示 43 個合併衝突。梅克辛真心被他的螢幕畫面勸退。她一臉驚恐地納悶著他們究竟需要多少時間才能解決這些爛攤子。

後來，她聽見另一個小組準備將源碼列印出來發給所有人，讓他們手動協調任何變更，她差點把咖啡吐出來。

有十幾個人擠在會議室前方的電視前，針對某檔案同一處的四組不同變更，認真研究它們的程式碼差異。

看見她臉上的表情，庫爾特問：「怎麼了嗎？」

她無言以對，指著這一片混亂。「開發人員理應解決業務問題……而不是……這太扯了。」

庫爾特只是大笑。「當然。所有開發經理都在抱怨這一切有多麻煩。有些人正在遊說減少合併次數——與其每月一次，不如改成一季一次。」

梅克辛臉色發白。「你在開玩笑，對吧？」

「不，」庫爾特回答，被她的反應逗樂了。「如果過程很難熬，那不如減少合併次數。這是他們的說法。」

「不，不，不，」梅克辛說，一臉沮喪。「他們完全搞錯重點。之所以很難熬，正是因為合併規模太龐大。想要減少傷害，他們必須更頻繁地進行合併，縮小規模就能減少產生衝突。」

庫爾特再次大笑。「是的，沒錯，」他說，聳了聳肩，對會議室指指點點。

梅克辛笑不出來，她不覺得有什麼好笑的。她看了看手錶。現在快四點半了。她又看向珀娜的螢幕。現在只合併了 35 個變更。還剩下 359 個。目前進度只有百分之十。

照這個速度，梅克辛想，他們還需要四十個小時——整整一週的工時。

第二天，梅克辛癱坐在餐廳的椅子上，被滿滿的披薩包圍。合併程式碼的第二天即將走向尾聲。她盯著四處張貼的警示標語：「合併團隊專用」。

梅克辛想著何必多此一舉？這一天半以來，她覺得所有開發人員都去過任何一間合併作戰室。

「梅克辛，找到你了，」庫爾特說，打斷了她的神遊。「我的天啊。呃，你看起來很糟，原諒我的失禮。」

梅克辛回給他一個沒有靈魂的微笑。她真的沒力氣解釋眼前這一切為什麼令她如此困擾。

梅克辛知道合併程式碼從來都不是任何人的樂趣所在，但她真的沒有預期到這兩天的慘況。

她看見有些經理用 USB 將源碼從一台電腦複製到另一台，因為他們的團隊不想和其他人使用相同的版本控制系統。

她看見有人試圖解決長達一千多行的合併衝突，而這些衝突散落在幾十個檔案中。

她還看見人們忘記合併程式碼變更，在珀娜核對試算表時他們才發現。

她甚至看到兩個小組設法解決一個貨真價實的語法衝突 —— 這種情況非常罕見，通常只會存在於開發人員間互相恐嚇的故事中。這項衝突是自動合併的結果，儘管程序可以正確編譯，但大幅改變了程序的運作方式。更慘的是，這衝突差點逃過一劫。他們之所以發現幾乎是誤打正著。坦白說，當有人說「這看起來不太對勁。」時，他們就能發現問題令她變驚艷的。否則，萬一這個語法衝突進入生產環境，它一定會造成軒然大波。

她一直在想著現在的生產環境中，究竟有多少類似的錯誤沒有被發現，它們就像定時炸彈，一旦程式碼路徑終於被執行，隨時準備爆炸。

她回過神來，對著庫爾特說：「我見識了一些事情。難以形容的事情，庫爾特。虛擲時間在無謂的煎熬上……沒有一位開發人員應該遭遇這些、這些、這些爛攤子！」她又一次喪失語言能力。

「呃，」庫爾特說，突然一臉擔憂。「放下你的披薩，加入反抗軍的行列。香儂剛剛回報了她和鳳凰專案開發團隊的訪談結果，她有一個很棒的點子。」

梅克辛低頭看向她的手，發現手上拿著一塊涼掉的、吃了一半的披薩，起司完全變硬，變成又白又膩的一團。她根本不記得她在吃東西。

她將披薩扔掉，一言不發地跟著庫爾特。

庫爾特將梅克辛帶到另一間會議室，遠離那一片如火如荼的爛攤子。她看見湯姆、布倫特、香儂還有德威圍坐在會議桌旁。他們都微笑著向她揮手示意。香儂盯著她看了一陣子，但不像庫爾特，禮貌地沒有問及她憔悴的外表。

「梅克辛，我想你會喜歡這個的，」香儂說。「我們在思考如何將所有資料中心的變更都合併起來。不過為了進行測試，我們必須等待其他人也完成合併。」

「我們在想如何將資料中心從鳳凰專案中分離出來，這樣我們就能獨立測試。」香儂繼續說。「如果可行，QA 人員現在就能著手測試我們的變更。」

梅克辛花了好幾分鐘才搞懂香儂的建議，腦中還停在困惑與震驚的狀態。然後，她恍然大悟。

「沒錯！」梅克辛大叫出聲。「對，這是個好主意。我們無法顧及整個鳳凰專案，但這不代表我們必須和他們一起受苦。」

庫爾特說：「我跟珀娜和克爾斯登說過了。她們會派兩個人協助我們，測試並認證資料中心。只要鳳凰專案還在處理合併，他們的時間都屬於我們。事實上，我敢打賭，在鳳凰專案完成合併之前，一定能搞定我們**所有程式碼變更的測試**。」

梅克辛皺著眉說：「但是我們仍需要一個測試環境才能運行資料中心。」她想了一會兒。「我想知道能不能在我們的叢集上建立一個資料中心的測試環境。這環境會比鳳凰專案的環境小得多，也更簡單。這樣一來，QA 小組就能隨時使用這個測試環境，不用跟別人搶破頭。」

「環境團隊一定不樂見這種事，」庫爾特笑著說。「你需要些什麼？」

她看向四周。「如果布倫特和亞當能撥出兩三天來幫我，我想，我們至少能在星期一搞定一個簡單版的測試環境。我知道布倫特被鳳凰專案綁住了，但，嘿，技術上來說，資料中心還是鳳凰專案的一部分，對吧？」

突然間，梅克辛的心情再度振奮起來。將資料中心從鳳凰專案的泥淖中解放出來的想法令人激動不已。

「第一個理念，」布倫特笑著說。

第二天，梅克辛、布倫特和亞當開始日以繼夜地奮戰，建立一個簡化的環境，用來運行和測試資料中心。這是一場和鳳凰專案合併任務的競賽。

珀娜對這個計畫表示同意。克爾斯登也很贊同，她說：「我們建立了這些規則，也有權打破規則。尤其是如果這麼做就能永遠消除這些該死的相依項目。任何一位專案經理都會開心得手舞足蹈。」這對庫爾特來說是個好信號，告訴他們盡量放手去做，不必費神取得任何更高層的批准。

「如有必要，我之後會去負荊請罪，」庫爾特笑著說。

與此同時，布倫特正試圖重現只能運行於湯姆筆電上的環境版本。梅克辛和亞當聯手，想讓最後一個資料中心的發布版本在精簡版鳳凰環境上運作。

她很開心看到他們正在破解另一個難題，在她被流放之後一直折磨她的佈建版本難題。在資料中心啟動時，他們注視著不停滾動的終端機視窗，由衷希望他們搞定了最後一個錯誤。當他們還在盯著螢幕上的紀錄時，她聽見合併作戰室傳來一陣騷動。

一位開發經理大吼：「所有人注意！前兩個小時，電商網站上出現了間歇性的生產問題。當顧客進入購物車頁面時，鳳凰專案的某些東西造成系統顯示錯誤或不完整的促銷價格。有人知道哪裡出錯了嗎？」

這故障來得真是時候，梅克辛一邊想著，一邊走回作戰室。基本上，全部的開發經理都在這裡，所以應該很快就能找出究竟是哪一部分程式碼造成問題。這就像在心臟學會上突然心臟病發一樣──現場有很多專業醫生。

她在一旁觀望，在心裡稱許他們解決問題的方式符合紀律。他們試著在筆電上重現問題，並且系統性思考哪一環節出了差錯，這種解決方式很有效率、合乎邏輯，而且他們看起來沒有打算指責任何人。

十分鐘後，中間軟體經理發話了。她提出一個具有說服力的理由，表示問題一定出在她們這邊。再十五分鐘，她的團隊就能修復問題。「只要修改一則程式碼就好。我們可以將變更合併到目前的發布分支，」她說。「噢，該死，我們沒有權限這麼做……只有 SCM 經理可以將變更合併到舊的發布分支。我們需要傑瑞。有人知道他在哪裡嗎？」

「我去找他，」有人喊道，快速跑出房間。

「誰是傑瑞？」梅克辛問庫爾特。他揉了揉眼睛，盡量不笑出來。

他們身旁這位負責中間軟體的開發經理語帶疲憊：「傑瑞是版本控制系統的負責人。開發人員沒有權利碰到生產環境。只有遇到最急迫的 P1 問題，開發人員則有權限將變更推至發布分支。現在這只是個 P3 問題。」她繼續說。「所以，要麼我們拜託營運部將問題上升為 P1，然而這是天方夜譚，要麼只能找傑瑞要臨時授權，我才能進入系統簽入修復。」

「那如果傑瑞在場，他會怎麼做？」梅克辛問，對接下來的回答有所預感。

那位中間軟體經理說：「他會將這個修復的提交 ID 手動複製到發布分支，然後推入生產環境。」

「就這樣？」梅克辛問。

「沒錯，」她回答。

梅克辛低聲咒罵。很驚訝地發現自己實際上非常生氣。氣急敗壞的那種生氣。

幾分鐘前，她還想說故障時機太湊巧了。**真是個幸運的病人**，她剛才這麼想。所有能夠診斷問題並實施緊急手術的心臟科專家都碰巧聚在一起。

然而，在無極限零件公司，醫生沒有權利救助病人。嗯，除非你先提交一份 P1 工單。不過，假如病人沒有即刻的生命危險，就像現在，那麼只有**傑瑞**有權利接觸病人。而傑瑞也只是按照醫生吩咐去做，因為，嗯，你懂的，醫生沒有權力接觸病人。傑瑞不是醫生。他八成只是一位管理員，只需要新增和移除用戶，確保東西有備份成功。

「沒人知道傑瑞在哪裡。我猜他應該去吃午餐了。」剛剛去找他的人說。

「噢，老天啊，」梅克辛低聲抱怨。**又來了**，她想，回想起昨天在餐廳裡她是多麼難受。

所有人絞盡腦汁，努力想出一個備用計畫，因為沒人找得到傑瑞。二十分鐘後，蘭迪出現了，宣稱現在束手無策，但他還在努力尋找傑瑞。

大家點點頭，繼續合併各自的程式碼變更。

「這哪裡 OK 了？」梅克辛大聲地對整個會議室說，再也無法坐壁上觀。「為什麼開發人員沒辦法把變更推到生產環境？為什麼一定要**傑瑞**來做？我是說，我相信他一定很擅長，但為什麼我們不能自己搞定？」

整個房間陷入沈默。所有人看向她，一臉驚恐。就好像她剛剛在婚禮或葬禮上大聲打嗝一樣。最後，有人說了一句：「合規性。」另一個人補上另一句：「還有資安。」

她聽見人們陸續說出其他理由。

「ITIL。」

「變更管理。」

「薩班斯—奧克斯利法案。」

「監管法規。」

她看看四周。這些都是有能力的人，而且相當負責，然而……「拜託，各位。這些理由都不夠充分。我想我知道不許我們將變更推上線的真實原因……我們不受信任。你們怎麼能夠**若無其事**？傑瑞怎麼可能比真正寫程式碼的開發人員更懂這些變更？」

環視會議室的眾人，梅克辛只看到大概十個人因為她這番頓悟感到困擾。

「難道我們會故意破壞變更嗎？比起讓我們發布變更，另外找人專門複製貼上難道更安全？」梅克辛知道自己孤立無援，但她豁出去了。「幾乎所有開發人員都在這裡。我們沒得到足夠的信任，沒有權利將變更推到生產環境中，你們難道不會感到不快嗎？」

幾個人只是聳了聳肩。還有其他幾個人盯著她看，懷疑她是不是瘋了，還是天真得無可救藥。

梅克辛知道她的發言一點也不像亨利五世那著名的演說般振奮人心，但人們對現狀毫不在意的樣子令她目瞪口呆。她迫切地希望有人大喊：「沒錯！我很不爽！我們再也不忍了！」

然而事與願違，這裡只有一片沈默。

我們甚至連獄警都不需要。我們自願當囚犯。我們認為牢籠的存在是為了保護我們的安全。

當她正要離開的時候，有一位紮著馬尾，腋下夾著筆電的年輕人走進會議室，身後跟了兩個人。

「噢，不，」梅克辛不小心大聲說出來。**這位就是傑瑞？**

他甚至比第一天帶她熟悉環境的實習生還要年輕。她對年輕工程師沒有任何意見。相反地，她的期許和抱負都掌握在下一代手中，她想盡她所能幫助他們實現目標。但是，對於梅克辛而言，她很難想像傑瑞竟然比房間裡任何人更有資格解決這次故障。**如果傑瑞有權部署變更，我們也應該可以，她想。**

梅克辛看著他設定電腦，執行程式碼推送。他花了整整十分鐘才成功登入系統，取得超連結，和所有人確認這就是準備推送的正確程式碼……一切就像梅克辛鄙視的科幻電影場景，一群人聚在傑瑞身後，屏息等待他執行工作。當他最後說：「上線了，」人們欣慰地拍拍他的背。

梅克辛大翻白眼，感到無比沮喪。她當然很開心傑瑞完成任務，但，拜託，他也不過是複製、貼上，然後按下「送出」而已。

梅克辛詢問是否已經解決問題，中間軟體經理回答：「還沒。傑瑞剛剛把程式碼變更放到最後一個發布分支上，他還需要和營運人員聯手將東西部署到生產環境。」

病人還在等待治療。這人必須先被轉到其他部門。出於病態的好奇心作祟，而不是對於冒險的躍躍欲試，她決定跟蹤傑瑞。

在跟蹤傑瑞走出房間的四個小時後，梅克辛覺得頭昏腦脹，不知所措。她為資料中心工作的幸福感和興奮感通通消失了。好像還有些東

西離開了她 —— 她不再能夠分辨是非好壞，不再確定她的世界如何運轉。

她也明顯感覺身體不適。**我發燒了？**

這一切都是從她跟著傑瑞走下兩層樓，到營運部所在的一樓開始。在營運部的某個會議室裡，她認出了韋斯和帕蒂，但不認識其他人，他們個個看起來長得一模一樣。

這個會議室和樓上的合併作戰室幾乎一模一樣。房間有著相同的擺設，會議桌上有著相同的擴音器，天花板上裝著一樣的投影機。但圍坐在桌前的卻是一批完全不同的人們，他們同樣討論著樓上的話題：如何部署這個緊急變更。不過他們遇到了略微不同的瓶頸：除維護視窗外不可進行變更、ITIL、資安系統、變更管理、合規性、不同的工單系統。同樣數量的欄位等待填寫，漏掉任何一個都會出問題。一樣的問題上報流程，只是換成不一樣的人。

他們向 IT 營運部副總比爾・帕爾默和零售計劃管理部資深總監瑪姬・李提出了緊急變更請求。就像樓上一樣，每個人都站在原地等待批准。

五點一到，有人訂的披薩來了。梅克辛跟著眾人來到餐廳，這裡的格局也和樓上一模一樣。當她看見披薩，她差點摔倒 —— 昨天合併團隊也點了同一家披薩。

不同的人們吃著一樣的披薩，抱怨相同的問題。就在那時，梅克辛開始感覺非常不適，整個房間輕微旋轉。**也許我只是餓了？**但是披薩讓她胃口盡失。

梅克辛感覺眼前上演著電影中的同一幕，也就是六小時前她剛剛經歷過的一切。**就像《今天暫時停止》的驚悚版**，她想。像比爾・莫瑞所飾演的主角，她注定要一遍又一遍地重演同一天。但在梅克辛的版本中，場景人物一直變換。先是開發人員，然後是 QA 人員，現在是營運人員，然而劇情一模一樣。

直到現在，梅克辛的內心深處懷疑著開發人員是不是被一個既冷酷又無情、萬分邪惡的官僚機構狹持了。也許這個組織是營運部或秘密

ITIL 變更管理集團暗中經營著。但隨著傑瑞深入營運部門，她發現這裡也和樓上的開發人員一樣，被同樣的獄警狠狠狹持。

誰從這一切中獲利？誰因為打壓技術組織的所有人而受益？梅克辛嚴重懷疑克里斯或比爾是這萬重地牢的看守人。如果臆測屬實，他們也是囚犯之一。

梅克辛甚至在咬上一口前就扔掉了她的披薩。回到會議室，韋斯宣布緊急變更剛剛得到批准了。瑪姬（負責批准變更的人）錯過了第一通電話，因為她當時人在自己的生日派對，現在她跑出來參加電話會議。

推送變更需要四十分鐘。梅克辛看著人們在網路分享區、維基頁面、版本控制庫中東翻西找⋯⋯之後，帕蒂確認問題已經解決。

韋斯感謝大家待到這麼晚，人們開始散去。不久之後，梅克辛獨自一人留在會議室。當感應器不再感應到任何動作時，會議室的燈滅了。在一片黑暗中，梅克辛想著這專制、暴虐的官僚機構究竟是怎麼綁架了整個組織。

埃瑞克說的沒錯。這和第三個理念截然相反，我們不是在改善工作流程，而是被牽著鼻子走，她想。**現在這個流程完全地禁錮了我們，掠奪了我們在日常工作中得到的快樂，我們和第二個理念漸行漸遠。**

在黑暗之中，梅克辛拿起手機，傳訊息給庫爾特和反抗軍：

> 還有人在嗎？我真的需要幫忙。還想喝一杯。有空在碼頭酒吧碰個面嗎？

第 11 章

當梅克辛抵達燈火通明的碼頭酒吧時，庫爾特已經到了，桌上還有幾個酒壺和一瓶紅酒。看到他還有那些酒壺讓梅克辛很開心，因為這表示其他反抗軍也會來。她很感謝這一路有他們陪伴。

梅克辛很少借酒澆愁，但她一坐下，立刻開始喝酒。儘管很清楚明天一定會宿醉，但她瞬間就乾掉兩杯黑皮諾紅酒。

今天晚上算是例外，因為喝酒至少能讓她感覺舒服一些。糖和酒精的作用可以幫助她緩解情緒，那些跟著傑瑞前往營運部的「比札羅世界（Bizarro World）」後一直如影隨形的糟糕感受。

人們陸續抵達，紛紛入座，氣氛開始活躍起來。湯姆和布倫特用筆電繼續工作，在精簡版環境運行資料中心這件事上取得了極大進展。他們不能待太久。明天早上要和 QA 小組開會，搞定環境，希望盡快開始測試。顯然，珀娜和她的組員稍後可能現身。

和鳳凰團隊面談之後，香儂寫下筆記，確定約有十名開發人員希望使用反抗軍開發的東西來解決他們每天面臨的問題。隨著倒轉專案全面實施，他們終於有了時間。

梅克辛聽著每個人分享近況，露出有氣無力的笑容。最後，庫爾特為眾人倒了一圈酒，看向梅克辛。「所以，怎麼啦，梅克辛？」

「庫爾特，我們完蛋了。」她一臉沮喪，抬手梳理頭髮。

梅克辛試著解釋。平時的她條理清晰且用字精準，此時她聽著自己開口，敏銳地意識到自己聽起來像瘋了一樣。

她重新開口，努力試著表達今天下午的經歷有多麼令人困擾。「自從被流放到鳳凰專案，我已經送出了數百張工單，努力把事情做好。我

一直追著那些工單，想看看它們究竟送往何方。很多工單被送到營運部，有些去了 QA 部們。然後，在我加入資料中心團隊之後，我又送出了更多工單。更重要的是，這次我在工單接收端，處理人們需要的工作。但是，為了完成這項工作，我不得不送出更多的工單。這一切就像一個龐大迴圈，庫爾特，建立工單、傳遞工單，一次又一次的重複，沒有盡頭。」

「是誰造成這一切？」她終於開口問道。

亞當的笑容帶著悲傷：「是我們一手造成的。很久以前，QA 曾經隸屬開發部，但在我加入公司的時候，QA 已經是獨立的業務部門了。我們制定了一系列規定，強調從開發部門分離出來的必要性，你懂的，以便保護業務不受那些瘋狂、無所顧忌的開發人員波及。每一年，我們都用任何出了差錯的事作為名堂，制定更多的規則來『提升開發人員問責性』，然而只讓效率更加緩慢。我之所以對反抗軍如此期待，正是因為我們正在努力消除這些陋習。」

德威點頭稱是：「亞當說得對。在營運部門，我們也是一切問題的罪魁禍首。起初，一切都很合理——我們引入 ITIL 流程，創造了一種秩序感，這感覺比我們以前體驗過的混亂好多了。但是營運部的情況更糟，因為我們有太多專業領域。像部署這樣複雜的工作會涉及每一個專業領域。我們有伺服器、資料庫、網路、防火牆⋯⋯見鬼了，在過去十年裡，我們創造了更多資訊孤島，比如儲存區、VLAN、自動化團隊、虛擬化、超融合基礎架構，天曉得還有多少。」

「為了因應現代技術堆疊，我們需要精通容器、檔案紀錄、機密管理、資料管線、NoSQL 資料庫等專業領域的人才。不可能有人精通所有領域！」德威說。「所以，我們需要一個工單系統來管理這些複雜的工作流程。但是人們很容易一葉障目，忘記這些工作的初衷。這也是為什麼反抗軍如此重要。看看有多少人願意加班協助資料中心的工作。」

梅克辛身邊的所有人都舉起酒杯，大聲喊道：「聽！聽見了嗎！起義推翻那古老強大的秩序吧！」梅克辛也舉起杯子，但什麼也沒說。

她常聽人們說 IT 是整個組織的神經樞紐，因為在過去的三十年裡，幾乎每一個業務流程都透過 IT 系統得到自動化。但出於某種原因，企業卻容忍它們的中樞神經逐漸退化，好比多發性硬化症擾亂了大腦內部與在身體間流動的資訊流一樣。

梅克辛又倒了一杯酒，但這次她只喝了一小口。突然之間，她感到非常不適。並不是她喝的東西有問題。她一定是得了什麼病。梅克辛很快地與每個人告別，感謝他們今晚和她一起聚會。

當她回到家中，梅克辛給了丈夫一個擁抱，對孩子們說晚安，在她順利洗完澡並且爬上床的時候，她鬆了一口氣。

那天深夜，梅克辛開始不由自主地出汗，然後是全身發冷、牙齒打顫，接著開始發高燒。那個讓鳳凰團隊的人們個個掛上病號的可怕疾病終於找上了她。

晚上她一直被夢魘困擾，夢到被困在一個官僚機構裡，從一張桌子移動到另一張，被擱置、被要求填寫更多表格，從一個部門轉到另一個部門，然後又得到更多等待填寫的表格。這些表格進入龐大的資料倉儲，在那裡被粉碎，變成一個個以逗號分隔的文字檔案，夾雜著隨機的位元組順序記號，散發著熱騰騰、油膩膩的瘴氣。

她看見官僚機器無情地轉動，無助的人們被困在一望無際的齒輪中。她聽見無助的尖叫，直到終於陷入沈默，此時人們身上的能量都被吸收得一乾二淨，他們只是週期性地回過神來填寫工時記錄。

她推著如山一樣高的紙本工單走上樓梯，穿過一段小隔間，然後走下更多階梯，注定要在這薛西弗斯的批准方塊往復逡巡，為薪酬核算故障接受懲戒。

當她醒來時，太陽正要升起。枕頭被汗水浸透了。她的鼻竇阻塞，肺部腫脹，咳嗽地很嚴重。她幾乎不能動彈。

她強迫自己起床洗澡。熱蒸汽讓她感覺好很多，但是當她出了浴室，另一輪出汗與發冷的失控循環又開始了。她搖搖晃晃地下樓，吃了一片吐司，喝了一些水，才發現自己的喉嚨有多痛。

她先生要她回床上好好休息，他會確保孩子們按時去學校上課。她感激地咕噥謝謝。她在不得不停下休息之前爬上了一半的樓梯，舉步維艱，最後幾乎是用爬的回到床上。

她傳訊息告訴大家她無法去上班，視線模糊到幾乎看不清手機螢幕。她很快地陷入睡眠，然後瞬間醒來，瞬間意識到她昨天沒有填寫工時紀錄就離開公司。然而她真的太虛弱了，對這件事無能為力。終於，她躺回床上準備睡覺，全身上下都在叫囂著疼痛。

第二天，梅克辛幾乎下不了床。她也成了那群行屍走肉的傷兵，加入那些因為生病、官僚主義或是困在等待之地的人群。

對於感冒藥的殷切渴望，她穿上五層衣服，鼓起勇氣冒險出門，在藥妝店的走道上來回尋找特效藥。為了不將這病傳染給家人，她買了一個外科口罩，彷彿她是地鐵上的日本上班族一樣。看見她戴著口罩的樣子，她丈夫不禁大笑。

星期五中午，梅克辛開始身體逐漸好轉，終於能在白天內維持清醒超過一小時。她已經將近兩天沒碰過手機了，事實上，除了無可奈何地用單音節和丈夫說話之外，她這段時間幾乎沒說過話。厭倦了在床上讀小說，她走下來，傳訊息給庫爾特和珀娜：

開發人員完成合併了嗎？

沒過幾秒，梅克辛收到了庫爾特的訊息：

哈哈哈哈哈！抱歉，還沒。大概星期一會完成。但資料中心和佈建環境幾乎就緒，準備接受測試。QA 也許今晚就能開始！如果你想知道更多細節就打給我！祝你身體快快恢復。

梅克辛打了電話給他。他甚至連哈囉都沒說。「布倫特和湯姆一直忙個不停。資料中心即將在一個新的小型環境中運作。所有的資料中心開發人員和 QA 小組合作編寫自動化測試。亞當和一群開發人員在主導編寫程式碼，一些 QA 人員在沒有任何幫助的情況下編寫測試腳本。你大概已經看到那些測試被簽入版本控制系統了。」

「香儂正在為資安部門開路，」庫爾特說。「這個環境的映像檔每天會自動修補，也許不久後，應用程式的依賴項也會如此！」

梅克辛努力微笑。他們在她生病這段期間取得的進展令她非常驚艷。她看著聊天視窗裡那些振奮人心的訊息。看見開發團隊和 QA 團隊提交的所有程式碼，她感到非常開心。

無庸置疑，梅克辛知道開發人員終將負責測試他們自己寫的程式碼，而 QA 將會擔任更具策略性的角色，從旁指導，給予建議。這表示，一旦中心式佈建和持續整合（CI）伺服器開始運作，很快地，他們正在編寫的所有自動化測試將會在每一次簽入程式碼時執行。他們離成功不遠了！

「太棒了，」她聲音低啞，牙齒疼得厲害，所以她跟庫爾特說下週見，然後掛斷電話。

梅克辛爬回床上，閉上雙眼，想著接下來會發生什麼。如果能夠取得營運部的首肯，那麼他們甚至能夠將資料中心的服務自動部署到生產環境。此外，儘管聽起來遙不可及，也許，他們甚至能讓生產環境的資料中心服務他們的叢集上運行。

這會讓每個人的工作變得更容易，甚至連營運部門的人都受益。首先，他們可以在完成工作後立刻測試和部署變更，而不是為下一個測試週期等上整整兩週。

梅克辛意識到真正的問題在於，他們應該開發哪些功能。她想知道資料中心的哪些功能對業務來說最為重要，以及他們應該關注哪一個業務部門。資料中心的特別之處在於它涉及了無極限零件公司的方方面面，每一個領域都有各自的局部需求和優先選項。

她努力讓自己進入睡眠狀態，但腦海中一直思考著資料中心哪一項活動具有最高商業價值。按耐不住好奇心，她坐了起來，打開筆電，然後開啟工單系統。這一次，她沒有發送或處理任何工單，而是四處看看，這是自流放以來她第一次這麼做。

到處點選了幾下，她知道了如何檢視所有待處理的資料中心工單。看起來有好幾百張，根據各自觸及的業務系統被分成了不同顏色。當她發現究竟有多少工單閒置超過一年後，她不由得嚇了一跳。難怪每個人都一臉沮喪，生無可戀。

她想知道這份待處理清單中有哪些功能對於公司而言最為重要。最後這部分倒是簡單。史蒂夫在員工大會上對眾人說過公司的首要任務。史蒂夫和莎拉一直提及幫助顧客維持汽車正常行駛的重要性，還有為顧客提供更能輕鬆添購商品的方式。做好這一點將有助於提高每顧客收入、平均訂單規模，還有整體的收入和獲利能力。

她在心中斟酌這一點，滑過一頁又一頁的功能。其實很難從工單名稱或內容中瞭解具體功能是什麼。它們對「做什麼？」和「怎麼做？」滔滔不絕，卻沒有在「為什麼？」上多加著墨。

最終，梅克辛注意到一個反覆出現的術語：「商品促銷」。

她看到一堆和夏季促銷相關的工單，提供更換電池、空調系統和冷卻系統維修項目的折扣商品組合。然而這些工單仍在原地踏步。梅克辛深深嘆氣。考量到現在已進入秋季，與這場促銷活動相關的機運來了又逝。

她很想知道跟怎麼刪除不再相關的功能。不得不將這麼多未能實現的承諾帶向未來，當所有人都在問「我要的功能在哪？」時，真的會造成認知上和精神上的沈重負擔。

出於好奇，她搜尋了「冬季促銷」，看到一串工單。她一張張點開。有一張標示為完成的工單是要為雨刷和鏟雪器的商品組合建立 SKU 代號。另一張仍在處理中的工單內容是為該商品組合設定折扣價格。

她看見類似的工單，不過產品組合變成了冬季輪胎和雪鏈、車鏈和玻璃除冰劑，以及更多組合。她還看見另一長串「感恩節促銷」的工單。這些促銷活動的每一張工單都需要資料中心的部署作業——一張要求在產品資料庫中建立新產品，另一張則是在訂價資料庫中建立特殊折扣價。

這表示建立每一個折扣商品組合都需要兩個月。她覺得自己有所發現，於是快速瀏覽了促銷分類中被要求處理的功能。她立刻被其中一個吸引了注意力。這張工單是在七個月前建立的，標題上寫著：「一步到位：新產品組合 SKU 代號與相關折扣」。

梅克辛點開這張工單，讀到行銷部希望不再經由資料中心團隊，完全自助地建立新的 SKU 並為其訂價。

沒錯！正合我意！功能描述中指出，目前流程需要將近九十天，才能將新建立的折扣商品提供給顧客。

這張工單的申請人是瑪姬・李，資深產品總監。梅克辛突然發覺資料中心變成了某個組織的制約因素！她傳了郵件給庫爾特和瑪姬。大約五分鐘後，她接到庫爾特打來的電話。

她聲音沙啞：「你看到我的 email 了嗎？」

「嗯哼，」庫爾特說。「我看了你傳來的超連結。事情開始好玩了。你不在的時候，我一直試著找出我們最重要的客戶是誰。我也在尋找一些能在我們將資料中心移出鳳凰專案的時候提供掩護的重量級人物。瑪姬的名字一次又一次地出現。」

「她的上級是莎拉，所有實體門市和電商網站的產品負責人都會向瑪姬匯報，」庫爾特繼續說。「我等下把我找到的組織架構圖傳給你。我已經見過她的秘書，很快我們就能和她開會了。」

「幹得好，庫爾特！」梅克辛說，但她想要微笑時，卻只能發出痛苦的呻吟。她對回去工作感到興奮……只要她恢復健康。

她發出呻吟，掛斷電話，再次躺回床上，這次終於睡著了。

星期一，梅克辛回到公司上班，在會議室和德威、湯姆和庫爾特討論資料中心的事宜。湯姆用會議室前方的螢幕秀出筆電畫面。「我們整個週末都在做這個，確認它能夠穩定地展示。天啊，我好期待。我們現在有了完全在 Docker 映像檔中運行的資料中心環境，這表示任何人都能用。布倫特和我都是根據梅克辛請病假前的努力成果做出來的。謝謝你，梅克辛！」

「不再需要等上幾個星期才能存取無比稀缺的 QA 環境，現在，你可以在筆電上直接運行這個 Docker 映像檔。你可能要花幾分鐘下載檔案，但啟動只需要幾秒鐘。簡直不可思議……」湯姆一邊說，一邊在終端機視窗中打字。「在布倫特的幫助下，我將這些環境連接到 CI 伺服器，這樣它就能執行資料中心的測試。我們終於邁入了佈建和測試！我們和 QA 會用它來測試自上一次發布以來完成的四個功能。」

他看向梅克辛，說道：「我們的 CI 伺服器有足夠的容量供任何人使用。這一切都多虧了你的努力成果，梅克辛。」

湯姆微笑著搖了搖頭。「我們想做這件事很久了，但一直沒辦法撥出時間。我這麼興奮的原因是因為這將徹底改變資料中心開發人員運用時間的方式。所有人都能更有效率——他們能夠快速開發和測試。也許，假如奇蹟發生，我們甚至可以更快地將這些功能投入生產環境。」

庫爾特歡呼起來，在空中揮舞拳頭。「這是一個令人驚奇的成功故事！終於可以向人們展示我們能夠創造的價值了！」

梅克辛十分驚豔。這真的是一項了不起的成就，雖然才和他們認識不到幾星期，她為布倫特和湯姆感到自豪，在沒有她的情況下也能完成這麼多事情。

庫爾特突然皺了皺眉。「呃，我要收回剛剛說的話。這是關於開發和QA的成功故事。在業務上還有一群憤怒無比的利益相關者，他們還在等待功能上線。要如何將這些功能投入生產環境？」

「這倒是個截然不同的主題，」德威說，一邊搖頭，一邊用手指敲著桌面。「梅克辛說得對。開發人員不能直接將東西推入生產環境已經有很長一段時間了。所有規矩的唯一目的就是為了防範這件事。」

「最強大的敵人是誰？」庫爾特問。

「絕對是資安部門，」德威說。「他們希望在程式碼上線之前進行安全檢查——這是公司政策。營運部也不會樂見我們所做的改變。就這一點而言，這行業中有太多人被糟糕的變更搞得烏煙瘴氣，大多數人都不會高興地手舞足蹈……嗯，基本上，每個人都會反對開發人員直接部署東西到生產環境，」他說，笑容中不帶一絲幽默。

梅克辛點頭同意。「資安團隊對資料中心蠻熟悉的，這不像將一個全新的應用丟到他們身上。我們只需要和他們協調好，將對資料中心的複審工作從鳳凰專案中分離出來。」

「我們去見見他們。最壞的情況不過是被拒絕而已，我們又不是沒聽過，對吧？」庫爾特說。「那麼，撇開資安部門，從營運部門獲得批准的正式程序是什麼？」

德威嘆了一口氣，好一陣子沒有作聲。最後，他說：「我們大概要走一遭 TEP-LARB。」

「噢，」梅克辛說。庫爾特瑟縮了一下，好像被什麼東西攻擊了一樣。湯姆一臉困惑，看向眾人：「那不好嗎？」

「嗯，這世上肯定有比 TEP-LARB 更容易取得批准的方式……」庫爾特說，雙眼無神地盯著會議桌前方的空位。

德威說：「呃，你這麼說有點不真誠，庫爾特。事實就是，**沒有什麼比通過 TEP-LARB 審核更困難的事了。沒有任何東西**能通過 TEP 和 LARB。我會這麼說，是因為我就在 LARB 之中。」

「他說得對，庫爾特，」梅克辛說。「我在公司的這些年裡，我從來沒辦法讓任何東西獲得批准。光是填寫他們規定的表格就是一項浩大工程，而且我從未見過他們批准任何事情。他們就是『只知道否決的無意義大議會』。」

她看向德威說：「無意冒犯。」

他很快笑著回答：「完全沒差。」

「TEP-LARB 是什麼？為什麼他們總是否決？」湯姆問道。

「LARB 是首席架構審核委員會（Lead Architecture Review Board）的簡稱，」德威解釋。「幾十年前，早在我加入公司之前，技術組織裡發生了一系列糟糕的事情，之後這個委員會就成立了。有人會制定一大堆規矩來確保任何新的東西都被『妥善地審查』，」德威說，雙手比出引號手勢。

「這是一個由委員會組成的委員會。有七位營運架構師、七位開發架構師、兩位資安架構師，還有兩位企業架構師。這些人的時間彷彿被凍結了，行為表現仍像活在 1990 年代，」他說。「任何重大的技術創新都需要他們簽字同意。」

「想像他們推銷任何點子，首先你要填寫技術評估流程表，也就是 TEP（Technology Evaluation Process），」他繼續解釋。「梅克辛說得沒錯。這是一件浩大工程。現在這份表單有五十頁。」

梅克辛吃驚地睜大雙眼。她最後一次嘗試收集所有資訊來填寫 TEP 就已經是一項艱鉅考驗。那時候的表單頁數還不到現在的一半。她問：「如果你也是 LARB 的一員，你怎麼沒有簡化流程？」

德威說：「這可是個委員會。所有人都認為他們的任務就是勇敢說不。我是整個團體裡孤掌難鳴的激進派，而且少了志同道合的人，我根本無法推動贊成票，或者是引入更年輕的成員。相信我，我一直試圖改變。」

庫爾特一邊敲著手指，一邊沈吟。「德威說得對。任何重大的技術創新都需要經過 TEP-LARB 的審核。如果我們唱反調，他們甚至能在我們的東西萌芽之前直接抹殺。」

他深吸一口氣。「這麼說讓我很難受，但我認為我們必須準備好 TEB，然後向 LARB 推廣我們的想法。就像我們要和資安部門協調一樣，儘管 LARB 有很大可能直接說不。」

梅克辛回答：「你懂的，我們可以自行運行資料中心。嗯，就是完全不需要營運部的任何幫助，就像我以前的部門可以自行運行 MRP 系統一樣。此外，就算資料中心出現問題，這並不表示我們最終不會上報問題。」

所有人都震驚地看向梅克辛。德威和香儂看起來特別反感，好像她剛剛提議做一些違法或不道德的事情。布倫特說：「問題是怎麼做？資安怎麼辦？合規性？還有 TEP-LARB 呢？」

梅克辛一臉鄙夷，想起這些正是她聽過的，只有傑瑞能夠部署程式碼變更的理由。

她看著德威一下子點頭，又一下子搖頭，彷彿這兩種截然相反的觀點在他的腦海裡激烈地搏鬥。「喔，哇，那太棒了。但是他們從來**不**讓我們自行運行這類企業級服務。不是說我們團隊沒有相關技能⋯⋯我們必須對所有資料負起責任，確認它們好好備份等等。如果真能這麼做，那就太好了，因為我們可以按照想要的方式運行服務⋯⋯」他說。

他的聲音漸漸變小。梅克辛明白他的擔憂，說：「沒錯。我們運行自己的 MRP 系統，所有的製造工廠都依賴著這個系統。這系統的重要性不言而諭。我們為全部資料備份、預防性維護、修補程式⋯⋯這工作既不輕鬆也不簡單，但也不完全是天方夜譚。這房間裡聚集了全公司最優秀的營運人員。我們一定做得到。」

布倫特說：「該死的，沒錯。我才不怕生產環境。」

德威緩緩點了頭：「好吧，我參加。我們太需要這個了，當然，**我知道**我們可以做好一切。」

庫爾特笑得很開心。「好的，我們有 Plan B 了。如果其他計畫都鎩羽而歸，我們就自行運作資料中心。當然，這還需要克里斯參與進來。」

梅克辛被咖啡嗆了一下，但還是跟著眾人點頭表示同意。

湯姆看起來特別興奮，因為他幫忙佈建的一切將很快在生產環境中運作。突然，他皺了皺眉。「等，等等，等一下。這是不是表示，我們都要 on call 了？」

「答對了，」布倫特鏗鏘有力。「誰佈建，誰負責。」

湯姆的興奮之情迅速消失。

梅克辛忍不住大笑。

整個資料中心團隊開始採用新環境後的超高工作效率，讓梅克辛感到震驚不已。每個人依照各自習慣使用著佈建環境，彷彿野火燎原般大肆蔓延。有些人單純使用 Docker，有些人則在環境中使用 vagrant、Git 或 terraform 等配置，模擬開發和測試環境。

更重要的是，珀娜和 QA 小組也採用了資料中心環境，當功能被標示為「等待測試」，它們在幾個小時內就能得到測試。而且，測試也是透過簽入程式碼來進行檢查，開發人員可以快速地重現問題並著手修復。

這種新的工作方式意味著許多缺陷甚至是幾個功能能夠在一天之內被完全實作和測試。由於梅克辛還不太清楚某些問題報告條件，他們依然需要使用兩個獨立的工單系統。不過，相較以往，開發團隊和 QA 團隊之間的合作變得更加密切。事實上，許多 QA 人員每天都和開發人員坐在一起共事。有些人在五號大樓，有些人在七號大樓。

看著團隊工作的樣子，讓梅克辛想起了她在新創企業的回憶，當時每個人都為了共同目標一起奮鬥。她對於資料中心的工作模式變化之快感到神奇。

在接下來的三天裡，他們比過去幾個月來完成了更多「可交付」的修復，人們士氣高昂，充滿熱情。更重要的事，梅克辛知道每個人都樂在其中。

梅克辛和湯姆解決了又一個問題，並在工單系統中將問題標示為「已解決」。不到一分鐘，聊天視窗內有兩位工程師說他們將在一小時內進行複審和測試。

梅克辛站起身。「除非你還需要我，不然我想去拜訪怪人戴夫和珀娜，看看他們進度如何。」

「嘿，我跟你一起去，」湯姆說，收拾他的筆電。「我要協助他們進行測試。」

他們找到了怪人戴夫、珀娜和另一位資料中心的開發人員，大家都聚精會神地盯著螢幕。「你們在做什麼？」梅克辛問。

「我們終於測試到過剩庫存的功能了。」珀娜說。

怪人戴夫補充：「這是為了支援鳳凰專案其中一個重要倡議。這個功能非常關鍵，能讓促銷活動能夠根據店內庫存系統，尋找那些在貨架上積滿灰塵的產品，並將它們送到某個區域性倉庫，讓這些產品有資格在電商網站上進行促銷。」

「我們第一次讓這功能跑起來，」珀娜說。「這功能在六個月前就完成了，但它卻無法在前兩次的發布版本中正常運作。第一次是沒辦法連上庫存系統和顧客檔案系統。第二次則是沒有連上採購歷史系統。這兩次都有一些環境或配置問題，我們就是沒有足夠時間解決。」

「我們不得不將這個功能從發布版本中移除，不然它可能導致其他功能都逾時，」珀娜說。

這是採用 Docker 映像檔的種種好處之一，梅克辛心想，容器是不可變的，在建立之後就不會改變，所以如果它能在開發環境上運作，也一定能在測試環境上正常執行。

不變性是函式程式設計的另一個概念，它讓世界變得更能預測，更加安全。梅克辛微笑著想。

「我們在處於 80 道測試的第 20 步，」怪人戴夫說，梅克辛發現他現在一點也不暴躁。「我有很好的預感。今早我們發現了一個問題，但不到五分鐘要解決了，而且我們進展順利。這真是太棒了！」

原來當功能正常運作時，怪人戴夫都不暴躁了，梅克辛心想。

他繼續說：「每個開發人員都知道了他們下一次編寫功能的同時也要寫自動化測試，而不是拖到之後才做。這件事提醒了我，真的應該讓 QA 小組和我們永久共處一室。為了解決一些小問題，我們還得先走到另一棟大樓，這簡直太愚蠢了。」

「好主意，」梅克辛說。「我們把這件事交給庫爾特吧——處理辦公室空間和設施的所有政治斡旋肯定在他的職責範圍之內。我覺得這點子很讚。」

「順帶一提，你應該去看看亞當和香儂在會議裡做些什麼。一定會讓你開心，」怪人戴夫說，似乎盡力不將秘密脫口而出。

梅克辛看見亞當和香儂坐在一張大桌子旁，身邊環繞著六名開發和 QA 部的工程師。亞當將筆電畫面投影到電視上。

「天啊，這是我想的東西嗎？」梅克辛問，停下腳步盯著螢幕看。

「如果你的意思是，這看起來是一個連續整合伺服器嗎？恭喜你，答對了。這個東西將在你建立的資料中心環境中運行，在每一次簽入程式碼時能進行版本佈建、自動化測試，」亞當說，露出大大的笑容。

梅克辛立刻認出了 CI 工具。每個人都覺得資料中心又老舊又過時，現在，它卻運行於持續整合伺服器，大大勝過絕大多數鳳凰專案的技術實踐。

「這真的太美妙了，」梅克辛說，不禁有些淚眼盈眶。「資料中心的所有人都可以存取嗎？其他團隊什麼時候可以使用它？」

香儂將視線從筆電移開，抬起頭說：「資料中心的所有人都能使用。你也聽說了，將他們的程式碼納入 CI 伺服器是鳳凰專案團隊的首要要求之一。亞當和我正在培訓第一批人員。我們將竭盡全力讓他們成功使用。如果一切順利運行，下一批培訓行列將會大排長龍！」

梅克辛感受著這一刻。這是她加入鳳凰專案的第一天就殷切盼望的事情。每一位開發人員都應該有這樣的基礎設施，提高工作效率，並且有專家團隊協助他們啟動和運行。

她看向螢幕，發現在過去的四個小時裡，已經有五位資料中心的開發人員簽入程式碼變更，其中有兩個變更的測試失敗，但十分鐘內就立刻得到修復。

埃瑞克一定會感到自豪，她想。這種快速而頻繁的回饋正是第二個理念：專注、流暢和快樂的關鍵。唯有適當地改善日常工作才能實現這一切，也就是第三個理念的追求。

「我喜歡把開發人員和 QA 人員放在同一個空間的點子，」庫爾特對聚在碼頭酒吧的眾人說。他笑著補充：「雖然我向其他開發經理提議時，他們覺得這個想法有點聳人聽聞。」

「就在我來這兒之前，我向設施主管展示了一些樓層配置圖，」他繼續說。「當他看著這些平面圖時，他差點撞到天花板。我覺得他認真想沒收這些圖。」庫爾特大笑。「他開始滔滔不絕地講起那些 HR 制定的空間規範。很顯然，根據職位等級，連空間大小都有規定……」

「聽起來怎麼那麼像美國農業部對於牛舍規模的規範呢，」怪人戴夫說。所有人都看向他。「怎樣？我家世代務農。我不得不應付美國農業部的突擊檢查。」

「棒呆了，」香儂說。「他說工程師就跟牲畜一樣。」

「施工期間多長，庫爾特？」亞當問。

「九個月，」庫爾特回答。

梅克辛聽到好幾個人異口同聲：「九個月？！」其他人放聲大笑。

「是的，嗯……」庫爾特說，看向他的筆記。「設施部門的效率就是這樣。我們需要經由採購部門訂購官方認可的桌椅，然後和設施人員安排時間組裝……」

「我們沒辦法花一個週末自己搞定嗎？」德威問。「除了我們團隊以外，沒人會受到影響。我們可以自己去辦公用品商店或傢俱行，花最少預算買需要的東西，然後搬進大樓裡。可以用我的卡車載。」

「如果設施人員帶著他們的徽章現身，然後說我們沒有拿到適當許可怎麼辦？」怪人戴夫問。

庫爾特突然大笑了起來。「設施人員不會自行沒收我們的東西，因為沒有人給他們預算。」他想了一下：「我們就這麼辦。但先說好，我們要放一些不能被輕易沒收的傢俱……比如說買幾個書架，放上滿滿的書籍。也許再來個大魚缸。你們覺得如何？」

怪人戴夫和香儂不禁大笑。亞當若有所思地點點頭：「現實佔有，九勝一敗。但你不應該先得到克里斯的首肯嗎？」

庫爾特一臉不屑：「不用啦。他絕對不會同意的。就這麼辦吧。」

「既然空間有限，不如我們將一些 QA 人員轉移到開發部，然後將另一批開發人員移到 QA 的辦公區域？」香儂提議。

「好主意，香儂，」梅克辛說。她很開心看見團隊自發地組織行事，恰恰應驗了埃瑞克的預測。

第 12 章

10 月 13 日，星期一

在過去的一星期裡，梅克辛清楚地發現到資料中心已經找到如何更快、更安全、更快樂地提供更佳價值的方法。然而與此同時，也出現了新的制約因素。「取得環境」這件事是過去的制約因素——從來沒人能搞到環境，即使他們取得環境，也永遠無法正常運作。然後，制約因素變成了測試，只有當開發團隊完成所有功能開發後，測試才會開始；尋找和修復缺陷動輒長達數週，而不像現在的幾小時或幾天。

現在的制約因素顯然是部署——他們已經有能力快速準備好功能，等待投入生產環境，但還是要等待好幾星期，等營運人員部署程式碼。

探究如何更快地將資料中心上線到生產環境不再是一個學術問題。湯姆和資料中心團隊的成員站在會議室前方。他說：「梅克辛，你生病那幾天提出的懷疑是對的。根據瑪姬和她手下所有產品負責人的說法，建立有效的促銷組合是鳳凰專案最關鍵也最迫切的優先任務之一。」

「庫爾特，我們和瑪姬的會議安排在明天，你之前要我研究一下這個問題，」湯姆繼續說。「我了解到：市場行銷部門一直嘗試各種促銷活動來刺激銷售，這對國定假期前夕，也就是我們的銷售旺季非常重要。比方說，現在很多地區進入雪季，他們想推出一個冬季促銷組合：輪胎雪鍊、融冰鹽和雨刷。他們需要為這個組合建立折扣價格，比如打八折。他們還想對不同客層進行促銷——假如客人一次買了很多雨刷，那就贈送清潔劑和玻璃除霧劑，用最小的力道刺激購物慾望。」

「概念上聽起來很簡單。但他們需要經歷所有令人抓狂的步驟才能完成這件事：首先，每一個新產品組合都需要新的 SKU，跟所有其他產品一樣。這些 SKU 被用於業務中幾乎所有應用程序：庫存追蹤

系統、供應鏈系統、商店銷售系統、電商網站，甚至是行動應用程式……」

「我們每六週才會一次性建立新的 SKU。建立好 SKU 後，我們還需要在所有應用程序和業務邏輯中為這些 SKU 提交變更。這些變更會被推送到每個需要瞭解 SKU 的應用上，通常包含整個企業中幾十個前後端應用程序。你可能在週五晚上八點看過這些變更被送出。完成上面這些步驟之後，有時候我們甚至需要手動更新某些生產資料庫。」

「第一個問題是：我們每六週才會建立新的 SKU，這個頻率太慢了。再過一個月就是感恩節，我們已經處於無法為促銷產品組合及時建立 SKU 的危險之中。」

「而真正的事實是，我們所花費的時間往往比六週還要長得多。我們需要在這過程中更改如此繁多的應用程序，如果在測試過程中出現任何問題，整個發布都會夭折……假如有些應用程序不知道如何處理，你就不能上線新的 SKU。在測試過程中根本沒有足夠時間來解決這些問題，所以這件事要麼全有，要麼全無。」

湯姆總結：「除此之外，我們還需要快速實驗迭代促銷活動，找出顧客真正感興趣的產品組合，以及驅動購買的具體因素。以現在的情況來看，每六週迭代一次完全不足以我們快速學習和適應變化——其他電商業者每一天都在進行多次實驗。」

「哇，這真是不可思議，」梅克辛說，目光停在湯姆在白板上劃下的所有方塊。「這跟鳳凰專案的架構太像了，任何團隊都很難獨立開發、測試及部署，不能向顧客交付價值。你剛剛在白板上劃下促銷活動的價值流，這個架構顯示了幾乎不可能將任何工作快速地轉移至它該去的地方。」

她指著湯姆的圖表。「每一個步驟都與許多其他的價值流糾纏再一起。我們必須同步配合其他人的發布時程，假如**其中一人**不能如常發布，我們就會被耽擱……這太扯了。」

「確實。資料中心與鳳凰專案和 BWOS 如此難分難捨，真的很讓人沮喪，」湯姆說。

「BWOS 是什麼？」梅克辛問。

「呃，就是我們常常說的……嗯，一堆狗屁。你懂的，我們連接的那上百個應用程序，」湯姆說。

梅克辛大笑。「我是這麼想的，如果能夠將資料中心的變更按需部署到生產環境，和鳳凰專案的發布時程完全分離，我們的處境會好很多……這樣一來，假如我們不得不取消發布某個版本，至少可以在隔天再試一次。累積一些經驗之後，我打賭我們可以把建立 SKU 的所用時間縮短到一兩天。」

「完全同意，」湯姆說。梅克辛露出笑容，對他們選擇了正確方向而感到滿意。**這麼做的回報將是無窮大**，她心想。

「有件事可能不太相關，但我還是想提一下，」湯姆說。「我們和鳳凰專案的關係太緊密這件事還造成了另一個大問題。它有時會向我們發送大量訊息，衝擊我們所連接的後端系統。大量的交易訊息經常造成流量問題或可靠性問題，有時甚至會產生資料完整性問題。在少數情況下是資料中心這邊會故障，但大多數情況是我們所呼叫的系統發生故障。」

怪人戴夫接著說：「處理那些紀錄系統有夠麻煩。我們這裡沒有什麼真正的 API 策略。沒人知道究竟有哪些 API 可供使用，即便有人知道，也不可能清楚如何存取或處理那些令人抓狂的認證或分頁邏輯。任何人的說明文件都是垃圾，有些團隊甚至不在乎他們的 API 是否真的能夠如實運作。」

「假如你**真的讓**某人的 API 運作起來，他們也能隨時隨地搞破壞，主要是因為他們從來不修改 API 版本。所以，顧客進行交易一旦失敗，他們就怪到我們頭上。」他繼續說。「他們從來不給你所有需要的資料，當你真的需要一個 API 變更時，你只能去找這一大堆委員會求他們批准！」

「這足以使任何人抓狂，」怪人戴夫說，一副筋疲力盡的樣子。

「我們一定能阻止這瘋狂的一切，」梅克辛肯定地說。

按照約定，第二天庫爾特、梅克辛和資料中心團隊和瑪姬一起開會。和之前一樣，庫爾特向瑪姬介紹資料中心團隊的所有成員，然後請瑪姬自我介紹。

「你們很多人已經認識我了，」她笑著說。「我叫瑪姬・李，我是零售計劃管理部的資深總監。這個職位實際上表示我對商店背後的所有產品和計畫負有損益責任，包括實體門市、電商業務和行動應用。我的產品經理團隊會制定策略、瞭解顧客和市場、掌握客群分層、確認我們需要解決的顧客問題、訂價和包裝，並管理我們產品組合中所有產品的盈利能力。」

她繼續說道：「我們將業務目標和具體用來實現這目標的一切銜接起來。這包括業務營運、商業分析師和產品經理，他們和克里斯的技術團隊合作。我團隊中還有負責接洽銷售、財務和營運部門所需的專業人員。」

「當庫爾特說有辦法加速建立促銷產品組合的速度時，你們確實引起了我的注意。」她說。「很抱歉沒能早點見到你們，但正如你們所能想像的，我們現在被無數事情搞得焦頭爛額。對我們來說，這絕對是一個攸關成敗的季度。對**所有人**來說都是。」

梅克辛立刻被打動了。瑪姬大概四十幾歲，流露出一種不容忽視的強大氣場。她大概和梅克辛一樣高，顯然實力出眾。她是個嚴肅的人，臉上總是帶著拘謹的表情。梅克辛猜她是莎拉的軍師級人物，支撐起銷售額高達幾十億美元的零售業務，調度著數百萬件大小事情。

庫爾特將他們一路以來所做的努力娓娓道來。

瑪姬看向庫爾特。「所以，你是在告訴我，市場行銷部能夠完全自助地建立促銷組合，就像我們的電商競爭對手一樣？而且其他變更也能在同一天內投入生產環境？」瑪姬說。「天啊，各位。如果你們真的說到做到，這可能就是我們一直殷切盼望的奇蹟。我不是喜歡誇大其詞的人，但我認真覺得，這真的有可能拯救這一季。甚至拯救整個公司。」

梅克辛微笑著說：「根據我們的研究，很顯然，建立促銷產品組合這件事太難了，而且也太耗時。我們非常樂意幫助您的團隊隨時建立新的促銷活動，並在幾小時內將這些活動推廣到所有銷售渠道中。我們還有很多環節尚未弄懂，但從概念上來說，這件事應該能成功。我們想知道這樣做是否對你有所價值。」

瑪姬點頭。「非常有價值。聽著，史蒂夫已經向所有分析師承諾，在這個假期我們一定能收入上漲。在多年來的過度承諾和表現不佳之後，一切都押在了促銷活動團隊能否推動銷售業績。如果你們真的能夠說到做到，我們會不惜一切代價。有什麼東西在礙事？」她問。

「有誰不礙事？」庫爾特大笑。「我們明天要和資安部門開會，他們一個心血來潮就能扼殺我們的提議。不過，TEP-LARB 才是真正的威脅。我們已經組好一個團隊來建立提案，但通常要等上六到九個月才能正式開始。」庫爾特說。「當然，除非這時出現了緊急迫切的業務需求，再加上一個強而有力的贊助人。」

瑪姬終於露出笑容，但這笑容並非毫無保留。「所以，我們應該引入一位大人物。」

「那是誰？」梅克辛問，好奇還有誰比瑪姬更厲害。

瑪姬露出笑容。「莎拉。聽我說，**沒有人**比她更能有效打破壁壘，剷除不便。她就像個鋒利無比的電鋸，最適合拿來砍樹。」

「……也能鋸斷手腳，」庫爾特低聲咕噥。

隔天，庫爾特和梅克辛與榮恩見面，他是香儂介紹的資安經理。他們走進會議室，發現香儂很早就到了。

「我不會錯過這個的，」她笑著說。「我應該帶一點爆米花來。」

榮恩看起來大約三十多歲，他走進會議室然後坐了下來。在自我介紹之後，庫爾特向他介紹了將資料中心和鳳凰專案分離開來的想法。

榮恩說：「聽起來蠻有趣的。我還記得資料中心當初被叫做 Octopus。為什麼要做這麼大的改變？現在它看起來運行得還不錯呀。」

庫爾特講述了種種理由，出乎梅克辛的預料，榮恩愉快地點點頭。**比我想的還要順利**，梅克辛想。

「聽起來很令人興奮，」他語帶認同。不過，他摘下眼鏡放在桌上。「嘿，我真的很想幫忙，但很遺憾。我負責確保應用程序安全且符合所有適用的法律規定。你們要做的變更如此劇烈，恐怕要先經過徹底的盡職調查。而且，我沒辦法讓你們插隊。你們前面還有二十幾個人在等，他們一定會歇斯底里地大吼大叫，」他說。

「但是促銷活動是鳳凰專案最重要的功能之一，這是對公司而言最關鍵的專案，」香儂回應。「你心裡也認為我們應該有更高的優先權，對吧？」

「是的，但……」榮恩搖著頭說。「我不會預設應用程序的優先處理順序。一切交由業務決定。你懂的，由我們的客戶決定。」

「但我們就是『業務』啊！而且你口中的『客戶』不是我們的客戶，他們是我們的同事！真正付錢給我們的人才是客戶！」香儂滿面通紅，一臉憤慨。「人人都知道首要目標是什麼。當務之急就是史蒂夫在員工大會上說過的那些目標。還有什麼比讓資料中心成功脫離鳳凰專案更重要？否則促銷活動團隊如何達成假期銷售目標？」

榮恩聳了聳肩。「如果想調整處理順序，你們要找我老闆約翰談。」

庫爾特闔上筆電，清楚地斷定這次會議沒有什麼收穫。

「好，好，好吧，」香儂說，只好打退堂鼓。然後她重振精神，說道：「嘿，你能不能至少給我們一些你用來認證資料中心的測試程序，還有用來掃描的工具清單？我們會盡最大努力在我們的自動化測試套件中重現。也許我們可以為你按需產生資安稽核報告。」

「好主意，香儂，」他回應道。「請來一趟我的辦公桌，我把過去稽核的所有文檔拿給你看。」

梅克辛欣賞香儂盡量把握任何機會讓人們站在同一陣線。

看著他們起身離開，庫爾特看向梅克辛，聳了聳肩。「事情可能會更糟。也許我們在 LARB 的進展會更順利。」

梅克辛嘆了口氣。她想知道怎樣才能喚起人們最急迫的緊張感。她父親在兩年前中風，當時她曾向一位醫師朋友描述了醫院裡種種令人困惑的流程。她朋友是這麼說的：「你很幸運了。中風病人的處理流程通常是最高規格，因為人人都知道每分鐘都很重要，一不小心就是生與死的距離。」

「最糟糕的系統往往是在精神病院和老年照護院，那裡的急迫性不高，通常也沒有監護人，」她說。「你可能迷失在這種系統中好幾年，有時甚至幾十年。」

梅克辛還清楚記得擔任她父親監護人，竭盡全力帶他通過醫療健保系統的滋味。現在，她再次向自己承諾，要盡一切努力帶她的團隊通過公司的官僚體系──資料中心的迫切使命刻不容緩。

堅持樂觀，她提醒自己。

正如瑪姬的承諾，他們被排到了 LARB 這週四的議程。梅克辛很驚訝，不知道莎拉是怎麼辦到的，讓他們這麼快就能開會。她也想知道瑪姬究竟如何說服莎拉。

儘管梅克辛很清楚推廣 LARB 的存在必要性，但她仍然厭惡團隊必須花費時間填寫 TEP 表格──工程師應該寫程式，而不是填表格。

這份表格有著許多關於架構和資安的重要問題，但有些問題似乎過時了，讓她想起幾十年的 TOGAF 架構圖，顯然是為了一個不同的時代而寫的東西：軟體開發和測試階段門檻、資料中心規範、HVAC 規範、檢查點防火牆規則（當然，如果還適用的話）……

負責整理提案的資料中心成員都在這裡，一群人坐在會議室後方：湯姆、布倫特、香儂、德威、亞當、珀娜和梅克辛。所有的資深開發架構師和企業架構師圍繞著一張桌子坐著，另一張桌子旁則坐著所有

的營運和資安架構師。他們和梅克新的年齡相仿，但多數人是白人男性，有一些印度裔或華裔男性。梅克辛發現這兩邊都沒有一位女性。

資料中心排在第二項議程。第一項議程是某個團隊提案將他們所有的應用程序從一個商業產品移轉到 Apache Tomcat 這個平台上。這是一個經過時間考驗、完全開源的 Java 應用伺服器。一位年輕女性自信地介紹了使用情境與需求，面面俱到且充滿說服力。但當梅克辛聽到他們不過是想獲得**使用** Tomcat 的許可時，她整個人都驚呆了。

在生產環境中使用 Tomcat 這件事也要徵得同意，就好比徵得用電許可一樣 —— 也許它曾經被視為危險行為，但事到如今早就是家常便飯了。更糟糕的是，這是他們第二次向 LARB 申請許可。梅克辛的心如墜大海。如果連 Tomcat 都被認為有風險、具有爭議，那他們接下來的資料中心提案絕對會被一笑置之。

經過二十分鐘來自 LARB 的種種質疑後，這位年輕的工程師惱怒地將雙手舉向空中。「為什麼我們這麼害怕使用我們所寫的軟體？我們是一家製造公司。我們寫了自家專用的 MRP，而且**我們自己**運行。有了 Tomcat，我們就不再需要依賴商業供應商。世界上最大的公司也採用 Tomcat。我們不僅可以為公司省下數十萬美元，還可以嘗試一些目前供應商不支援我們做的事情。我們需要發展很多的能力為顧客提供更好的服務。」

梅克辛渾身雞皮疙瘩 —— 並不是因為這位提案人提到了 MRP 系統，而是因為這人顯然是位無比傑出的工程師，無畏地做她認為需要做的事情，不害怕在生產環境中執行東西。

在這位年輕工程師回答更多 LARB 提出的問題時，梅克辛在聊天室中傳訊息給反抗軍：

> 這位工程師是誰？她太棒了！完全就是反抗軍要找的人才。
> 我們應該招攬她。

亞當回傳：

> 她是伊倫，最優秀的營運人員之一。

所有人都對梅克辛點頭，讚同亞當的評價。

布倫特在聊天室補充：

> **贊成。沒想到她有意推動這個。這太棒了！**

聽見德威開口，梅克辛抬起頭來。德威說：「你們是開玩笑的吧。我們建立 TEP-LARB 是為了評估新興技術的可行性。Apache Tomcat 早在十幾年前就出現了，況且，它算是數一數二最被廣泛採用的應用伺服器。如果我們連 Tomcat 都不敢用，還不如徹底退出技術這領域。我投贊成一票。如果你們不同意，我想所有人都該聽聽反對的原因。」

營運組的某個人說：「我對 Tomcat 沒有任何意見。鑑於我們目前的僱員狀態，我不太確定營運部能否支援。我們已經捉襟見肘了，雖然我很欣賞這項技術的優勢，但我們也需要人們來營運和維護⋯⋯」

德威打斷道：「但你剛剛也聽見了，伊倫說她的團隊願意支援！」

對德威的回應不理不睬，資安架構師也開口：「還有資安上的風險。我想要一份關於 Tomcat 安全漏洞、修補程式的發布速度以及任何修補程式中曾出現的問題等歷史紀錄報告。也許屆時我們就能下決定。」

德威咕噥著：「我的老天爺。**伊倫**就是編寫資安和修補程式指南的人。」

「謝謝你的提案。我們期待在下一次會議上這個團隊能提供我們需要的資訊。」營運部的某位架構師看著手上的筆記，連頭都沒抬起來。

梅克辛看見伊倫和她的隊友懊惱地離開會議室前方。伊倫闔上筆電，恭敬地和台下所有架構師點頭致意，然後走到房間後方坐下。

梅克辛向他們豎起大拇指，表現出最大程度的熱情。

「接下來是梅克辛和亞當的提案，他們提議將資料中心轉移動一個新的環境，在容器上運行，自動化佈建程式碼、測試和部署？」那位營運架構師說道。

亞當站了起來，在聽完上一個提案後，梅克辛已經知道他們會鎩羽而歸。無論他們準備得多麼充分，也永遠說服不了 LARB。

「……總而言之，促銷活動小組的迫切需求，要求我們更快地為內部客戶提供資料中心的功能。我們需要一種截然不同的方式來儲存和檢索資料，和鳳凰專案的其他團隊完全分離開來，」梅克辛做出總結。「我們已經發現了一系列有助於實現這一目的的技術，這些技術都經過十幾年的千錘百鍊，被全球網路巨頭採用並投入生產環境：Google、Netflix、Spotify、Walmart、Target、Capital One 等等。 根據我們在過去幾星期的試驗，我們對自己的能力有信心，如有必要，我們也願意自行支援。」

布倫特走到會議室前方加入他們，開口補充：「支援資料中心生產環境的將會是我們營運部門裡最有經驗的人員。我個人很難描述這項提案多麼振奮人心。我認為這些技術的適用性遠遠不僅止於資料中心，真的有望改善我們支援的幾乎所有應用程式。我們願意隨傳隨到，解決問題並全權負責。善用這些技術將使無極限零件公司的所有開發和營運人員受惠。」

梅克辛看見庫爾特在房間後方對著團隊微笑。梅克辛為每個人感到驕傲。這是一場精彩又扎實的提案。她看見伊倫咧嘴大笑，顯然被深深打動了。但梅克辛也明白這不過是一場徒勞。LARB 被設計成一個組織免疫系統，阻絕一切危險的變化──非常強大，非常保守。

德威試圖爭取支持：「LARB 應該鼓勵像這樣的創新試圖，選擇能夠幫助我們在市場中贏得勝利的技術。我們曾經是行業制定者，做出大膽的決策，讓競爭對手望塵莫及。在我們打造自有的 MRP 系統時，人們笑著說我們很傻，但時間證明我們是正確的。我們是業內第一家在工廠中使用精簡客戶端的公司，多虧這項舉措和數百個卓越的技術決策，我們一舉成為全國效率最高、成效最好的製造商之一。」

梅克辛環顧房間，看到一些開發架構師似乎被觸動，眼中重新燃起了好奇心。然而，她發現所有的營運和資安架構師都在搖頭。其中一人開口說道：「德威，我很欣賞你剛剛說的話，但我們從來沒有做過類似的事情。雖然連 Tomcat 都無法支援很讓人羞赧，但這也同時表明了為什麼我們不可能支援這個提案。除非有一個團隊自願支援這項提案，當作一個業餘專案來做，不然我們只能推遲它。」

德威大聲說：「我大大的願意，我自願。我還會找一些有意願幫忙資料中心承擔支援責任的人。」

「我很樂意幫忙，」伊倫的聲音從會議室後方傳來。「我一直都有使用 Docker 和你們提到的其他工具。這些都是我們公司需要的能力。」

「算上你了，」梅克辛笑著對伊倫說。

營運主席看上去一臉驚訝，但他說：「我很欣賞你們的熱忱，但恐怕我們現在無法支持這個提案。我們六個月後再來回顧一次，看看那時情況是否有所轉變。」

庫爾特聽夠了，站起來對著房間眾人說：「你難道能忽視現在的業務情境嗎？瑪姬・李和莎拉・莫爾頓都很明確說過公司的生死存亡取決於這個重要到不行的提案。如果你們不能支持它，我們只能在開發部門中自食其力。」

「我們常常聽到業務那邊的人這麼說，」營運主席說。「我們邀請你們六個月後再來討論這個提案。現在，下一個議程……」

慘遭滑鐵盧後，一行人離開房間，在庫爾特事先預訂的鄰近會議室重新集合。梅克辛邀請發表 Tomcat 提案的伊倫和另外三位工程師一同加入。

「哇，太好了。你們真的要不顧一切自力運行嗎？」伊倫說，露出大大的笑容，沒有被她身邊心情陰鬱的人們所影響。「如果是真的，

那算上我一個。噢對了，我叫伊倫，」她說，和梅克辛握手，然後介紹她的團隊。

「很高興再次見到你，伊倫，」亞當笑著說。「歡迎加入我們的反抗軍行列。如果我算得沒錯，我們很快就需要你的幫助了。」

伊倫露出笑容。「對我而言，布倫特也是一員就充分足夠了。你的提案簡直棒呆了。我不知道無極限零件公司竟然有人在做這些事。」

布倫特謙虛地笑了笑，「但我們還是被狠狠地教訓了，對吧？」

庫爾特說：「確實是這樣。但按照計劃，如果一切順利，在今天結束之前，克里斯和莎拉將會發布一份宣布小型組織重組的內部備忘錄，讓資料中心在營運和 QA 的作業流程之外獨立運行。這將是官方認證的許可，讓我們可以放手去做。」

資料中心團隊的每人都雀躍地歡呼，對這天大的好消息感到非常驚訝。梅克辛聽到伊倫小聲嘀咕：「哇，你們簡直得到了超強護身魔法。」

布倫特同樣小聲回應道：「說來話長。我之後再告訴你。」亞當大笑地點頭贊同。

儘管每個人都在慶祝，德威卻一臉悶悶不樂。梅克辛問起原因，德威說：「我真不敢相信 LARB 不肯支持這些努力。我們讓你們失望了。**本來應該是**他們終於看見重重危機出現在水平面上。他們**應該**全力支持我們。他們**應該**幫上忙……就像《魔戒》中甘道夫在聖白議會中得到支持一樣……」

當德威將雙手按在太陽穴上發出呻吟時，梅克辛覺得很驚訝。過了一分鐘後，他終於開口：「但事情發展根本不是這樣。」

布倫特大笑。「你搞錯了，德威。魔戒再度現身，從未得到聖白議會的正式制裁。甘道夫警告所有人至尊魔戒仍然逍遙法外，但薩魯曼拒絕幫忙，因為他早就是黑暗之王索倫的麾下。所以，甘道夫鋌而走險。他單槍匹馬。就像我們即將要做的事一樣。」

「說得對極了，」庫爾特說。他轉向伊倫和她的團隊，說道：「你們下班後有空嗎？我們會在一間酒吧聚會……」

「你有沒有把我放在眼裡？！」克里斯說，對著庫爾特大發雷霆。「瑪姬和莎拉告訴我，你已經在開發部門裡建立了自己的營運組織？！而且你還拿到了某種豁免許可，能在雲端中運行一些新的第二級服務？！你怎麼沒想過先知會我？」

梅克辛和庫爾特、德威和瑪姬一起出現在克里斯的辦公室。克里斯一臉不痛快，但瑪姬滔滔不絕地闡述著迫切等待實現的業務成果，以及如果不這麼做會造成什麼嚴重下場。

克里斯盯著窗外好一陣子，然後轉向梅克辛。「你真的認為我們有能力阻止這一切在我們面前爆發嗎？」

「當然，在營運部的德威和布倫特的幫助下必能成功，」她肯定地說。「我會盡我所能確保一切順利。我們有機會大有所為，克里斯。萬一真的出事，我保證負起全責。」

聽到德威和布倫特的名字，克里斯的臉上露出痛苦的表情。他看著她，顯然在想：**我們說好的「不要搗亂」和「保持低調」呢？**

梅克辛聳聳肩。她知道克里斯在二十幾年前的職涯早期曾大力支持過關鍵服務。但從那之後，他只對程式碼負責，不再運行它所支援的實際服務。梅克辛幾乎能想見他將這可能帶來的種種不便、可能出錯的地方，通通拉成表格一一羅列出來，和拒絕他們行動的後果權衡得失。

「好，好，好吧。我答應，」他不情不願地說。「你們這幫人真的會害我心臟病發作，」然後他將人趕出辦公室。

按照約定，克里斯發布了一份宣布內部組織調整的備忘錄，資料中心團隊現在直接向他匯報，並且，出於實驗性質，他們將不受推送程式碼變更的正常規範限制，可以自行測試程式碼，在生產環境中自行部署與營運。

「郵件剛發出來，」庫爾特說，露出大大的笑容。「我們終於能自行掌握部署和營運了！」

「哇！太不可思議了，」梅克辛說，仍然盯著手機上的郵件內容。「你懂的，儘管我們做了那麼多，我還是不敢相信事情有了轉機。」

庫爾特大笑。「我不認為克里斯在這件事上有什麼選擇餘地。畢竟瑪姬和莎拉都把這件事告訴史蒂夫了。」

隨著資料中心進行組織調整，現在團隊已經步入正軌。他們正努力實現生產環境部署的自動化，想方設法在沒有中心式營運核心的情況下進行生產環境營運。他們目前還不清楚需要在多大程度上和營運部門脫鉤，比如備份作業，一切都還處於協商階段。

這項挑戰之艱鉅令人躍躍欲試。目標明確無比：實現快速、安全的生產環境部署，多年來首次在開發、測試和生產環境中採用相同的環境。每個人都想證明他們可以在鳳凰專案完成測試週期之前讓一切步上軌道，正常運作。

他們又一次將苦苦掙扎的鳳凰專案作為假想敵，陷入了想象中的競賽。

梅克辛正在和德威、亞當、香儂和布倫特合作，一步一腳印地讓資料中心的生產環境服務擺脫十年前最頂級的實體伺服器……。將資料中心安裝在**這年頭**的作業系統版本時，很多東西都故障了……。他們找到好幾個沒人知道原始碼蹤影的二進制可執行檔案。資料中心已經變成了一種不可重現的脆弱工件。**如果你是藝術品收藏家，那你真是撿到寶了**，梅克辛心想。**然而在你手上的卻是一項至關重要的任務，這種工件完全不可接受。**

他們有條不紊地作業，建立了一個測試和生產服務，它和舊有服務相似，但能夠立即在容器中運作。這幾天來，她又陷入了基礎設施的混亂世界，和 Makefile、YAML 和 XML 配置檔案打交道、處理

Dockerfiles、在原始碼庫中抽絲剝繭，使出渾身解數加速軟體佈建和測試的用時。不幸的是，這需要大量的 Bash 腳本。

梅克辛記得 PowerShell 的發明者傑佛里·史諾威（Jeffrey Snover）曾經這麼說過：「Bash 是一種伴你死亡的衍生疾病，不是真正的死因。」梅克辛深有同感。基礎設施是一項混亂繁雜的工作，幾乎和她偏好的純粹函式程式設計恰恰相反──在基礎設施中，你做的每一個動作幾乎都有副作用，會改變環境中某個東西的狀態，很難將變更獨立出來測試，連出錯時診斷問題也變得相當棘手。

但她很清楚這項工作也多麼重要，如果她能在這些環境和 CI/CD 平台中注入一點一滴的知識和專業技能，都將大大提升無極限零件公司每位工程師的開發生產力。

環顧四周，她看見現在公司裡一些最優秀的工程師正致力提升其他人的生產力。**就該這樣**，她心想。

到了下一個星期四，在解除眾多限制後，他們所取得的進展令梅克辛激動不已。但有些事讓她覺得有些蹊蹺。梅克辛發現所有的資料中心工程師都加入進來了。她當然很感激他們熱情相助，而且她知道倒轉專案理論上會停止所有功能開發，然而，似乎總有迫在眉睫的功能等待處理。

梅克辛滿腹狐疑，問湯姆發生了什麼事。「這說來奇怪，但技術上來看，現在沒有一個功能工作準備就緒。信不信由你，每一個功能都在靜候產品管理部門的指示，」他說。「從需要釐清的客戶需求，到關於線框圖的問題，再到需要在不同選項或優先處理順序間做出選擇的一切……有時候是小小的事情，比如按鈕應該放在哪個位置。有時候是大問題，比如產品管理部的人沒有出席我們的 Demo 會議，不來驗證我們的軟體構建成果。」湯姆笑了。「他們覺得我們是阻礙所有人的瓶頸，但我們卻一直在等待他們。」

「能讓我看看嗎？」梅克辛說。湯姆口中所說的每一件事情聽起來都不太妙，而產品經理沒有參與 Demo 會議這一點尤其令她生氣。對按照要求編寫程式的工程師來說，這種行為非常不尊重人。

她看著湯姆打開一個她從未用過的工具，產品經理通常會用它來紀錄客戶想法：理想的使用者旅程、價值假說、管理實驗等等。

「那些藍色卡片是什麼？」她問。

「好眼力。這就是問題所在，」他說。「這些都是我們正在開發的功能，但因為我們需要來自產品管理部門的一些東西，所以一直阻塞不前。就像我剛剛說的那些。噢，這裡還有一些黃色卡片，表示我們已經完成的功能，但還沒有被業務上的利益相關者接收。這一個已經等了四十天了。」

梅克辛感覺自己的臉變得通紅，對產品管理部門感到憤怒，儘管他們抱怨著要將功能快速推向市場，但這些藍色和黃色卡片證明了**他們才是擋路的人，開發部門何其無辜！我們該怎麼讓產品管理部負起責任？**梅克辛想。**是時候叫上庫爾特了。**

十分鐘後，庫爾特加入他們，盯著那一片藍色卡片海。「我明白了。這很不 OK，但我有辦法，」他說。「順帶一提，你們知道嗎？莎拉找來一家很大的設計公司，那些設計師傳了一大疊線框圖給公司其他團隊，但這些圖表可能永遠都不會被採用。不論開發經理怎麼擋，他們還是一直傳圖過來。」

「為何？」梅克辛問。

「我猜是因為莎拉需要展示她心目中的應用程式，」他說。「但搞笑的是，設計師來到這裡最不想做的事情就是畫線框圖。他們更想了解我們的用戶是誰，而且為了釐清我們使用的人物角色的目標，他們做了一系列練習。甚至在某一次練習中，連我們都畫了線框圖。」庫爾特大笑著說。

與設計師合作共事的點子很吸引梅克辛。在她職涯早期，UX 設計師對開發人員的比例是 1:70。現在，製作消費者導向產品的優秀團隊中的該比例大約是 1:6，因為打造出人們熱愛的產品是如此重要。如今，每個消費者都知道專業應用程式用起來是什麼感覺。如果一個應用程式缺少好的設計，很常淪為笑柄，被嘲諷為「企業級」應用。

她曾經看過仍在等待設計師的團隊最終自行繪製線框圖、HTML 和 CSS 樣式和圖示，就為了讓功能流保持運作。**這些是團隊很難大方向眾人展示的專案**，她心想。

好消息是莎拉找來了一群優秀的設計師。然而壞消息是她把他們流放到了無用的地方，無法人盡其才，用無關緊要的東西填滿工程帥的待辦事項，實則阻礙了更重要的開發工作。

那天晚上，在用過晚餐之後，當梅克辛的家人和狗狗鬆餅玩耍時，她打開了筆電。湯姆今天秀給她看的藍色卡片海一直在她腦海揮之不去，她決心要追根究柢，弄個水落石出。

這片藍色卡片海是產品經理們為了達成業務成果，用來管理想法的漏斗工具的一環。這是早在功能開發請求被送到工單系統之前就開始運作的流程。她使用湯姆給的憑證登入。在系統介面中四處瀏覽，她可以看見一個想法在何時第一次被提及、在何時進行腦力激盪，從初見雛形的想法，經歷各個環節，直到變成獲准開發的功能。

她搜尋了一開始和湯姆共同處理，關於延長保固計畫的那個功能。她找到那功能時，簡直目瞪口呆。這功能在兩年前首次被提及。一開始，它只是一個小功能，但被一舉捲入了更大的保固倡議，然後被提案到一個指導委員會。當這功能被批准後，他們寫下了詳細的技術規範，在六個月後再一次提案。直到那時，他們才被（再度）批准，並且終於拿到預算。

這個想法在行銷和專案管理部反覆出現了將近兩年，然後一夕變成必須在年底發布、優先級最高的超關鍵功能。

這麼重要的東西，我們卻白白浪費了兩年，她想。理想情境下，他們應該指派一個包含開發人員在內的團隊全權負責，一起探究這個想法，構建適當的解決方案。**與其只讓一位產品經理負責，我們可以找五個人一起做這件事。我們還可以在這個過程中不斷學習**，梅克辛心想。

她很想知道這份兩年前寫成的規範文件中，到底有多少內容已經過時。

她分別打開開發部和 QA 部 的工單系統，將一些日期複製貼上到試算表。她花了將近十分鐘在網路上搜尋，試圖記住如何正確轉換和運算日期。

她盯著螢幕，一臉震驚。她用了好幾種不同的算法來計算這個公式，但她仍然得到相同的數字。

她傳訊息給庫爾特：

我們明天必須見上一面。我有東西要給你看。

梅克辛、庫爾特、湯姆和克爾斯登坐在一間會議室裡，她將筆電畫面投影到大螢幕上。所有人都不可置信地盯著螢幕，她完全能夠理解他們的震驚。她整個晚上都在想著這個數字。「你確定這個數字真的是對的嗎？」庫爾特終於開口。

「恐怕是的，」梅克辛說。庫爾特看向克爾斯登，她仍在盯著那個數字。

「從提出概念到將功能交付給客戶，竟然只有 2.5% 的時間花在開發上？」她終於問道，聲音中帶著明顯的不可置信。她站起身來，走到大電視螢幕前，更仔細地端詳試算表。「其他時間用到哪裡去了？」

梅克辛說：「在功能真的進入開發階段之前，它要先通過預算審核，通常會花上一年多的時間。然後，一旦建立了功能，大部分時間也不是花在真正的開發工作上，而是等待產品經理回答一兩個問題。『等待方塊』又來了。團隊花了太多時間在等待，等著產品經理回覆他們需要的東西……」

「再來，當他們終於完成開發，現在他們要等著測試和部署，」梅克辛說。「這真的很可怕。我們花費那麼多時間精力聘請更多的開發人

員，但他們卻無事可做。當他們真的完成一項功能時，卻要花費更多時間讓功能進入生產環境，讓客戶真的能使用功能。而年度焦點團體通常是我們唯一能得到意見回饋的時機。」

「我們缺乏一個快速的價值流，」梅克辛說。「我們現在有的更像是一個停滯的價值池，蚊蟲猖獗，瘧疾滋生。」

「該找瑪姬聊聊了，」庫爾特說。

那天下午，瑪姬想出了一個絕妙的解決辦法。她決定從星期一開始，將負責資料中心業務的產品經理從行銷大樓調到梅克辛的位置旁邊。

在會議室裡，瑪姬對這位產品經理說：「你現在就是瓶頸。你現在的首要任務就是回答技術團隊的任何問題。沒有什麼比這件事更重要了。」

他猶豫了一下，開口講起工作上還有各式各樣的任務要求。和客戶接洽、幫助銷售人員進行談判，努力破除他們的壞習慣、和內部高層匯報工作、與業務營運部門合作、和業務上的利益相關者激盪產品路線圖、將緊急問題上報求得批准等等，排在這些工作之後的才是回答開發人員的問題。

梅克辛饒有興致地聽著，發現到當你被各種事情拉扯到不同方向時，根本無法完成任何事。瑪姬耐心地聽著，點點頭，偶爾問一些問題。

當他說完之後，她開口：「如果你忙到沒時間和技術團隊溝通，我會把你轉移到純粹的產品行銷崗位，你也不用移動你的辦公桌。現在，我需要一個能和團隊並肩作戰的產品經理，這些人正在構建的東西可望實現我們最重要的業務目標。如果你還想當個產品經理，我會想辦法幫你處理手上任務，將這些事情將給別人來做。」

「你不用急著給我答案。」瑪姬說。「好好考慮，星期一早上再告訴我。」

梅克辛深感佩服。**瑪姬沒在開玩笑，她是來真的**，她想。

到了星期一中午，那位產品負責人將桌子搬到了梅克辛旁邊。工作氛圍立刻發生轉變。人們不再需要等待工單回覆就能得到解答。工程師們將椅子轉個方向就能轉過來直接問他。通常需要等上幾天的問題，現在幾分鐘內就能搞定。更棒的是，工程師們逐漸對業務領域產生更深刻的理解。

梅克辛露出笑容。團隊中的團隊不斷成長，這感覺真好。

寄件者：艾倫‧沛瑞茲（營運合夥人、韋恩 - 優科豪馬基金合夥人）

收件者：迪克‧蘭德里（無極限零件公司 CFO）、莎拉‧莫爾頓（零售營運部資深副總）

副　本：史蒂夫‧馬斯特斯（無極限零件公司 CEO）、鮑勃‧斯特勞斯（無極限零件公司董事）

日　期：11 月 5 日，下午 7:45

主　旨：策略選項 ** 機密 **

莎拉、迪克：

我邀請了一位合作過的投資銀行家參與下一次會議，請他向我們介紹無極限零件公司在零售和製造方面的市場前景。能否請你們做一份關於鳳凰專案的簡報，再請他分享他的看法嗎？

假期即將到來，這次銷售業績的重要性不言而喻，我認為儘早接觸他們會很有幫助。希望在任何災難發生之前，估價不再發生變化。（永遠別在真正需要銀行家的時候才和他們接洽，他們總是能率先嗅出恐懼。）

──艾倫 敬上

第 13 章

11 月 6 日，星期四

星期四晚上六點半，梅克辛和資料中心團隊全員又一次聚在會議室裡。每個人的臉上都透露出緊張，目光投向大螢幕，上面投放著所有生產遙測和儀表板，顯示測試和生產環境中資料中心服務的健康狀態。梅克辛很確定所有人都像她一樣屏氣凝神，全神貫注。

團隊已經在測試環境中部署了好幾星期，然後才建立足夠的信心，等待部署到生產環境中，而這件事首先需要花上好幾天，和近乎所有業務領域事先斡旋。幾經協調，生產環境推送將在正常營業時間後進行，也就是內部業務用戶下班之後，但在數千個內部批次處理工作於夜半執行之前的這一段期間。

前兩天的同一時間，他們將測試用的「空白變更」推向生產環境——在 HTML 或配置檔中加入幾行空白行，這理論上不會改變任何功能性。

當然，現實總是要混亂得多。想像很美好，現實很骨感，產生了無比激烈的碰撞。比如他們發現自己不小心忘記了容器映像檔中的一些關鍵檔案，導致資料中心斷線了近半小時。三個小時後，經過艱苦的仔細調查，他們終於能在不破壞任何東西的情況下部署空白變更。

隔天，他們進行了第二次空白部署，但什麼都沒發生。他們又花了一個小時才發現當天稍早的某個配置錯誤破壞了所有的資料管線。儘管一片混亂，並非十全十美，但他們實際上很快地解決了這些問題，這讓梅克辛堅信他們正一步一步地踏上正軌。

今天，湯姆和布倫特即將開展第一次推送，將資料中心的應用程序推入生產環境。

「好，我們開始吧，」湯姆說。「開始程式碼部署。」他按下一個按鈕，CI/CI 管線頁面中跳出一些新的方塊，顯示已啟動新的部署工作。他們屏住呼吸，專注看著記錄檔案開始滾動。

在接下來的十分鐘裡，梅克辛看見測試正在執行、測試完成、檔案被複製到生產環境系統、資料中心重新啟動、啟動時出現更多紀錄訊息，接著紀錄訊息突然停了下來。

前方螢幕中表示資料中心健康狀態的大圓圈從綠色變為紅色，然後一直處於紅色狀態。

「哦喔，」湯姆說。「資料中心剛啟動卻故障了⋯⋯」他快速地在終端機視窗內打字。

梅克辛聽見身邊的人們發出咒罵，湯姆試著找出問題所在，梅克辛站到了他身旁一同研究筆電上的內容。她看著他在無窮無盡的 Java 堆疊追蹤中來回滾動，努力尋覓導致資料中心故障的蛛絲馬跡。他大喊：「這個異常狀況第一次發生，但我找不到任何有用的資訊⋯」

香儂從桌子另一端喊道：「各位，我沒有看到任何活躍中的資料庫連線。」

布倫特抬起頭，一臉驚恐。「媽的，是我忘了更改資料庫連線字串嗎？」

他猶如神遊太虛，此時梅克辛語帶溫和：「這個假設值得推敲，布倫特。你有什麼線索？我們如何檢驗你的想法？」

布倫特從恍惚中回神，回頭看向梅克辛。「我不記得資料庫連線字串存在哪裡！它是個環境變數嗎？還是存在配置檔案裡？有人知道嗎？」

「它是環境變數。我貼到聊天室了。」珀娜說。梅克辛看見團隊迅速運作起來。

二十分鐘後，他們完成了必要修復，資料中心恢復運行。每個人都如釋重負。被凍結的交易已經處理完成，一切又回到了綠色狀態。「嗯，我們剛剛還發現了環境變數中有兩處缺少了配置設定，現在也都放上

版本控制系統了。這下應該沒問題，大家準備好再試一次了嗎？」湯姆問，所有人都豎起大拇指，不過不像上一次那樣信心滿滿。

於是，他們再一次注視著資料中心啟動部署……測試在測試環境中執行，檔案被推送到生產環境伺服器，資料中心中止，新的檔案被複製到伺服器上，資料中心重啟，啟動訊息開始滾動。

之前卡住的地方這次只停頓了半秒鐘，然後螢幕上的紀錄訊息以任何人都無法閱讀的高速滾動著。湯姆興高采烈地歡呼，但他依舊牢牢盯著筆電，知道在資料中心正確處理請求之前，還有很多環節不容出錯。

片刻之後，顯示資料中心運行狀態的紅色指示燈轉為綠色。有些人拍手叫好，不過大多數人都清楚任何慶祝活動都為時過早，他們將目光投向生產遙測系統。梅克辛看見紀錄訊息開始滾動，然後停下，接著生產圖表再度開始攀升。

整個房間爆發出雀躍的歡呼。幾乎所有人都在狂歡。梅克辛發現布倫特看起來很沮喪，他好像是對之前的資料庫連線錯誤而生自己的氣。

湯姆證實：「資料中心再度開始處理交易。我們成功踏入部署業務了！」他看下四周，滿面笑容：「有誰想去碼頭酒吧慶祝一下？」

「現在，既然大家都到齊了，我想正式舉杯慶祝各位的出色表現！」庫爾特帶著大大的笑容說。「大家請放心，你們已經吸引了**重要人物**的目光，他們今天會過來！」

克爾斯登舉起酒杯。「我要恭喜大家，在沒有任何一個來自我團隊的產品經理參與的情況下，你們就完成了這一切！少了我們甚至讓一切變得更好！」

所有人笑著鼓掌，連布倫特也露出笑意。

「噢，多好的時機呀，」克爾特說，舉起酒杯對著朝向他們走來的人。

梅克辛轉過身來，看見來人。**我的天啊**，她想。

瑪姬・李來了。碼頭酒吧的人越來越有來頭了。庫爾特笑著說：「歡迎我們的最新嘉賓。」

「大家好，」瑪姬說，在梅克辛身邊坐下。「很榮幸和大家一同慶祝資料中心成功推送程式碼。」

庫爾特向她介紹了資料中心團隊的所有成員，然後瑪姬站起身來自我介紹。「你們在資料中心工作的表現非常出色，相信我，所有的產品經理都滿懷期待，因為你們所做的一切將幫助我們快速建立新的產品組合，」瑪姬說。「我們對客戶的了解很深，也希望利用這些資訊來幫助他們解決問題。如果我們做對了，公司收入目標自然會實現。這就是我們下的賭注。接下來的感恩節和聖誕節有多麼重要，想必各位都一清二楚。」

「我只是想說，真的謝謝你們願意幫忙，我很期待和各位一起共事，」瑪姬說。「你們所做的工作非常關鍵，我認為這攸關公司成敗。」

她舉起酒杯，感謝眾人熱烈的掌聲。

在飲盡無數啤酒和葡萄酒後，瑪姬向大家分享了困擾他們多時的問題，其中一些讓梅克辛非常驚訝，也感到無比憂心。他們只完成了兩個記錄系統的整合。他們還在等待將近二十個應用 API 整合工作，包括產品、訂價、促銷和採購……

他們雇用了一大批資料科學家，試圖建立更有效的促銷內容，但他們還是在等待資料倉儲團隊：在所有不同系統裡的購買紀錄、汽車服務歷史紀錄、客戶忠誠度計畫以及品牌信用卡等資料。如果不是某位高層為了向董事會簡報要求特定資料，即使是最簡單的資料請求也必須等上六個月，因為這些請求要先毫髮無傷地通過資料倉儲團隊的開發和 QA 的層層處理程序。正如布倫特的慘痛經驗，他們所拿到的資料常常格式不對、不完整、無法閱讀，甚至不正確。

正當瑪姬和其他人互吐苦水時，資料倉儲經理發來一封郵件，附上一張圖表，顯示他們正在積極解決等待中的資料請求。其實，這只不過是因為所有人都放棄了，不再向他們送出新的資料請求。

眼前挑戰愈發明確，庫爾特看向梅克辛：「雖然瑪姬已經有一批開發團隊支援促銷活動的工作，但他們很顯然需要幫忙。根據你的判斷，你想帶上誰一起去創造改變？」他指向桌前眾人。「你可以在這群垃圾中盡情挑選。你可以從資料中心開發和 QA 團隊中挑選任何人。哈，所有反抗軍任君挑選。」

「什麼撿垃圾。真有你的，庫爾特，」梅克辛不屑地說，努力不將這裡最優秀的工程師想成動保協會裡等人領養的一籃子小狗。

她在心中幾番思索，「我們需要有架構經驗，知道如何將緊密連結的部件去耦合的人。我們還需要非常懂資料庫的人，因為我們可能需要減少對又大又集中的鳳凰資料庫和所有記錄系統的依賴關係。我們也需要充分的基礎設施技術來支援全新的部署和營運模式。還有，因為我們很可能再次自行管理生產環境，也需要在資安和營運方面具備高超技能的人員。」

她想了一會兒。「我想點名怪人戴夫、亞當和珀娜來負責開發和架構。請德威和布倫特負責資料庫、基礎設施和營運工作。香儂支援資安和資料。」

她一個個點名，被叫到名字的人紛紛笑了，將身體挺得更直。她指向德威和布倫特。「在基礎設施和資料庫方面，我們應該還需要二到三位幫手，因為我們大概會推出一系列新的東西，有很大機率會運行在雲端系統。你們心中有適合的人選嗎？」

德威和布倫特互看一眼。德威笑著說：「我想我們可以列出一份優秀工程師的清單。」

她對庫爾特說：「我還沒見過任何一位負責促銷活動的開發人員，所以我不清楚他們的實力。如果我們想要趕在感恩節來臨前有所作為，我們必須盡快開始行動，確保所有的促銷團隊都能高效工作——要麼讓他們直接在我們建好的平台上工作，要麼我們儘速購足或自建他們需要的東西。」

她指一指湯姆。「我想讓三四個開發人員加入促銷團隊。湯姆，你有推薦的人選嗎？」

湯姆點點頭，梅克辛對庫爾特說：「這樣就有十二個人了。我不知道你要怎麼說服別人讓我們暫離原始崗位，沒有一個經理想要失去最好的人才。」

庫爾特看向瑪姬。「我們必須說服高層主管盡快爭取時間，才有可能達成目標。你辦得到嗎？」

「等一下。你們都願意為我這麼做？」瑪姬狐疑地說。「對你們來說有什麼好處？」

庫爾特露出微笑。「這位女士，你現在看到的是一群反骨工程師，想要解決真正重要的業務問題。正規管道既然行不通，我們只好把握機會直接出擊，繞過技術部門的中階管理層。如果我們成功了，就能打響赫赫威名。我們希望你能支持這種新的工作方式。」

庫爾特聳了聳肩，繼續說：「如果這樣行不通，我們就當作一切都沒發生過，也保證不再打擾你。」

「成交，」瑪姬想了一會兒：「有個好消息，我不需要取得任何人同意——這是我的決策。莎拉已經同意了。我堅信這關係到了公司生存。」

話剛說完，瑪姬低頭看向手機：「等一下，莎拉找我，」她一邊回信一邊說。「呃，她因為今早資料中心故障而受到一些人指責，她想知道發生了什麼事，問題是誰造成的，還有我們是否需要為他們樹立榜樣。」

噢，太棒了，梅克辛心想。和瑪姬合作這件事讓他們愈發墜入莎拉的運行軌道。

隔天早上，庫爾特、梅克辛、克爾斯登和瑪姬再次出現在克里斯面前。當庫爾特提議讓團隊暫時集中火力在促銷活動時，毫不意外地，克里斯看起來被惹惱了。

「你是想要我的工作吧，克爾特？你的所作所為就是覬覦我的位子，」他抱怨。但瑪姬懇切地重申加速支援黑色星期五假期促銷活動的重要性，這麼做能創造快速且明確的勝利，克爾斯登也向他保證，這項臨時調整不會影響到其他工作。

克里斯皺起眉頭。就像上次一樣，他看向梅克辛。「你怎麼看，梅克辛？我們真的非得這麼做嗎？」

梅克辛讀著他的表情，突然意識到克里斯對於不斷出現變化的計畫有多麼不適應，這和鳳凰專案一成不變的獨特風格迥然不同。

梅克辛非常肯定：「毫無疑問，克里斯。這顯然是公司最需要開發人員幫忙的地方。我們不能被組織架構圖或去年制定的年度計畫綁住手腳，不得施展。」

他看了她好一會兒，咕噥著點頭同意，然後快速地將他們所有人趕出辦公室。

梅克辛和庫爾特在走出門時，默默地向對方豎起大拇指。

儘管莎拉大聲要求揪出昨天犯錯的人，但庫爾特拒絕再殺雞儆猴。相反地，他召集所有人到會議室裡集合。

庫爾特開始主持會議，他說：「日後每次發生故障時，我們將會進行「對事不對人的事後回顧」，就像今天這個會議。這種檢討會的精神和目的，是為了讓我們從經驗中學習，在記憶消退之前將事情發生經過好好記錄下來。預防出錯需要絕對的誠實，而讓人們誠實以對的首要前提是消除恐懼。就像諾曼・凱思（Norm Kerth）在敏捷最高指導原則（Agile Prime Directive）中說過：『不管我們發現了什麼，我們都理解並真正相信每個人在當下都盡了最大努力，運用所知所學及可用資源來面處當下情境。』」

「我們先來畫出時間軸，收集關於事件的各種細節。梅克辛已經收集好生產環境遙測和紀錄，還有聊天紀錄，提供一個可供大家討論的框

架。我們的目的是為了讓最接近問題的人分享他們所看到的，我們才能讓系統變得更加安全。這個討論的唯一規則是你不可以說『我應該做 X』或『如果我事先知道的話，我一定會做 Y』。事後諸葛最是萬無一失。在危機來臨時，我們永遠不會知道將會發生什麼，我們需要做好準備，畢竟在未來，我們對於世界的理解也同樣不完美。」

他看著梅克辛，示意她接棒主持。梅克辛對庫爾特這番話感到驚艷，想知道在這次會議之前他是否得到了埃瑞克的特訓。如果是真的，她會很開心。不過，雖然庫爾特極力鼓勵人們別害怕開口，所有人都似乎不願響應……就連反抗軍成員也默不作聲。鑑於恐懼和指責的組織文化不斷滋長，梅克辛已經做好準備，率先作出示範，展現人們真正感到安全感時的行為——這是埃瑞克的第四個理念。

但還沒等梅克辛開口，布倫特搶先一步：「各位，真的很對不起。都是我的錯。我不敢相信我忘記資料庫連線字串。我從來沒有犯過這種錯誤，但是我那時太趕了……」

布倫特看起來非常難過，好像他這幾天一直想找個機會坦白過錯。庫爾特將手放在布倫特肩膀上：「布倫特，讓我們回歸敏捷最高指導原則上。沒有人做錯了。鑑於他們當下所知，每個人都盡了最大努力。我們繼續拼湊時間軸吧。梅克辛，請繼續。」

「這是我的榮幸，」梅克辛一邊說，一遍對布倫特眨眨眼，將筆電畫面投影到電視上。「我將時間軸的起點設在下午 6:37，也就是湯姆啟動部署作業的時候，那時所有測試都通過了但所有應用程序無法啟動。健康指標變為紅色，湯姆是第一個發現的人。湯姆，你當時到底看到了什麼？」

「我看到部署工具裡正在滾動紀錄，看到啟動訊息，然後就是你們都知道的，我看到了一堆錯誤訊息和堆疊追蹤，」他開口重新審視這次危機，臉色逐漸變得陰沈。

「瞭解，」她說，將湯姆說的內容補充到筆記上，讓所有人都能在電視上看到。「接下來發生了什麼？我記得當時感覺瀕臨恐慌，因為儘管我們做了這麼多準備工作，但我們顯然還是陷入一片未知境地。」她露出苦笑，補充說：「嗯，這是『我嚇得尿褲子了』的信號。」

全桌人都笑了，湯姆接著說：「對，我也是。我花了幾十年研究堆疊追蹤，但從沒在部署工具中見過它們。我無法阻止視窗停下滾動，我也看不出哪些是可讀的。」

梅克辛完全沒發現，因為當時湯姆看起來非常冷靜，而且善於解讀這些紀錄。她一邊打字，一邊聽見湯姆說：「嗯，我應該先練習在這個新工具裡檢視紀錄的。」

「我懂你，我也有經驗……這種感覺太糟糕了，」庫爾特回應道。「不過請記住，我們這麼做是為了讓下一次更好，應對日後可能出現的危機。到了那時，我們對同樣重要、事後也同樣顯而易見的全新事物同樣地一無所知……這麼做很重要。湯姆，請繼續，接下來發生了什麼？」

接下來一個小時，梅克辛和眾人合力彙整出一份鉅細彌遺，生動詳細的時間軸，詳實記錄了實際發生的事情。又一次，她驚嘆於任何能夠在生產環境中運行的事物，堪堪避開存在於這麼多日常工作中的不完美和危險漏洞。記錄檔案滾動的速度讓人眼花繚亂，難以閱讀，配置設定散落在幾十個地方，潛在故障點在各個角落縫隙伺機而動，驚喜潛伏在每一個角落……**考量到以上這些，這十多年來資料中心基本上沒有發生任何事故，這才真是令人驚訝**，她心想。

梅克辛確信，每個人都或多或少領略了資料中心實際上如何運作，這與他們心中**所想**的運作方式天差地遠。她記錄一份清單，寫下人們馬上會做出改變的五件事，防止未來再度發生故障，加快修復某些狀況的速度。

會議結束後，梅克辛笑著對庫爾特說：「你主持得真好，」她是說真的。這是改善日常工作和培養心理安全文化的絕佳示範，完美展現了埃瑞克口中的第三個理念和第四個理念。

再次回想這次會議，梅克辛真正意識到創造心理安全的條件有多麼脆弱，多麼容易消逝。這必須仰賴領袖的態度、同儕的行為、自身情

緒、自我價值感、過去的創傷……**考量種種條件，竟然還能創造出心理上的安全感，真是令人驚嘆**，她想。

當天稍晚，庫爾特、梅克辛和新晉團隊的其他成員聚在一間會議室裡，和瑪姬與促銷活動團隊的小組長們開會。

在自我介紹環節中，梅克辛發現，現在的促銷活動團隊中將近二十名成員都是前端工程師──他們負責行動 app、電商網站的產品登陸頁、商店應用程式，以及行銷人員用來管理產品促銷週期的所有應用程序。

瑪姬正發表簡報：「感謝庫爾特、梅克辛和資料中心團隊的工程師們自願幫忙，協助我們取得亟需的短期勝利。我準備了一些投影片，大致勾勒一下我們這個團隊必須實現的優先業務成果。」

「我們的市場份額正在下降，主要是因為我們在電商市場的份額很小，而電商市場的成長速度飛快，」她說。「這就是我們的競爭對手和電商龍頭從我們手中奪取份額的地方。好消息是我們的客戶忠誠度很高……但壞消息是客戶群的平均年齡持續增長。儘管 Uber 和 Lyft 吹起了共享乘車的風氣，使得車輛持有量下降，但我們的競爭對手顯然吸引了更年輕的客戶，年輕客群是一個更加細分的市場。不過，儘管由誰駕駛車輛的事實發生轉變，每年汽車行駛里程數一直持續成長。毫無疑問，車輛維修需求一定會增長，而不是消退。」

瑪姬繼續說：「我們知道老顧客們喜歡買什麼，還有他們多久買一次。我們專注於實現個人化行銷並掌握現有庫存量來推展促銷活動。然而，截至目前，我們還無法利用這些資訊來為顧客打造有效的促銷活動。」

「我們在顧客調查中發現，我們的核心市場普遍使用手機上的 app──事實上，」她指向投影片：「這位是湯瑪斯，我們在進行市場調查的訪問對象。他是一名公立學校教師，今年五十二歲。幾十年來，他都是自行維修汽車。這項活動傳承自他的父親，現在，也是他和兩位

十幾歲孩子一起做的事情。他希望他的孩子學習 STEM 學科，但堅持他們瞭解機械原理的基礎知識，至少能靠自己修車。」

「他也會維修妻子的車，有空的話也會幫父母修車，」瑪姬說。「湯瑪斯不認為自己是專業人士，但他家裡有六台電腦，撐起整個家庭。」

「目前，他使用一本線圈筆記本和這些資料夾來紀錄他所維護的車輛資料。他蠻常使用手機的，主要用來傳訊息，但有時也在 Amazon 上購物。他很樂意將更多的日常維護程序明文記載。他很喜歡無極限零件公司的服務，但他表示他更樂意在 app 上尋找零件，而不是直接打電話到門市。他說他欣賞商店員工的服務，也知道了很多人的名字，但他抱怨我們糟糕的自助客服系統，痛恨聽機械聲說明按哪個數字才能轉接到真人客服。」

梅克辛笑了。沒人喜歡這些東西。

「關於即將來臨的感恩節和聖誕節假期，我們希望找出剩餘的商品庫存，結合個人化資訊來建立吸引顧客的促銷活動，透過電商網站、電子郵件和行動 app 推廣給客戶。我們希望藉由這些促銷活動增加實際銷售，並且提高行動 app 的平均月使用率，證明我們確實打造出客戶重視的內容。」

「鳳凰團隊已經確認了儲存這些資料的各種系統所需的全部介面：顧客和訂單資料庫、POS 交易紀錄、訂單履行系統、電商網站，還有行銷團隊的廣告活動資料。」

「商店庫存系統是最關鍵的資料來源之一。我們想要刺激過剩產品的銷售量，但我們必須非常小心，不能在某個地區對庫存不足的商品進行銷售。」

「幾年前，我們終於推出了一個客戶關係管理（CRM）系統。但我昨晚也提到，將顧客資料比如他們擁有的車輛和一些個人資訊，與公司擁有的大量其他資料連結起來是一件艱苦無比的抗爭。」

「你們應該能看出我們想實現什麼，對吧？如果我們能夠一次性掌握顧客資料就好了：行銷漏斗頂端、漏斗底部，以及他們和公司接觸的完整歷史。不只是他們購買的東西，還有他們在網站上做了什麼動

作、瀏覽了什麼商品、搜尋了什麼內容、他們的信用卡交易、維修歷史等等……這些資訊潛力無窮！」

「如果我們能夠結合所有這些資訊，我們就能預測他們需要什麼東西，我們也能更好地幫助他們，」她說，語氣中透露出深切渴望。

梅克辛點點頭，被打動了。她說：「在分析了我們能夠整合的少量資料後，我們根據客戶行為建立了一些客戶檔案。目前我們建好的顧客原型有：賽車愛好者、勤儉型維護者、一絲不苟型維護者、亡羊補牢型維護者，還有快樂愛好者。」

「目前，我們把重點放在一絲不苟型和亡羊補牢型這兩類維護者上，因為我們認為這些客群最有可能購買目前策劃中的促銷內容，」瑪姬說。「我們知道一絲不苟型維護者每個月都會無一例外地購買機油這類產品，而亡羊補牢型維護者的購買歷史紀錄顯示了，他們會不斷積累更加昂貴的工具和引擎零件，只需要稍稍刺激就能讓他們下單購買。」

「你們可以在螢幕上看見我們做的一系列假設。我們認為這些產品將在這兩個客群中大受歡迎。此外，這份報告顯示了我們即將流失的顧客屬性，」瑪姬說。「現在的問題是，執行這些方案需要好幾個月。每當我們想做出任何事情，我們要在整個鳳凰系統中作出數百萬次變更。鳳凰專案已經喊三年了，我們卻還沒有做出任何一次針對客群的促銷。如果我們無法實驗假設，那又何談從中學習？」

「你們甚至連一個促銷活動都沒有實踐過？」梅克辛非常驚訝：「怎麼可能？！」

梅克辛聽見會議室裡所有促銷團隊的人低聲抱怨。他們開始說明原委。

「我們還在等著存取這些後端系統。我們唯一能碰的只有庫存管理系統，」某人抱怨道。「我們已經掌握了 TOFU —— 漏斗頂端（top of the funnel）—— 的所有資料。我們需要來自 BOFU —— 漏斗底部（bottom of the funnel）—— 關於客戶生命週期價值的資訊。」

「整合團隊說要六到九個月才能幫我們建立任何新的整合作業，」另一人說。

「當我們查詢庫存管理系統，經常會因為我們產生的 CPU 過載或複製的資料量過多而發生故障，」第三個人說。

「許多後端系統的 API 根本不能提供我們需要的資料。我們早已等了好幾個月，等著這些團隊實施必要的 API 變更。」

「我們還在等資料倉儲團隊提供正確資料，因為他們給的報告永遠都是錯的。上一次我們發現客戶姓氏出現在郵遞區號欄位。」

「我們還在等人幫忙建好新的資料庫實例，」人們滔滔不絕。

促銷團隊中有二十名開發人員，他們有很多好的點子來實現鳳凰專案的許多承諾，但他們卻被後端系統死死束縛。

突然間，梅克辛非常肯定他們能幫上忙。但另一部分的她也被這些開發人員深深的無助嚇到了，他們無力完成份內工作。

梅克辛和資料中心團隊的其他人相視而笑。看見這一幕，庫爾特將雙手交叉放在胸前，露出微笑。「我想我們能幫上忙。」

經過近九十分鐘的激烈討論和腦力激盪後，人們紛紛散去。瑪姬將庫爾特和梅克辛拉到一邊。「太驚人了。我們一直在喊著救命，但這是我們第一次得到回應。」

「嗯，我們什麼都還沒做呢，」庫爾特說。「但希望在下週結束之前，我們能有所進展。」

梅克辛同意地點點頭。她看了瑪姬一會兒，然後問出昨晚就很好奇的問題。「要怎麼打造出優秀產品？身為開發人員，我們該怎麼幫忙？」

「從哪裡說起好呢？」瑪姬說。「這通常要從瞭解我們的客戶是誰開始，包括現有客戶和期望客戶。然後，我們會對客群進行細分，逐個瞭解每一個客群的痛點和需求。一旦我們掌握了這些資訊，就能根據市場規模、達成目標的難易度等因素來分析哪些問題需要我們解決。接著，我們會考慮訂價和包裝、產品開發以及更多的策略問題，比如產

品組合的整體獲利能力以及對策略性目標產生何種影響等諸多面向。」

「我需要我手下每一個產品經理精通這些，」瑪姬繼續說。「幾乎所有優秀的產品組織都會建立客戶人物誌（persona），讓所有人更加理解並連結產品所服務的對象。這就是我們進行了這麼多使用者經驗和族裔研究的箇中原因。在這些客戶角色中，我們勾勒出顧客群像，描繪出他們的目標和期望，找出他們在一天之中會遇到哪些問題，並描述他們如何執行日常工作。如果我們做得好，最終能建立一套符合目標業務成果的使用者故事框架。我們應該在市場上測試並驗證這些假設，並且一直從中學習。」

梅克辛說：「我喜歡這種對理解客戶的不懈專注 —— 這讓我想到了第五個理念。」

瑪姬一臉疑惑地看著她。

「我之後會解釋，」梅克辛說。

「嗯，如果你對客戶很有興趣，你可以和所有員工和經理一樣參加門市培訓。兩週前，所有新上任的銷售經理都飛到這裡，在這邊的門市待了整整一週。你錯過了上一梯次，不過如果你想的話，星期六有一場新的員工培訓。你想加入他們嗎？」瑪姬問。

梅克辛目瞪口呆。她一直很羨慕那些能參加這種培訓的人，而瑪姬突然給了她入場券。「天啊，我千百個願意！老實說，我已經在公司快七年了，卻一直沒有得到過這樣的機會。」

「我要求手下所有產品負責人和經理級員工都必須參加門市培訓，」瑪姬說。「我很樂意為你安排。」

「請算上我！」

現在時間是星期六早上。梅克辛站在浴室鏡子前，再三確認胸前的「你好，我是梅克辛，有什麼我能幫忙的地方？」名牌沒有歪掉。

她滿心期待參加這項培訓。無極限零件公司有一個相當知名的規定，要求每位主管級或更高階的領袖每年都要在商店門市中作為第一線員工工作兩次。不是扮演高高在上的門市經理，而是作為在收銀機前或站到顧客面前的一般員工。這是無極限零件公司自 1914 年開業以來持續實踐的管理心法。

梅克辛很快地揮別家人，他們正懶洋洋地躺在客廳裡，沈浸在各種形式的科技產品中，然後她衝進車子裡。她不想在門市培訓的第一天就遲到。梅克辛是一個相當守時的人，她希望她的直屬門市經理也同樣守時。

前一個晚上，她花了三個小時和她的孩子一起觀賞如何維護家用車輛的影片。在一台 1984 年出產的 Toyota Tercel 更換機油的步驟和二十年前一模一樣，這一發現讓她如釋重負。自內燃機發明以來，更換機油就是更換機油。即便到了現在，梅克辛仍會為她家的汽車填入雨刷清潔劑，拒絕付錢請人幫忙。不過，她已經有幾十年沒有親自更換機油或變速箱油了。

當梅克辛走進商店時，她立刻感覺格格不入。她看到四位男性和一位女性，都很年輕，大概二十幾歲，還有一位看起來四十歲的男性。

對於自己並非第一個到達的人，她感到有些惱火，趕快加入受訓人員當中，一起站在門市經理馬特的對面。梅克辛之所以認出他，是因為她以前來過這家商店。他看上去三十幾歲，長得就像一位教育班長。他瞥了一下手錶，對梅克辛點了點頭，露出表示認可的微笑。

「早安，我是門市經理馬特。我會幫助你們所有人，也就是我們的新進員工，提供入職導覽。你們將在這家門市工作，或者是在方圓 60 英里內的四家門市內就職。你們非常幸運，因為埃爾克哈特格羅夫正是公司總部所在地，此門市的部分店內設施是其餘近千家商店沒有的。」

「無極限零件公司創立於 1914 年，我們始終以身為能夠最能滿足家庭技師需求的人而自豪。我們不向富人名流兜售奢華精品。我們的服務對象就像我們這些辛勞工作的人們，他們每天仰賴我們的車輛去上班，接送小孩上下學，他們需要可靠的交通工具讓日常生活正常運轉。」

「在我們的商店裡，我們的目標就是提供顧客維持車輛運轉的所需零件。我們的存在就像是一輛正常行駛的車子和一次要價不菲的維修廠或保養中心的差別，進廠維修很可能曠日費時。我們的任務是幫助客戶避免落入好幾天無車可用的狀況。」

一陣雞皮疙瘩襲上梅克辛，馬特完整傳達了公司願景，分毫不差，這深深打動了她。這完全是史蒂夫在員工大會上演說過的內容。從門市經理口中再次聽見這些真是太好了。換成公司高層或工廠經理來說感覺就不太一樣，因為商店才是接觸顧客的第一線。

「在接下來兩天裡，我將帶你們瞭解無極限零件商店的工作職責，熟悉一些必要工具，為顧客提供好的服務，」馬特說。「培訓最後還有一項測試，大家要認真學習——將近四分之一的受訓人員沒有通過首次培訓。這裡有一套無極限零件公司手冊、筆記本和筆，幫助你們做筆記和準備考試。在考試中得到最高分的人將會有獎勵。」

她看向眾人，盡力克制自己將他們視為競爭對手的衝動。**他們都還是孩子**，她想。

馬特領著他們在店裡巡視，說明商品種類和上架原因。他指著一架子又厚又重的書籍。「這些是你們用來服務顧客的書。」它們看起來像梅克辛小時候看過的巨大電話簿，每一頁都薄如蟬翼，但整本書有十公分厚。

「顧客來店裡常常是想要更換零件，或者需要我們診斷問題，」馬特解釋道。「你們的任務是幫助他們找到需要的東西。如果商品有庫存，就能賣給客戶。如果現在缺貨，就要想辦法找出我們哪一家商店有該商品的庫存。雖然我們有一個可查找資料的網站，但實際上很難找到你需要的資訊。找到答案的最佳方法就是從這些書裡找。」

梅克辛狐疑地看著那一整排書。現代技術竟然還屈服於古法煉鋼，她一點也不喜歡這個狀況，在筆記本中記下要找出為何現有應用程序如此難用的原因。

「這一步非常重要，千萬要謹慎，」他說。「如果你們賣出錯誤的煞車踏板，客戶可能要在把車頂起、卸下所有車輪、努力找出哪個零件出

錯了才會發現車輛故障的真正原因。或者更糟，他們可能在高速公路上試圖減速，或者直接撞到一棵樹後才會發現。」

「我們扮演著醫生的角色，」馬特繼續說。「我們不想傷害客戶，而避免客戶受傷的最佳方法就是保證我們第一次就賣出正確無誤的零件。所以我們要使用這些書。」

馬特要大家拿起面前的書。「現在有一位客人來店裡，他的車是 2010 年產的 Toyota Tacoma 小貨車，客人需要後座地墊。我們要賣的零件編號是哪一個？」

梅克辛不情不願地拿起一本書。**都 21 世紀了**，她想，**我們還要依靠紙本書來查東西？**這就像在圖書館裡用紙卡目錄尋尋覓覓。她還記得這種老方法，而她小孩從沒聽說過。

她翻閱著這本書，它的編排方式是按製造車廠、型號和年份，以字母順序排列。她翻到全書四分之三處，跳到 Toyota、Tacoma，然後找到 2010 年款。

眼前內容令她感到頭痛。即便細分到了 2010 年款，也還有一個又一個不同的配置表格。引擎氣缸數量、引擎大小、標準駕駛艙、加長駕駛艙、短軸距、長軸距……根據不同規格，分別有不同的零件。

一位年輕男人說：「這取決於那輛小貨車的規格。是哪一種駕駛艙？」

「沒錯，」馬特笑著說。「你需要考慮許多因素才能找出最適合的零件。通常客人是不會知道的。如果是這樣，你就要和客人走向他們的車，協助他們找出問題。最快的做法是將所有資訊記錄在這份表單上。」他舉起一張紙。「這可以讓你只需檢查一趟車子。」

「什麼事，梅克辛？」馬特說，看見梅克辛舉起她的手。

「難道沒有辦法用電腦找出這些資訊嗎？」她問，不想透露她老早就是無極限零件公司的員工。

馬特哂然：「相信我，這麼做更省事。在我展示如何紙本作業後，我們來使用看看電腦系統，你們就會明白為什麼我建議大家直接動手就好。」

太難堪了，她心想。我們歷經重重困難與麻煩，為員工建立好的系統竟是如此不足，員工們仍選擇使用過時的紙本系統。

一整天下來，梅克辛精疲力竭。她學到了比想像中更多關於汽車維修和診斷的知識。她不曉得門市員工需要花多少時間在幫助客戶找出汽車無法發動或者引擎發出怪聲的原因。

準確地診斷問題之所以重要，是因為這麼做可以幫助客戶避免將車子送到保養廠。有很多保養廠會佔人便宜，強迫推銷。

幫助客戶自行解決車輛問題通常能為他們省下數千美金。另一方面，門市人員還需要了解哪些問題超出能力範圍，比如引擎明顯損壞或涉及電子引擎管理系統的問題。

除此之外，梅克辛也因為看見支援門市人員的電腦系統太過不足而感到無比心累。馬特說的沒錯——使用這個系統簡直是惡夢一場。當你得知了車輛識別號碼（VIN）和所需零件後，查找特定缺貨的零件需要以 3270 終端機並輸入指令。這就是很多人看過卻很少人真正使用過，大名鼎鼎的大型電腦的「綠色螢幕」介面。

每當梅克辛看見航空公司的地勤人員熟練操作系統，進行複雜無比的班機變更時，心中總有一股敬佩之情油然而生。有人需要預訂飛往波士頓的航班，因為之前的班機被取消了，這位客人想將同行家人的機位安排在一起，但不想額外支付改位費。經驗老道的地勤會快速地輸入所有需要的按鈕，找出可行選項，比使用「現代版圖形化使用者介面」的另一位地勤還要迅速。

不可否認，經過練習與實踐，這些店內應用程序可以非常高效。畢竟，梅克辛很喜歡 SPSS 統計軟體套件，誕生於大型電腦時代，歷經數十年的考驗，所以比起使用更現代的 Jupyter Notebook、Python、R 和 Tableau 等工具的人，她可以更有效率。然而，儘管她親自宣揚或展示 SPSS 更有優勢的客觀證據，人們還是覺得這套軟體奇怪又陌生。

梅克辛才曉得就是這些店內系統延長了員工和經理學習如何有效管理無極限零件公司實體店的所需時間。她知道很多負責大型電腦的團隊一直寫改善 UX，但多年來卻因為預算問題遲遲未決。

訂購缺貨零件的流程更加慘絕人寰。你拿到的其他門市的庫存報告是好幾個月前的資料。然後，你要拿起電話，打給所有門市，念出 11 位數的產品編號，確認他們真的有某個零件庫存。

如果零件有庫存，電話另一頭的人必須在系統中輸入零件調貨訂單。整個流程中最簡單的部分就是將零件送到裝貨碼頭的卡車上，在一兩天後送到門市。

她再也忍不住地問馬特：「如果有一個系統，嗯，能像 Amazon 那樣查找零件和執行調貨訂單，你覺得這系統會有用嗎？」

馬特立刻回答：「噢，老天，當然。說真的，我**真的**不想讓員工花二十分鐘在書上查資料或打給另一家店的員工。我想讓他們跟客人面對面。在地區營運會議上，我們抱怨這件事很多年了，但是公司一直說他們會努力改善。如果成真，一切都會不一樣。我們將擁有更快速的服務、更快樂的顧客，更能在庫存系統中找到正確的零件。」

他指著收銀機後面的櫃檯。「這些櫃子裡面是公司發給門市的平板電腦。問題是，所有的應用程式都要人填寫太多欄位，它們比電腦更難用。至少電腦還有真正的鍵盤。這幾個月來根本沒人動過那些平板。」

梅克辛在心裡給了自己一巴掌。顯然，沒有足夠的技術人員到門市裡花時間觀察他們所創造的產品實際上用起來的效果。

回家後，她和**第二隻**新狗狗棉花糖玩了一下，這隻狗狗偽裝成一顆毛絨絨的可愛大毛球。認養棉花糖是傑克的點子，真是難以置信，他們昨天竟然開車兩個小時，和孩子們一起帶棉花糖回家。

孩子們各自回到房間後，她先生堅持要帶兩隻狗狗去散步，梅克辛拿出她的筆電，花了一小時撰寫受訓報告。她列出所有觀察結果，根據門市員工在日常工作中必須用到的應用程序進行劃分。她寫完之後發現這份報告多達十二頁。

她一直是個多產的筆記者。她還記得曾經讀過：「想要講話有條有理，你需要清晰地思考。想要邏輯清晰，你通常具有清楚縝密的寫作能力。」這就是為什麼她願意花時間寫這這份報告，讓人們明白她所觀察到的東西。她客觀地描述情境，附上用手機拍下的照片，在某些部分她也提出建議作法。

在進入無極限零件公司之前，梅克辛曾為某位 CEO 工作，這位 CEO 會親力親為，自行撰寫供客戶和員工閱讀的白皮書。她曾經問過明明可以讓行銷人員代勞，為什麼他還要自己寫呢？

他說，透徹思考問題很重要，而寫作這件事可以加強邏輯上的縝密，他覺得這是領袖應該具備的特質。「如果沒有全盤考慮所有影響，你要怎麼讓一家企業採取特定的策略方針呢？」

這段話對梅克辛產生了深遠而持久的影響。從那之後，特別是隨著年齡增長，她會花時間寫下想法，這也有助於更廣泛地影響事情。

她知道昨天觀察到的一些事情不屬於她的管轄範圍。這些事必須被攤開在那些日常工作是編寫和維護門市人員所依賴的商店系統的人們面前。

一小時後，她終於完成初稿，梅克辛闔上筆電。她知道沒有人會讀這份文字報告，這表示她要為此製作一份簡報。幸運的是，她今天拍了許多照片，儘管比平常少了很多——其他受訓員工都沒拿出手機拍照，她不想太顯眼。

她在聊天視窗中向庫爾特和瑪姬傳訊息：

> 以下是我第一天的受訓報告。我看見許多無法視而不見的事情。我們可以解決很多蠻簡單的問題，這有助於促銷活動的進展。

附件是尚未精修的報告本文。庫爾特，明天你能一起參加培訓嗎？有很多事情我們可以幫忙，儘管不能馬上解決。

隔天早上，梅克辛將她昨天穿過的襯衫從烘衣機中拿出來，發現必須熨燙一下時忍不住發出咒罵。她想，**我絕對不能穿著皺巴巴的襯衫現身**。

出於習慣，她提前十五分鐘出現在商店裡。她很開心聽到庫爾特說上午晚些時候會趕來參加。

其他受訓人員陸續抵達，他們跟著馬特來到維修廠。這是一個持續多年的試點專案，在大型實體店中配備這些維修廠，大獲顧客好評。

今天上午的訓練是診斷汽車電池。顧客光顧商店的其中一個主要原因就是他們的車子無法發動。

「現在只是最基礎的介紹。你們現在無法立刻作業，必須有經過培訓和認證的人員陪同才能進行操作。」眾人站到了一輛有 15 年車齡的 Honda Accord 轎車旁邊，一名身穿無極限零件公司連身工作服的技師，正在將電線接到電池上，另一端接著一堆儀器。

馬特逐步解釋技師的操作步驟。「現在，她將資料輸入電腦，產生一份診斷報告。」梅克辛津津有味地聽著馬特繼續解釋，時不時問這位技師一些關於手頭工作的問題。

庫爾特走進維修間的時候，眾人正在觀看技師如何作業。庫爾特穿著和她身上同款的無極限零件公司的制服，掛著一個「嗨，我是庫爾特」的名牌。他的襯衫有點皺。他今天早上一定很匆忙，因為平時的他總是有條不紊。

庫爾特站到梅克辛旁邊，馬特對他點頭微笑。

梅克辛看著技師繼續作業。過了一分鐘，她忍不住問：「為什麼我們要輸入這麼多資料？如果這位客人是老顧客，我們還需要輸入這麼多資訊嗎？」梅克辛盡量表現地像身邊同儕一樣。這是他們的入職導

覽，她卻如不速之客一樣中途打擾，她不想做出任何破壞他們體驗的事情。

馬特大笑，轉頭看那位技師：「每次診斷時，你要一一輸入多少資訊？」

那位掛著「嗨，我叫艾蜜莉」名牌的技師搖了搖頭。「感覺很多。輸入顧客住址需要時間，但是輸入 VIN 的時候最崩潰。這一串編號有 17 位數字，非常容易打錯。我還要輸入品牌、車款和年份。在大部分其他系統中，所有這些資訊都是 VIN 自動幫我們填入的。這裡有些人會隨便填寫 VIN 欄位，在我看來是不對的。」

「我還是不明白。為什麼我們要輸入這麼多資訊？」最年輕的受訓人員發問。

「公司要求，」馬特說，引得所有受訓人員大笑。連二十幾歲的年輕人都笑得如此世故，好似已經跟企業官僚們打過無數次交道一樣。

他們絕對不懂被困在一個貨真價實的公司官僚機構是什麼感覺，梅克辛回想起被困在鳳凰專案監獄的痛苦經歷。

「不過，說真的，」馬特繼續說，「我們需要這些資訊，因為公司正在建立客戶檔案。總有一天，當客人走進商店，我們就能知道他們是誰、有什麼車、品牌和型號……我們既不必一個個輸入這些資訊了。我知道有個計畫醞釀多年，就是在這裡安裝攜帶式掃瞄器，讓我們直接掃描 VIN。」

梅克辛看見庫爾特緊閉雙唇，一臉沮喪，儘管他才來這裡不到五分鐘。**很好**，梅克辛想。**現在我不是唯一一個沮喪的人了**。她有信心庫爾特會化悲憤為力量，將沮喪變成具體行動。

梅克辛盯著診斷架上的電腦。這是一台接著 LCD 螢幕的桌上型電腦，主機上有一些 USB 插口、序列埠以及一些她不認識的附件。

她聽見馬特說：「當客人一直因為電池問題來店裡時，可能是因為他們不常開車，電池電量不足以發動車子，」他繼續說：「如果是這樣，你可以建議客人購買電池充電器來維持充足電量。我自己也有買，自

從有了電池充電器後，我再也沒有借電發車過了。我們店裡有很多款型號，從 25 美金到 100 美金都有。我買的這款價格是 49 美元。」

梅克辛發現馬特持續地將顧客遇到的問題和他們可能需要的汽車零件聯繫起來。她終於知道為什麼有些門市經理的各項績效樣樣突出，不管是顧客滿意度、員工生產力或員工留任率，連業績都比別人更好。馬特毫無保留地傳授銷售心法給新進員工。

「如果電腦系統能告訴我們誰購買了多個電池就好了，這樣我們就能主動向客人推薦電池充電器，」庫爾特補充。

「那就太棒了，」馬特說。他轉身邀請所有人參與討論，說道：「你們都知道，我們不會抽取銷售佣金，這是因為這種業績抽成的作法，有時會導致人們做出不符合顧客最佳利益的事情。不過，如果我們超額完成銷售業績，每個人都會得到一筆豐厚的分紅獎金，如果我們設身處地為客戶著想，這件事自然會發生。」

「現在，你們對電池檢測有了一定程度的掌握之後，就會拿到這份要給顧客的報告，」他秀出一份長達七頁的報告。

隨著第二天的訓練接近尾聲，梅克辛開始思考門市人員在使用他們建立的系統時所遇到的種種困難。梅克辛沒有灰心喪志，反而得到了靈感啟發。解決這些問題將使店內員工的工作變得更容易，更能幫助顧客維持車輛正常運轉。

一整個週末，梅克辛也從其他反抗軍成員那邊得到源源不絕的進度更新。他們一直瘋狂地工作，幫助促銷團隊取得所需資料，以應對即將來臨的黑色星期五促銷計畫。不過，他們也開始面臨挑戰，包括遍佈企業內各個職能孤島的資料定義衝突，思索哪一個資料庫最能支援促銷計畫的艱難選擇，還有他們現在直接與資料科學家和資料分析師一起工作後所遇到的許多意料之外的問題。

梅克辛期待在明天見到所有人，近距離觀察每一件事。有好多令人振奮的事等著她！

第三部

11 月 10 日 – 迄今

第 14 章

11 月 10 日，星期一

星期一早上，梅克辛被嚇了一跳。這個團隊再次突破她的期待。他們都聚在一間會議室裡，快速回顧進度，討論需要出手幫忙的領域。

「在我們開始之前，有些事情需要先做，」瑪姬說。「我們應該取個代號。如果想做大事，我們要先有個好名字。我們的成就越多，我們就越需要將這些成果好好地散播開來，不能再自稱為反抗軍。」

「叫做『促銷活動』不好嗎？」有人發問。

「嗯，這是團隊的老名字，」她回應。「但自從我們的資料中心夥伴們加入後，團隊已經發生很大的變化，我們開始了許多新的倡議。我想我們需要一個新的名字，因為我們的工作方式已經截然不同。」

人們紛紛提出點子，在團隊之間激起熱烈討論。其中不乏嚴肅的名字：尤里西斯、法厄同、伊里亞德……還有美國太空計畫的名字：水星、阿波羅、雙子座……

「這些都太認真了，而且聽起來跟鳳凰專案好像，」香儂說。「我不想讓任何人誤以為我們正在做的努力和鳳凰專案的發展走向有任何相似之處。」

「完全同意，」布倫特說。「如果我們能夠像古代征服者一樣在地上灑鹽確保以後沒有任何計畫以『鳳凰』兩個字命名，我一定舉雙手贊成。」

「那用電影名稱怎麼樣？比如《追殺比爾》、《銀翼殺手》或《星際大戰》？」香儂說。其他人也提議了樂團、精靈寶可夢、桌遊、《龍與地下城》的武器名稱等等……

「『獨角獸專案』這個名字如何？」德威半開玩笑地提議。「聽起來獨一無二。」

梅克辛大聲笑出來。她喜歡這個名字。「獨角獸」這麼詞經常用來形容高科技產業的新創公司和埃瑞克提過的 FAANG ── Facebook、Amazon、Apple、Netflix 和 Google 等級的頂尖公司。無極限零件公司是一匹百年老馬，也想證明他們也能和獨角獸公司一樣，採用對的文化、對的技術實踐，和對的架構撐起新的一片天。老實講，獨角獸不就是頭上長根角，身體塗成奇妙彩虹色的馬嗎？

在我們這個例子中，梅克辛想，**我們競爭對手不是那些 FAANG 公司 ── 而是我們行業中的其他匹馬和微型軟體新創正在搶佔市場。**個人經驗告訴她，新創企業有很多潛力成就許多事情，但是他們經常缺乏足夠的資源。

這不是個以小搏大的故事，而是快勝於慢。過去幾個月清楚證明了，偉大可能是過往雲煙，卻也能重起高樓。

「我喜歡，」梅克辛說。「你們能想像史蒂夫在每一次員工大會上說出『獨角獸』三個字的樣子嗎？就是它了。」

大家都笑了。德威說：「呃，你確定它飛得起來嗎？我們需要得到批准嗎？」

梅克辛大笑。「批准？你什麼時候需要徵求別人的同意了？不，這件事的決定權在我們身上。耶，獨角獸專案，」梅克辛先喊了一句。「就決定是這個了！」

他們將客製化推薦、促銷能力和其他一些功能起了一個新的名字，命名為「獨角獸專案」，它將推動黑五假期的促銷計畫，並有望在未來推展更多行銷活動。「虎鯨」（Orca）是分析和資料科學團隊的代號，他們會從旁支援獨角獸專案的推展工作。「獨角鯨」（Narwhal）則是獨角獸將會使用的全新資料庫和 API 閘道器平台。「獨角貓」（Unikitty）是資料中心團隊和鳳凰專案中一些精挑細選的團隊正在使用的持續整合和持續部署平台。

梅克辛很開心。從事後諸葛的觀點來看，早該為團隊起一個獨特的名字了。她一直很喜歡圖庫曼教授的團隊發展階段模型，走過形成期、風暴期、規範期和表現期。她已經準備就緒，就等著上場了！

團隊名稱能幫助整個團體創造身份，而不僅僅是個人，建立集體的認同感，這些名字也強化了團隊目標優先於個人目標的觀念。

「欸，這樣我也得在所有員工面前講出『獨角獸』三個字耶，」瑪姬假裝抱怨。梅克辛懷疑她在心裡偷偷竊喜。

那天早上晚些時候，梅克辛來到大會議廳，參加兩月一度的員工大會，這是自流放以來的第二次，也是上個月災難級發布後的首次大會。她尤其想知道史蒂夫將如何談論這個事件。瑪姬告訴團隊，她將對全公司發表簡報，展示他們對黑五促銷活動的期待與展望。

和上次一樣，梅克辛找了一個盡可能靠近舞台的座位。這一次，她的身邊都是戰友。庫爾特坐在後一排，梅克辛很興奮地看見後台的瑪姬正在測試麥克風。

九點整，史蒂夫走上舞台，歡迎全體同仁參與他主持的第六十七次員工大會。他承諾會討論公司願景和任務，以及年度目標。他說：「我也想花一些時間討論與鳳凰專案發布相關的問題，並且聊一下我們對即將到來的黑五促銷計畫的期待。」

正如他在過去每一次員工大會說過的話，他熱情地傳達無極限零件公司的企業使命，幫助辛勤工作的顧客維持車輛正常運轉，好讓他們的生活得以進展。在和門市經理和新進前線員工一起度過整個週末後，梅克辛十分欣賞史蒂夫孜孜不倦地重複組織目標的做法，體現在公司許多員工的日常工作中。

「我們的業務仰賴優秀營運和卓越服務。我們對客戶做的承諾很簡單：我們提供零件和服務，幫助他們的車子運轉。當鳳凰專案發布到生產環境時，我們卻讓所有人失望了。我們讓客戶失望，讓員工失望，讓投資人失望。」

「我們向客戶做出了無法兌現的承諾。我們提供的商品不是缺貨就是無法下訂，我們甚至意外地洩露了數百張信用卡號。儘管我們向大失所望的顧客賠償了數百萬美金的購物券，卻無法挽回失去的信任。」

「失望的人不僅僅是我們的客戶。公司裡許多關鍵的內部系統都癱瘓了，成千上萬名員工無法進行日常工作。身為公司的 CEO，我要為此負責。」

「我想表彰在場每一位員工，你們竭盡所能幫助我們履行對客戶的承諾。你們之中很多人知道，在過去的兩個月來，我也兼任了代理 CIO 一職，」他說。「先別笑，畢竟你們也知道，我對科技不是那麼熟悉。我要感謝技術團隊所做的所有令人驚嘆的事情。」

「從那時起，我一直和開發部副總克里斯・阿勒斯、IT 營運部副總比爾・帕爾默一起工作，嘗試一些截然不同的作法。這當中包括為期三十天的功能凍結。讓技術組織的全員傾力解決問題，償還技術債。」

「不屬於技術組織的人們可能沒聽過『技術債』，這種債務會帶來困難、辛勞，大幅降低軟體工程師的開發敏捷性，」他繼續說。「這有點像一份如果不破壞公式或引入錯誤，你根本無法改動的陳年試算表。技術債的影響還要更巨大，它涉及公司內部最複雜的運作流程。」

「我已經從許多技術部門的人口中聽見，解決技術債迫在眉睫，」他說。「就像我所在的製造部門一樣，最重要的是擁有一個可持續的工作節奏，限制這個流程中的工作量，確保工作能在工廠中持續推展。這就是我們現在要做的。」

「我們公司的生死存亡就看這一季表現了。我們向外界承諾在九月份發布鳳凰專案，但因為所有功能都被延後了，很遺憾我們沒有達到目標業績。現在，我們迎來新的季度，年末購物季就在眼前。我們必須爭分奪秒。」

「瑪姬・李，我們的零售計劃管理部資深總監，將會分享我們學到的啟發，」他說。「瑪姬，請上台。」

儘管大多數人絕對看不出來，瑪姬看起來比梅克辛認識的她還要緊張。瑪姬說：「大家都知道，鳳凰專案的願景是幫助顧客更快、更輕鬆、更省錢地透過我們公司購入他們需要的高品質零件。多年來，我們已經為這目標奠定了基礎，但卻還沒⋯⋯沒有辦法實現這些功能。」

「多虧史蒂夫、克里斯和比爾，我有幸和一個來自跨部門團隊合作，團隊成員背景非常多元，包括財務、會計、行銷、促銷、零售營運，再加上技術部門，共同研究如何實現一個在鳳凰專案中規模較小但極度關鍵的目標。我們想要為顧客打造一個客製化推薦系統，讓促銷團隊能夠銷售庫存中的可盈利商品，」她說。「我們手上擁有多年顧客購物紀錄，根據聯名信用卡資料，我們也能知道顧客的人口統計資料和消費偏好。如果我們將這些促銷計畫展現到顧客面前，我們認為這將為公司帶來顯著成長，為客戶創造極大價值。」

「所以，我想為大家介紹『獨角獸專案』，」她說，看著觀眾因為這異想天開的名字大笑，她也跟著微笑。「我要特別感謝庫爾特・雷茲尼克和梅克辛・錢伯斯，他們之前帶著一個激進的點子找上我，還帶上一群熱心幫忙的工程師。在整個鳳凰專案的支援下，我們向著打造一個極度有效的黑五促銷活動這個目標全力以赴，黑色星期五是全年銷售量最高的銷售旺季之一。我們的目標是打破所有紀錄，讓今年的黑色星期五成為公司歷史上業績最好的一天。」

瑪姬繼續說：「我們將在接下來的兩星期內實施一系列測試工作，確保在黑五那一天向數百萬位顧客發布促銷活動時一切順利進行，」她說。「謝謝大家，祝我們好運，」瑪姬微笑，向觀眾揮手致意，並在走下舞台前後史蒂夫握了握手。

「感謝瑪姬的分享，」他說。「有些人認為這件事不會成功，包括一些長年支持鳳凰專案的人。但是瑪姬和她的團隊讓我願意相信。在我的職涯中，我發現無論何時，只要你有一個充滿熱忱，擁有對的技術和能力，願意為了目標全力以赴的團隊，和他們唱反調是很危險的，因為他們會排除萬難，竭盡全力達成目標！所以⋯⋯祝獨角獸計畫好運！」

梅克辛開心地吹起口哨，大聲歡呼。她還注意到史蒂夫隱晦地提到莎拉今天缺席大會。她看向四周，確認莎拉真的沒現身，不知道這是好消息還是壞消息。

接下來幾天裡，整個團隊全神貫注，致力做好黑五促銷活動的前期準備。所有人都忙於緊急工作。梅克辛再次向庫爾特提出需要更有經驗的人來救場。

「這次我比你快想到，」他說。「我請克里斯把休假中的威廉叫回來，我需要他來帶領獨角獸團隊。」

「不可能，」梅克辛說，一臉懷疑。她想像克里斯會作何反應，忍不住笑出來。「你是怎麼讓威廉從無限期休假中回來的？」

庫爾特大笑。「這麼說吧，我把這些年做善事累積下來的所有好感一次梭哈，通通用來遊說克里斯讓威廉回來。除了他以外，沒人能幫我們讓這些環境運作起來。讓他從不公正的流放中回來的感覺真好。」

梅克辛由衷地表示同意，並再次對庫爾特交付團隊所需的能力感到印象深刻，他能夠在官方組織架構圖之外另闢蹊徑，以截然不同的方式帶領組織向前。

與此同時，獨角鯨團隊正試著打造一個可行的 API 閘道器和資料庫方案，滿足各個團隊的需求。他們將要處理的資料量非常龐大，如果這方案不可行，將會造成無可挽回的災難。

這是一項野心勃勃的浩大任務，梅克辛非常嚮往。獨角鯨將保護每個人免受怪人戴夫喋喋不休抱怨的那些 API 問題，幾乎不再需要改動後端系統。它將作為中心樞紐，讓開發人員輕鬆地存取資料，輕鬆地找出可能有助於解決業務問題、通常被存放在各個資訊孤島的其他企業資料。香儂一直幫助獨角鯨讓這些資料保持絕對安全，執行認證和 PII 匿名化等資安規則。

獨角鯨的主要特點之一是，它將會頻繁地儲存公司主要的紀錄系統──只要後端系統處理速度過慢、太難更改，或者是進行交易的成本過高的時候。

「我們必須做出決策，」德威在星期三下午開會時告訴大家。他對梅克辛說：「信不信由你，我們所有人都強烈贊成完全的 NoSQL 解決方案。我們認為這是最快的方式，將所需資料放到可控且能夠滿足獨角獸團隊需求的地方。」

「布倫特和團隊做了兩個 NoSQL 叢集，一個用來測試，一個可以用於生產環境，」德威說。「資料 ETL 流程……呃，就是提取、轉換和加載……比我們預期的還好。我們的團隊多元擴展，將一系列技術組合在一起，使用商業軟體和自主開發的工具，將來自近二十個不同的紀錄系統的資料複製到我們的資料庫中。好消息是資料處理速度比我們想像的快很多。」

「但我們遇到一個難題，」他說。「我們計畫將所有資料儲存在 NoSQL 和 MySQL 資料庫中，這是為了防範 NoSQL 資料庫發生故障。但有了 ETL 經驗和一些大規模測試後，我們認為應該『放火燒船』，完全採用 NoSQL。支援兩個後端資料庫會減慢我們的處理速度，而且不會帶來任何生產力優勢。」

「哇，」她很驚訝。這是超乎梅克辛預期的大膽做法。事實上，大概就是這類決策導致了 TEP-LARB 的誕生。

公司裡沒有人在生產環境中大量使用 NoSQL，更別說用在這麼關鍵的產品上了。在正常情況下，梅克辛相信謹慎和務實會讓如此重要的計畫無從採取這麼鋌而走險的作法，尤其是在時間如此緊迫，無法研究和獲取實際生產經驗的現在。她將心中想法告訴團隊。

「平常我會同意你的看法，梅克辛。你會覺得最大的風險在營運上，」布倫特說，看出她若有所思的擔憂。「但我認為更大的風險在於，我們從企業內部各處系統複製來的資料會失去關聯完整性。你也知道，NoSQL 資料庫不會像我們習慣的資料庫一樣強制要求關聯完整性。但我們可以在 API 層級強制要求，所以我覺得還蠻好的。」

儘管這事很傷腦筋，梅克辛必須承認，看著這群優秀的技術專家努力解決一個緊急的業務問題，這很振奮人心。梅克辛問了一堆問題，有時候刻意重複，仔細審視他們的想法。最後，他們成功說服彼此，全數贊成使用 NoSQL。

「好吧，讓我們把船燒了，」梅克辛最後說。已經沒有時間斟酌其他選項了。她其實不喜歡這麼大的不確定性，但她信任團隊。

這麼做將無可否認地帶來開發人員的敏捷性，但梅克辛更加地意識到他們在軟體工程上多麼地受限。為了使用更多系統，他們真的需要更大的團隊。她提醒自己，這將是她下一次和庫爾特碰面討論的首要事項。

接下來兩天裡，團隊成員各自埋首工作於獨角獸專案。梅克辛把大多數時間花在她認為是整個專案中最危險的環節，也就是將所有的資料納入獨角鯨 NoSQL 資料庫中，好讓所有團隊存取他們需要的資料。她知道他們無法回頭是岸，早已一把火燒掉那艘他們知道該如何航行的船隻。

從二十個不同的業務系統中導入資料的機制並不是最困難的部分。幾乎每個業務系統對相似的產品都有完全不同的命名，最難的是建立一個可供大家使用的統一詞彙與分類法則。

實體門市對於店內銷售有五種不同的定義，其中包括幾十年前併購的公司當時下的定義。產品編排有六種不同的方式。產品類別和價格並不一致。研究關於訂價和促銷的業務規則有如法醫驗屍的還原分析。他們從公司內部找來多位商業分析師，幫助他們了解並決定如何呈現這些業務規則。

梅克辛發現自己經常在堅持到底和暫時妥協的立場之間來回切換，究竟要捍衛明確性與一致性，還是同意「這樣就夠了」，並推遲因為關係到無極限零件公司未來十幾年的發展方向，所以需要幾天討論才能達成共識的決策。如果不是累積了和業務系統打交道的豐富經驗，她很確定自己絕對不具備足夠判斷力來做出決策，尤其是死線就在眼前的這種時候。

所有人都引頸期待即將到來的 Demo Day，每個團隊將在黑色星期五前的最後幾天展示他們負責的部分。瑪姬將會主持這場活動，幾乎所有的利益相關者以及所有的技術主管都會到場，在最後做出「實施／否決」的發布決策。

由於涉及相當大的利害關係，梅克辛確保自己參加每一場工程團隊每日進度會議，會中所有成員會快速分享進度，更重要的是，透過這場合提出他們工作上需要的幫助。她欣賞這些會議進行的速度和效率，各團隊組長正在緊急處理各種阻礙。

由於時限不多，每一天都舉足輕重。距離感恩節只剩一個星期了。她全神貫注地聆聽獨角獸組的例行會議。促銷團隊中兩位最資深的資料科學家看起來有些焦急慌亂。「資料倉儲團隊給我們僅僅百分之一的客戶名單中，仍舊缺了我們需要的資料欄位，我們無法和將近一半的實體門市訂單資料進行配對。」

「就資料分析而言，獨角鯨資料庫比我們以前用過的任何資料庫都更快。但是我們需要合併很多資料，查詢時間還是慢了好幾個數量級，」他繼續說。「考量到時間所剩不多，我們只剩一兩次機會，如果結果跟現在一樣，那我們絕對趕不上黑五的發布。如果我們使用現有資料，促銷活動絕對以失敗告終。我今天早上就發現一個例子，我們竟然向住在德州的人發送購買雪地用輪胎的促銷資訊。」

哦，媽的，梅克辛想。這就是太晚邀請資料科學家加入工程帥會議的下場。她大聲說：「好，我等下會召開一個緊急的焦點會議。我會請庫爾特和瑪姬出席，還有整個獨角鯨團隊。你能針對這些問題準備一個十分鐘的簡報和解決它們的想法嗎？」

他點頭同意，梅克辛拿起手機打給庫爾特。

兩個小時後，每個人都聚在一間會議室，聆聽分析團隊和促銷團隊提出的問題。十五分鐘後，梅克辛對這個問題的規模感到前所未有的恐懼。

難怪分析團隊的進度如此緩慢——他們想做的事情在這個基礎設施中根本不可能實現。資料集的規模遠比他能夠處理的還要大了幾個數

量級。梅克辛立刻發現，資料科學家們正在構建的資料查詢和他們開發獨角鯨的目的完全不相容。獨角鯨在處理來自公司各個團隊的 API 請求的表現相當出色，但現在他們發現這對分析團隊需要做的事情來說顯然不是好事。

更糟的是，獨角獸團隊仍舊無法取得他們需要的資料。資料倉儲團隊要花四個月的時間將區區二十行 SQL 從開發送到 QA，再部署到生產環境。就算部署成功了，報告總是會出錯，或者顯示錯誤的資料。很明顯，上個月，某個結構描述變更造成的破壞，波及了公司幾乎所有的報告。對梅克辛來說，這和他們在鳳凰專案遇到的問題一樣，不過這次獨角獸團隊需要的是資料，而不是程式碼。

此外，資料倉儲團隊始終沒有協調好實體門市和電商網站中對於產品、庫存和客戶的不同定義。他們新成立的獨角鯨團隊早已遙遙領先。

梅克辛用手指敲著桌面。她不敢相信他們竟然陷入了另一個和鳳凰專案同等規模的官僚主義泥淖──資料倉儲團隊霸佔了他們需要的許多東西。

人們繼續發言討論，梅克辛盯著白板上的數字。**這樣行不通**，她想。她決定，她要隱晦地向庫爾特發出信號，讓他走到走廊上，這樣她就能告訴他，照這樣下去，促銷計畫不可能如目前預期的切實可行。他們必須說服獨角獸團隊大幅縮減他們的計畫。不然反抗軍應該果斷放棄他們，尋找另一個計畫來創造商業上的勝利。

為了讓獨角獸團隊獲得成功，他們必須從龐大的資料倉儲中獨立並解放出來，甚至包括獨角鯨資料庫，才有可能支援他們需要的龐大計算和查詢量。

「我知道你在想什麼，」香儂說，就在梅克辛準備引起庫爾特注意的時候。「這看來根本不可能，對嗎？但是我在資料倉儲團隊待了五年，也一直在考慮這個問題。給你們看看我一直想做的事情。」

接下來三十分鐘，香儂展示了一個驚人計畫，顯然她鑽研這個問題很久了。她提議建立一個類似 Spark 的資料運算平台，由全新的事件串

流匯流排提供支援，這和技術巨頭為了大規模解決資料問題而打造的模型非常相似。這個平台將允許數百個甚至數千個 CPU 核心投入運算，讓目前需要數天或數週時間的資料分析縮減到幾分鐘或幾小時內完成。

梅克辛很熟悉這些技術。在那篇知名的 2004 年 Google Map/Reduce 研究論文發表之後，這些技術如雨後春筍般成長。這篇論文在探討 Google 以函式程式設計作為核心技術，在硬體上大規模地對整個網際網路的索引規則平行化處理。這催生了 Hadoop、Spark、Beam 和其他許多吸引人的技術，在程式設計界掀起了天翻地覆的變化，就像 NoSQL 徹底改變了資料庫的運作模式一樣。

香儂解釋如何使用新的事件串流技術支援這個全新的資料平台。「和團隊必須經手幾乎每一則業務規則的資料中心不同，這種新架構可以將服務和資料大規模分離開來。它允許開發人員進行獨立變更，不再需要中心式團隊編寫中間程式碼。和中心式資料倉儲的不同之處是，現在清理、接收、分析和向組織其他部分發布準確資料的責任將下放到每一個業務和應用小組，他們是最了解資料實際含義的人。」

她繼續說：「確保這些資料的安全性，保證我們不會儲存不必要的 PII 個資，至少要對資料進行加密保護，如果這些資料外洩，無極限零件公司可能面臨的巨大風險，以上這些考量的重要性和急迫性不言而喻。」香儂的立場很明確，平台必須保證資料安全無虞，而不是將資安責任轉嫁給個別團隊。

最吸引梅克辛的一點是，這個平台還能支援不可變動的事件來源資料模型，將這幾十年來建立的複雜泥淖化繁為簡。

平台的運算速度也非常快。這是當然的，因為資料中心和公司裡幾乎所有應用終將把一切投入這個全新的消息匯流排：所有客戶訂單、CRM 系統中所有的客戶活動、電商網站和行銷活動管理系統中的所有事件、實體門市和維修廠的所有客戶活動……所有的一切。

香儂結束簡報並一一回答問題，庫爾特看起來一臉蒼白。「你一定是在開玩笑。我們甚至還沒讓獨角鯨獲得批准。要是……再加上這個……我們的運算儲存空間會暴增四倍……還可能讓更敏感的資料放

到雲端上，」他指著白板。「噢，夥伴們，克里斯一定會氣炸。他絕對不可能同意的。」

連布倫特的臉色也不太好看。「我一直很想嘗試這樣的做法……但現在有太多全新的基礎設施等著我們立刻搞定。即便是我，也覺得這有點魯莽，不合時宜。」

梅克辛端詳庫爾特的表情，觀察香儂的表情，然後看向她在整整兩張白板寫下的內容。她露出笑容，在此刻短暫地享受庫爾特和布倫特的不適。她理解他們的想法。在賭場中輸掉身家的賭徒們在梭哈全部籌碼時，腦中大概也閃過類似的謹慎念頭。

她說：「我們是想努力獲勝並建立我們需要的技術優勢來滿足業務需求，還是被幾十年前建立的東西綁手綁腳，繼續蹣跚前行，告訴業務領袖中途喊停，不再嘗試好的想法？」

梅克辛認為香儂的想法很好，儘管乍看之下很像自殺行徑。梅克辛說：「我的直覺和經驗告訴我，我們的資料架構已經形成了波及公司所有領域的另一個瓶頸，這造成的影響遠遠不僅止於開發人員。在日常工作中需要資料的任何人都得不到他們需要的東西。」

「沒錯，」瑪姬說，看起來被戳中痛處。「你說的太對了！我下面有五個資料團隊，二十五名資料科學家和分析師，他們從來沒有得到需要的資料。他們不是唯一受影響的人——幾乎行銷部的每個人都需要存取或分析資料。營運部的工作都需要處理資料。對銷售營運和管理來說，資料就是一切。事實上，我敢打賭，無極限零件公司每天有一半以上的員工要存取和操作資料。多年來，我們一直被資料倉儲團隊的工作方式緊緊束縛。」

「坦白講，我們需要你們這些專業人士的幫忙，」她尷尬地說。「我們有一些內部管理的資料視覺化平台，但軟體不是我們的長處。事實上，今年初，有一次廠商請我們更改伺服器時區的時候，我們竟然破壞了所有訂單資料。」

布倫特發出哀號，盡力克制自己不要脫口說出任何壞話，貶低廠商或瑪姬的伺服器管理員，這讓梅克辛鬆了一口氣。

看到庫爾特突然全神貫注，一臉充滿興趣和算計的樣子，梅克辛露出笑容。她知道，親耳聽見這些痛苦和折磨就是刺激他採取行動的原因。她說：「我們就從小處開始動手，創造最關鍵的能力來支援獨角獸專案。我們可以利用已經在獨角鯨實踐過的 ETL 工作，在雲端中使用完全受控且經過實際測試的資料平台服務，這樣可以降低很多營運上的風險。我的想法是這樣……」

梅克辛慶幸在接下來四個小時裡沒有人中途離開會議室，或者直接退出。他們反而在白板寫寫畫畫，提出一個讓所有人姑且同意嘗試的計畫大綱。他們決定暫緩事件串流平台，梅克辛和香儂將會主導開發一個能夠安全轉換資料，採用版本控制系統，建立自動化測試，在資料被處理之前，能夠確認資料符合正確格式和規模的機制，以及指揮許多能夠避免曾經目睹或耳聞的資料事故的預防措施。

庫爾特和瑪姬允諾要找克里斯和比爾談談，避免他們和資料倉儲團隊發生政治衝突，以免這些人覺得自己被威脅了。**然而一點也不合理**，梅克辛想。資料倉儲團隊在這數十年來都一直死守這些資料，現在我們想要解放資料，讓所有人都能根據需求自由取用，再也不用送出工單。

儘管有了計劃雛型，所有人都知道完全搞砸的可能性極大。她聽見布倫特在白板前小聲嘀咕：「我是很喜歡啦，但我們不可能趕在感恩節之前做完這一切……」

換成是梅克辛的兩位小孩，他們一定也同意布倫特說得沒錯。但顯然他們處理資料的現有方式不起作用，而眼前出現了一個證明更好做法的機會。**如果有什麼時候需要勇氣和無腦樂觀，那就是現在了**，她想。

布倫特最後說出：「我們把這個計畫叫做『黑豹專案』吧，」梅克辛知道他們得到證明自己的機會了。

在 Demo Day 前一天，很多團隊都加班到晚上。第二天早上，當黑五促銷 Demo 會議即將開始之前，所有人都準時到了午間用餐區。庫爾

特請瑪姬為這個會議開場，強調投入這些努力背後的『原因』，但所有人都知道幾天後就是黑色星期五。參與獨角獸專案的每一位成員都深刻明白，公司的生存成敗舉取決於他們，這絕非誇大其詞。

獨角獸專案現在備受矚目。梅克辛知道，如果今天 Demo 不順利，對公司來說事情就大條了，對瑪姬、庫爾特和她自己都不是好事。

瑪姬開口：「誠如各位所知，黑色星期五就在眼前。我們的目標是讓獨角獸專案帶來真正的銷售收入，由虎鯨、獨角鯨、黑豹和行動應用團隊共同實現這項目標。我們聚焦在利用庫存資訊和個人化資料來驅動促銷推廣，並讓員工透過 app 獲取商品庫存狀態等有用的資訊。具體而言，我們希望刺激銷售收入，提升顧客在 app 和電商網站上的參與度，對促銷活動產生正面效果。」

瑪姬停頓了一下。「今天有一位特別來賓，比爾·帕爾默，我們的 IT 營運部副總，他協助推動『倒轉專案』，讓我們能夠集中時間和心力在促銷活動上。我們也邀請到來自營運部門的大型團隊，他們會幫忙加快推動這些計畫。第一位上台簡報的是代表虎鯨團隊的賈絲汀。」

「我是賈絲汀，我所在的團隊負責為促銷活動生產資料。瑪姬剛剛也提過，我們的目標是讓市場行銷部能夠根據他們對顧客的瞭解，打造最好的促銷計畫。」

「數據就是公司的命脈，」她繼續說。「在市場行銷部，我們幾乎所有人都要存取或分析數據來為公司效力。多虧了香儂和她的團隊建立的黑豹平台，我們有史以來第一次能夠取得我們需要的資料，相信這些資料是準確的，並使用各種統計技法，甚至是機器學習這樣的演算方法來預測我們的顧客可能需要什麼。這些對顧客的認識與瞭解，就是我們用以設計折扣活動和促銷方案的核心。我毫不懷疑，組織的未來將建立在深刻理解我們的顧客，根據顧客需求提供精準商品的基礎上……，唯有掌握大數據，我們才可能實現這個美好未來。」

賈絲汀繼續分享虎鯨平台的成功，香儂露出笑容。「在過去兩星期裡，我們的目標是取得第一優先級用例所需的所有查詢：我們要找出哪些是最暢銷商品，哪些客群買了這些產品，哪個客群不感興趣等等。針對每一個客群，我們必須確認他們最頻繁購買的產品為何。」

「所謂優秀的促銷折扣就是，我們可以用最優惠的價格，售出我們已經持有的庫存商品。我們不想在不知不覺中以低於顧客願意支付的價格銷售商品。而我們只能透過實驗來找出最優價格，」她說。

「我們建了簡單的 web 應用程式，所有人都可在此自訂或執行這些查詢，建立備選促銷計畫，並與他人共享，」她繼續說。「畫面會顯示最暢銷商品和各自圖示。這很棒，但也蠻無聊的，而且人們很難立刻知道這些產品的 SKU 是什麼。我們發現電商網站上有所有產品的圖片，所以我們問梅克辛和獨角鯨團隊是否能給我們這些圖片超連結，他們只花了幾個小時就搞定，連申請服務工單都不用！在一個工作天內，我們只用了十行程式碼，這些圖片就出現在 app 中，幫助團隊的每個人能夠更快速、更有效地研擬更具吸引力的促銷折扣方案。這讓大家都很開心，」她笑著說。

梅克辛看到湯姆，她之前的資料中心 coding 搭檔，走到房間前方加入賈絲汀。他說：「我們一掌握促銷團隊的意圖，開發這個 app 就變得很容易。獨角鯨團隊給了我們 API，我們要做的就是用現代化網路框架來呈現它。賈絲汀說得很對，獨角鯨資料庫的 API 棒極了，而且速度超級快。我已經習慣查詢時間多達幾分鐘或幾小時的大型伺服器。所以，讚嘆獨角鯨團隊——我整個人驚呆了。沒有他們，我們不可能成就這些。」

梅克辛咧嘴一笑，看見布倫特和德威也露出燦爛的笑容。

賈絲汀秀出最後一張投影片。「我們和行銷團隊合作，為最優先的兩個客戶角色——一絲不苟型維護者和亡羊補牢型維護者——建立促銷方案。我們使用黑豹資料和運算叢集，針對個別客群產生備選推薦商品和推薦組合，目前正在審核和微調。確定最後的促銷方案後，我們會協助將這些內容載入到產品和訂價資料庫，就等著促銷活動正式開始。」

一位資深行銷人員主動地走到會議室前方：「我想感謝所有人的辛勞付出。這些成果令人印象深刻，讓人翹首以待。我很驚訝這個團隊在短短幾星期內達成了這麼多成就。我們已經為此努力將近兩年了，但我從沒有像此刻這樣興奮。我們拿到了虎鯨團隊給的所有資料，正在

微調感恩節週末的促銷方案。我相信，我們可以帶來數百萬美元的銷售收入！」

瑪姬感謝他和賈斯汀的發言，和觀眾一起鼓掌。接著，她請馬克上台，他是無極限零件公司行動 app 的主要開發者。馬克個子很高，大概三十幾歲。他的筆電上貼滿了科技和廠商的貼紙，讓你甚至看不出這個筆電是什麼牌子。「各位早安，我先來回答你們腦中的問題。答案就是，沒錯，包括之前的 app 版本，我們就是打造行動 app 的團隊。我們並不為此自豪，我們只是很開心用戶在 app 評價中不能打零分。」

人們大笑。無極限零件公司的行動 app 多年來一直像個令人尷尬的笑話。「我們有太多等待修復的問題，但我們都被其他專案綁住了，所以，直到最近，還是沒有全職開發人員專心負責行動 app 事務。但正如瑪姬說的，一切已經改變。我們的客戶想用行動 app 與我們進行互動，所以我們重新組織團隊，採用客戶角色導向的方法，聚焦在客戶真正需求上，」他繼續說。「我們和產品負責人密切合作，創造一些立竿見影的正面效果，並充分利用獨角鯨團隊的工作成果。」

「我們以前從沒有碰過商店的庫存狀態。我們喜歡向顧客展示距離他們最近的商店哪些特定零件有庫存的點子。我們可以使用客戶行動裝置上的地理位置資料，或者讓客戶輸入郵遞區號。這個是網頁現在的樣子……」

他在螢幕上秀出一個 iPhone 模擬器，展示無極限零件 app 的畫面。「從獨角鯨資料庫取得資料非常簡單。用戶點進產品頁，可以看見鄰近商店的產品供應狀況。他們可以在某商店預訂產品，之後再去取貨，多虧了獨角鯨才能實現這個功能。現在，我們正在收集零件供應狀況如何影購買行為的資訊，以便計算其影響程度。」

哇嗚。梅克辛覺得很驚艷。她以前從未看過這種成品，她非常欣賞他們的成果。

儘管馬克為這個 app 有所不足而道歉，但梅克辛覺得它看起來很棒。她總是會被行動 app 的優秀設計而打動，能夠呈現難以置信的豐富內容──就連無極限零件公司的 app 也不例外。她很習慣自己和其他開

發人員構建的軟體設計原型，它們看起來更像 90 年代的網站。行動應用團隊顯然有專業設計師負責視覺這一塊。視覺美感是當今消費者期待的基本條件。如果某個 app 看起來破破爛爛，人們可能連試試的慾望都沒有，更別說要給第二次機會了。

「以上這些變更都推送到應用程式商店了。我們只要打開開關，就能為客戶啟用新版本，」他說。「我們也將更多的資料傳回獨角鯨資料庫，幫助行銷團隊進行實驗。為了提高轉化率，我們特別關注哪些內容適合或不適合出現在用戶搜尋結果和產品頁上。獨角鯨的效能非常出色，絲毫不減損使用者體驗。」

他繼續說：「我們在內部系統進行了數百次迭代，準備好運用所有使用者遙測技術對真正的客戶進行試驗。我們以前從來沒有機會做這樣的事情。對我和我的團隊來說，這是一次妙不可言的美好經歷。讓我們繼續努力！」

每個人都鼓掌表達激賞，瑪姬謝過馬克，接著向眾人說：「各位剛剛看到的是我們目前取得的進展。這些成果給我們極大信心，我們將會推動令人振奮的感恩節促銷活動。」

「我們花了一整個月的時間，盡力想出最好的促銷方案，並用許多不同的方法全面分析資料，」她繼續說。「我們可以在雲端上部署大量運算資源來執行必要運算。我們在每天晚上跑推薦報告，動用了數百個運算實例，從頭到尾完整跑一遍。我們在過去四天一直做這件事，成效很不錯——非常不錯。我說的沒錯吧，布倫特？對吧，香儂？」

布倫特和香儂坐在房間前方，他們露出燦爛的笑容。梅克辛很開心布倫特尤其發自內心地為成果感到快樂。她從未見過他如此開心、如此樂在其中，這讓她想起了第二個理念。香儂完全可以理直氣壯地為啟動黑豹專案而感到驕傲。假如沒有這個新平台，團隊絕對不可能激盪出這些促銷方案。

黑豹平台大大改變了團隊處理資料的方式。有了自動化測試，上傳資料時就能偵測資料中的錯誤。團隊可以輕鬆地取用整個組織內任何資料，毫不費力地新增資料，為整個集體知識做出貢獻，用於實驗或嘗

試新想法。許多新的報告和分析隨之而來，人們借助一系列工具進行分析工作，其中許多工具梅克辛從未聽說過。

令梅克辛更驚訝的是，這些探索和實驗的結果也被傳回黑豹資料平台，進一步豐富現有資料。埃瑞克的第三個理念：持續改善日常工作，確確實實地讓人看見進步，並將學習經驗分享散播。

瑪姬秀出一張投影片，上面有許多款產品。「這些是針對我的個人帳號打造的獨角獸促銷方案。各位可以看到，獨角獸系統會根據我的購物紀錄，通知我雪地用輪胎和電池有八五折的折扣。我後來在我們的網站下單了，因為我的確需要它們。公司真的能因此賺錢，因為這些都是我們有庫存、利潤極高的商品。」

「這個是針對韋斯的獨角獸促銷內容，」她繼續說，笑著展示另一張投影片。「看起來你拿到了賽車用煞車踏板和燃油添加劑的折扣，心動嗎？」

韋斯大喊：「還不錯！」

「由於這些初步實驗取得了難以置信的成功，以下是我的提案。」瑪姬說：「按照計劃，我想向 1% 的客戶傳送電子郵件，觀察客戶反應如何。假如一切順利，我們就在黑色星期五使出全力。」

瑪姬看向營運領袖。「這計劃聽起來還不錯，」比爾說。「韋斯，有什麼阻止我們實施這計畫的隱憂嗎？」

房間前方的韋斯說：「從營運角度來看，我想不出任何一個勸退的理由。所有的辛苦工作都圓滿落幕。如果克里斯、威廉和行銷部都相信程式碼會奏效，那我會說：『放手去做！』」

瑪姬歡呼著說：「各位，我們有計畫了！讓我們實現它吧！」

梅克辛和眾人一同歡呼。突然，她感到一陣古怪，於是四處張望——莎拉又一次不見蹤影。梅克辛納悶這種場合怎麼可能少了她，照理說她應該會想分一杯羹。莎拉的缺席有些蹊蹺，讓梅克辛有點緊張。

第 15 章

11 月 25 日，星期二

儘管眾人心情雀躍，一派喜氣洋洋，所有人都知道，真正為黑五促銷活動做好充分準備還有一段不小的距離。正如瑪姬所說，他們預計對一小部分客戶進行初步測試，檢驗他們是否為星期五的正式上場做好準備——所以，上午十一點，他們會向 1% 客戶推廣促銷活動。他們選擇在白天開始，這時所有人都抵達辦公室，能夠迅速應對緊急狀況。這樣有助於他們發現流程漏洞和缺陷，在星期五之前完成修復。

對梅克辛來說，這個決定本身就彰顯了組織運作發生了極大轉變。幾個月前，他們不可能進行任何試驗。他們一定會將活動安排在午夜開始，要求團隊整晚都留在辦公室。

上午九點，所有人都聚在作戰室裡，在最後一刻瘋狂地處理細節，為 1% 迷你發布做好準備。虎鯨團隊還在微調促銷內容。聽到他們還沒決定這次促銷活動將推送給哪些客戶時，梅克辛稍微有點警惕——但如果他們沒有驚慌失措，那麼她也無須擔心。在過去的幾星期裡，他們贏取了她的信賴。

雖然他們只會向 1% 的客戶發送電子郵件，這個動作仍舊存在極高風險。他們將對所有客群送出將近十萬封電子郵件，不只限於一絲不苟型維護者和亡羊補牢型維護者，因為他們想瞭解每一種客戶角色的反應。

仍有數不清的環節可能出錯。假如回應率和他們前期試驗的結果有所出入，獨角獸專案的所有希望和夢想都會一夕破滅。又比如他們推銷了錯的商品，或者這些商品缺貨了，或假如訂單無法履行，他們的客戶會非常惱火。

這次活動代表了無極限零件公司許多的第一次。如果人們在手機上開啟電子郵件，這將是第一次電子郵件自動連動開啟他們的 app。這是他們第一次透過 app 展示促銷活動 —— 安裝該 app 的人將會收到限時促銷的推播通知，比起精心設計的電子郵件，促銷團隊相信這將帶來更高的回應率。

在過去的一星期裡，他們持續在行動 app 上進行試驗，專注探索如何將轉換率極大化，例如以不同方式展示促銷商品、放上不同的圖示、改變圖片大小、字體和文案等。以上這些經驗和學習成果也被納入電子郵件活動的設計考量。

這些試驗的結果以及 app 內所有的用戶活動，都被重新上傳到黑豹平台，為下一輪實驗和測試提供方向。這些資料量非常、非常龐大，但這些資料讓分析團隊垂涎三尺。人們對黑豹平台的推崇和認可與日俱增。

行動 app 團隊也日以繼夜地工作，確認所有東西都正確顯示，按鈕確實發揮應有作用，同時也盡可能簡化購物流程。他們發現很多顧客在收到信用卡輸入訊息後就棄單了，於是他們購入一些技術授權，方便顧客利用手機鏡頭掃描這些資訊，並提供多樣化的支付方式，比如 Paypal 和 Apple Pay，希望這些選項能夠降低棄單率。

他們賭上這些用於行動 app 的成本，相信比起手機瀏覽器，行動 app 一定會帶來更顯著的銷售業績。這的確是一場豪賭，但這是經過深思熟慮的放手一搏，由一個持續學習的組織所做的賭注。

不過，準備和練習時間結束了，要正式上場了，梅克辛想。她看到許多技術團隊陸續集合，但獨角鯨資料團隊早就聚在他們的螢幕前，再順一次檢查清單，來回竊竊私語，確認所有東西都能妥當處理他們期待的流量。在過去的一星期裡，布倫特和他的團隊一直在對整個系統進行壓力測試，固定地讓系統某一部份故障。接著在「對事不對人的事後回顧」中，一起找出解決問題的方案，確保系統在正式上場時不要崩潰。

這些「混亂工程」造成一些意料之外的東西發生故障，不過每個人都繼續埋頭工作，盡全力確保為這個大型發布做好了充足準備。幾天前，在折扣產生流程的小型測試一直出錯，因為他們忘記提高某個外部服務的流量限制。他們已經習慣為了節省成本而縮減一切，顯然有人忘記在這次測試之前調高限制。

在成為這領域的專家之前，我們還有很多東西要學習，梅克辛想。

有時很難確切掌握誰在哪個團隊，因為人們在團隊之間自由流動。這應驗了埃瑞克的預測，當每個人都知道目標是什麼之後，團隊就會自我組織起來，以最好的方式實現這些目標。對梅克辛來說，相較於兩個月前鳳凰發布，人們的行動和互動方式發生了令人驚訝的轉變。來自不同領域的人——開發、QA、營運、資安，甚至是最近加入的資料分析領域——視彼此為並肩作戰的夥伴，而不是針鋒相對的仇敵。他們朝向共同的目標努力。清楚意識到他們正踏上一趟學習探索之旅，在這過程中犯錯是不可避免的。建立一個更加安全的系統並且持續改善，已經變成日常工作的一部分。

這一切真的應證了埃瑞克所說的第三個理念：持續改善日常工作。

多虧了資料中心的開創性成果，如今，每一天都能將程式碼頻繁地、迅速且順利地投入生產環境，基本上萬無一失，人們可以快速修復問題，避免任何失誤或不必要的危機。就連現在，梅克辛也能看到生產環境部署工作正在運行，團隊在最後一刻推送一些程式碼變更，就是為了確保這次迷你發布成功。

二十分鐘前，有人注意到某個 API 傳回一堆 500 HTTP 錯誤。顯然，昨天有人送出的程式碼變更，不小心將用戶端的「400 error」歸類成伺服器端造成的「500 error」。韋斯召集了一個小組研議解決辦法，在距離迷你發布開始不到一小時的時候，他竟然提議推送修復版本，讓梅克辛非常驚訝。

「如果我們不管，假如真的發生故障，這些錯誤很可能隱藏更重要的信號，」他說。「我們已經反覆證明了，我們有能力安全地推送這些單行變更。」

更棒的是，修復問題的人跟發現錯誤的人是同一位開發人員。她想，**開發人員終於得到信任了**。假如一個月前有人告訴她韋斯會支持這種做法，她一定會覺得這是天方夜譚。

此外，害怕開發人員胡作非為，破壞獨角鯨平台的資料完整性，梅克辛內心中最深層的恐懼從未成真。開發人員通常只會將手上工作範圍最佳化，這是各行其是的風氣之下，個別團隊的狹隘和自私本質。**這就是架構師存在的必要性**，梅克辛想。

因為他們以版本化 API 提供人們存取資料，所以一切都在掌控之下，各團隊能夠保持獨立工作，不受個別問題影響。梅克辛不僅感到如釋重負，她還覺得心曠神怡。他們設計這些平台的初衷是為了從整體上優化系統，確保整個組織的安全與資安。

「準備發送電子郵件和應用程式通知，倒數 3、2、1，我們開始了，」行銷發布協調人員以平靜的聲音說。梅克辛看看她的手錶。現在是上午 11 點 12 分。現在，電子郵件和應用程式通知將發送給十萬位用戶。

由於一些突發狀況，這次發布晚了十二分鐘才開始——獨角鯨系統中出現一個配置問題，有人注意到這次促銷活動中有太多電子郵件地址，黑豹平台必須重新計算和重新產生電子郵件清單。獨角獸團隊以破紀錄的時間迅速產生新的資料並立刻上傳到平台，梅克辛對香儂豎起大拇指。

梅克辛對於太晚才發現這些細節感到有些懊惱。另一方面，她認為這就是預演的目的，也是將每個人召集到作戰室的原因。每一位需要做出最終決策的人們都在同一個房間裡，而且所有人都同意這些改動合乎邏輯。瑪姬、庫爾特、各團隊組長還有很多人都聚在這裡，包括韋斯和一些關鍵的營運人員。

梅克辛環顧四周。莎拉又一次不見蹤影。梅克辛好奇懷疑莎拉在暗中圖謀些什麼的人是不是只有她自己。

她將注意力轉回到房間裡其他人正在注視的東西——掛在牆上的超大螢幕。所有人都屏住呼吸。螢幕上盡是圖表，主要是已發送的電子郵件數量和訂單漏斗模型，這個漏斗會顯示有多少人瀏覽了產品網頁、多少人在購物車加入產品、多少人按下結帳按鈕、系統處理了多少訂單，以及完成了多少訂單。底部顯示流量下降最多的環節，以及訂單數量和銷售收入紀錄。

這些圖表之下是各種效能指標：所有不同運算叢集的 CPU 負載、服務和資料庫正在處理的交易數量、網路流量等等指標。

她能看見幾個尖峰，這是由黑豹平台支援的大規模運算。但現在，大多數圖表都處於歸零的狀態。有幾個 CPU 圖表處於百分之二十。這些服務必須待機，以免進入休眠。在他們某一次演練中有個關鍵系統進入休眠，嚇壞了他們所有人，因為喚醒水平擴展系統需要六分鐘。

什麼都沒發生。一分鐘過去了。又一分鐘過去了。梅克辛開始擔心這次發布會徹底失敗。也許他們的基礎設施出了什麼差錯。或者阻攔人們接收郵件的可怕事情發生了。或許他們最深層的恐懼成真了，糟糕的推薦系統將雪地用輪胎推薦給居住地根本不會下雪的人們。

產品網頁瀏覽量突然跳到 10、20、50……，並且持續增加，梅克辛如釋重負，深深地嘆出一口氣。

所有人歡呼出聲，包括梅克辛在內。她盯著效能指標，祈禱基礎設施不會像鳳凰發布一樣崩潰。當 CPU 負載開始全面攀升時，她鬆了一大口氣，這表示系統正在處理交易。

幾分鐘後，有將近五千人處於行銷漏斗模型的不同階段。看著數字持續攀升，梅克辛想著**目前為止，一切順利**。隨著已處理訂單的數量持續成長，人們再次歡呼……十個訂單完成了，接著是二十個，數字持續攀升中。她感到非常興奮，這次活動帶來的銷售收入已經超過1000 美金。

活動進展非常順利，就像預期一樣。房間傳來無數掌聲，她露出笑容，但雙眼繼續盯著圖表變化。

梅克辛皺起眉頭。已完成訂單的走勢開始趨緩持平，停留在 250。她看向其他圖表想確認它們是否也卡住了，卻發現其他指標還在攀升。梅克辛看見一群人聚到電視前，指著卡住的那張圖表。

一定是哪裡出了問題。

「讓我們安靜思考一下！」韋斯大喊。他沈默了一會兒，然後轉過身來，對眾人說：「我需要有人在網頁和應用程式上試著下單，告訴我到底發生了什麼狀況！一定有什麼東西妨礙系統處理訂單！」梅克辛立刻在手機上開啟 app。她按下「加入購物車」按鈕，然後不可置信地眨了眨眼。她大喊：「用 iPhone 加入商品到購物車時 app 會閃退……app 故障然後閃退。」

「該死的，」她聽見房間另一頭有人這麼說。某個人又說：「在 Android 手機也遇到一樣錯誤訊息。我看到對話框顯示『發生錯誤』。」

她身旁的香儂大喊：「網頁版的購物車也出現錯誤 —— 按下「送出」後網頁會渲染顯示，但是我只看見一片空白！我猜，當人們詢問哪些產品可寄送時，後端的某個地方會出錯。」

韋斯在房間前面說：「謝謝你，香儂。請將所有截圖傳到 #Launch 頻道。好了，各位，仔細聽好！所有用戶端平台都發生錯誤 —— 香儂認為原因出在某個後端呼叫：也許是『可承諾』API 呼叫，或者是『可寄送』。任何人有頭緒嗎？」

梅克辛立刻採取行動，非常慶幸他們有韋斯坐陣作戰室，指揮大局。她想：**是的，他脾氣很差，但他處理故障的經驗比這房間所有人加起來還要更多。在如此高風險的發布會上能請來擁有豐富經驗的人是件非常好的事情。我們這些開發人員擅長寫程式，但這些危機可是營運人員的家常便飯。**

沒過多久，香儂的推測就被證實了──問題出在訂單輸入的後端系統。這個特定叢集的所有系統的 CPU 使用率被固定在 100%，不幸的是，出問題的系統是主要 ERP 系統的一部分，處理著全公司的核心業務。這系統已經運行了三十多年，但現在還在用十五年前的版本。因為客製化的東西太多了，升級系統變得難上加難，幾乎不可能。不過，至少這系統每五年會換到新的硬體上。難處在於，沒有一個簡單的方法提供更多 CPU 核心，加速系統的運算能力。

很明顯，即使是小小的 1% 促銷活動流量也造成它的運算過載。梅克辛看見傳回查詢結果的時間越拉越長，客戶端請求逐漸一個個超時。這些客戶端又重新傳送查詢，更多的查詢導致後端資料庫不堪負荷。

「驚群問題，」韋斯喃喃說道，指的是許多的客戶端同時重試結果殺死了伺服器。「我們對後端什麼也做不了。我們要怎麼讓所有客戶放棄重試查詢？」

布倫特說：「我們不能改動 app，但可以試著讓電商網站的伺服器令人們在下一次重試之前等待更長時間。」韋斯指著布倫特和梅克辛說：「做吧！」

梅克辛和布倫特和電商網站團隊合力推送新的配置檔案到每一個網頁伺服器。他們在不到十分鐘就將全部變更部署到生產環境。

幸運的是，這個緊急措施就足以避免災難。梅克辛如釋重負地看著資料庫出錯率開始下降，已完成訂單的數量又開始節節攀升。接下來兩個小時裡，還有幾件事情出了差錯，但沒有一件事像她和布倫特個剛剛處理的「可承諾」問題重大，差點讓人心臟驟停。

時間又過了四十五分鐘，他們完美達成了三千份訂單的銷售目標，總收入上看二十五萬美元，而且訂單依然如雪片般飛來。瑪姬一定是溜了出去，因為兩個小時後梅克辛看見她和一群人提著香檳回到房間。瑪姬開了一瓶，將香檳倒入酒杯，把第一杯酒遞給梅克辛。

當每個人手上都拿著酒杯後，瑪姬滿面笑容地舉起杯子。「我的老天，各位。多麼美妙的一天！多麼令人欽佩的團隊成就！我想和各位分享一些初步成果，哇，真的太棒了⋯⋯目前促銷訊息依舊持續推送給用

戶，但截至此刻，已經有將近三分之一的人對這次活動作出回應。毫無疑問，這是我們有史以來最高的轉換率，至少是原來的五倍！」

她拿出手機，盯著螢幕。「以下是團隊初步統計的成果。有超過 20% 收到促銷訊息的人去瀏覽我們的產品，超過 6% 的人訂購商品。我們從未見過這樣的數字！感謝在場的每個人，是你們實現這一切。」

「別忘了，這次促銷活動的商品幾乎都是高利潤商品或是被擱在貨架上生灰塵的庫存品。所以，我們今天每一筆訂單都帶來非比尋常的巨大利潤！」瑪姬舉起酒杯向大家敬酒，一口喝光香檳。每個人都笑著，跟著乾了香檳。

她說：「鑒於這些成果，在黑色星期五當天向所有客戶推展獨角獸專案是可行的！如果當天成果和我們這次測試的成績相近，那麼我們將會迎來一個爆炸性成長的假期購物季……」

「噢，稍微提醒一下，剛剛說的是內線消息。如果你利用這些消息來交易無極限零件公司的股票，等著你的可是監獄喔。我們的 CFO 迪克・蘭德里讓我轉告各位，根據各位的約聘合約，他會協助司法起訴你們喔，」她這麼說，然後露出笑容。「話雖如此，毫無疑問，我們會在黑色星期五那天大顯身手！」

大家又一次歡呼，包括梅克辛。瑪姬示意大家安靜下來，邀請庫爾特和梅克辛發言。梅克辛露出笑容，示意庫爾特先請。他說：「各位，這些成果多麼了不起啊！我太驕傲了！梅克辛？」

梅克辛本來不想說什麼，但被逼到這個地步，她站起身來並舉起酒杯。「為反抗軍乾杯！我們給古老強大的秩序上了一課，讓他們看看什麼叫了不起的軟體工程！」

在場所有人都洋溢著喜色，再度歡呼，雀躍不已。當氣氛平息下來後，梅克辛說：「好的，爽夠了。在黑色星期五那天，我們保守預期當天流量會是今天的一百倍。我們肯定會遇到很多前所未見的問題，所以從此刻到那時，我們都要做好自己的工作。我們要想辦法應對一切狀況。」

庫爾特補充：「星期四就是感恩節了，我希望明天盡量讓大家準時下班。所以，讓我們開始工作吧！我們還需要大家星期五早點到公司，全力支援這次發布。」

他們同意將電子郵件和行動 app 通知的發送作業錯開，防止系統突然崩潰，更好地保護那些異常脆弱的後端伺服器。布倫特想出了一個重新配置負載平衡器來限制交易處理速度的點子。雖然這可能會在 app 端和電商網站的伺服器造成客戶錯誤，但每個人都同意比起讓後端系統再次崩潰，這個折衷辦法好多了。

「我們馬上去辦，我們狀態不錯，一定能讓大家準時回家慶祝感恩節！」布倫特笑著說。「感恩節快樂！」

正如布倫特的預言，所有工作都在隔天五點前完成。除了幾個例外，人們陸續下班。梅克辛到處巡邏，將那些掉隊的人趕回家。今天是感恩節前夕，梅克辛想在五點半之前離開公司。她很自豪她甚至讓布倫特也下班回家了。

只剩下資料分析團隊還不能離開。由於 1% 測試確實有效且極其成功，他們必須在星期五之前搞定針對數百萬位客戶的推薦產品。黑豹的運算負載量持續增長，他們也不斷地更新獨角鯨資料平台的促銷數據。梅克辛笑著想：**我們欠下一筆鉅額的雲端運算費用，但行銷部門裡沒有一個人為此抱怨，因為這次黑五促銷的潛在商業利益太過驚人。**

她心情愉快地走向庫爾特，準備向他道別，卻看到莎拉正在和他激烈爭吵，她霎時停下腳步。

「五點之後我在大樓裡走來走去，卻沒有看見多少人。庫爾特，我不知道你有沒有意識到，現在是公司危急存亡之際。我們需要每個人盡心盡力，」莎拉一臉義正嚴辭。「我認為強制性的加班有其必要。給人們買些披薩，他們會很樂意留下來繼續工作。」

「如果這還不夠糟的話，」她繼續說：「我看到一群人圍在一起看書！我們付錢不是請人來看書，我們是付錢請他們工作。這是天經地義吧，庫爾特？」庫爾特依舊面無表情。

「這個請你跟克里斯談。禁止人們讀書超出了我的職級範圍。」莎拉惡狠狠地瞪他一眼，然後氣沖沖地離開。

庫爾特作勢抹了自己的脖子。「真奇怪，」他說。「她以為我們付錢給開發人員就只是讓他們打字，而不是付錢請他們思考和實現業務成果。我們付錢請他們學習，因為這是我們取勝的不二道路。你能想像在工作場所禁止書籍嗎？」他一邊說，一邊笑著搖頭。

梅克辛只能盯著庫爾特看。莎拉的想法就像第三個理念：持續改善日常工作和第四個理念：心理上的安全感的對立面。梅克辛知道，他們之所以能取得目前的成就，就是因為創造了一種讓人們能夠放心地實驗、學習和犯錯的文化，人們能夠抽出時間探索、創新和學習。

「我完全同意，庫爾特。你哪天成功說服她的話，記得要告訴我，」梅克辛笑著說，向他揮手道別。「感恩節快樂！」

梅克辛度過了一個美妙的感恩節。這是自從父親過世以來的第一個感恩節，她很開心邀請了所有親友，儘管她一直偷偷地拿出手機，想知道黑色星期五的準備工作進展如何。

感恩節最精彩的亮點是體重已經 20 公斤，再也不能稱作小狗狗的鬆餅，當著所有人的面從桌子上叼走一大塊火雞肉，讓梅克辛非常震驚。傑克向所有人發誓，這是鬆餅第一次這麼做。

晚飯之後，每個人都加入打掃收拾的行列，梅克辛很早就上床休息了。

隔天一大早，她必須出現在辦公室裡。

凌晨三點半，她和其他人都抵達辦公室了。技術團隊檢查了發布確認清單，為幾個小時後即將到來的爆炸性需求量做好萬全準備。他們又開了額外一間會議室，留給擠不進第一間會議室的擴展團隊。他們將要面對的是比星期二 1% 測試更為重要、更為巨大的正式促銷活動。

每一間會議室都有類似的 U 型大會議桌，約有三十個人圍坐。梅克辛在技術團隊所在的會議室開啟了她的這一天。

在擴展作戰室中，有獨角鯨和虎鯨團隊，緊挨著監控團隊、網路前端團隊、行動 app 團隊，還有眾多負責產品、訂價、訂單和配送的後端服務團隊。聊天室裡還有更多技術團隊正在待命。

所有這些服務必須保持流暢，無縫接軌，以便向客戶展示產品和下訂單。牆上的巨大電視螢幕顯有著更多的技術圖表，顯示網頁瀏覽量、熱門產品頁面的統計資料，還有系統健康狀態，以及會議室裡所代表的服務最近出現的錯誤等。

在主要作戰室裡，他們架設了第二台電視，顯示一些剛剛提到的技術指標。今天，主作戰室來了更多商業和技術部門的領袖、整個獨角獸和促銷團隊、甚至還有來自財務和會計部門的人員。每一位重要人物都聚在這裡關注黑五促銷的展開。

凌晨四點三十分，梅克辛正和庫爾特與瑪姬在主作戰室裡閒晃。她想看看有什麼需要幫忙的地方，但每個人似乎都在狀況內，知道他們需要做些什麼。到了這時候，她唯一能做的就只剩下礙事了。距離活動正式開始還有三十分鐘。

莎拉也在這裡。據梅克辛的觀察，她似乎針對其中一個活動的訂價和促銷文案向某個人誇誇而談。

瑪姬也在那一群人中，看起來臉色不佳，她說：「我知道我們希望促銷活動盡善盡美，但昨天是修改的最終期限。對這個即將推向數百萬人的活動來說，臨時再改文案的風險太大了。這可能使發布延後一個小時。」

「這也許對你來說已經夠好了，但以我的標準來看還遠遠不夠。搞定它，快點。」莎拉說，不容許反駁。

瑪姬嘆了口氣然後離開，重新加入庫爾特和梅克辛。「我們得做些改動，」她翻著白眼說：「毫無疑問，發布絕對會延遲至少一個小時。」

「我去通知隔壁的技術團隊，」庫爾特說，離開房間時做了個鬼臉。

一小時後，一切終於再度就緒。瑪姬在房間前方問：「如果沒有人反對，我們將在早上六點整正式發布。倒數十五分鐘。」

當黑五促銷活動正式開始時，梅克辛在業務作戰室裡和其他人一樣緊緊盯著電視螢幕。兩分鐘之內，有超過一萬人瀏覽網站，通過訂單漏斗模型，抵達率不斷攀升。同樣地，所有的 CPU 負載也跟著上升，比前幾天測試會的負載量還要高很多。

當訂單完成量超過 500 份時，人們鼓掌叫好。梅克辛再次被這次促銷活動所動員的客戶數量震懾到了，驚訝不已。

她屏住呼吸，希望他們強化系統的種種努力會讓這次發布活動波瀾不驚。她看著訂單數量不斷成長……直到它們趨緩變平，就像星期二的狀況。

「該死！該死！」梅克辛嘀咕道。一定又是哪裡出問題了。這次也是在訂單漏斗模型的同一個環節出錯。有東西在阻止人們從購物車完成付款。

韋斯大喊：「誰來告訴我購物車怎麼了！誰有相關資料或錯誤訊息？」

香儂又是第一個回應的人。梅克辛驚嘆於香儂總是第一個掌握狀況。「網頁版的購物車發生錯誤。配送選項無法顯示！我猜應該是有些配送服務故障了。我把截圖貼到聊天室裡。」

有人從房間另一頭大喊：「iOS 版 app 又故障了。」韋斯發出咒罵。行動 app 開發經理也跟著咒罵出聲。

突然間，梅克辛將一切聲音屏除在外，那一刻，她害怕也許造成這個問題的是資料中心。她還在絞盡腦汁思考，這時聽見行動應用團隊的某人大喊：「韋斯！我按下『結帳』按鈕時應用程式就故障了，照理說這時應該要顯示所有交易細節。我猜是某個後端系統的呼叫超時了。我以為我們已經修復了所有可能發生問題的漏洞，但顯然還有漏網之魚。」

「會不會是對資料中心的呼叫？」梅克辛小聲地問湯姆。

「不確定，」湯姆說，一邊沈思。「我不認為手機 app 會直接呼叫我們的資料中心……」

梅克辛在她的筆電上開啟生產環境的資料中心紀錄，尋找任何不尋常的蛛絲馬跡，一方面暗自慶幸她現在可以自己搞定這件事。她看到幾個新的訂單事件，產生了對其他業務系統的四個呼叫。這些呼叫似乎都成功了。

一無所獲，她將注意力再次轉回會議室，韋斯、庫爾特、和克里斯站在前方開會。梅克辛加入他們的熱烈討論，她聽見韋斯問：「……所以，**是哪個服務**失敗了？」

克里斯和庫爾特滔滔不絕地討論，而韋斯顯然逐漸失去耐性。他轉向整個房間，對所有騷動不安的人們大聲說道：「大家聽好了！在點進購物車和完成訂單之間的交易過程中有東西失敗了。梅克辛，這些交易和服務呼叫的具體名稱有哪些？」

儘管突然被叫到名字有點嚇到她，梅克辛不假思索地快速說出十一個 API 呼叫和服務。布倫特也補充了另外三個。「謝謝梅克辛和布倫特，」韋斯說。

轉向房間，他喊道：「好的，各位，請證明給我看這些服務都是正常的！」

幾分鐘後，他們找出了問題癥結。當客戶查看購物車時，他們會看到訂單詳情、付款選項和配送選項。確認這些資訊正確無誤後，客戶將會按下「送出訂單」按鈕。

在行動 app 和網頁中顯示這一頁面的時候，有一個呼叫會傳向後端服務，來根據客戶所在位置確認哪些配送選項可供選擇，例如次日空運或陸運，還有 UPS 或 Fedex 等物流商。

這個服務會呼叫一堆物流商的外部 API，其中有些 API 呼叫出錯了。布倫特懷疑他們被其中一家物流商的 API 限速，因為以前無極限零件公司的伺服器從未發送過這麼多的查詢。

梅克辛不敢相信一個看似微不足道的小小服務竟然危及了整個發布活動。她笑著記下這個問題，因為她知道這將會是以後的新常態。但她認為，**這麼至關重要的任務，我們可不能依賴外部服務。假如廠商那邊出了差錯或切斷聯繫的話，我們必須優雅地處理這種情況。**

梅克辛加入了擠在房間前面的技術團隊組長們，她提出建議：「當我們遇到配送 API 故障時，系統可以只顯示陸運選項。我們已知這種配送方式隨時可用⋯⋯你們怎麼想？」

配送服務團隊的組長點點頭，然後快速地與韋斯和瑪姬商量具體細節。他們決定，從現在開始，如果他們無法向所有物流廠商取得配送資訊，系統將只顯示陸運配送選項。

畢竟，比起讓客戶看到錯誤頁面，還不如讓系統接受客戶下單，然後慢慢發貨。

那位組長說：「給我們十到十五分鐘推送程式碼變更，好了就通知你們，」然後跑出房間。

十分鐘後，梅克辛開始踱步，等待配送團隊宣布他們將修復版本推入生產環境。到時候所有人都會互相 high-five 慶祝。她還在等待的時候，突然有人喊道：「韋斯！網路伺服器頁面的請求正在超時，前端伺服器崩潰了！這些不是『404 錯誤』。這兩個伺服器正在重新啟動，客戶端開始跳出『無法連線』的錯誤訊息！」

梅克辛看著儀表板，對眼前所見感到震驚。整個網路伺服器群被固定在 100% 的 CPU 使用率，其中一些伺服器因為嚴重崩潰被淘汰了。載入頁面的時間從 700 毫秒大幅增加到 20 秒，也就是天荒地老，而且載入時間還在攀升。

這表示有些人去瀏覽他們的網頁卻看不到任何東西，因為對網頁內容的請求沒有得到任何回應。

韋斯也盯著這些圖表，試著在他的手機上載入網頁。「確認。我的手機瀏覽器沒有載入任何內容。網路伺服器團隊，到底是怎麼回事？」他大喊。

「他們在隔壁會議室，」庫爾特說，「我去看看。」梅克辛緊隨其後。

在接下來的十分鐘裡，他們意識到這問題有多麼嚴峻。他們電商網站的瀏覽人數打破歷史紀錄。他們對此早有預料，這也是為什麼布倫特之前用自製的機器人軍團炸毀他們的網站，確保系統真的能夠處理這麼龐大的流量。

但顯然，他們忽略了一些重要的東西。他們沒有測試當真人客戶來到網站的情況，這些客戶看到的產品是根據各自的客戶檔案推薦的。這是他們上星期才建好的推薦組件。這個組件只會為已登入的真人客戶渲染顯示內容，不會向機器人顯示推薦產品。

當真正的用戶瀏覽網站時，這個組件會從前端伺服器對資料庫進行一系列查找，但從未大規模實測過。現在，這些前端伺服器因為排山倒海而來的流量，一個個像紙房子不堪重負。

「我需要讓這些前端伺服器維持運轉的點子，有多瘋狂都沒關係！」韋斯在會議室前方說。這個問題的嚴重性大家都心知肚明。有 70% 的流量從網頁而來，訂單漏斗模型中來自網頁的占比最大，如果網頁持續出錯，那麼所有黑色星期五的業績目標都會隨之下降。

「讓更多伺服器輪替？」有人說。韋斯馬上回答說：「動手！不，布倫特，你留在這裡。派其他人去……其他想法？各位？」

更多想法紛紛出現，但大多數都被立即否決。布倫特說：「推薦組件是導致伺服器流量異常的原因，我們能讓停用這個功能直到網路流量下降嗎？」

梅克辛在心裡發出呻吟。他們費盡苦心讓推薦組件發揮功能，現在他們可能不得不拆掉它好讓網站維持運轉。

「有意思，嗯，我們能還是不能？」韋斯問房間眾人。

一群經理和技術團隊的組長和梅克辛、庫爾特聚集在一塊，他們集思廣益，迅速交換想法。最終，他們決定只改動 HTML 網頁，註釋掉推薦組件。這是一個梅克辛欣賞的暴力解法，因為不需要改任何程式碼。前端組長說：「我們可以在十分鐘內改好 HTML 網頁然後推送到所有伺服器。」

「做！」韋斯說。

梅克辛站在兩位工程師身後，看著他們仔細修改 HTML 檔案。他們小心翼翼，因為 HTML 裡的一個錯誤也可能像程式碼變更一樣徹底破壞整個網站。完成修改後，他們一起檢查，然後將變更送到版本控制系統，並推送到生產環境。

他們很驚訝前端效能沒有受到任何影響，就連三分鐘後也毫無反應。他們一直在等待變化，但伺服器卻不斷當機。「這是怎麼回事？我們錯過了什麼？」那位工程師說，很努力保持冷靜，一次又一次地確認他修改過的 HTML 檔案正載入到瀏覽器。

「我在網站提供的 HTML 檔案中有看到你的變更，」梅克辛大聲地說。「一定還有其他路徑會顯示推薦組件？」

韋斯在他們後面看著。「各位，新的 HTML 檔案已經投入生產環境了，但 CPU 負載量依舊太高。我需要確認推薦組件是否還在網頁某處顯示，給我一些假設和想法！」

他們又花了四分鐘才發現還有另一處能顯示推薦組件。梅克辛看著他們推送另一個 HTML 檔案，欣慰地看到在六十秒後，CPU 負載量下降了 30%。

「恭喜，各位夥伴，」韋斯說，停下來露出笑容。接著繼續說：「但這還不足以讓伺服器維持運作。還有什麼是我們能做的？要怎麼減輕伺服器的負擔呢？」

更多的點子被提出來，越來越多的想法被否決，但一些想法立刻被付諸行動。當最常見的圖像從本地網路伺服器卸載，然後移動到內容傳遞網路（Contet Distribution Network, CDN）後，伺服器負載量終於又下降了 50%。這件事花了將近一個小時才實現，但足以防止網站完全癱瘓。

接下來的一天也是如此──數百件事情出錯了，有大有小，而且從來不會只有一個地方故障。就像他們的回顧會議一樣，他們又一次體認對於這個極其龐大複雜的系統所知甚少，現在他們必須在極端條件下維持系統正常運作。

時間一晃而逝，無數的英雄事蹟讓一切維持運轉，疲憊的笑容和無數的 High-five 與之相伴。已完成訂單量持續攀升，待處理訂單率在下午三點達到高峰，這梅克辛放下心中大石，這讓人們有理由相信最壞的情況已經結束了。

梅克辛短暫地瞥了莎拉一眼，奇怪的是，站在一旁的她臉色看起來不太高興──即便如此，梅克辛也不在意。她為團隊的出色表現感到驕傲，他們迅速處理每一個危機，快速適應並且從中學習。當然，所有人心裡都明白，這些逆境都是象徵著好事情，因為獨角獸專案促成了黑五促銷的驚人成功。

到了下午四點，很明顯，最壞的情況已經過去了。訂單流量仍舊高的嚇人，但比起當天稍早的高峰下降了 50%。故障和幾近錯誤的數量下降到了不那麼令人驚恐的程度，人們不再那麼緊繃，漸漸放下心來。證據之一就是，韋斯戴上一頂繡著獨角獸和熊熊火焰的無極限零件公司棒球帽。他和周圍的人說笑，向每個經過的人遞帽子。

快到下午五點的時候，瑪姬走到房間前方，工作人員將香檳和塑膠酒杯搬進來。確認每個人手上都舉著酒杯時，她說：「多麼美妙的一天！各位，我們成功了！」

所有人都開心地敬酒，梅克辛一口氣喝乾了香檳。她早已筋疲力盡，但迫不及待想聽見他們今天創造的業績成果。

「這是公司有史以來規模最大的數位行銷活動，」瑪姬說：「我們傳送了破紀錄的電子郵件量，我們推送了破紀錄的 app 通知，我們得到的回應率打破歷史紀錄，轉換率也是有史以來最高。我們今天在電商網站上的銷售業績，比公司過去任何一天還要高。今天一天下來所得到的銷售利潤也是有史以來最高。你們覺得獨角獸專案表現得好不好？」

梅克辛和周圍的人們一起開心大笑，大聲歡呼。

瑪姬繼續說：「還需要幾天才能確定最終業績數字，但你們可以在我身後的螢幕上看到，光是今天的銷售收入就超過了 2900 萬美元。我們將去年的銷售額遠遠拋在腦後！」

瑪姬環視了一下房內眾人，舉起酒杯，然後開口：「此時，就是無極限零件公司的分水嶺時刻。我們多年來一直在追求這樣的表現。今天的成績證明了識途老馬也能像獨角獸一樣，創造極大價值。相信我，許多人的看法將隨之改變，從現在起，我們的任務是做一個更大的夢。我們證明了當業務團隊和科技團隊聯手合作，能夠創造多麼不可思議的成績。接下來，我們的任務是讓公司高層規劃更大的夢想、更大的目標，還有更大的展望！」

「好戲還在後頭，接下來會更精彩，值得我們期待，」她說。「但這個時候，我們有權好好慶祝。呃，是韋斯說現在很安全，允許我們慶祝的喔。庫爾特、梅克辛，請上來說幾句話吧。」

庫爾特站上台，和瑪姬站在一起，笑著示意梅克辛加入他。「為支援促銷團隊的一流技術團隊乾杯！我們頂著無數風險，大膽嘗試這家公司從未做過的事情。正如瑪姬說的，我們得到一展作為的機會，大大影響公司表現！」

庫爾特轉向梅克辛，顯然希望她對大家說幾句話。梅克辛看了眾人一會兒。「我很驕傲自己也是促成這個成果的一份子。庫爾特說的沒錯，我們都冒了極大風險走到這一步，我想我們在這一旅程中學到了非常多。我不敢相信我被流放到鳳凰專案竟然是幾個月前的事了，這段時間裡我們做了好多好多事。參與獨角獸專案是我做過最有成就感，而且最有趣的工作，我從未像今天一樣感到這麼驕傲。」

「我迫不及待想和大家一起慶祝，我聽說庫爾特會在碼頭酒吧請大家喝酒。但我還有一件事想告訴大家，」她說，等待人們的歡呼聲緩和下來。「儘管我們今天取得傲人成績，但我們還有很長一段路要走。基本上，我們就是百視達，堪堪想出紙本優惠券怎麼促銷。如果你們覺得這樣就能挽救無極限零件公司，告訴我你嗑了些什麼。」

「瑪姬說得對。我們真正的戰役才剛剛吹起號角。我們還沒有成功摧毀死星。還差得遠呢，它還在等著我們。今天的成果不過是，我們終

於學會駕駛 X 翼戰機。我們的世界仍舊危機四伏，」她繼續說：「但是，我們終於擁有贏得這場戰役的工具、文化、優秀技術和領導力。我等不及和各位開啟新的篇章，證明我們不是百事達影視、不是博德斯書店、不是玩具反斗城，更不是西爾斯百貨。我們付出一切為了贏得勝利，不是為了成為零售末日的另一個犧牲品！」

一口氣說完她想說的話，梅克辛抬起頭，看見每個人臉上震驚的表情。**糟了**，梅克辛想，意識到她也許該把剛剛那番話留到碼頭酒吧，下班後再聊。然後她聽到瑪姬說：「天阿！梅克辛說得太對了！我要原原本本地告訴史蒂夫和莎拉。我等不及進入第二輪！」

所有人都笑了，掌聲和歡呼此起彼落，尤其瑪姬鼓掌得最大聲。雖然剛剛提到莎拉，梅克辛四處看看，非常困惑。莎拉完全不見蹤影。**這跡象很不好**，梅克辛想，**通常她會守在這裡邀功啊。或者在出事的時候對某人指名道姓**。但梅克辛現在太興奮了，無暇思考這件事。

庫爾特和梅克辛是到碼頭酒吧的第一批人。他們把桌子排在一塊兒，為即將抵達的大夥們叫了一堆啤酒。庫爾特直盯盯地看向梅克辛。「順便說一下，現在是我告訴你我有多麼感激你所做的一切的好時機。如果沒有你，這一切根本不會發生……你加入反抗軍之後，我們起了天翻地覆的變化。」

聽到庫爾特這番話，梅克辛笑了。「不客氣，庫爾特！我們是個超棒的團隊。我很感激你把我捲入這一切。」

人們陸續加入，她坐下來，啜飲一口她的紅酒，細細品味。幾個星期前，她發現埃瑞克指示酒保永遠以他朋友經營的酒莊的珍釀紅酒招待她。

她想過要買下幾箱紅酒，卻被價格嚇到了。埃瑞克顯然給了她很多折扣。她最後只買了一瓶，準備留著和先生在特殊日子開酒慶祝。

彷彿他知道梅克辛正在想著紅酒，埃瑞克出現了，在她身旁坐下。

「恭喜兩位——你們今天表現得太棒了。接下來，你們要向史蒂夫和迪克展現公司的未來為什麼需要建立一個充滿活力的學習型組織。在這個組織中，實驗和學習將會是每個人日常工作的一部分。說來有趣，當史蒂夫還是製造部副總的時候，他非常自豪數百個工人建議被實際採用，提升工廠的安全性、減少無謂勞動、提高品質和增加工作流暢度。這也是一種持續實驗的形式。現在，你們要在更大層面實踐理念，在專案管理和部門孤島的暴政下解放人們的潛力。」

「第五個理念是將『以顧客為中心』堅持到底，對顧客最有利的事物才是你的真正追求，而不是一些狹隘目標如內部檔案紀錄計畫、部門績效指標等等，」他說。「我們要問，我們的日常工作是否確實改善了顧客的生活，為他們創造價值，他們是否願意為此付錢。如果他們不買單，那我們不如不做。」

埃瑞克站起來，一位酒保端著一瓶剛開好的紅酒走了過來。埃瑞克接過酒瓶，放到梅克辛面前，對她眨眨眼。「恭喜你，梅克辛！晚點再聊！」

他離開的時候，又有六位團隊成員走進來。瑪姬轉向梅克辛和庫爾特，問道：「剛剛他說的是什麼？」

「我還要想一想，」梅克辛說：「但沒什麼東西不能等到下星期再解決。也許今晚我們可以找個時間聊聊⋯⋯現在，我們先慶祝一下！」

第二天一早，當梅克辛醒來的時候，她的頭一陣一陣地砰砰直跳。在碼頭酒吧喝了不少之外，她回家又和丈夫喝了幾杯，一邊收看他們最愛的電視影集，直到很晚才上床休息。實際上，她不知道什麼時候睡著的，突如其來的筋疲力盡直接讓她陷入沈睡。

她想在這個星期六早上好好睡上回籠覺，但她拿起手機快速掃視。聊天室是有一些關於商店的問題正在處理中。顯然，顧客對促銷商品的大量需求讓門市經理們遇到問題。這些商品完全陷入缺貨狀態，他們要花十五分鐘為每一位顧客填寫預訂單，還要將每一份訂單輸入到另一個遲鈍的店舖訂貨系統。

商店 app 團隊被派往各家門市支援，想辦法加快訂單處理速度。有人提議寫一個簡單的平板應用程式來簡化流程。梅克辛喜歡這個點子，她有十足的信心，他們一定會想出一個讓門市經理和員工都滿意的解決方案。

她露出笑容，對於少了她也能解決這個問題感到很滿意。在過去的一個月裡，她對於夥伴們的信任和尊重與日俱增，非常感激他們的努力付出。

梅克辛在看到傑克昨天為她和全家人買的動漫展門票的時候，露出大大的笑容。

她聞到培根和雞蛋的味道。**傑克一定是在做早餐**，她想。也許她可以吃完早餐之後再睡個回籠覺。**一切都越來越好了。**

第 16 章

12 月 5 日，星期五

一週後。梅克辛現在坐在她有史以來見過最華麗的會議室裡。這裡是 2 號大樓，所有管理高層都在這裡辦公。這棟建築已有近七十年的歷史，是公司園區裡最古老高聳的建築物，四面牆都以原木鑲嵌。

梅克辛覺得非常不現實，她從沒有和這麼多公司高層面對面開會過。位於會議桌之首依序是史蒂夫、迪克、莎拉和其他三位她不認識的高級主管。這次她第一次在員工大會之外和史蒂夫、迪克同處一個房間。

梅克辛很驚訝埃瑞克也在場。史蒂夫和迪克看起來見怪不怪，似乎早已習慣有他出席會議。

當瑪姬站到會議室前方準備簡報時，梅克辛環視房間裡象徵著過往時代的榮耀與奢華。她覺得自己應該告訴庫爾特千萬別碰任何掛在牆上富麗堂皇的東西。

就好像艦橋全體人員決定邀請工程部門的紅衫軍到艦長室喝茶，瞭解他們如何部署星際艦隊一樣。

在她看來，就是此情此景，就是現在他們遇到的狀況。瑪姬向公司高層簡略概述了獨角獸專案的巨大成功，並提到梅克辛警示過的潛在威脅，最後提出他們的建議。

史蒂夫點點頭，瑪姬開始詳細報告，仔細回顧黑五活動的驚人數據。儘管梅克辛以前就看過瑪姬的簡報，她還是被瑪姬的優異表達力迷住了。她充滿自信，字字精闢地描述團隊的種種努力，以及他們最後創造出來的出色商業成果。

「……以上種種工作及活動，共同促成了這些最終銷售業績。在正常業務的基礎上，此次黑五促銷活動為公司帶來了近 3500 萬美元的額外收入。幾乎所有訂單都是透過網路或行動 app 而來，」她說。「出於各種原因，我們認為這些業績是附加收入。換句話說，如果沒有這次活動，就無法實現這些銷售收入。這是經歷數千次試驗後的寶貴成果，我們以前所未有的創新方法分析我們的客群。我們建立了五個令人讚嘆的技術平台，運用公司系統內的所有資料，對哪些促銷活動能夠帶動最有效的銷售做出成效卓然的預測。」

「我們售出擱置多年的大量庫存商品，帶來解救燃眉之急的營運資金，」她說。「展望未來，假如我們在年末購物季也推出這類令人心動的促銷折扣，我認為 7000 萬美元的收入成長是可以預期的。這數字比我們提供給華爾街分析師的業績指引還要高出 20 ％。」

這番話讓人們露出笑容，也激起了嗡嗡交談，尤其是迪克。他說：「淨利潤率將會一舉提升到睽違四年的水準，史蒂夫。我們已經很久沒有超乎分析師預期了，嗯，這次是驚喜不是驚嚇。」

全桌人發出大笑，史蒂夫臉上掛著開心但克制的笑容。梅克辛看到每個人的心情都很好，除了莎拉之外。她一臉嚴肅，不時拿出手機瘋狂打字，似乎在向某人傳訊息。

梅克辛盯著史蒂夫和莎拉，對他們之間的詭異氛圍感到困惑。瑪姬繼續說：「這裡還有更多好消息。我們全力改善商店系統，幫助門市經理將所有明星店長的銷售方針整合起來。我們在員工專用的平板電腦上加入了一系列新功能，幫助他們輕鬆尋找產品庫存狀況，以及從其他商店調貨。」

「也許更重要的是，在每一個平板應用程式中，我們拿掉了任何會阻擋員工迅速幫助客戶解決問題的東西，」她說。「以前，我們要詢問顧客姓名或電話號碼，這是必要步驟，完全沒辦法省略。別怪員工們不喜歡用這些平板裝置！」

「過去六十天裡，我們的試點門市的同店銷售額提高了將近 7%，」瑪姬解釋道：「非試點門市的同店銷售額則持平或下降。這表示更好的

客戶服務能夠驅動更多銷售業績，非常值得我們關注，優質的顧客服務也一直是無極限零件公司的核心價值。」

「和現在大多數企業一樣，我們採用淨推薦值（Net Promoter Score, NPS）來衡量客戶對我們的滿意度。我們問顧客，『從 0 到 10 分，請問您有多大意願推薦我們的品牌給你的親朋好友？0 分為絕對不推薦，10 分為絕對推薦。』0-6 分為批評者，7-8 分為中立者，9-10 分則是推薦者。我們將推薦者比例減去批評者比例，計算出公司的 NPS分數。得分超過 30 分，代表公司表現不錯，若得分超過 50 分，則表示非常優秀。」

「這十年來，我們一直在 15 分左右徘徊，其他競爭對手的得分也差不多。但多數航空公司的淨推薦值也落於這區間，所以這真的不是我們能夠感到自豪的數字，」她說。「在黑五活動落幕後，我們做了一個小實驗。我們將購買了促銷產品的人和整體客戶兩相比較。在促銷活動訂購商品的人們所給出的淨推薦值比整體客戶高出 11 個百分點。在提供商店取貨和更新版商店 app 的門市消費的客戶甚至給出高於 15個百分點的推薦值。」

「在我的職涯中，從來沒見過這樣的事情，」她說。「這些試點門市的得分比我們任何競爭對手都還要高，和 Ikea 這樣優秀的零售商不相上下。以一個販售雨刷清潔劑的商店來說，我認為這成績非常出色。」

她秀出另一張投影片：「我們的門市經理也回報員工參與度和士氣有所提升。以下是某位門市經理的原話：『我的員工們非常喜歡新的商店系統。甚至有位員工喜極而泣。她說舊的系統不僅讓她覺得自己很蠢很無助，同時也讓她因為無法幫助顧客而感到非常沮喪。非常感謝您和您的團隊為我們和客戶帶來了真真正正的改變！』」

梅克辛聽見會議桌上傳來刮目相看的讚賞。史蒂夫笑得很開心。「流傳數百年，甚至數千年來的唯一真理就是：員工參與度和顧客滿意度就是一切。如果我們能夠做到這些，並且有效管理現金流，那麼自然就能實現其他的財務目標。」

梅克辛忍不住問迪克：「身為一個和數字打交道的人，你真的相信史蒂夫說的話嗎？這個主張真是大膽，對吧？」

迪克露出笑容，似乎很喜歡這個問題。「我真的相信，尤其我是一個和數字打交道的人。一些頂尖、令人欽佩的企業在全盛時期都有這種能力，比如 Xerox、P&G、Walmart、Motorola……，現在的話，Toyota、Tesla、Apple、Microsoft、Amazon 都屬於這種企業。實現這些指標的方式可能有所轉變，但其核心價值依舊重要。」

「我非常同意，迪克，」埃瑞克說。「幹得好，瑪姬、庫爾特、梅克辛。」

「看到這一切真的太讓人激動了，我真的相信，我們一定能有所作為，」瑪姬說，她的笑容幾乎和梅克辛一樣燦爛。「更棒的事還在後頭。六個月前，我們有一個業界最差的 app，我猜你們都安裝了，但一定沒有人真的使用它。」

瑪姬微笑，看著房間內人們露出覥腆的笑容。「別心虛，因為我也沒有在用這個 app。所有人都知道這是一個貨真價實的大問題。如果我們缺乏說服力，無法讓人們使用這個應用程式，如果我們不能解決顧客真正在意的問題，我們當初何必打造這個 app 呢？」

「我們花了大把時間研究客戶，試圖找出他們的需求和欲望，」她說。「因此，我們下了不少賭注，想看看我們能做些什麼來吸引更多客戶。這是其中一個賭注。」

她秀出一張車輛識別號碼（VIN）的投影片，自 1954 年以來，每一輛車都必須標示專屬 VIN。

「輸入這些 VIN 幾乎是每一位無極限零件公司員工的惡夢，」她說。聽了這話，會議室裡幾乎所有人都笑了出來。「你們都在門市裡服務過，一定知道這件事有多麼困難，多麼容易出錯。客戶們現在可以使用 app 為建立車輛檔案，他們只需要用手機鏡頭掃描汽車上的 VIN 號碼，我們就能自動填入所有車輛資訊：品牌、車款、出產年份等，我們甚至還能從 Carfax 報告或其他服務中提取相應資訊。」

「現在，顧客可以自由走進一家門市，我們的員工可以掃瞄顧客手機上的 QR Code，直接調出他們的客戶紀錄。員工不再需要冒著風雪頂著豔陽，走到客戶的車前，用紙筆紀錄長達十四位的 VIN 號碼。」

「一位門市經理說：『這將改寫市場運作規則。除了對客戶有幫助外，對我們的員工也有很多好處。這是頭一次，我們像是拿到病人病歷的醫生。我們終於了解顧客的購物紀錄、他們需要什麼，我們可以更妥善地幫助他們的車子正常上路。上個月我聽到「謝謝」兩字比過去任何時候都還要多！』」

「我們有機會創造令人期待的商機：為顧客建立多樣化的維修計畫，或者我們也能涉足訂閱制服務，讓顧客根據自己的消費需求定期購入零件。我們可以和保養中心談合作，事先為顧客安排維修服務，甚至自行提供這類服務，」她說，跳到下一張投影片。

「對我來說，這些促銷活動的成功昭示著，有些潛在機會能夠一舉重塑無極限零件公司的未來，」她嚴肅地說，比簡報中的她更加認真。

「黑五促銷活動結束之後，梅克辛說過距離贏得這場戰爭，我們還有很長的路要走。就好像更好的紙本促銷券沒辦法拯救百視達影視，我們離想出如何在『數位破壞』或『零售末日』之下倖存下來，還有一段很長的路。儘管這一季表現亮眼，但我們還沒有成功炸毀邪惡的死星。它還在那兒虎視眈眈，我們要想盡辦法取得勝利。否則，等待著我們的就是衰落、失去市場競爭力，或者直接滅絕的危機。」

梅克辛覺得自己的臉一下子通紅，但她努力將注意力放到公司高層身上。她知道瑪姬要開始獻策了。

「獨角獸專案只是一個開端，讓我們意識到比任何人都更瞭解客戶需求，就有機會掌控市場，」她說。「畢竟，我們在將近一個世紀以前就開闢了這個市場。我們提議資助更多團隊去探索最有前景的商業點子，尋找下一個像是獨角獸專案的贏家。」

「在促銷活動團隊的經驗告訴我，這將是一個極其實驗性的過程，是一種探索和學習的實際練習。不是每個點子都百戰百勝，」她說。「每一個成功的點子背後都有無數個失敗的點子。有些點子天馬行空，永遠得不到傳統的中階管理層或委員會的認可。」

「研究指出，整體而言，每三個策略性點子之中，只有一個點子能產生積極效果，在這些有正面效益的點子中，也只有三分之一能夠真正帶動收入成長。」

「以上數據指的是大方向的、決定企業未來的策略,」她說。「以功能推廣、A/B 測試,或是演算法測試來說,只要有百分之五的點子奏效,我們早就忍不住拍手叫好,鼓掌喝采了。」

「我們需要這樣的團隊,專注探索各種商業點子,善用我們的市場地位,快速下注,嘗試、探索並驗證這些點子,」她說。「我們要找出某種方法,迅速砍掉沒有成功的賭注,並將籌碼加倍下注到贏家上。」

「獨角獸專案證明了我們有能力做到這一點,」她說。「但這一次,我們需要公司最高層的支持與贊助。」

梅克辛看見史蒂夫露出笑容,看起來不僅感興趣,甚至很樂見其成。他大聲鼓掌,但還沒來得及開口,埃瑞克先出聲發言。

「李女士說得很對,史蒂夫,」埃瑞克說,將視線從筆記本上挪開,他的筆記上似乎充滿塗鴉記號。「你所掌管的一家百年企業,在瑪姬、庫爾特、梅克辛的大膽嘗試之下,這家公司很可能終於走出低谷。目前所有的一切都是建立第一層面的成功上,也就是公司的搖錢樹業務。就像瑪姬的隱晦暗示,你們在第二層面或第三層面毫無建樹。」

梅克辛看看眾人,確認自己不是唯一一個聽不懂埃瑞克說了什麼的人。史蒂夫沒有被這不合常理的推論影響,相反地,他問埃瑞克:「第一層面、第二層面、第三層面分別是什麼?它們有什麼重要性?」

「問得好,」埃瑞克說,同時站了起來。「三層面理論是傑佛瑞・墨爾博士(Geoffrey Moore)提倡出來的企業經營理念。他最知名的著作是《跨越鴻溝》(Chasing the Chasm),提出以顧客性質細分的『技術採用生命週期』,將這個概念應用到現代商業規劃中。他觀察到顧客群呈現高斯分佈,分別是創新者、早期採用者、早期大眾、晚期大眾和落伍者。儘管這套理論最廣為人知,我認為他的『四大區域』理念反而更有傳世價值,也更能幫助我們充足整備,在三大層面中獲得成功。」

他說:「第一層面就是公司的現行核心業務,賺進大量現金的搖錢樹,擁有已知顧客、商業模式和營運模式,這些都是可預期的。以無極限零件公司來說,第一層面業務就是製造事業和零售營運事業,各

自佔了六成和四成的營收。這兩項事業每年為公司帶來超過十億美元的營收，但都受到競爭者和行業破壞者的猛烈攻擊。」

「幾乎所有事業都會隨著時間推移而衰減，因為任何有利可圖的業務都會引來大批競爭對手。降低交易成本的經濟邏輯在所難免，也難以抵擋，」他說。「這也是第二層面的新興業務如此重要的原因，因為這象徵著公司的未來。這類業務能夠將公司核心能力推廣給新的客戶、鄰近市場或應用不同的商業模式。這些嘗試可能無法立即帶來利潤，卻是我們探索高成長業務領域的核心所在。積極、富有遠見的領袖正是在第二層面業務中創造出下一代的第一層面事業。以你們的例子來說，轉型成第一層面事業的時機，將發生在第二層面業務收入達到一億美元的那時候。」

「你們可能也猜到了，第二層面的業務成果是由第三層面發展而來，第三層面更加關注的是快速學習和廣泛探索商機，」他說。「第三層面的主題是構思原型，盡快回應市場風險、技術風險和商業模式風險這三個問題。這個點子能夠解決真正的客戶需求嗎？技術上可行嗎？在財務上有可行的成長引擎嗎？如果這三個問題中有任何一個回答為『否』，那麼就該重新調整或者封殺這個點子了，」他說。

「如果答案都是『可行』，那麼人們就該持續探索這個點子，直到它獲得進入第二層面的入場券。到了第二層面業務後，就交給商業建構者接手拓展，」他說。「現在最明顯的問題是，你們沒有拿得出手的第二層面業務，也完全沒有第三層面點子。」

「史蒂夫，你的敏銳直覺告訴你，必須探索第三層面的商機。你也知道第一層面和第三層面有多麼截然不同，」他說。「第一層面業務倚靠有效流程、一致標準、遵守規則和順應官僚體制，創造卓越的組織韌性。這些運作機制能夠讓事業屹立不搖幾十年，持續傳遞偉大價值。」

「相較之下，在第三層面業務中，你必須持續試驗、不斷嘗試、快速前進，必須允許人們打破所有第一層面的所有規則和流程，」他繼續說道。「正如瑪姬所說，這是一個快速迭代的探索過程，快速下注並將籌碼加倍下注到贏家上，讓它們躋身第二層面業務。這裡是鍛造新方法、精通新方法的所在地，有望幫助公司邁向下一個世紀。」

「在這個時代，特別是第三層面，速度就是一切，」他說。「在製藥產業，創造一個全新市場必須付出漫長而巨大的努力：耗時十幾年研發新藥，斥資十幾億美元。一旦有了藥物開發的點子，就要申請專利，而專利僅僅給你 20 年的保護期限，在這之後市場就可流通成分相同的學名藥，專利藥廠的溢價優勢就消失了。」

「史蒂芬‧史貝爾博士（Steven Spear）觀察發現，如果企業能夠更快進入市場，通常可以獲取數百萬美元的額外收入。如果你是第一個進入市場的人，你可以囊括整個產品分類總收入的 50％，第二名拿25%，第三名拿 15 ％。對於錯失先機的落後者來說，加入戰局不過是浪費時間和金錢。」

「速度就是一切。更準確地說，從點子到上市的前置時間就是一切，」他說。「不管你們身處哪一層面，現在是軟體時代。幾乎所有的商業投資都和軟體密切不分。這意味著我們都必須提升開發人員的工作效率，就像梅克辛的傑出努力一樣。」

埃瑞克看了看手錶，開始收拾東西。「最後，再給你們一個警告。第一層面和第三層面經常互相衝突喔。」他別有深意地作勢指了指莎拉。「如果坐視不管，第一層面的領導者將會耗盡公司所有資源。他們準確地認知到第一層面是公司的經濟命脈，但卻沒意識到這只是一時的。人們有一種本能，那就是最大限度地提高獲利能力，從企業中提出現金，卻沒想過再投資到企業發展上。這是『價值管理』的論點，和『成長管理』恰恰背道而馳。史蒂夫，如果你想要的是成長，你必須極力保護第二層面和第三層面，讓這些地方產生的學習成果廣泛散播到公司各個角落。」

埃瑞克看向梅克辛。「你親眼看見了資料中心和獨角獸專案的所有學習成果如何實現了鳳凰專案的最初目標。還有很多學習成果等著你們探索。事實上，我認為打造一個學習型組織將會成為你們最關注的發展目標。」

埃瑞克回頭看向史蒂夫：「你創造了一個獨特的學習文化，保障組織裡每個人的身體安全，建造出世界上最安全、最受讚譽的製造公司之

一，」他說。「如果說心理上的安全和身體安全一樣，都是讓學習型組織充滿動力的前提條件呢？」

他又看了看手錶。「我得走了，各位，」他一邊說一邊走向門口。「我有一個不能缺席的午餐約會。祝你們好運！想讓公司生存下去，當然得先讓人們有安全感。」

所有人看著埃瑞克離開房間，他拉著行李箱快速離去。梅克辛回頭看向史蒂夫，他一副若有所思的樣子。出於莫名的敬畏，梅克辛記得埃瑞克曾經建議她尋求史蒂夫的幫助來改變技術組織根深蒂固的恐懼文化。她想，**我從來沒想過埃瑞克會為我牽線。**

正當她想著她下一步該做什麼時，莎拉站了起來。她說：「史蒂夫，雖然我很感激瑪姬和她的小團隊所做的一切，我認為這是個失敗的提案。您的董事長和上司，鮑勃‧斯特勞斯對公司未來走向抱持高度懷疑。我們不能為了任何瘋狂的冒險，所謂的『第三層面』活動，抬高更多的研發費用。我們已經一次又一次地證明了，我們根本沒有與任何低端新創產業競爭的 DNA，我們也無法繼續在製造端和零售端兩方面同時作戰。」

「我們這兩個第一層面業務正在苦苦掙扎。以目前狀況來看，鮑勃提議拆分公司並售出一部分股份的想法是我們挽救股價的唯一解方。沒有人想要一次打包這兩種業務，」她說。「在為一月份董事會做準備的過程中，鮑勃和新任董事長艾倫的想法說服了我，選擇成長的風險太高了。事實上，我確信我們應該立即進行下一輪裁員來節省人事成本，確保今年的利潤。」

「這對股東來說才是最好的選擇，而且當我們向投行遞出消息後，精簡人事對潛在收購方來說也更具吸引力，」她繼續說。「這也是我在鮑勃和艾倫的董事會特別小組委員會議上所提出的建議。」

莎拉收拾她的物品，臉上露出一種梅克辛只能形容為陰險不懷好心的表情，對史蒂夫說：「我發現你沒有受邀這場會議。真糟糕。我會讓你知道會議進展和我們的決定。」

梅克辛和其他人一起看著莎拉打開房門離開，她納悶著史蒂夫為何不能解僱莎拉。他為什麼能忍受她的挑釁？她剛才感受到的興奮和驕傲恍然消失。莎拉真的能無視獨角獸專案所成就的一切嗎？這一切都是徒勞嗎？她回想起黑五當天成功發布之後，人們都在歡呼慶祝，除了神秘消失的莎拉。

門砰地一聲關上，梅克辛意識到，她對莎拉無視或破壞他們努力成果的恐懼感，其實一點也不瘋狂。

史蒂夫盯著門看了好一會兒，然後嘆了口氣。他將視線轉回會議室眾人。「我和莎拉不同，我看好的是成長理論。如果我們沒有成長，就代表公司業務正在衰退，這不是我來無極限零件公司的原因。無庸置疑，我們要將籌碼壓在第三層面上。迪克和我已經模擬過這個情況，我提議拿出五百萬美元資助瑪姬的創新項目，」他說。

梅克辛的心怦怦直跳，突然意識到瑪姬的提案可能出現轉機。接著史蒂夫說：「但如果莎拉成功說服鮑勃裁員和縮減開支，她有可能會讓我們功虧一簣。」

「也許鮑勃和其他董事不會這麼短視近利。」迪克說。看著史蒂夫不置可否的懷疑神情，他又說：「好吧，如果真的發生了什麼，我們也會想出對策的。現在，我們該拿這五百萬做些什麼？我們打算怎麼發揮最大效用？」

在接下來令人振奮的三個小時裡，一份計畫大綱成形了。庫爾特、瑪姬和梅克辛將成為創新團隊的一員，直接向給比爾·帕爾默匯報。庫爾特和梅克辛將「共司一職」，在組織架構圖中佔據同一個位置，共同承擔業務和技術成果的責任。

「你們將負責培育有發展前景的新想法，探索市場風險、技術風險和商業模式，」史蒂夫繼續總結道。「每個計畫都要具備清楚定義的業績衡量標準，比如顧客獲取率、回頭客使用率或是顧客滿意度。在每一季末，我們會回顧檢視每項計畫的進展，作出以下決定：繼續資助；封殺，將團隊重新分配到下一個好點子中；或者加倍投資，甚至是將計畫升級為第二層面業務。我們還會決定是否要擴展或限縮這整個創新計畫。」

「你們的任務是找到使用技術的新方法，更完善地支援近百年的企業願景：幫助我們的顧客維持汽車運轉，讓他們能夠開展日常生活。」

史蒂夫轉向比爾說：「想得到最好的點子和想法，那就建立一個創新委員會吧。從整個公司裡找出五十位最受尊敬的同仁，包括門市經理、銷售經理、技術人員、工程師，當然，別忘了找技術組織的人。」

比爾點點頭，記錄在他的記事本上。梅克辛看見會議桌前所有人都點頭同意。

在散會的時候，史蒂夫對大家說：「我對比爾非常有信心，他將會帶領這項計畫。這是我們過去從未做過的事情，所以對幾乎所有人來說都是全新的嘗試。所以，儘管讓我們知道如何幫助你們。」

「收到，」比爾說。他指著自己的記事本說：「我已經擬好一份需要你幫忙的清單了。」比爾一條一條列出，史蒂夫迅速地調動整個公司的資源。比爾從史蒂夫那兒得到所需幫助的效率，以及史蒂夫為比爾張羅的種種資源，都令梅克辛感到無比驚嘆。

會議結束後，比爾請庫爾克、瑪姬和梅克辛陪他一起走回五號大樓。在這趟路程中，梅克辛聽見庫爾特和瑪姬分享他們有多麼開心會議竟有如此進展。梅克辛很高興有機會和比爾一起合作，他總是沉著冷靜，直切主題，而且他早已證明了他具備推動大型專案的充分能力。

對梅克辛來說，反抗軍的勝利似乎近在眼前，他們得到了靠山和資金，還有獲勝所需的一切。

但眼前也有莎拉的問題尚待解決。**萬一她成功說服鮑勃・斯特勞斯拆分並出售公司，那麼邪惡帝國將是勝利的一方。但即便是莎拉，也是不會成功的，對吧？**

第 17 章

12 月 12 日，星期五

「你說我們正在失去所有人員是怎麼意思？」庫爾特說，一臉震驚。

自從和史蒂夫、迪克會面後，已經過了一星期，議定好的計畫進展飛速，梅克辛感到非常滿意。比爾、瑪姬和庫爾特正為創立創新委員會而奔走，獨角獸專案的工作進展飛快，所有人都為了一年之中最盛大的聖誕節促銷活動全力準備。

虎鯨團隊繼續研究感恩節活動的數據，整合他們學習到的知識，確信這一次聖誕促銷將會帶來更高的回應率。他們所有的試驗和結果都將再次注入黑豹資料平台。他們持續強化基礎設施的穩健性，為大規模流量衝擊做好應對措施。

不過，在上星期五和史蒂夫及迪克的會面之後，他們原先認為理所當然的事情似乎不再那麼確定。這就是克里斯將庫爾特和梅克辛叫到他辦公室的原因。

「他們從來就不是『你們的人』，庫爾特。你們的獨角獸專案只是臨時借調了一批工程師，」克里斯說。「新的會計年度在幾個星期後開始，這些工程師都會被派到其他專案。這些都是重要的商業專案，需要足夠的人手。因為我們之前把工程師借走，所有業務經理都趁勢興風作浪，聯合起來造反了。」

「但為什麼是現在？」庫爾特問，非常狐疑。「是什麼讓所有人這麼憤慨？」

克里斯毫不幽默地笑了：「莎拉到處煽動軍心，為他們的不滿添油加醋。比爾正準備和史蒂夫、迪克再開一次會，想辦法對付她使出的花招。」

「我不敢相信莎拉正在煽動一場反叛亂，嗯，來對抗我們這隻反抗軍，」庫爾特咕噥道，聽起來像是因為莎拉原封不動照搬他的劇本而被冒犯。

當天稍晚，比爾傳來訊息：

> 按照原定計畫行事。我們會想出如何填補這些空缺的對策。
> 我們被捲入一場浩大的政治鬥爭。莎拉和一個董事會派系
> 站隊，我們和史蒂夫、迪克在同一邊。

一整天下來，他們發現莎拉確實是一個非常高效的企業游擊戰士，她在過去一星期內就成功地組織了一支反政府武裝隊來對抗他們。

梅克辛心不甘情不願地承認莎拉的不擇手段和足智多謀，簡直快將她逼瘋了。她現在最想看到的就是莎拉決定放棄然後走人。

「從很多方面來看，莎拉是個了不起的人物，」她在晚餐時對丈夫說。「在另一個平行宇宙中，莎拉可能站在正義的一方，擁有驚人的力量。如果這是一部超級英雄電影，她是一個充滿天賦的人，經歷了人生中的重大創傷事件後，整個人黑化變成反派。現在的她想盡辦法粉碎眼前任何快樂的火花。」

星期一早上，庫爾特和瑪姬去見了比爾，阻止莎拉搞破壞。梅克辛留守後勤，繼續和怪人戴夫著手解決某個對於獨角獸促銷活動和鳳凰專案的核心應用有所危害的技術問題。在過去的一個月裡，他們已經為鳳凰應用建立了大量的自動化測試，讓人們更安全、更有效地做出變更。這項努力帶來了顯著成效，然而，由於測試數量非常龐大，光是執行測試就要好幾個小時，因為不想等待過久的測試時間，開發人員開始避免檢入他們的程式碼變更。

更糟的是，一些自動化測試時不時地失敗。上星期，她尷尬地看見一位開發人員測試失敗，試了第二次也一樣失敗。他再試了第三次，彷

彿在賭場玩吃角子老虎機。這一次，測試終於成功了。梅克辛既尷尬又厭惡地想：**我們可不是在經營賭場，這樣投機的測試可不行。**

意識到這將很快成為開發人員的新瓶頸，她讓團隊將鳳凰測試平行化處理，讓測試可以在多台伺服器上執行。但他們發現執行平行化測試會造成鳳凰應用偶爾當機或完全崩潰——假如它在測試期間故障，就意味著它也可能在正式生產環境中崩潰。

怪人戴夫說：「梅克辛，我們認為問題是出在鳳凰的訂單配送模組中某個未發現的異常。」梅克辛和怪人戴夫，還有另一位工程師，一起拿出筆記型電腦。她在電腦上叫出程式碼，身體不由自主地後撤。「哇……」她說，將文件往下滾動……繼續滾動，說不出其他的話來。

「是的，」怪人戴夫大笑。「要用這兩千行程式碼來決定商品是否能送到訂單指定地點。十五年前一群架構師做了這個框架，比鳳凰專案還要早。就連 TEP-LARB 的人都知道這是一個可怕的錯誤，但是寫出這個框架的人早就離職了。」

梅克辛繼續滾動畫面，她發現自己找不到任何業務邏輯，只有樣板化的程式碼：訂單、訂單項目、行項目，就像幾個月前中學女孩們寫的程式碼一樣危險。到處都有空值檢查，還有類型測試、向下轉換、強制轉換和各種為取得適用數據的可怕轉換，例如列舉類型或是沒有具體子類型的多型類型。物件方法實在太多了，以至於她完全無法全部記下：getOrderLines、getItemLines、getShippingLines……

她張開嘴欲言又止，什麼也說不出來。「這……真不可思議。」最終，她只能吐出這句，帶著極度恐懼和難以置信。她閉上雙眼，試圖喚起一些無腦的樂觀情緒，想到了霍爾法則：「世界上寫程式碼的方法有兩種：編寫簡單到明顯沒有錯誤的程式碼，或者寫複雜到看不出明顯錯誤的程式碼。」

「各位先生，我們要將這些垃圾清理乾淨，」梅克辛的語氣有一種近乎魯莽的自信。但連怪人戴夫看起來都有點退卻。她語重心長：「這程式碼應該要很簡潔。我們要做的就是從訂單中檢索位置資訊，對吧？我們一定可以的！」

他們花了兩個小時針對這份程式碼編寫測試，確認他們確實理解它的運作邏輯，然後他們開始提取常見的操作，將這些操作放到屬於它們的地方。梅克辛修改了類別層級，讓它們發揮最大作用，但依然恪守函式程式設計原則，使用現代類型和慣用的映射、歸納和篩選函式，正如啟發了香儂的黑豹專案的那篇著名 Google Map/Reduce 論文一樣。

接近中午，他們已經將兩千行程式碼大幅縮減到五百行。怪人戴夫露出笑容。「這真是太神奇了，梅克辛。這大概是五年多以來第一次有人鼓起勇氣碰這些程式碼。」

「是八年，」另一位工程師說。「這個程式碼真是太美了！我想我找到問題癥結了。這些是沒有包含在 try/catch 區塊的程式碼。」

梅克辛看向他的筆電，立刻意識到他們終於找到問題所在。「幹得好！」既然他們已經將積淤已久的沉痾排除乾淨，問題就顯而易見了。

當其他人去吃午餐時，梅克辛留了下來，心中有個主意想試試。她在筆電中開啟新視窗，將團隊用了整個上午處理的資料複製進去，然後用 Clojure 從頭開始重新編寫程式碼。

四十五分鐘後，怪人戴夫回到辦公室，將三明治遞給梅克辛。他問：「你在笑什麼？」

「噢，只是做了點小實驗，」她說。「我用一種函式程式設計語言重新編寫程式碼，用了這語言的內建資料類型和標準函式庫，想看看能否讓程式碼變得更簡潔、更輕巧，也想看看能否排除例外處理。」

「結果？」怪人戴夫催促道。她轉過筆電給他看。

「老天爺啊，」他說，不可置信地盯著她的筆電螢幕。「只用了五十行程式碼！」

梅克辛笑了出來，她知道他們一定會受激勵，努力嘗試達到或超越她的成果。就連對她來說，這也是彰顯第一理念：區域性和簡潔性的完美例子。

他們今天上午所做的工作讓平行化處理變成現實，加上如閃電般的高速效能，在未來很長時間內一定能創造龐大可觀的生產力紅利，加速開發人員的工作進展，出現錯誤時能更快取得回饋。這就像是技術債的對立面。就好像複利效果為你賺錢一樣。如果他們能讓開發人員一直維持高效率，一切努力都將收穫豐富回報。

梅克辛微笑著看著怪人戴夫打開他的電腦，為他們的成功進展喜出望外，興奮之情溢於言表。然後他說：「噢不。」

螢幕畫面是 Unikitty CI 的狀態頁面。梅克辛探頭想看看他們在午餐前檢入的修復版本是否已經通過自動化測試。她原以為會看到一片綠燈，眼前的畫面卻代表測試根本沒有開始。還有五十個工作正在等待測試。

「這很不妙，」怪人戴夫說。「整個 Unikitty CI 叢集都故障了。每個人的佈建版本都被卡住。」

梅克辛感到一陣惱怒，看向他的螢幕。她發出咒罵。這破壞了本該是他們取得勝利和榮耀的光輝時刻。

他說：「#ci-unikitty 頻道的人快瘋了。沒人可以執行測試。」

每當獨角貓系統故障，就會有一群憤怒不已的顧客出現：這些人也是開發人員。這件事完美證明了獨角貓是一個必須視為產品，持續經營、管理的內部平台，而不是一次到位的專案成果。如果想讓他們的顧客感到滿意，那麼這平台絕對不能撒手不管。

他們到處尋找獨角貓團隊的所在。他們在一間會議室裡找到了德威、庫爾特和另外兩位工程師，這些人圍著布倫特的電腦看。

「你們來得正好。所有開發經理都在發火，說他們的團隊沒辦法完成工作，」庫爾特抬起頭說。梅克辛被他的憔悴外表嚇到了，他的眼下有著濃濃的黑眼圈。**庫爾特這幾星期一定過得很艱難**，她想。「我們承受不起這些讓人分心的事情，尤其是這種時候……」

「這不就是我們一直想要的嗎？顧客！」梅克辛笑著說。「你想要人們重視我們建造出來的基礎設施對吧？恭喜，你的願望成真了。畢竟，如果他們不在乎，他們根本不會抱怨。」

採用持續整合實踐的成果斐然，有將近三分之一的開發團隊會在日常工作中使用 Unikitty 平台。但他們遇到了問題，必須擴大規模才能滿足使用需求。

她看了看手錶。快要中午十二點了。每位開發人員都傾向於在吃午餐前送出程式碼，這可能造成 Unikitty 不堪負荷，某些東西可能故障。**Unikitty 的成長痛超過它能承受的範圍了**，梅克辛想。

庫爾特嘆氣。「如果你有看聊天室，有很多開發經理說他們受夠了這麼脆弱的軟體版本伺服器，他們要將團隊撤出 Unikitty。」

梅克辛的笑容僵在臉上。「你在開玩笑吧？」回到那些苦日子，就像她初來乍到鳳凰專案那時的糟糕過去……完全無法忍受。這麼做，可不只是打回原形——這將會帶來真正的災難。

到底發生了什麼事？感覺他們和鳳凰開發人員共同取得的所有進展，以及黑五促銷和獨角獸專案的成果正從手中溜走。他們被慢慢地拽回那片混亂的泥淖，所有被解放出來、提升了生產力的工程師們也全被拉了回去。

當獨角貓團隊終於搞定問題，讓平台重新運轉的時候，時間已經快到四點半了。但是堆積了無數佈建版本和測試，大概要到半夜才可能跑完所有測試工作。

德威說：「我不敢相信竟然是網路交換器出問題。」

梅克辛也同樣一臉不可置信地搖了搖頭。又一個令人尷尬的硬體故障。打從一開始，這些系統就是由庫爾特和團隊成員從組織的各個角落搜刮而來、七拼八湊的設備。

他們遇過磁碟故障、電源問題，現在換成網路硬體出事。她實在不想看到能力出眾的工程師拿著螺絲起子到處晃，敲開伺服器外殼，擺弄實體基礎設施。

確實，她對硬體也有過不少美好回憶，無論是工作職涯或是和孩子們一起體驗。當她還是一名菜鳥工程師的時候，她最喜歡在卸貨倉庫打開那些裝滿最新、最熱門設備的大紙箱，然後將電腦設備一一裝上貨架，整齊排放。那時候，她也喜歡還原那些備份磁碟。

現在，這些工作內容的價值實在太低，尤其是和他們**應該**做的事相比，這些低價值工作的機會成本可是開創無極限零件公司數位轉型後的未來。

他們的任務是構建程式碼，而不是和執行程式碼的硬體設備胡攪蠻纏。

「我不想這麼說，但我覺得 Unikitty 已經命在旦夕了，」梅克辛對德威說。「我們不能再用布倫特在辦公桌下找到的硬體來運行對公司舉足輕重的任務。問題不僅僅是硬體方面，伺服器太不一致了。就像我的編譯工作不能在 #3 佈建伺服器上運行，它需要十倍的時間。我們花了太多時間在讓它運作起來。我們必須盡快解決這問題。」

「無可反駁，現在我們就是太忙了，」德威聳聳肩說。梅克辛確實無法否認。

正如他們的預期，後續發展如墜地獄。星期二早上，庫爾特在團隊會議上說：「克里斯不僅在他的下屬會議上當著所有人的面責罵我，他還邀請了瑞克。瑞克提案建立一個能與 Unikitty 分庭抗禮的持續整合服務。」

「瑞克？！」德威問，驚訝的語氣順便表達了梅克辛的震驚和難以置信。「他根本不知道什麼叫做持續整合服務！」

庫爾特頹然坐下，「顯然，莎拉開始大肆宣揚 Unikitty 對整個公司造成巨大危害，說我們應該被解散。」

整個會議室陷入寂靜。

「真扯，人們把這裡發生的一切都怪在我們身上。昨天二樓的廁所壞了，我們也要為此挨罵，」怪人戴夫說。

庫爾特的電話響了。他拿起手機，看著螢幕好一會兒。他看向梅克辛：「我們得走了。比爾剛剛和瑪姬約時間開會。更多的壞消息，我猜。」

比爾的助理伊蓮請瑪姬、庫爾特和她進入辦公室的時候，比爾抬頭看著他們說：「我們遇到問題了。」比爾站起身，拿上他的文件板夾。「十五分鐘後我們要和史蒂芬和迪克在二號大樓見面。我在路上跟你們說明情況。」

他們走到戶外，比爾說：「莎拉說服鮑勃和其他董事凍結所有開支，這個決定即刻生效。史蒂夫剛剛也發現他們否決了用於創新計畫的五百萬美元預算。」

比爾搖搖頭：「莎拉真是不簡單，對吧？」

「我從她身上學到了很多。莎拉是個非常出色的銷售專家，但她從來沒有帶領過軟體專案，」瑪姬說。「她的標準很高，這一點很好，但在管理員工和經營團隊這方面……，她絕對不是讓人如沐春風的類型。」

「不，我敢說不是，」比爾說，做了個鬼臉。「我對這次會議有一種很不好的預感。」

他們一走進大會議室，梅克辛立刻知道事情不妙。史蒂夫和迪克在場，還有克里斯也在。克爾斯登的出席令人驚訝，但更糟糕的是，人資副總蘿拉·貝克也來了。

讓人資主管參加會議從來不是件好事，梅克辛想。她還驚訝地發現埃瑞克站在房間後方，正在看著掛在牆上的歷史照片。他向她快速揮了揮手。

至少莎拉不在這裡，梅克辛想。

「各位請坐，」史蒂夫說，從紙本試算表中抬起頭來，一臉嚴肅。「你們大概已經聽說了，莎拉成功說服董事會，在我們公布收益之前不應該增加成本支出。」

「不幸的是，這還不是所有的壞消息，」他說。「昨晚，董事會指示我將全公司的營運成本削減 3%。莎拉和新任董事艾倫讓所有人相信，黑五促銷的成績顯示了新的營運效率，我們不再需要這麼多員工。」

梅克辛聽見有人倒抽一口氣。她覺得自己快吐出來了。或者哭出來。或是兩者都有。

我不相信會發生這種事，梅克辛想。**我覺得我有一部分責任。畢竟，想讓獨角獸專案成功，散播創新計畫的種子，我出了許多力氣。**

不知為何，這些令她引以為豪的成果，卻準備讓一群無辜的人失業。**該死的莎拉，**她想。

「抱歉，各位。我知道這消息很難接受，尤其是獨角獸專案為公司帶來這麼多收入。我原先真的認為我們可以和董事會爭取更多時間。」

「你們可能已經算過了，」他繼續說。「為了實現創新計畫的目標，我們不得不裁減一百五十人。為了從內部營運預算中挪出用於創新計畫的資金，我們還得額外消減五百萬美元的成本開支，或者再裁掉四十人。」

聽見不斷增加的裁員人數，梅克辛聽見更多的倒抽聲。她覺得窒息，感覺淚水在眼眶中打轉。

她看向人力資源副總蘿拉。**所以，這就是那種會議。**既然裁減人數已經確定，首先每個人會捍衛自己的地盤，努力保住自己的份額。一旦確定了裁員配額，每個人都會想出一份名單，上面有著將被裁掉的人。然後，他們就會定奪生殺大權，決定莎莉是否比山姆更重要，還是山姆更應該留下來。

梅克辛感到無比恐懼。她看著桌前眾人說：「這些人都是有血有肉的人。他們有家要養。這些人會收拾東西走出公司，一個接著一個。其他人都會看著這些人離開，擔心下一個是否輪到他們，不知道經理們什麼時候停止砍人。到了那時，史蒂夫預先寫好的 email 才會傳給全公司所有人，宣布裁員結束，信中文字洋溢著樂觀的糖衣砲彈，當然，也要求所有人少花錢多做事。」

每個人都低下頭。突然之間，梅克辛不想和這一切扯上關係。她希望一切重頭來過。她希望自己從未加入反抗軍。她只想讓佈建版本運行，幫助開發人員提高工作效率。她不曾想過，決定誰該留下、誰該走人，竟然也是反抗軍的任務。

她看看四周，心中想道：**假如我知道加入反抗軍會造成這一切，我一定會保持低調、不要搗亂，遠離麻煩，就像克里斯吩咐我做的一樣。**

「我真的以為他們願意給我們時間，至少到明年一月，」迪克搖著頭說。「這次會議的目的是準備一份計畫給董事會，我們要將營運費用削減一千五百萬美元。如果想為創新計畫提供資金，那麼我們需要將成本降低兩千萬美元。」

「我和史蒂夫已經與所有業務負責人見過面了，要求他們各自給出費用削減計畫，」他說。「這就是讓你們來到這裡的目的。我們需要各位提出計畫，從 IT 組織中砍掉兩百萬美元的開支——以你們的組織而言，大概是十五人。」

梅克辛算了一下。裁員人數超過公司所有技術人員總數的 4%。「不！這太糟糕了。我們不能用裁員來為創新計畫提供資金。讓這些人離開是不值得的，」梅克辛說。她看見每個人轉頭看向她，有些人的神情麻木而疲憊，有些人面露同情，彷彿她是一個剛剛發現聖誕老人其實不存在的孩子。

「梅克辛，今天在場的所有人都習慣裁員了。」比爾說：「我想，在場所有人都認為，我們今天最重要的任務是找到資助創新計畫的方法。否則，你們付出的努力和取得的成就都將付諸東流，我們只是選擇了慢性死亡。如果不投資新的事情，我們最終只會原地踏步。在市場上越陷劣勢，等著被其他競爭者打敗。」

克里斯對梅克辛說：「比爾說得沒錯。這麼做是正確的。」

梅克辛仍舊搖了搖頭，對裁員感到震驚。

史蒂夫看向梅克辛。「是的，保護創新成果是我們最重要的任務。如果我不相信這件事，我大可辭職。畢竟，沒有我，他們也能削減成本。但這項工作非常重要，我們必須盡一切努力確保創新團隊得到機會。」

他們說的這些話語讓梅克辛感覺更糟。

「但是為什麼呢？創新計畫對你們來說有這麼重要嗎？」梅克辛終於向史蒂夫發問。

史蒂夫沉思片刻。「埃瑞克上週說的話是對的。我們作為一家企業，必須證明我們有一套可行的成長理論，能夠以削減成本以外的方法創造價值。在經營公司這件事上，有兩種極端影響著投資界對公司的看

法，同時也影響著公司的經營策略。艾倫和莎拉創造價值的方式是一種極端，也就是削減成本開支。在公司營運上用盡一切手段榨出盡可能多的利潤。以降低成本為經營方針的營利型組織中，有些公司發展得很好，有些公司苟延殘喘，但絕大多數公司最終都消失了。」

「當你的公司採取降低成本的作法，通常不過是在操弄財務報表，」史蒂夫比了比迪克。「為了停止虧損，我們不得不出售資產來獲得現金。但這就像出售傢俱來支付房貸一樣。到頭來，你沒東西可賣的時候，就再也不能為日常營運活動提供資金，這意味著更多的裁員。」

「另一種經營方針是追求成長。就像我剛剛說的，如果公司停止成長，就是選擇慢性死亡。獨角獸專案向所有人證明了，我們確實有能力讓公司成長，創造符合顧客需求的新產品，從競爭對手手中奪走市場份額，效仿追求成長的大企業所做的所有事情，」史蒂夫露出淺淺的微笑。「當我們的收入成長，公司的利潤也同時增加了。我們獲得了創新能力，能夠在市場中下注，為我們的成長提供引擎，確保公司未來的競爭力。」

「投資人會因為看見公司成長而獎勵我們，」他說。「在我們尚未公佈財報之前，公司股價已經上揚。分析師開始調高他們的目標價格。這表示華爾街正以更高的估值乘數評估我們。幾個月前，動態市盈率的乘數不到 1，這幾乎是對我們的污辱，因為市場**預期**我們走向衰退。當我們公布這一季度績效時，他們大概會像看待任何穩健發展的零售企業一樣重新評估我們。有朝一日，他們會對我們刮目相看，修正原先估值，因為我們將會定義市場、領導市場，甚至為市場帶來破壞式創新。」

「比爾說的沒錯，梅克辛，」他說。「最簡單的作法就是聽從董事會的指示。但正確的作法是確保創新計畫有成功的機會。這很難受，但作為領袖，進一步減少成本開銷才是正確之舉，這點毫無疑問。這麼做才能創造一條通向企業長期成長的潛在道路。」

經理們開始協商哪些部門要裁撤十八個職位，梅克辛依舊感覺很難受。他們爭論著要裁掉有經驗的工程師，還是以同樣的價格裁掉更多新進工程師。要解僱經理還是個人貢獻者。要裁掉正職員工還是約聘人員。

當她再也受不了的時候，梅克辛藉口出去透透氣，只為了離開這令人窒息的會議室。

半個小時後，她回到會議室，發現克里斯同意 RIF（reductions in force，縮減人力）兩個開發職位和五個 QA 職位，幾位績效不達標的工程師和經理。比爾必須 RIF 七個職位，主要是服務中心、伺服器和網路管理的職位，還要裁掉一名經理。梅克辛希望德瑞克能挺過這次裁員風波，更別說她的老東家 MRP 團隊了。

令人驚訝的是，克爾斯登準備裁掉七位專案經理，表示反抗軍已經改變了團隊工作方式。「從長遠角度來看，我們不希望管理相依項目，我們要做的是消除它們，」她說。「這是我們要打造的工作系統和企業架構，也就是要減少專案經理。梅克辛一再展示了如何在工作中減少相依項目。我們還有很大的改善空間。」

從一方面來說，會議室裡所有人的職業素養對梅克辛留下深刻的印象。但是聽到一些名字被放入 RIF 名單，而且聽到她自己是克爾斯登整頓團隊的理由，梅克辛覺得自己又想嘔吐了。

自會議開始以來，埃瑞克首次出聲：「你們可能要裁掉比預期更多人。」梅克辛幾乎忘記他也在場。

比爾說：「噢，**真是太棒了**。」

「上一次我們見面時，我提到了傑佛瑞・墨爾大師的三層面理論，但我那時沒有足夠時間解釋他的『核心（core）與脈絡（context）』概念，這也是他『四大區域』的立論基礎。」埃瑞克說：「墨爾大師觀察發現，許多企業認識了三層面理論，還是無法好好地投資新一代創新事務。換句話說，他們在**核心業務**投資不足，因為他們被**脈絡業務**綁架了。」

「核心業務是指企業的核心競爭力。這些是顧客願意為此付錢的能力，也是投資者看中的能力，」他說。「脈絡業務就是除了核心業務以外的一切工作。員工自助餐廳、接駁巴士、還有成千上萬為了維持公

司營運的必要工作。這些事情當然也很重要，比如 HR、薪酬還有電子郵件。但是客戶不會因為我們為員工提供一流的薪酬計算服務而多付我們錢。」

「墨爾大師認為脈絡業務的管理不善是一流企業的**罩門**。被脈絡業務耽誤的公司沒有辦法專心推動核心業務。的確有一條改造公司的策略，但它需要近乎苛刻的專注與堅持。」

埃瑞克看向比爾和史蒂夫：「你們都清楚技術必須成為公司的核心競爭力，事實上，無極限零件公司的未來就取決於此。但是，每年用在技術組織的八千萬美元預算中，有多少用在核心業務上，用來打造競爭優勢？又有多少被用在脈絡業務上？這些脈絡業務很重要，甚至屬於關鍵任務，但這些工作仍舊需要標準化管理、向下管理，也許可以考慮完全外包出去。」

比爾被激怒了，臉色漲紅。直到剛才，他一直看起來異常堅忍自持，顯然埃瑞克觸碰到了他的逆鱗。「你剛剛說外包？在我們經歷了這麼多災難後，埃瑞克，我們不是都同意外包 IT 這件事正是現在局面的始作俑者嗎？」

「我不同意！」埃瑞克語帶嘲弄。「你們證明的是，就算沒有外包，你們也能破壞第一、第二和第三個理念。換個角度想，請你們考慮第五個理念，如何真正地以客戶為中心，而不是讓部門各行其是，割據成一個個資訊孤島。正如墨爾大師的詰問，在你管理的應用程序和服務中，哪些是客戶真正願意付錢的？哪些能確實強化公司的競爭優勢？哪些你可以外包給廠商？」

「一百年前，多數大型工廠都有首席電力長（CPO, chief power officer）一職，他們負責管理發電流程。沒有電力，人們無法從事生產工作。這曾經屬於核心業務的範疇。」他說：「但這個職位已經完全消失了。現在電力變成公共設施，公司行號直接向公用事業購電。你可以根據報價更換供電廠商。自行生產電力不再具有競爭力，它現在只是脈絡業務，不再是核心。你們一定不想雇用一大群員工，專門為工廠供電吧！」

「管理大師克雷頓・克里斯汀森（Clay Christiansen）曾經說過：人們總

是把『不夠好』的東西留下，將『好得不能再好』的東西外包出去。」他說：「為什麼你們會選擇將自助餐廳的 POS 系統外包出去呢？」

比爾搔著下巴若有所思。「我的團隊和首席安全官約翰合作，找出哪些應用程序儲存了個人識別資料或信用卡資料。這些就像有毒的待回收物，我們不應該浪費時間或精力去保護它，我們應該擺脫這些東西。我們尋找這類應用程序，在可能的情況下就讓它們退役，如果情況不允許，我們會尋找外部廠商提供支援服務。」

「沒錯，」埃瑞克說，站起身來。「我想請你和技術團隊好好思考第五個理念，辨識那些你們可以擺脫的脈絡業務，將人們從數十年的技術債中解放出來，找出那些長久束縛了人們工作效率的東西。想像一下如果少了這些束縛，你們能夠達成什麼成就。儘管短期內會帶來不適應與痛苦，但長遠來看，你將會收穫一些意料之外的關鍵紅利。」

「史蒂夫，你很幸運。根據莫爾大師的說法，最適合管理脈絡業務就是比爾和梅克辛這樣的人。」埃瑞克說：「這絕非易事。你需要一個真正了解公司業務的人，能夠不屈不撓地在全公司上下推動標準化，把組織的最佳利益視為第一位，清楚科技的運用時機與分寸。」

「想像一個讓累積了幾十年的技術債消失的美好世界……」他說：「在這個世界裡，你可以一舉擺脫糟糕的業務流程、差強人意的自動化佈建。想一想，如果能夠自由地、仔細地挑選要拋棄什麼東西，選擇把時間和精力投注在重要事務上，這種感覺該有多好。迪克知道簡潔性能創造高效率，複雜性則與其背道而馳。現在的內部系統和流程，有多少次阻礙了你們完成工作？」

這番話讓梅克辛的思考陷入停頓。簡化公司業務和技術環境的想法令人嚮往。她喜歡處理複雜的商業問題，但假如這些問題不再被累積了幾十年、毫無意義的複雜性和長久以來的漠視所阻礙，工作起來會更加容易、更加輕鬆。

「最後，各位，尤其是史蒂夫，」他繼續說。「仔細想一想，你們準備砍掉的職位都有可能擾亂工作流，尤其是你們現在的系統不存在第一理念所追求的區域性。舉例來說，當『批准方塊』一直發生，這時還解僱經理的話，情況會變成什麼樣子？」

「這些中階主管站在企業策略和實際執行的前線。」他說:「這些人為你們決定工作優先順序,是你們的交通警察。我們心中都有著讓小型團隊獨立工作的美好藍圖,但是誰來管理這些團隊中的團隊呢?就是你們的中級經理。有些人會嘲笑他們是「升不了官的中階管理層」,但你們將會發現,在組織裡好好培養這一層人員對於企業策略的執行至關重要。」

「祝你們好運,」埃瑞克說,準備轉身離開。「堅持住,梅克辛。如果你選對了,更好的日子就在不遠處,儘管現在這選擇可能令人難受。」

在走回五號大樓的路上,每個人都保持沈默。最後,梅克辛問比爾:「你的話不多,對嗎?」

「有時候吧,」他露出克制的淺笑。

「嗯,你對剛才的會議有什麼看法?」她問,這問題大概縈繞在每個人腦海中很久了。

比爾停下腳步,看了梅克辛一會兒。「簡直糟透了。就好像營運部門的人的同一套作法,少花錢多做事。外包這個、外包那個。在過去,這些作法造成了許多不可思議的愚蠢決策,像我們這樣的人被留下來收拾殘局,一收就好幾年。當所有人都發現我們搞砸一切的時候,我們還經常不得不將所有東西收回公司內部。這一點都不好玩。」

「但這一次,可能有所不同。」他說,恢復快步走路。「史蒂夫和埃瑞克的看法是正確的,我們必須找到保護創新計畫的方法。這是讓企業持續經營下去的關鍵。在這麼多年的職業生涯中,我第一次發自內心認為,在公司最高層的支持下,我們可以改變管理技術的方式,並且把事情做好、做對。」

「但是這並不容易,」他說。「我喜歡埃瑞克關於『核心和脈絡』的說法。有些服務的確應該停止營運。我想到了我以前的中型計算機團隊,我們創造了如科隆群島一樣獨特而令人嚮往的技術,這幾十年來

提供了非常好的服務，但是我們已經偏離了整個行業的發展方向，以至於我們無法尋求市場上的業者提供相似服務。也許是時候建一座橋回到大陸上了……或者完全撤出這些群島。」

他繼續說：「我想知道能否在不增加成本支出的情況下，重新培訓我的老團隊裡所有成員，為他們找到新的職位。創新計畫會開出許多新的職缺，我想讓他們試試。他們擁有豐富的專業知識和領域經驗，失去他們將是公司的巨大損失。柯爾斯登的專案經理們也是如此……」

比爾一邊走，一邊繼續沈默地思考。很好，梅克辛覺得事情越來越棘手了。她的老東家 MRP 團隊是否也成為特有種，居住在他們的科隆群島裡呢？

庫爾特鬱悶地說：「我覺得一切都糟透了。」

接下來的一天裡，梅克辛和庫爾特一直跟隨著比爾、克里斯、柯爾斯登和他們的團隊在一起，努力想出符合人事裁減需求的計畫。儘管史蒂夫告訴迪克，幫助價值和成長雙方都是他的工作。迪克還是派了兩位直接下屬——業務營運總監和財務主任——來協助他們。

梅克新對他們印象深刻，他們是務實精明的商人，對公司每項業務瞭若指掌。

但這項工作依舊讓人沮喪。

梅克辛經常想出去走走，或者乾脆不參加這些會議，因為一想到這麼做可能造成多少人員負傷，她就感到不知所措，喘不過氣。但她也知道這麼做有其必要，甚至是舉足輕重。她想要在這些討論中有一些話語權。

首先，每位部門經理將他們的員工分為三類：關鍵、需要和 RIF。當然，只有少數人員會被放到第三類。看見這三個類別名稱，很明顯，經理們正利用這個機會解僱那些早該被解僱的人。

但這遠遠不夠。於是比爾和克里斯開始對每位經理施壓，要求他們仔細檢驗、好好比較那些列在『需要』清單上的人員。經過將近一小時的激烈爭執，梅克辛想起了埃瑞克說過的話。

「等等。埃瑞克告誡我們要從工作流的角度來檢驗事情，」梅克辛說。「我們不能以按照部門或人氣比賽的方式來裁員。如果我們在價值流中隨機裁掉一些人，很可能造成巨大損害，就像德威說過的那三個網路交換器故事一樣，我們成了那些只看數字就拍板定案的會計人員。」

「我們的情況是，在決策這件事上沒有足夠的區域性。」她說：「盡力找出加速重要工作的人實際上就是這些經理。埃瑞克將他們稱呼為交通警察，為我們決定工作的優先處理順序。」

比爾和韋斯都盯著她看。比爾說：「有道理。我們先暫時拋開這些，先集中火力區分核心業務和脈絡業務。有哪些技術領域是我們可以消除的？」

梅克辛敏銳地發現，這場討論的終極目標是降低營運成本，他們需要減少薪酬系統的人數。

在被問及如何摧毀過去十年來他幫忙打造的帝國績業時，韋斯的不爽顯而易見，他嘟嚷道：「這感覺太不對勁了，就在不久前，我們還在爭取需要的東西。」但就連他也承認，這攸關企業生存，他們師出有名，而且刻不容緩。當他看見比爾將他以前負責的中型計算機團隊也放上淘汰名單時，韋斯不禁發出呻吟聲。

「天哪，對不起，比爾。我知道一定很難受。」他盯著天花板說道。「的確，我曾經嘲笑過他們像是《急凍原始人》被時間凍結了，但他們都是好人。當然，我沒有任何理由抱怨他們的工作。」

「謝啦，韋斯，」比爾承認道：「但老實說，市面說有很多 SaaS 供應商能滿足我們的大部分需求。這樣我們就多出五個人頭了。我們可以消除一整個技術堆疊，還有所有相關的軟體授權費用和維護開銷。這相當於另外十萬美元的年度支出，相當於半個人頭。」

韋斯安靜了一會兒。「嗯，如果你都這麼說了……我願意付一大筆錢來擺脫我們的服務中心系統。當然，我們必須找到替代服務，但我寧願請廠商來管理它。還有我們的電子郵件伺服器。還有 Lotus

Notes，你們信嗎？我們還有一些 Lotus Notes，因為有幾位經理強烈要求。我想，這一次我們終於有足夠聲量推翻他們的反對。」

「綜合以上，管理這些事情只需要三個人，」韋斯說。「我想保留其中兩個人。我還想要爭取一個在送走這些伺服器之前對它們大打出手的機會。」

梅克辛盯著韋斯和比爾看。他們不完全是寬宏大量，但他們也絕非冷酷無情的大壞蛋。事實上，她更加喜歡這種討論方式，而不是單一檢驗每個部門的裁員名單。

受到啟發的梅克辛鼓起勇氣：「也許我們也能看看製造資源規劃團隊。」克里斯驚訝地看著她，她繼續說：「有些部分具有競爭優勢，比如我們的生產調度模組正從「預測式生產」轉型為「計劃式生產」，根據訂單需求製造商品。但是剩下的 MRP 系統可以遷移到商用軟體……我想留下五個人協助過渡工作，這麼一來可以多出十位開發人員和 QA 人員，也許還有兩位營運人員……」

她覺得難受。這些人是她被流放的時候祝福她一切順利的人們。這是她盡心打造、盡力維護了將近六年的系統。就連埃瑞克都稱讚過這個 MRP 系統架構，說它是一個建築奇蹟。

她立刻補充道：「這些人都是公司裡最好的工程師。我願意為他們每個人擔保。如果他們能為獨角獸專案或創新計畫服務，他們對公司的貢獻將遠遠超過 MRP 系統……」

「你說的對，」克里斯說，欣慰地看向梅克辛。終於提出這個建議，她感到如釋重負，這讓她一整天都心神不寧。

比爾將梅克辛的 MRP 團隊寫到白板上，加入中型計算機財務系統、自助餐廳 POS 系統、IT 服務中心、電子郵件伺服器、Lotus Notes 的行列。綜合以上，他們確定了十八個可以砍掉的職位。取代這些人力的軟體服務的每年開支大約是五十萬美元。

比爾新增了一個新欄位。「如果創新計畫拿到五百萬美元的全額預算，就能為核心業務創造三十三個技術職缺。就像梅克辛方才的提議，我們可以重新雇用這些人員，請他們做更有價值的工作。」

「那麼，我們繼續推進吧。來吧，我們還想擺脫哪些東西，讓更多人力重新分配到核心業務上？我們的資料中心裡有哪些東西是顧客永遠不在乎，絕對不願意付錢給我們的？我們已經將薪酬系統外包了。我們可能還需要考慮哪些後勤業務？」

「我們有三個 ERP 系統，」梅克辛說。「整合它們是一件很折磨人的事。事實上，這三個系統現在都歸同一家公司所有。也許硬著頭皮整合系統的時候到了。」

韋斯點點頭。「如果我們都整合到其中一個系統，就能騰出額外兩三名營運人員，讓他們去做別的事情。」

比爾說：「我喜歡現在的討論方向。那 HR 系統呢？還有業績抽成工具和薪酬管理系統……還有工廠裡的工時紀錄系統……」

一提到釀成薪酬計算故障的工時紀錄系統，也就是將她流放的罪魁禍首，梅克辛咕噥道：「擺脫得好。」

「對，還有我們的桌上型電腦備份系統，」韋斯補充道。「也許還有我們的電話系統和專用交換機。我們是製造業、零售商，但絕對不是電信公司……」

韋斯眼神一亮：「有兩個幾年前就該關閉的資料中心，它們每年大概要花上一百萬美元。如果我們真能擺脫它，代表我們又多出了四名人力……噢，還有那些該死的 Kumquat 伺服器……我們趕快早早擺脫它們，一勞永逸吧。這樣能省下額外十萬美元的維護費用。」

看著不甚光彩的脈絡業務在白板上不斷增加，梅克辛不再感到害怕。相反的，她真心認為拋下這些東西意味著解開那些讓公司發展遲滯的束縛，為工程師提供一線曙光，讓他們專注創造更有價值的事物。不過，仍然有一件事困擾著她。

「我們的 Unikitty CI 叢集已經奄奄一息，」梅克辛說。「它是很重要的脈絡業務，但依然屬於脈絡。我們讓最優秀的人負責 Unikitty。這個持續整合和持續部署平台讓開發人員的工作效率大幅提高，但其實應該找商用 SaaS 供應商提供服務，讓最優秀的人才去做其他更重要、外部廠商無法支援的工作。庫爾特，請你說說德威和布倫特花了多少

時間來讓 Unikitty 維持運作？」

「可惡，」庫爾特說。過了一會兒，他又說：「確實，把它加到清單上吧。」

迪克的財務團隊秀出試算結果。所有人都盯著試算表。他們可望刪減將近四百萬美元的開支，砍掉二十六個職位。

如果成功在創新計畫中開出三十三個職缺，那麼他們幾乎可以將所有人招回來。如果他們願意學習新事物。

梅克辛露出微笑。

梅克辛很驚訝比爾能夠迅速地擠入史蒂夫和迪克的行程，他和 CEO 的良好工作關係令她印象深刻。他們將在今天結束之前向這兩位報告會議結果。相較之下，梅克辛有時要等上幾星期才能和克里斯約好會面時間。她開始懷疑問題究竟出在她還是克里斯身上。

比爾報告他們的計劃時，史蒂夫和迪克記錄要點、提出問題，最後點頭表示同意。

史蒂夫特別喜歡團隊以維持工作暢流為前提，按照價值流來辨識可以消除的領域。當比爾提到他們希望留住並調派優秀工程師，幫助他們學習新技能，為創新計畫做出貢獻時，史蒂夫明顯興奮了起來。

「1990 年代，我還在管理製造部門時，曾經指導一大批員工學習新技能。」他說：「我們做了大筆投資，確保每位工人都能在新時代下生存和發展，在眼前的時代浪潮中，每個人不只能付出勞力，還能透過頭腦得到報酬。這是我做過最充實、最有成就感的事情之一。我們一定也要善待技術員工，幫助他們轉型。」

「我不是嘴上說說而已，在牆壁上貼宣傳海報就了事。」他說：「我是認真的，我們必須投資在員工身上。也許我們可以開辦無極限零件大學或一些長期培訓計畫，培養下一代領袖和工程師，幫助公司長期發展。我們付錢讓他們學習新技能。」

史蒂夫看上去非常興奮、充滿活力，梅克辛第一次見到他這副模樣。就連迪克也看起來興高采烈。

「我現在就需要你的幫助，史蒂夫。」比爾說：「就拿中型計算機團隊來說吧，在你將我升到這個位置前，四個月前我還在管理這個團隊。儘管他們本身沒做錯什麼，但他們的工作屬於脈絡業務，而不是關鍵核心業務。我們要讓所有的人做正確的事，盡力幫助他們擁有持久而富有意義的職業生涯。他們擁有豐富經驗和寶貴知識，如果讓他們離開，我們連白痴還不如。」

「當然了，」史蒂夫說。梅克辛如釋重負，鬆了一口氣。**也許這整起風波終究會成為一股正面力量往好的方向發展**，梅克辛想。**雖然點燃導火線的人是莎拉。**

迪克一直在寫筆記，偶爾還會敲敲計算機。「我們需要刪減一千五百萬美元的成本。算上你們剛剛提出的數字，我們快達標了。」迪克說，看向他的下屬，他們也點頭同意。「在製造部門，我們將停止生產利潤最低的產品。這將會影響五十位員工，其中十五人將填補目前空缺的職位。」

「供應商管理部門的負責人計畫縮減供應商數量，省下另外兩百萬美元。」他說：「我們會藉此談判更高的折扣並減少物流開銷，這事應該不會太難。」

「在零售業務方面，我們將關閉十家業績墊底的門市，這將省下大約三百萬美元。」迪克繼續說：「我們會透過提前退休計畫和砍掉部分職缺來滿足餘下部分。」

迪克停止發言，看了看試算表。「我想這是個相當不錯的計畫。我目前看到的最大風險是過渡到新系統的操作風險。雖說這些系統是脈絡業務，但它們依舊很重要。我們從未改動如此多業務流程，更不用說一次性改變了。我敢說一定會有一大群人非常不爽，他們會想出一大堆抗拒改變的理由。」

「如你所見，有些反對的理由的確有其道理。這只是我們這群只會拉Excel 表格的人搞出來的清單。」比爾說：「在我們這個層級，真的不清楚關閉這些系統究竟意味著什麼，以及過渡期間需要什麼。我們需

要時間與團隊溝通合作，找出可能的解決方案，並制定切實可執行的時程表。」

「很好，比爾，」迪克點頭道：「史蒂夫，你得想辦法幫比爾爭取一些時間。」

史蒂夫看著螢幕上的試算表。「也許我們能爭取董事會撤回他們要求的 3% 成本削減，我們可以提出另一個計畫，在一月份公布季報前砍掉 2%，然後在明年年底降低總共 4% 的成本。這應該能滿足他們的要求……」

「不錯，」迪克笑著說。「這應該能讓艾倫和他的橡皮圖章們樂不可支。」

「好吧，我會努力和董事會交涉，」史蒂夫說。「一旦我們獲得批准，我想盡快向全公司公布這件事，讓人們做好心理準備。」

他露出淺淺的笑容，對迪克說：「抱歉啦，迪克……我們大概還得用上一陣子財務工程手段，讓這幾季財報走在正確的道路上。」

梅克辛鬆了一大口氣，非常慶幸她對於降低成本的最深恐懼沒有成真。不過，她並沒有覺得高枕無憂，她反而被一種遲滯的、持續的、折磨人的不安感所籠罩。

接下來的一天裡，她感到全身乏力，左眼皮不停地跳動，胃部也持續抽搐。有時她甚至無法直視人們的眼睛。她快速上網查了一下，發現這些症狀可能是壓力過度引起的。這類複雜的人事問題一直是她迴避管理角色的原因。

那天晚上，她強迫自己放鬆，喝了幾杯紅酒，和丈夫一起收看《權力遊戲》的「血色婚禮」那一集，迫切想讓自己抽離工作。她被最後那無情又殘忍的大屠殺震撼到了，那荒誕血腥的暴力結尾著實令人崩潰。她和傑克打趣著，幸好現代職場沒有這種大屠殺，他們真是幸運——儘管莎拉已經盡了最大努力破壞一切。

第 18 章

12 月 18 日，星期四

星期四一早醒來，梅克辛覺得自己容光煥發，對這一天充滿期待。一部分原因是一夜好眠，另一部份也是因為今天是創新計畫的參賽者提案的日子，他們要向創新委員會做提案簡報。比爾信守承諾，從全公司上下挑選了五十位備受尊敬的人們，請他們選出前三名創新提案，指派人力進行開發探索。

這三個脫穎而出的提案將由梅克辛精心挑選的團隊輔助，他們有九十天的時間來探索這個想法的可行性，調查市場風險、技術風險和商業模式風險，把握機會兌現承諾過的業務成果。這就是他們用盡全力守護的第三層面業務。

當史蒂夫向全公司宣布歡迎任何人提案的時候，讓梅克辛很驚訝，而他們在一週內就收到了數百份提案。身為委員會的一員，梅克辛讀完了所有提案，十分佩服人們的非凡創造力和深思熟慮。幾乎所有人都設法解決他們的客戶所面臨的實際問題，許多人提出了屬於無極限零件公司的原創解決方案。

人們探索這些問題的強烈內在動機令她驚嘆。創新委員會經過縝密審核，選出了前三十個提案。今天，人們將會聚集在員工大會的大禮堂，聆聽這些創新提案。

在這星期中，每個提案隊伍都能和創新委員會的成員一起彩排，得到創新委員的顧問指導。這些委員慷慨地花時間和人們一起演練，尤其在假期前夕，這讓梅克辛很開心。對於這些提案者來說，這些互動幫助他們拓展人脈，還有可能提升他們的職涯發展。

梅克辛走向她的辦公桌，急切地想完成最緊急的工作，好讓她趕快去禮堂幫忙準備創新提案大會。

她剛坐下來就看見怪人戴夫傳來訊息：

我的老天。你快看信箱。

她趕緊點開郵件，一瞥見郵件標題，她立刻出了一身冷汗，喃喃喊著：「噢，不……」

寄件者：莎拉・莫爾頓（零售營運部資深副總）
收件者：IT 部門全體員工
副　　本：公司全體高層
日　　期：12 月 18 日，上午 8:05
主　　旨：人事異動

即刻起，瑪姬・李（零售計劃管理部資深總監）將調離原職，協助零售門市的庫存稽核工作。

由於這些稽核工作的急迫性，她將放下現有職責，包括創新委員會的所有任務。請將所有的溝通工作和決策回報給我。

此外，庫爾特・雷茲尼克（QA 經理）將暫停所有職務，具體原因我礙於職責無法揭露。請將所有與創新委員會相關的問題交給瑞克・威里斯（QA 經理），其他業務請回報給克里斯・阿勒斯（R&D 副總）。

感謝。

——莎拉・莫爾頓

梅克辛盯著郵件內容，覺得晴天霹靂。她無法完全理解這些人事變動的嚴重性。莎拉一筆抹殺了第三層面的努力。為了捍衛第一層面業務和對於價值的追求，莎拉用盡心計將創新委員會扼殺在搖籃裡，他們還沒開始就慘遭覆滅。

奇怪的是，梅克辛既不憤怒，也沒有感到悲傷──她只感到麻木，懷疑這是因為莎拉的出人意表的大膽舉動讓她精神崩潰了。儘管仍舊不敢相信，她意識到莎拉在無極限零件公司辦了一場屬於她的血色婚禮，大肆屠戮。

她拿起電話，瘋狂地試圖打給庫爾特和瑪姬，但都無人回應。她傳訊息問他們發生了什麼事。依舊無聲無息，毫無音訊。

她放空了很長一會兒，試圖思考她現在能做些什麼。她抬起頭，發現人們聚集到了她的辦公桌──怪人戴夫、德威、布倫特、香儂、亞當、珀娜、伊倫……。怪人戴夫用瀕臨瘋狂的聲音問：「到底是怎麼一回事？有人知道嗎？」

沒人曉得。沒人聯絡得上庫爾特或瑪姬，或是克爾斯登。克里斯、比爾，他們都不見了。

基層管理團隊和艦橋領袖們都消失了，只剩下紅衫軍。

梅克辛第三次傳訊息給庫爾特：

發生什麼事？你在哪？每個人都嚇瘋了！

「反抗軍沒戲唱了嗎？」布倫特問出了每個人心中的問題。「我們都會被封殺嗎？」

「冷靜點，」香儂翻著白眼說。但梅克辛看得出來香儂也很震驚，因為沒有人真的知道究竟發生了什麼。梅克辛盡量讓自己成為房間裡最成熟的大人，平息每個人的恐懼不安，但她內心深處也慌亂到了極點。

梅克辛看向布倫特。也許這場偉大的冒險旅程即將終結。也許比爾岌岌可危，是下一位犧牲者。像這樣的企業政變會上升到什麼程度？也許史蒂夫也要下台。是莎拉贏得了這場戰爭嗎？

梅克辛想像血洗完一批舊人馬的莎拉，氣定神閒地坐在**企業號艦橋上**的艦長寶座，身邊是一群全新的船員，他們一起得意洋洋地笑著。也許她會將所有敵人的頭顱割下，一個個安裝在柱子上，恫嚇下一個有異心的潛在反抗者。

她會一路走到引擎室，清掉所有和庫爾特、瑪姬關係匪淺的紅衫軍嗎？如果是平時的她，一定會不假思索地覺得這念頭太過荒謬。艦橋領袖才不在乎紅衫軍呢，對吧？

但莎拉費盡心計破壞他們努力的方式，不禁讓她重新思考這個念頭。其實並不難想像她將紅衫軍名單一一過目，將他們分成調皮和善良兩組，把淘氣的人流放到鯨魚座 α-V 星（Ceti Alpha V），就像《星艦迷航記》裡可汗和他的同夥們被寇克船長放逐了長達十五年一樣。

這不像莎拉的作風……她更可能立刻逮捕他們，把他們通通傳送到某顆恆星的正中心，一舉撲滅他們再起的希望，防止他們將來捲土重來，梅克辛如此想道。不管別人怎麼想，但莎拉一定有所準備。

梅克辛看了看手錶。距離提案大會開始只剩下四十五分鐘了。瑪姬不見蹤影，無法按照原定計劃主持，她猜史蒂夫也無法出席。

誰來拯救第三層面努力？她抬頭四望。

那一刻，她意識到一切只能靠自己了。

她拿起桌上的電話，撥打史蒂夫的分機號碼，他的助理史黛西接起電話。

「嗨，我是梅克辛・錢伯斯。我之前和庫爾克、瑪姬一起向迪克和史蒂夫研議了創新委員會事宜。我們被庫爾特和瑪姬停職處分的消息嚇得不知所措。史蒂夫預定參加九點開始的創新提案大會。請問他還會出席嗎？」

「嗨，梅克辛，」電話那頭傳來史黛西的聲音。「你打來得真是時候，我正好要聯絡你。史蒂夫留了一段話要給你。他說：『請負責主持創新提案大會，祝你們好運！』如果情況允許，他會出席的，不過可能只能待上幾分鐘。」

史黛西要了梅克辛的手機號碼，這樣史蒂夫或迪克待會也許能傳訊息給她。最後，她說：「梅克辛，加油！我們都支持你！」

梅克辛掛斷電話，盯著她的辦公桌一會兒，為接下來的任務做好心理準備。

「來吧，各位，」她說。「我們去參加創新提案大會。」

「但瑪姬和庫爾特已經被莎拉逮捕了！誰來主持大會？」香儂問。

「我們！」梅克辛說，一邊收拾她的東西。

大禮堂的第一排坐滿了等待提案的所有隊伍，所有人的興奮和緊張情緒顯而易見。如果有人因為看到莎拉的郵件而臨陣退縮，梅克辛也發現不了。

梅克辛爬上舞台，想要找到後台負責人。她發現了一位似乎在管理視聽設備的人，向他要了一支麥克風，好讓她在九點整開始主持大會，也就是三分鐘後。

布倫特將提案隊伍出場表遞給她，然後告訴後台負責人請各隊到後台集合。梅克辛謝過他，布倫特咧嘴一笑：「祝你好運，梅克辛！需要幫忙的話儘管說！」

梅克辛看向觀眾席，看到所有被邀請來為提案評審的委員都坐在前排。每一隊有十分鐘發表提案。評審委員身後還坐著數百位前來共襄盛舉的人們。

在挑選這些評審人選時，瑪姬有意識地減弱「河馬效應」（Highest Paid Person's Opinion，最高收入人士的觀點），盡量降低人們只在意最高層決策者的想法。為了應對這種不健康的傾向，瑪姬指示創新委員會出席整場提案大會，聆聽每一個提案並提出問題，而所有評審的投票選擇和評分都會保密。

她四處看看有沒有史蒂夫的身影，卻找不到他的人。她看向手錶，時候到了。她向舞台監督揮揮手示意她準備好了。她的耳機裡傳來舞台監督的聲音，他好像說了些什麼，然後開始倒數，三、二……

「大家好，我是梅克辛・錢伯斯，」她拿著麥克風說，眼前明亮的舞台燈讓她瞇起眼睛。「嗯，本來瑪姬・李會主持這場大會，但你們可能也收到郵件了，她被派去執行一項緊急任務，去稽核庫存商品。」

她聽見台下傳來一陣笑聲，這讓她感到有點驚訝。她真的沒有想搞笑。

「史蒂夫原本也會出席，宣揚公司的輝煌歷史並提醒我們幫助客戶維持汽車運轉的重要使命。他原先也準備分享在公司內部培養創新精神的重要性，但史蒂夫現在有要事，暫時無法加入我們。我們召集了一個全公司上下備受推崇的人們所組成的團隊，他們將作為評審聆聽今天的提案。我們收到了上百份提案，我也全都讀完了。」

「所有提案都很優秀，其實很難選出前三十個。但我們排除萬難，終於選出前三十個隊伍，今天他們將會在此發表提案，」她說，盡量控制自己的聲音不要沙啞，不要透露她的緊張不安。她多希望她今天記得穿上夾克，掩飾從她身上汩汩留下的汗水。「每一隊有十分鐘可以提案，以及五分鐘 Q&A 時間。提案結束後，評審委員將做出最終評選，由史蒂夫會在下一次員工大會宣布前三名優勝隊伍。」

「我和我的團隊將有幸與這些優勝隊伍共同合作，和他們一起測試這些創意的可行性，」她露出笑容說。想起今天早上發生的事情，感覺眼中逐漸湧上淚水。她語帶哽咽：「我們為了今天做出很多犧牲，非常感謝各位為你們的提案全力以赴，我向你們保證，我們也會用盡一切讓這些點子成真。」

聽見所有人鼓掌歡呼時，她露出笑容，熱淚盈眶。她側頭看向舞台監督，他笑著對她豎起大拇指。梅克辛看著手上的出場順序表，雙手明顯顫抖著，請第一隊上台發表。

當她走回後台時，布倫特出現在她身旁說：「天啊！梅克辛。你太棒了。我真的很開心大家有機會提出自己的創意……儘管一波三折……你懂吧？」

梅克辛報以微笑，擁抱了布倫特一下，感謝他一路以來的幫助。她將注意力轉回提案隊伍。聽見他們的提案內容，梅克辛覺得很開心。一位門市經理希望幫助共享汽車的司機，比如 Uber 或 Lyft 司機，滿足他們的獨特需求。另一位提案者希望為常見汽車維修任務提供禮賓服務。

但第一個在禮堂中引起劇烈迴響的想法是車庫和維修廠的評論系統，這點子立刻被暱稱為「車庫版 Yelp」，讓無極限零件公司的客戶和其他人分享他們的維修廠體驗。

在中場休息後，另一個讓梅克辛有興趣的提案出現了。一位資深銷售經理想為維修廠提供四小時送貨服務。這個提案能讓這些維修廠客戶提供更多維修服務，因為從此以後，必要零件將可以快速送到他們手中。一間新創企業就是因為提供了四小時送貨服務而展露頭角，逼得無極限零件公司的業務部門將明年對維修廠客戶直接銷售的收入預期下調了 10%。

這個提案團隊相信，無極限零件公司能夠與這個競爭對手一較高下，贏得勝利，並且大幅改善和重要維修廠客戶的關係。當該隊隊長說：「基於我們公司所具備的能力，我認為將這家新創公司徹底趕出市場並非難事」時，整個大禮堂爆發雀躍的歡呼聲。

其他的提案內容也很精彩，但梅克辛在下午聽到了最打動她的提案內容，部分原因是提案人是布倫特、香儂、德威和韋斯。當他們走上舞台時，她忍不住為他們歡呼叫好，她以他們為榮。

他們想要向顧客銷售引擎感測器，並推出一系列周邊服務。這個感測器在引擎出現諸如更換機油或引擎磨損等小毛病的時候就即時通知顧客，避免小毛病如滾雪球般演變成需要昂貴修理費用的大問題。門市可以向顧客以折扣價提供這類維修服務，因為這些服務可以安排在淡季進行。

好幾個月前，韋斯發現（獨角獸專案支援的）公司 app 推薦他一個最近上架的引擎感測器。這項商品的銷量非常好。這感測器的裝置非常精妙，它連接了時下車輛必備的車上診斷系統（ODB-II），1994 年加

州空氣資源法案要求境內所有汽車都必須裝備該系統。這個標準資料連接器可用於監控引擎工作狀態以及排氣污染檢測。

梅克辛驚訝地發現，就連 Tesla 這樣的新一代自動車都有 ODB-II 系統，儘管它們的車款沒有內燃機。

他們提議委託製造（OEM）或轉售這些感測器，然後打造一個圍繞感測器運轉的世界級軟體生態系統，涵蓋現場診斷、客戶諮詢服務和預防性保養等服務。他們還提出與保險公司合作降低車險費用，以及開發 app 幫助家長追蹤孩子駕駛習慣等想法。

這對梅克辛來說太有吸引力了，她差點在手機上直接下單購買這款感測器。梅克辛總是很擔心她的孩子開車速度太快。在他們結束發表的時候，儘管梅克辛想要保持不偏不倚，但她還是忍不住站起來歡呼。在她看來，正是這樣的創意發想有潛力將無極限零件公司帶往更振奮人心、充滿活力、煥然一新的境界。

之後還陸續有幾個提案吸引她的關注，但她已經確定要投給哪一隊。所有隊伍都完成提案後，梅克辛再次走上舞台，向全場發言：「非常感謝各位的精彩提案，我們會在今天結束之前完成票數統計，史蒂夫將在一月份的全員大會公佈結果。下次見！」

她向台下觀眾揮手，將麥克風還給舞台監督。她精疲力竭，雙腿正在顫抖，後背因為久坐而隱隱作痛，她祈禱自己不會因為過度緊張和站在炙熱的舞台燈光下而出汗發臭。

當她再次和反抗軍成員聚在一起時，她開始回想這一天種種經過。創新提案完美結束，讓她如釋重負，因為人們的熱情而心情振奮。儘管組織重組和職位變動令人痛苦，但如果能讓這些期待已久的事情成真，那麼一切都值得。對她而言，有幸幫助創新活動萌芽成長，她將永遠引以為豪。不過，現在他們要先弄清楚庫爾特、瑪姬和其他艦橋領袖的去向。

以及創新活動是否能夠實現。

現在已經五點多了，他們決定和往常一樣去碼頭酒吧。

當人們陸續來到酒吧，梅克辛不停地詢問有沒有人知道任何消息或更新。或是新的謠言。但沒有人聽說任何事情。無線電完全沈默了。除了莎拉那一封 email 之外，沒有進一步的官方消息或公告。

梅克辛對所有人說：「聽著，不管發生什麼事，就算瑪姬和庫爾特都被開除了，我們依然要盡全力讓第三層面專案成功。即使這表示我們要在假期裡和這些團隊合作，我們要幫助他們得到好的起跑點，增加這些專案成功的機會……我拿到前三名優勝隊伍的名單了，有誰想加入我？」

「把我們都算上，梅克辛，」香儂說。「即便這表示要助對手一臂之力。」

「我們都在同一條船上好嗎，香儂，」布倫特翻著白眼說。「我們**實際上**不是在互相競爭，我們較量的對象是整個市場。」

「你懂我的意思啦，」香儂說。「優勝隊伍是哪些人？」

梅克辛看了看眾人，大家都點頭同意，願意盡力幫助這三個試點團隊。她說：「結果很明顯，完全不出預料。評審團的第一選擇是引擎感測器專案……」

在她繼續宣布其他優勝隊伍之前，所有人都歡呼，拍拍香儂、布倫特和德威的後背，向他們表示祝賀。香儂說：「韋斯正在過來，我要傳訊息跟他說這個好消息。」

「……另外兩個優勝隊伍是維修廠評論系統和四小時零件交付團隊，」梅克辛笑著說。「我想加入『四小時零件交付』專案，因為這涉及了組織內各種不同業務環節，我喜歡。」

怪人戴夫舉起手說：「我要加入『維修廠評論系統』專案。」除了原本就負責引擎感測器專案的成員以外，眾人紛紛選好要加入的小組，梅克辛笑著說：「我會再寫 email 將你們介紹給各組負責人。」

德威為每個人倒好啤酒，梅克辛慢慢啜飲她最愛的「埃瑞克特別招待款」紅酒。他們點了食物，梅克辛決定邀請三個隊伍加入碼頭酒吧聚會。如果他們能夠賞光，他們可以搶先規劃專案細節。

梅克辛深吸了一口氣，她已經成功履行了自己的義務，讓第二層面的業務開始行動。她已經盡力了，她百感交集，像是終於解脫，又像是一種揉合了憂鬱、焦急和煩躁的等待，就好像人們在醫院裡等待產婦分娩，等待母親和新生兒的消息。韋斯終於現身了，但仍舊沒有比爾或其他人的消息。

已經六點了。**艦橋上無論發生了什麼大事，現在都該傳出消息了**，梅克辛心想。

三十分鐘過去了。一小時。兩小時。

然後她聽見韋斯大叫。「我的老天、聖父聖子聖靈啊！快看你們的email！」

梅克辛立刻拿起手機。

寄件者：史蒂夫・馬斯特斯（CEO）
收件者：無極限零件公司全體員工
日　期：12 月 18 日，下午 7:45
主　旨：瑪姬・李復職

瑪姬・李恢復原職，繼續主管零售業務和創新委員會事務。如有任何人對職位或職責有疑問，請傳 email 給我。

我期待盡快和各位分享無極限零件公司的美好未來。下一次員工大會見！

謝謝，祝佳節愉快！

史蒂夫

梅克辛聽見全桌人的歡呼聲，但是庫爾特依舊命運未卜，更別提莎拉的動向了，這讓她的心情又低落下來。韋斯看著他的手機，臉上露出燦爛的笑容，對眾人大聲說：「比爾、瑪姬和庫爾特馬上就到！」

有人加點了啤酒，這時剛好送了上來。庫爾特帶著笑容走進門，雙手高舉過頭表示凱旋。跟在他後方的是瑪姬、克爾斯登和比爾。

整桌人爆發熱情的歡呼，酒吧裡其他客人也跟著鼓掌叫好。終於，他們坐下喝著飲料，將故事娓娓道來。

「完全就像《巴西》的電影情節！」庫爾特自豪地說，大笑不止。「我因為各種文書手續而獲罪。莎拉和 HR 展開搜查，要找出我違反的所有規則：未提交工時紀錄、未遵守報帳規則、違反資本支出準則、違反預算申請流程、人事紀錄不準確……等等。」

梅克辛發現比爾側目盯著庫爾特看。她懷疑他是否會開始密切觀察庫爾特。

「……嗯，還有一件事，」庫爾特說。「和另一位經理存在不恰當的關係。但我們從來不是上下屬關係，而且她比我還資深，我立刻就向 HR 反應了。我們已經結婚五年了，幸福快樂得很，所以我確定這不會是問題。」

「噢，庫爾特，」梅克辛說，鬆了一大口氣，慶幸這不是更嚴重的違規情節。「莎拉真的能就此罷手嗎？」

「至少現在。我被停職六十天，等待進一步調查。」他說：「史蒂夫也暫時保住瑪姬了。雖說莎拉依舊逍遙法外。顯然，一切都要看第三層面的努力是否能夠成功。史蒂夫賭上他的工作。如果這些努力最後失敗了，那麼莎拉就會成為新一任，也是最後一任無極限零件公司CEO。」

梅克辛很快向瑪姬、庫爾特和比爾講了今天發生的所有事情，以及他們這群人自行組成三個團隊來幫助這些創新專案。

梅克辛看見瑪姬露出燦爛的笑容。「太棒了，梅克辛！幹得好！我們明天再好好討論細節。現在，我要請所有人喝酒！今天太值得紀念了！」瑪姬雀躍地說。

「各位，我們還有戲可唱！」比爾說。他頓了頓，笑著對庫爾特說：「呃，大部分人啦……六十天後見啦，庫爾特。」

他轉頭對梅克辛說：「做得很好，謝謝你為第三層面業務的付出。下個月非常關鍵，千萬別搞砸了。」他笑著補充道：「儘管告訴我能幫上些什麼。沒什麼比這更重要的事了。」

儘管星期四晚上他們聚到很晚，星期五照常開始早早工作，今天是公司大多數人開啟兩星期年末假期的最後一個工作日。然而所有人都清楚創新專案依舊充滿不確定性，命運未卜。沒有人需要被耳提面命，他們都知道盡快完成越多工作越好。在一月份的員工大會上能夠拿出某樣東西，或者是任何東西發表的想法就是最激勵人心的目標。

不過假期銷售旺季也近在眼前，獨角獸專案的任務仍在進行中。在軟體基礎設施方面，由於布倫特不懈地以「混亂工程」進行壓力測試，這一次，人們充滿信心。在過去的幾星期裡，他們增加了生產負載測試，甚至在生產環境中刻意注入故障事件，確保他們採取故障發生時的應對模式，為獨角獸促銷活動可能帶來的巨額訂單量做好充足準備。

設計出這些測試的布倫特被認證為詭計多端，他甚至在某次演習中直接拔掉網路線。令人難以置信的是，這些系統仍舊一瘸一拐地持續運轉，而不是像三個多月前的鳳凰發布一樣轟轟烈烈的原地爆炸。

這幾天來，反抗軍全力以赴支援假期促銷活動的發布準備。這次活動比上次的感恩節促銷還要順利，而且初步業績非常亮眼，這讓梅克辛感到如釋重負。

瑪姬說得對──打造優秀促銷活動就是一場名為學習的遊戲，顯然，整個獨角獸團隊學到了很多，而無極限零件公司也從中受益匪淺。

當聖誕假期的銷售量達到高峰後，反抗軍全體成員轉移精力去幫助那三隊創新團隊。不過，他們依舊召開了對事不對人的事後回顧會議，儘管這次沒有發生任何事故。

從這個角度來看，這次促銷活動簡直風平浪靜，但正如庫爾特提醒過他們一樣，這些會議的初衷是為了提供人們學習的機會。

這一小時的回顧會議美妙且引人入勝，梅克辛聽到了幾起差點造成嚴重事故的虛驚事件，而人們自告奮勇地打造更加安全的系統。那時，梅克辛才意識到有多少非團隊人員也來旁聽會議。

這些事後回顧會議歡迎所有人參加，但她沒想過竟有這麼多位工程師出席。出於場地限制，事實上還有更多的人以線上會議的方式參與。這些論壇現在打響了名聲，因為人們能夠在此快速瞭解全公司最創新、最酷的計畫進度。

「她在哪裡？」銷售總監黛布菈問，不時看著手錶，在會議室裡來回踱步。

「別擔心，她會出現的，」梅克辛說。

「別擔心？你在開玩笑吧？我什麼都擔心！」黛布菈說。「我們的營運成本不斷增加，假如我是門市經理，我一定會被我們現在提出的所有人工流程逼到抓狂。比爾建議我們向維修廠供給更多零件，讓他們有備無患，卻不要維修廠出錢！他還催我們比原計劃提早兩星期向市場進行首次試點測試！」

「我覺得蠻合理的，」梅克辛笑著說。「殺死試點專案的最快方法就是讓這些維修廠關門大吉。如果比爾想為多出來的庫存買單，那就隨他吧。平時的他可是不斷要求庫存供給更加精準，而不是為庫存保留餘裕的人。」

黛布菈停止踱步，「沒錯。以顧客為中心。第五個理念。」

「沒錯，」梅克辛說。「我們要測試史蒂夫究竟有多相信他的經營哲學：只要專注提升客戶滿意度和員工參與度，自然就能為公司帶來源源不絕的現金流。」

「你知道嗎，門市經理們的熱忱與投入簡直難以置信，」黛布菈說，露出今天以來第一次笑容。「我們非常依賴這些經理，他們招攬了更多門市員工來處理進出貨。如果人手不夠，在緊要關頭他們會親自遞送這些零件……」

「我想這都是因為數據會說話，」她繼續說。「再次感謝你幫忙將這一切串聯起來。如果說我在管理銷售人員方面學習到了什麼的話，那就是如果你的工作需要實事求是的數據，那你絕對不想再提出個人意見。」

梅克辛笑了出來。「我沒那麼厲害。統整所有分析結果的是你的團隊。我們只是確保他們能夠順利取得資料，放在他們唾手可得的地方。」

「我不會因此低估你的貢獻，」黛布菈說。「我們下了太多賭注。我們需要每個試點維修廠的採購歷史，必須將這些資料和我們公司的零件供貨狀態、交付週期、各維修廠與配送中心和門市的距離、交叉運輸成本等等全都聯繫起來，更不用說為公司打造運輸能力這項任務的種種不確定性了……而且還有太多我們無從得知的變化！」

梅克辛點點頭。儘管（或正是因為）賭注很大，梅克辛樂在其中，很大程度是因為這體現了專注、流暢和快樂的第二理念精神。和分析團隊合作產出各類分析結果，和散落全公司的部門孤島攜手合作，研究運輸過程的挑戰……她認為這些都比任何 MBA 專題都更加充實、更有意義，因為他們是來真的。

儘管黛布菈對所有的人工流程感到焦慮，但梅克辛知道這一切都是為了創造一個最簡可行產品（Minimum Viable Product, MVP）來測試他們的提案，也為了確認他們的假設，也就是實現這個專案需要滿足哪些必要條件。在他們投入大筆資金，推動一個顛覆現狀的龐大流程之前，這種快速的迭代和學習是第三理念：持續改善日常工作的絕佳展現。

同樣地，第一理念：區域性和簡潔性體現於團隊擁有必備技能與專業知識，以及容易取用的資料，人們樂於分享天馬行空的創意發想也再三彰顯了第四理念：心理上的安全感。

「你在笑什麼？」黛布菈問，盯著梅克辛。

梅克辛只笑著搖了搖頭，此時營運總監和她的團隊走進會議室，她笑著向她們打了聲招呼。

第 19 章

1 月 13 日，星期二

寄件者：史蒂夫·馬斯特斯（CEO）

收件者：無極限零件公司全體員工

日　期：1 月 13 日，上午 8:45

主　旨：莎拉·莫爾頓離任

即日起，莎拉·莫爾頓將休假離任，陪伴家人度過更多時光。瑪姬·李接手負責所有零售相關業務，帕梅拉·桑德斯負責管理產品行銷、分析師關係和公關業務。如有其他事宜，請向我通報。感謝她在過去四年裡為公司付出的所有貢獻。

下一次員工大會見！史蒂夫

寄件者：艾倫·沛瑞茲（營運合夥人、韋恩 - 優科豪馬基金合夥人）

收件者：史蒂夫·馬斯特斯（無極限零件公司 CEO）

日　期：1 月 13 日，下午 3:15

主　旨：恭喜季度表現非凡

史蒂夫 —— 請保密……

恭喜你們創造了一個成績非凡的季度。儘管人們說兩個資料點不能形成趨勢，但公司的未來表現依舊令人期待。黑五和聖誕折扣活動的出色業績所帶來的豐厚利潤，肯定會扭轉公司的財務狀況。我可以看見公司迎來成長的曙光。

很高興在這次轉型過程中我們選擇了支持你。祝你們結算順利，我很期待本季度的正式財報。

恭喜！

艾倫

PS：真遺憾莎拉從未完全接受成長創造理論，她本來能對公司大有幫助。

一月份的員工大會上，梅克辛坐在第二排觀眾席，莎拉離任的消息讓她忍不住笑意。更棒的是，克里斯向公司發出一份備忘錄，上面寫著庫爾特已經復職，並將所有不當行為一筆勾消。庫爾特現在坐在她旁邊，而且出乎她意料之外，他們兩人都會出現在今天的議程上。

上午十點整，史蒂夫打開麥克風，面向所有觀眾說話。「各位早安，新年快樂。為我們度過的美好假期和公司在此期間創造的出色業績喝采！為公司迎來更好的一年喝采！」大禮堂裡所有人都鼓掌歡呼。梅克辛已經看過關於公司上一季驚人業績的新聞稿。史蒂夫一貫重申公司存在的使命，並且分享了公司十二月優秀業績的更多細節。在熱烈不絕的掌聲中，他請瑪姬上台。「感謝你在緊急庫存稽核的出色救援，恭喜你升任零售營運部資深副總經理！」

在這次員工大會之前，一直是由莎拉說明公司發展策略。梅克辛非常開心瑪姬取而代之，並在公司所有人面前獲得表揚。

「謝謝你，史蒂夫，」她說，穿著名牌套裝的她看起來幹練又時髦。「十二月份，我們打破了所有紀錄：銷售收入、平均訂單金額、促銷商品的轉換率，以及淨利率。我們甚至創造了有史以來最好的顧客滿意度。」

「由於鳳凰專案打下堅實的基礎，讓獨角獸團隊能夠快速交付促銷能力，將人們吸引到我們的行動 app、電商網站和實體門市。當然，這絕不僅僅是行銷部門的功勞。還要加上門市夥伴和技術團隊，是所有人同心協力才能創造出令人驚嘆的成績。」她說：「我想特別稱讚庫爾特‧雷茲尼克和梅克辛‧錢伯斯，以及獨角獸專案團隊全體成員的努力。」

瑪姬指了指台下的梅克辛和庫爾特，堅持請他們站起來向眾人揮手致意。梅克辛向大家揮揮手，緊張得咬緊牙關。

瑪姬向眾人展示一系列圖表。「……簡而言之，我們取得了驚人業績，史蒂夫和迪克宣布這是近兩年半以來公司第一個盈利的季度。」

梅克辛聽見人們瘋狂歡呼，意識到這對公司未來發展有多麼重要。瑪姬帶著燦爛的笑容說：「請放心，一切剛要開始。史蒂夫是不會讓我們固步自封的。事實上，他已經調高未來的業績目標，而我們摩拳擦掌，爭先恐後地想創造更好的成績。感謝各位！」

史蒂夫從瑪姬手中拿回麥克風，再次感謝她的出色工作成果。「我想正式宣佈十二月創新提案大會的優勝者。我們邀請三十個隊伍發表提案，並由來自公司各部門的評審團負責選出優勝者，」他說。「我們聽見了許多不可思議的創意發想，我也對委員會的最終選擇感到很高興。」

梅克辛看見布倫特、香儂、德威和韋斯還有提出維修廠評論系統和四小時零件交付服務的隊伍走上舞台，準備接受史蒂夫的表彰，這讓她非常非常開心。

史蒂夫比了比舞台上的人們說：「更讓人驚喜的是，台上所有團隊已經和梅克辛與她的團隊事先探索、設計和驗證他們的提案。我們將在每個季度向各位報告進度。」

每一隊伍用五分鐘的時間發表他們的計畫，展示目前已完成的進度，並報告了下一步將做些什麼、未來三個月的目標，以及他們想尋求的幫助。

他們的無邊創造力讓梅克辛感到非常、非常驚艷。

史蒂夫感謝他們的發表，並請每一隊分享一個學習成果，無論是從錯誤或試驗中學習到的體會。他解釋：「分享我們的成功**和**失敗經驗非常重要。」

「創新會決定公司未來的發展，」他說。「創新並非源自業務流程，而是來自於人。」他向觀眾說明三層面理論，以及他準備採行一些步驟，將人們從脈絡業務轉移到核心業務。

「作為一家企業，我們不想拋下任何人。我們想要加強投資在員工的職涯發展上，用一種自 1920 年代以來從未出現過的投資規模。當年，無極限零件公司創辦人的使命就是打造全國最優秀的勞動力。」

「為此，我將員工大會的召開頻率從兩個月提升到每月一次，我邀請每個人在專門為此建立的聊天室裡提問，或者你們也能直接傳表情符號，」他說，史蒂夫身後的投影幕畫面秀出許多問題和表情符號。

這真是有趣又新穎，好讓人期待，梅克辛想。

在宣布散會之前，史蒂夫說：「哦，最後還有一條新聞。我要恭喜比爾・帕爾默，他將升任公司的 CIO，允許我辭去這個職位。而且，很高興董事會已經批准我任命比爾為臨時營運長（COO），前提是未來兩年內他不能辜負我們特別為他制定的職務計畫。」

梅克辛驚訝地看著比爾。她完全沒想過竟會這樣。難怪比爾和史蒂夫的工作關係這麼好。她拍了拍他的肩膀說：「比爾，恭喜你！」

正如史蒂夫的承諾，他在二月份再度召開了員工大會。他站在舞台上說：「除了每月一次的例行員工大會，我會另外召開時長一小時的集

會，主要用來宣布小公告和回答提問。」他再次重申公司願景，以及透過減少管理脈絡業務的方式來提升公司核心業務的佔比。

他說：「在進入問答時間之前，我要宣布一件事。上次我提過，我們必須成為學習型組織，否則我們只會輸給其他正在學習的組織。為了推展這項工作，感謝梅克辛・錢伯斯的努力，我們將會建立一個名為「教學星期四」的活動。」

一提到這個，梅克辛的心忍不住怦怦地跳。這是她曾經遊說過的想法，現在終於要成真了。不僅限於技術組織，而是為了讓全公司所有人都有學習的機會。

「每個星期，我們都會為公司所有人保留學習的時間。在兩個小時裡，所有人可以選擇分享或學些東西。任何你感興趣、想要學習的主題都可以：在另一個部門或業務單位交叉培訓、參加我們最著名的門市培訓計畫、在門市或製造工廠內待上一段時間、和客戶互動或到服務中心實習、學習精實原則和實踐方法、學習新的技術或工具，或者學習如何有效管理你的職涯。和同儕們教學相長是最能讓你獲得價值的事。你們也可以期待在那時見到我。學習是每個人的權利，透過持續學習，我們就能為公司創造競爭優勢。」

在那一刻，梅克辛感覺她為自己的職業感到驕傲，無比的成就感油然而生。再加上史蒂夫宣布他也會參與週四教學日，大大減少了人們在學習新事物時經常產生的尷尬感。領袖們必須親身示範，塑造他們期望的行為。

「幹得好，梅克辛。」坐在她身邊的比爾說：「這真的太棒了！」

梅克辛無法停止微笑。當史蒂夫開始回答問題時，他身後的投影幕展示了 #ask-steve-town-hall 聊天室。如他之前的承諾，他詢問人們對於公司的看法，請他們用表情符號的選項回答這個投票式問題。大部分人都回答了愛心或是笑臉。大約 5% 的人回覆了大便圖案，史蒂夫鼓勵這些人寫 email 給他，回報任何抱怨或建議。

下一個星期四，梅克辛和另外四十個人坐在餐廳裡。今天是「教學星期四」，香儂和一位資料科學家正在前方，正在講述如何使用黑豹資

料平台的真實公司資料建立一個機器學習模型。包括梅克辛在內的所有人，都打開了各自的筆記型電腦練習課堂任務。

史蒂夫就坐在她旁邊。當梅克辛盯著他筆電旁那本關於機器學習的書時，他說：「幹嘛？我在物流行業工作了幾十年。其實我很想到研究所攻讀數學，但那時沒錢負擔學業。我以前最愛線性代數和統計學。在我認識的人之中，我是最擅長 Excel 的人。但我也還有很多東西要學習。」

梅克辛被他這番話所折服。她環顧房間，看見許多 MRP 團隊成員，還有一些專案經理、QA 和營運部門的工程師，他們目前的職位將被撤銷。儘管一些人似乎是勉為其難來到這裡，大多數人的神情躍躍欲試，充滿興趣，包括服務中心的德瑞克也來了。**他一定會有所收穫**，她想。

雖然 RIF 這件事很讓人難受，但看到這裡所有人都急切地學習一些時下最熱門、最受追捧的技術，梅克辛終於發自內心地笑了。這麼做掃除了所有質疑的聲音，這的確是正確作法，不僅是為了發展公司的未來，也是為了這些工程師的個人成長。

梅克辛敏銳地領會到偶爾伴隨著學習新事物而來的心理負擔。這也是為什麼她出現在這裡的原因，讓人們知道就連她也需要學習新的東西。

很多年前，她參加了麻省理工學院舉辦的研討會，當時的講者說過成年人經常隱瞞他們正在嘗試習得新技能的事實，無論是學習一門新語言、學會游泳，或者是上高爾夫球課。這個現象通常是因為人們會覺得尷尬或害怕被人看見他們不熟練的樣子。

確實，幾十年前的她想著要提升自己的游泳實力。她甚至無法在不休息的情況下游完一趟。她覺得無比羞赧，想像著泳池裡其他人，不管是成年人還是小朋友都在狠狠嘲笑她。她無法控制自己不去在意那些坐在椅子上的救生員，儘管他們的任務就是要觀察泳池裡的人。

她記得她甚至假裝抽筋，這樣救生員就會原諒她差勁的泳技。最後，她和她的孩子們一起上游泳課，經過多年的練習，梅克辛很自豪現在的她能輕鬆地來回游上一小時。

她絕不希望任何工程師感到尷尬或羞赧，就像當年泳池裡的她。每個人都是學習者。這就是為什麼人們踴躍參與教學星期四這件事讓梅克辛如此滿足。

兩個星期後，梅克辛發現她自己正站在五號大樓的卸貨區的停車場，眼前是一大堆 Kumquat 伺服器。天空中仍然飄著細雪，天氣依舊寒冷，卻抵擋不住近五十人聚集在此的熱情。

梅克辛知道為什麼這裡來了這麼多人。除了加入四小時零件交付服務小組之外，梅克辛還不知疲倦地幫助布倫特和德威轉移 Kumquat 系統上的所有資料。現在，他們的任務大功告成，這裡所有人想舉辦一場這些 Kumquat 伺服器應得的告別儀式。

令她更驚訝的是，史蒂夫、迪克和比爾也出席了這場儀式。史蒂夫說：「我衷心祝賀韋斯和他的團隊成功淘汰了這些老舊的伺服器。我們的使命是服務顧客，講白了，我們的顧客並不在乎這些東西。透過你們辛勤不懈的努力，我們可以將用以支援這些東西運轉的人力和能量滿載而歸，將它們重新部署到核心業務中，進一步為顧客提供更優越的服務品質。我會邀請韋斯在下一次員工大會上分享，這樣我們就能一起慶祝這項進展。」

「韋斯，接下來就交給你了，」他說，在場所有人紛紛鼓掌。

韋斯走向前，對人們說：「謝謝各位賞光。這是我們舉行的第一個儀式中，我們將告別曾經存在於資料中心，日日夜夜折磨我們的老東西。二十幾年前，我就開始和這些 Kumquat 伺服器打交道了，」他說。「我學會了關於這些伺服器的幾乎所有知識。當時，它們曾是奇蹟般的技術突破，絕對處在時代的尖端。但如今，它們是阻礙我們發展的禍根。它運行的中間軟體讓每個人都難以完成新的工作。它們非常容易崩潰，更慘的是，由於檔案系統的磁碟檢查作業，整個叢集幾乎要用上半天時間才能完成重啟。」

「過去幾個月來，我們一直努力將這機器上的所有應用程序遷移到商用伺服器上，或者完全遷移到雲端中。」韋斯說：「現在，這項任務大功告成，我們已經可以將它們踢出資料中心，踢出我們的生活了。」

韋斯從身後變出一把巨大的鐵錘。「身為一個被這些古老的龐然大物狠狠霸凌，在三更半夜接過最多緊急呼叫的人，我要給自己第一個動手的特權。接下來任何人都可以講上幾句話，把它們砸個稀爛。」

話一說完，韋斯把大鐵鎚舉過頭頂，大聲叫道：「再見！你們這些 90 年代的 8U 垃圾！」然後用力重擊那一堆伺服器裡。脆弱的零件被敲碎的刺耳聲響傳進眾人耳裡，還有梅克辛的歡呼聲。韋斯又砸了好幾下，高興得大喊大叫。他笑著喊道：「哇！超爽的！」

他將大鐵鎚遞給布倫特，布倫特拿起鐵鎚喊道：「這一下是為了五年前夜夜被叫醒的我！」伺服器堆發出更刺耳的破裂聲。他又喊道：「這一下是為了你們毀了我和家人的迪士尼假期！」然後又狠狠砸了一下。

布倫特繼續向這些毫無抵抗能力的伺服器報復洩憤時，梅克辛和其他人一樣，用手機拍攝這場大屠殺，同時瘋狂地大笑。布倫特終於捨得將大鐵鎚遞給下一個人。當梅克辛排隊等著補上一腳的時候，韋斯笑著對她說：「你知道吧，這感覺真的很棒。我們已經從資料中心運走了近八千磅設備去回收。只剩下十五噸了！」

幾個星期後，梅克辛和反抗軍成員在碼頭酒吧裡聚會閒聊。所有人都分享了他們正在做的事情，梅克辛很開心每個人都樂在其中，就像她一樣。

「這些引擎感測器真的酷斃了！它們是在中國製造的，但設計這些感測器的公司就在離這裡不遠的地方。我想應該是一間很小的公司。」香儂說：「我們已經做了一些試驗來修改裝置上的軟體。它們有運行 Linux 作業系統的 ARM 處理器。我設法改動配置並重置裝置，現在這些感測器會將資料傳送到我們的後端伺服器，而不是原廠。」

她大笑說：「我很確定我們這麼做是不合法的，因為這違反了他們的服務條款，但真的太好玩了。我們會派出一個團隊和他們交涉，談談建立合資公司的意向，或者直接委託他們代工生產。」

「他們的資料擷取和網頁都是垃圾，至少每天都會崩潰一次。」香儂繼續說：「我們想要在雲端建立一個巨大的資料擷取機制，然後將資料導入黑豹資料平台。我們要打造一款能夠輕鬆處理幾百萬台裝置的機制。」她一臉興奮地說：「我想向製造這些裝置的人展示我們正在打造的東西，向他們證明最明智的選擇就是和我們合作。否則，這將是他們犯下的最後一個錯誤。」

看見香儂笑得不懷好意，梅克辛立刻回想起香儂的性格有多好勝。

「順帶一提，你願意加入我們的團隊嗎？」香儂問。「在應用程式和資料方面，我們真的需要你的幫忙。和布倫特與德威一起工作是很快樂的事，這是一個超好玩的專案！」

梅克辛眨眨眼。香儂的邀請讓她感到榮幸，而且非常心動。「那我們該找誰接手四小時交付服務的工作？」

香儂環顧四周，比了比所有新面孔。她笑著說：「我敢打賭，MRP 和中型計算機團隊裡的任何一人都不會放過這個機會。」

梅克辛笑著點頭。她知道他們肯定不會錯過。

三月份的員工大會上，史蒂夫看起來比任何時候都更加開朗。當然，他先提到公司使命，然後說了公司幫助顧客汽車安全上路的所有創新作法令他多麼興奮。

他請瑪姬上台分享創新委員會第二次會議的最新進度，這次會議的任務是在經過九十天的試驗和執行後，檢視三個入選計畫的各項進展。

維修廠評論服務看似很有發展前景。門市經理覺得取得這些資料的想法很好，但銷售客戶經理們與那些得分較低的維修廠負責人之間的客

戶關係經營可能會變得棘手。業務負責人需要更多時間來制定更完善的應對策略。因此，創新委員會決定暫時停下這一計畫的後續進度，啟動另一個備受好評的提案，也就是為共享乘車司機提供特別服務的點子。

「相比之下，」瑪姬說，「四小時交付團隊的成果超乎我們預期。」

梅克辛看見黛布菈走上舞台加入瑪姬，說著他們的維修廠銷售人員有多麼喜歡這項服務。在試點市場中，他們簽下的新客戶數量差點讓他們忙不過來，他們的應對辦法是限量提供一些重要零件，將服務重點放在準時交付上。

黛布菈說：「我們從中瞭解到，許多家維修廠有不少據點，他們經常需要技師將急用零件從一個據點送到另一個，這意味著他們沒有時間維修汽車。對他們來說，採用我們的服務無需猶豫。」

「我們很開心聽見這些客戶開始分享他們最經常需要轉運的零件，我們正在規劃哪些零件是我們能夠交付的，某些零件最快能在三十分鐘內送達，」她說。

黛布菈在如雷的掌聲中離開舞台，瑪姬接著介紹香儂和韋斯，他們兩人介紹了引擎感測器專案的最新進展。他們展示構建中的 app 應用程式和網站原型，並分享了他們如何和兩家感測器公司談判，讓他們相互競爭，爭取和無極限零件公司的獨家協議。

「我們團隊許多人在車子搭載了感測器的原型，現在，我們已經無法想像少了它們的生活，」香儂說。「這是一個每日駕駛行為模式的示例，地圖上可以顯示車子超速的地方。這裡有一個顯示維修程序和警示的儀表板，可以回報緊急機械問題，例如油溫過熱或胎壓過低。試想一下我們能夠為客戶提供多少令人讚嘆的服務或應用！」

「我們希望在召開五月份員工大會之前就讓伺服器上架販售，」她說。「只要我們找好合作廠商，確定所有零件都合適，我們就能開始接受訂單。我們會根據訂單小量生產，也想證明確實存在顧客需求。我們必須確保資料安全，我們不想搜集會造成公司責任負擔的資料，我們要確保顧客的隱私。」

梅克辛和其他人一起鼓掌，她非常開心自己現在也是引擎感測器團隊的一份子，就像她以前的 MRP 團隊成員一樣。

史蒂夫履行承諾，邀請韋斯和他的團隊上台慶祝讓 Kumquat 伺服器退役，感謝他們努力幫助無極限零件公司更加專注為顧客創造價值。

史蒂夫真的很擅長激勵人心，梅克辛想。她永遠也猜不到，韋斯和他的團隊竟然會因為親手拆掉他們出力建造的帝國而如此自豪。

在五月的員工大會上，瑪姬提及引擎感測器產品的近況，香儂分享了好消息：「我們向引擎感測器公司的高層展示我們的產品和打入目標市場的強大渠道後，他們很期待成為我們的合作夥伴，」她笑著說。「或者是他們對於不跟我們合作的後果感到害怕。不管怎樣，他們同意按照我們的規格要求，設計特製版感測器。」

「現在，我們每星期都會接到上千張引擎感測器訂單，我們要使出全力才能滿足顧客需求。」她繼續說：「我很高興我們對獨角鯨資料庫和黑豹資料平台的投入有了回報。所有的試點感測器將資料傳送到資料平台中，提供我們的資料科學家和產品團隊進行分析。」

瑪姬謝過香儂的分享，然後說：「令人驚訝的是，我們引入了一個全新的客群。我們發現，許多客戶是車隊經理和提供共享乘車服務的個人司機，汽車正常行駛決定了他們的生計。我們確信，我們可以在許多方面幫助這些顧客！」

「還有另一個驚喜，許多客戶在自家用的車上也安裝了我們的感測器，大多數車輛是電動車。這些顧客非常精通技術，很喜歡我們提供的資訊。他們喜歡歷史資料和地圖對照。這個客群的人口統計屬性非常吸引人，可以為公司帶來許多新的商機，包括各種加購式訂閱制服務。」

「事實上，我們進行了一場嘗試，當檢測到車子胎壓過低時，我們會聯繫車主，」她說。「我們發現許多 Tesla 車主連續好幾星期都在低胎

壓的情況下行駛車輛。我們推出一個實驗性的服務，那就是派人去幫車主補充機油，幫輪胎充氣，結果我們都被這服務的高轉換率嚇到了。」

「這是一個對價格不太敏感的市場，」她笑著說。「我們確認過，我們可以收取更高的費用。我認為我們還能為這些客戶解決許多其他問題，同時帶來極高利潤。」

瑪姬發表了一個新的計畫，採用機器學習演算法分析門市攝影機畫面，偵測並辨識顧客足跡。他們發現了店內走道末端的特定商品陳列方式能夠顯著地吸引注意力，顧客停留時間比正常情況下高出許多，這意味著他們可以銷售更多產品、訂定更高價格，甚至創造新的周邊產品。他們還發現某些門市的排隊放棄率異常地高，顧客發現排隊等待的時間太長，所以選擇直接離開。他們發現，為這些門市增加員工的回報是更加豐厚的銷售業績。

另一個商店試點活動是，當安裝了應用程式的高價值顧客光臨門市，系統就會自動通知門市經理。這些門市經理非常喜歡這項通知服務，能夠輔助他們老練的判斷力，共同確保顧客感到滿意。假如顧客並未下載該應用程式，門市經理則會在顧客出示會員卡或刷卡時得到通知。顧客們已經注意到這項新的銷售策略，並且表示肯定。

接下來，黛布菈向眾人分享了關於四小時零件交付服務令人欣喜的進展。當黛布菈結束分享的時候，她說：「抱歉，還有最後一個故事想和大家分享。上一次我徵求如何在新市場中更快速找到快遞員的點子。有人注意到，我們目前的快遞員有九成也是引擎感測器的客戶。因此，在我們最新的試點市場中，我們嘗試向該地區中使用引擎感測器，同時是職業司機的用戶傳送徵才訊息。反應非常熱烈，我們在一週內就得到了充足人力。這創造了不可思議的競爭優勢，我們要感謝提議這麼做的達林‧德瓦拉傑！」

史蒂夫謝過黛布菈，補充道：「記住，我們業務的基礎建立在客戶的信任上。我們已經向顧客許下承諾，要保護他們的個資、捍衛他們的隱私。我要感謝香儂‧寇曼建立了黑豹平台，讓我們能夠將資料轉化為獨特的競爭優勢，同時為客戶妥善保護資料。」

梅克辛露出笑容。她知道,如果沒有香儂當初的提議,這一切都不可能實現。人們說:「資料就是新的石油」,而這只是他們讓整個公司從資料中開採價值的眾多方法之一。

透過資料的民主化,他們讓任何有需要的人都能取得資料。他們可能有去中心化的團隊,但他們可以獲得遍及整個公司的大量專業知識。這種學習和分享的組織動態,顯然極其有效地放大了無極限零件公司最具戰略意義的計畫成果。**埃瑞克一定會引以為豪**,她想。

從引擎感測器專案振奮人心的激情中抽離,梅克辛出去散散步。毫無疑問,這項專案戰績輝煌,取得了空前的成功。最近一星期感測器的銷售業績突破一萬台,還有傳言說他們的行動應用程式獲得了互動式設計大獎的提名。

梅克辛和她的團隊樂在工作,但他們需要更多幫助。他們開始遊說瑪姬,爭取五位工程師名額,加速實現產品路線圖上所有令人期待的點子。

梅克辛臨時起意,決定去資料中心看看。她四處看看,對過去五個月以來的變化感到嘖嘖稱奇。

此前,每一面牆上被伺服器佔據,從地面到天花板放眼望去都是十九英吋高的貨架。現在,眼前有一百英尺長、五十英尺寬的空曠區域,貨架全被運走了。

地板上一片片紙膠帶和紙質墓碑,紀念曾經駐留在這些伺服器上的業務系統。

「電子郵件伺服器:每年節省 163,000 美元。」

「服務中心:每年節省 109,000 美元。」

「HR 系統:每年節省 188,000 美元。」

這裡有將近三十個墓碑，附近牆面上有個標誌寫著：「貨架葬禮：超過十噸的廢棄設備被移除和回收……截至目前……願它們安息。」上面的「十」被劃掉，取而代之的是手寫的「十三」。

告示牌上還有貼了那些被移除的設備照片。看見照片上 Kumquat 伺服器被砸個稀爛，梅克辛還是忍不住笑出來。

梅克辛知道，今年晚些時候，MRP 系統的很大一部分將被替換成由外部廠商支援的商用系統，她正在幫助前上司葛倫讓 MRP 系統也順利退役。葛倫在一個製造業貿易組織的報導中宣示，他的最新目標是打造「世界上最好的製造業供應鏈。」他說：「我們掉出前十名讓我非常生氣。給我三年時間，在你和史蒂夫的支持之下，我們一定會成為業界最羨慕的對象。」

他們終於要將二十個不同的倉儲管理系統整合成一個系統。他們最終會將資料遷移到最新版本的 ERP 系統。幾乎所有客製化內容都將改由廠商提供，除非某些特定內容具備競爭優勢，例如某些關鍵的 MRP 模組 —— 任何客製化內容都將獨立於 ERP 系統之外，透過另外的應用程序來建置。

想要達成葛倫這個雄心勃勃的目標，顯然需要招募更多頂尖工程師，而他無需多費心思就能獲得預算 —— 所有人知道這項努力將會幫助無極限零件公司在未來幾十年的發展。

他們還得到了另一項驚喜。他們用了一種叫做「沃德利地圖」的技法，定位價值鏈中哪些部分已經商品化、哪些部分應該外包、哪些部分需要採購，以及哪些部分因為創造了持久的競爭優勢，應該持續保留在公司內部。他們利用這個練習有條不紊地部署了符合業務情境的技術堆疊。

在這個過程中，他們發現了緊挨著 MRP 系統的另一個技術瑰寶：一個事件匯流排，從他們的製造工廠中擷取所有設備感測器資料，這個事件匯流排系統在多年間一直完美運行。

梅克辛剛發現這個技術推疊的時候,她簡直不敢相信自己的眼睛——這正是香儂第一次提議發展黑豹平台時想要的能力,但礙於時間壓力不得不排除在開發範圍之外的能力。雖然梅克辛因為沒有早點想起這系統而感到自責,但她知道該怎麼做了。

這個事件匯流排,現在是殺人鯨專案的核心系統,作為一個龐大架構變更的基礎,最終,它將涉及全公司幾乎所有的 API 和後端服務。梅克辛知道,這將是公司最重要的技術創新計畫,因為它會解決困擾了她超過一年的問題。在獨角獸專案的首次小型發布上,運送選項服務搞崩了整個訂單漏斗。那也不過是當顧客查看產品供應狀況時觸動的 23 個 API 呼叫的其中之一。

即便過了一年,這個問題依舊沒有解決。將這 23 個 API 全部提升為第一層服務的代價太高了——服務級別協議規定系統上線率不得少於99.999%,要保證在 10 毫秒內響應,以及其他各種耗費大筆金錢的事情。

一直困擾著她的問題是,為什麼首先需要 23 個 API 呼叫?為什麼它們必須在幾毫秒內做出響應?為什麼運行這些 API 的成本如此高昂?畢竟,運輸和遞送選項並不是每毫秒都在變化——它們的變動頻率是每月一次。產品類別每季才改一次。產品介紹和圖片幾個星期才會變一次。

許多人認為使用快取資料就能解決問題。但對梅克辛來說,函式程式設計和狀態不變性,展示了一個更優雅,甚至更完美的解決方案。如果他們能夠將這些 API 的資訊請求,轉化為隨著輸入值發生變化而重新運算的值,那麼他們就能將 API 呼叫的數量從 23 個一口氣減少到……只需 1 個。

梅克辛向人們解釋這種事件擷取模式時,她永遠不會看膩人們恍然大悟的表情,「不再是呼叫 23 個 API 來告訴顧客他們的訂單何時送達,」她要求他們先設想這個情境。「這就像長在樹上的葉子一樣,這些葉子傳送資料,最終傳到樹幹中。一個服務只關注產品,另一個服務只知道郵政編號或倉儲地址。另一項服務將這些資料結合起來,描述在每個倉庫中有什麼產品庫存。又一項服務將這個資訊結合配送選

項，告訴客戶他們可以在多久之內收到產品。所有資訊最終會儲存為一個專門的鍵－值對。」

「終於不再需要同時呼叫 23 個 API，還要求它們快速響應。與之相反，現在我們只需要 1 個 API 呼叫取用產品 ID 和郵遞區號，然後傳回遞送選項和預計送貨時間，不再需要運算任何東西。」最後她會說：「我們每年能省下數百萬美元！」

不過一切才剛開始，這只是殺人鯨系統即將創造的價值的一小部分，梅克辛愉快地想。這將會大大簡化他們已經忍受了幾十年的混亂局面，他們將會為顧客訂單、產品供應狀況、客戶酬賓計畫、維修廠工作調度……所有的一切，帶來嶄新的格局。

它將以上這些服務相互分離，允許團隊獨立地進行變更，不再需要依賴整個資料中心團隊來實施他們的業務規則變更。如果進展順利，梅克辛會確保一切順利，殺人鯨系統將會取代資料中心和遍佈全公司的所有點對點 API 呼叫。

它會讓遍及整個企業的資料追蹤和狀態追蹤變得更簡單、更安全、更具組織韌性、更容易理解、運行成本更低、交付速度更快……這個系統將會實現更出色的業務成果，更快樂的利益相關人，和更快樂的工程師。

這不是小打小鬧的函式程式設計原則──它廣泛適用於整個企業的組織和架構模式。他們的技術前景將會越來越像科技巨頭，實現目前難以想見的敏捷性。她想不出還有什麼更能體現第一個理念：區域性和簡潔性。她確信這系統將會創造無可匹敵的競爭優勢，儘管她還不知道具體發展會是如何──任何不採取這類策略的公司終將無可避免地走向頹路。這將會成為她職業生涯裡最大的勝利和成就。

想到她目前完成的一切，以及指日可待的勝利，梅克辛再次環顧資料中心，這兒比她上次來時還要更加空蕩。

她仍舊很難相信自從她被流放到鳳凰專案之後一路走來的經歷。當時，她唯一想完成的就是在筆電上裝好一個鳳凰專案的軟體佈建版本。即便是這麼簡單的任務，那時的她彷彿面對了完全無法克服的逆境，即使她擁有豐富經驗和出色技能，無數障礙仍舊令人窒息。

在庫爾特開口邀請她加入反抗軍之前，她幾乎就要繳械投降了。反抗軍尋求她的幫助，解放死死困住開發人員的那些障礙，讓他們恢復生產力，完成份內任務。他們是一支看似瘋狂的奮勇孤軍，試圖推翻古老而強大的秩序……儘管困難重重，他們一路披荊斬棘，最後終於成功了。

他們起初是一群被困在機艙裡的紅衫軍。後來，志同道合的中階軍官勇敢加入，向他們伸出援手。幾經波折後，他們發現自己竟然和艦橋領袖攜手合作，並肩作戰，為了集體的生存力挽狂瀾。他們甚至被捲入了星際艦隊司令部的政治鬥爭中，這些人想拆掉他們的船艦，分成一個個零件論斤秤兩地賣。

梅克辛笑了出來。她想著一路以來她學習到了多少，好幾次她想放棄的時候，五大理念又是如何為她提供指引，重振精神去戰鬥，還想到了這些戰鬥有多麼重要。假如沒有一個團隊支撐著她，全心支持她去追求卓越，那麼這一切都不可能實現。

她盯著運行 MRP 系統的伺服器，她用了六年時間建造呵護的 MRP 系統。她想著今年晚些時候，她就會站在停車場前慶祝 MRP 系統的遷移作業大功告成，告訴每個人她有多麼驕傲，MRP 系統完美地完成使命，現在它們能夠光榮退休。

史蒂夫會說幾句話，然後韋斯會將大鐵鎚遞給她。

想到這一幕，梅克辛愉悅地笑著，信步回到她的辦公室。

尾聲

一年後

梅克辛走出員工大會的大禮堂。史蒂夫和瑪姬分享了公司難以置信的佳績與成就。無極限零件公司不斷成長，躋身業內最具創新前景的公司之一。

史蒂夫再次重回董事長一職，他感謝鮑勃‧斯特勞斯對公司的貢獻。

公司內部的技術組織規模幾乎比她被流放到鳳凰專案時多了一倍。無極限零件公司的工程師去參加幾乎科技論壇或研討會時都會受邀發表成果，這讓梅克辛非常自豪。當然，他們也讓所有人知道公司正在廣招人才。

每一個業務單位都迫切需要更多的工程師。梅克辛工時的三分之一時間都用來尋覓人才或進行面試。他們已經招攬了所有開車可達距離內的優秀工程師，所以他們現在開始招募遠距工作的工程師，並且積極地到每一所大學徵才。

他們甚至發現，意外能夠吸引優秀人才的一種方式是梅克辛和團隊創造的各式各樣無極限零件公司開源專案。效仿那些科技巨頭，他們決定公開各種無法創造競爭優勢的技術，現在，許多技術逐漸成為行業標準。對嚮往成為工程師的人們來說，和創造這些技術的人一起工作的黃金機會有著極致的吸引力。

多虧了梅克辛沒完沒了、不辭辛勞的多方遊說，TEP 和 LARB 都被解散了。她的桌上有一張證書驕傲地寫著：「梅克辛‧錢伯斯廢除 TEP-LARB 有功，特頒此終身成就獎」，上面還有所有反抗軍成員的簽名。

引擎感測器專案獲得了空前的成功，是公司成長最快的業務。截至目前已售出將近二十萬個感測器，帶來兩千五百萬美元的銷售收入。

引擎感測器是上一個聖誕購物季的意外亮點。儘管他們做好了充足準備，公司的庫存還是遠遠不夠。這些引擎感測器不僅在門市裡銷售一空，就連電商網站上也秒速售罄。儘管他們在去年年初就開始大規模生產，試圖趕上假期銷售潮，但依舊難以滿足龐大的產品需求，要等上三個月才有辦法出貨。

不過，是他們的行動 app 讓一切變得不同凡響。人們購買引擎感測器的動機是因為他們非常喜歡這個應用程式。他們迎來了全新客群，許多門市經理告訴她，這是他們第一次看到有這麼多二十幾歲的年輕顧客來到無極限零件商店。

瑪姬相信，汽車租賃的車隊經理以及二手車輛的翻修機構，將會形成一個全新市場，帶來龐大商機。他們甚至在探索如何將客戶中提供到府維修服務的技工，和汽車製造商攜手合作，幫助車廠解決他們的迫切問題：積壓已久的車輛安全召回檢查，他們將這個專案稱呼為「Uber 版車輛維修服務」。

大受好評的無極限零件公司行動應用程式贏得了美國最具代表性和影響力的公司所頒發的一系列產業互動式設計大獎，讓整個團隊深以為傲。再加上精心規劃的商品折扣計算，每台引擎感測器帶來的利潤極高。梅克辛是秘密團隊的一員，他們正為了收購感測器廠商進行積極談判，進一步提高利潤率。她確信向擁有感測器的人們推出訂閱制服務商機無限。所有人都同意，幾年後業績可能上看一億美元。

比爾被指派主導收購談判一事。如果併購成功，這家感測器的創辦人能夠發家致富，但前提是他們要留在無極限零件公司繼續工作三年。

梅克辛很樂意與他們一起共事，共創無極限零件公司的繁榮未來。他們應該也對這個併購條件樂觀其成，因為如果不是香儂、布倫特、德威和梅克辛為他們的感測器量身打造了讓人眼睛一亮的軟體功能，他們大概還會窩在車庫裡創業。

其中一人對她說：「是你們幫助我們實現夢想。那正是我們創造引擎感測器的核心初衷，但是我們缺了軟體設計能力讓它變得更加成功。」這話讓她開心了一整天。

儘管這次企業併購將花費無極限零件公司數千萬美元，史蒂夫仍堅信這筆開銷非常值得，因為這將進一步強化無極限零件公司的核心能力，為整個行業設定發展方向。迪克回報說，就連一些保守多疑的華爾街分析師也認為這是一個利多的舉措。

相比之下，梅克辛想起了四小時零件交付團隊。正如黛布菈的預測，無極限零件公司比那個初出茅廬的新創企業擁有更具壓倒性的競爭優勢，他們有充足資源，也更瞭解市場需求，和維修廠已經存在良好的商業關係，他們還願意投入任何必要的資金來獲得勝利。而那個新創企業的資金已經快燒光了。

黛布菈和她的團隊為公司賺進了一千萬美元的銷售收入，而且業績成長沒有放緩的跡象。整個直銷團隊都被指派推銷這項新型服務，這也很快地成為他們最喜歡銷售的產品。他們的客戶非常喜歡這項服務，以至於他們向無極限零件公司的零件訂單量飆速增長。

梅克辛建議瑪姬將這個四小時零件交付服務服務提升到第二層面業務。她正與比爾以及其他高層研究應該交給哪個組織負責，而維修廠直銷部門是最符合邏輯的不二選擇。她認為這個部門是該服務的歸屬之地，有著最在乎服務成敗，並且願意為它提供資金的人們。技術需要確實地嵌入業務中，而不是和業務保持距離，或僅僅和業務「保持一致」。

幾星期之前，梅克辛聽說這個敗下陣腳的新創企業找上史蒂夫，想試探他是否有興趣收購。史蒂夫委託比爾進行盡職調查。一星期後，比爾認為這個收購提議不甚理想，予以婉拒。簡單來說，無極限零件公司已經複製甚至超越了他們所有的智慧財產權、專有技術和軟體能力。

「有傳言說，他們正被一些投資銀行四處兜售，」比爾笑著說。「我敢肯定，他們會去接洽我們所有的競爭對手，看看他們會不會上鉤，也想刺激我們重新考慮。但鑒於我們已經在市場上獲得勝利，我倒是蠻懷疑他們這些舉動能否造成實質威脅。」

這正是一年半前莎拉試圖對無極限零件公司做的事情。在那些黑暗無邊的日子裡，莎拉試圖拆分公司，分散出售，而梅克辛和她的團隊四處奔走，努力湊齊一千五百萬美元來資助創新計畫。

他們又一次聚在碼頭酒吧裡。酒吧後方新開了一片露天用餐區，由反抗軍全盤佔領，盡情享受六月的仲夏夜晚。今天來了將近四十人，包括瑪姬、克爾斯登和各業務單位的負責人。梅客辛很高興今天她的先生也參加聚會。

她很開心和反抗軍成員聚在這裡。隨著幾個月過去，現在再以反抗軍自居似乎有點不合時宜。反抗軍已經獲勝了。

今天稍早，比爾把她拉到一旁，告訴她即將升職。她將為成為公司有史以來第一位傑出工程師（distinguished engineer, DE），直接向比爾匯報。她愛極了她親自撰寫提案的職位描述。除此之外，她的任務是幫助整個公司創造一種追求卓越的技術工程文化。她將為定期和公司高層會面，瞭解他們的目標與願景，並針對如何運用技術實現目制定策略，全力幫助公司在市場中獲得勝利。

更令梅克辛精神為之一振的是，個人貢獻者（Individual Contributor, IC）和優秀的技術專家終於有管理職以外的升遷選項。她要做的不是想出最好的點子，而是為了確保全公司能夠快速、安全、穩妥地孕育出最好的創意，創造最好的產品。她在心裡默默記下，要找到公司裡最優秀的設計師。在參加了為期兩天的互動式設計會議後，她認知到設計這門領域也是讓公司成功的關鍵要素。

庫爾特現在直接向克里斯匯報。有傳言說他很快會升上開發總監，而克里斯正設法盡快退休，到佛羅里達開酒吧。與此同時，克里斯將QA作為獨立業務部門的地位取消，將品質保證任務分配到每一個功能團隊中。營運部門正在迅速轉型，成為平台團隊和內部顧問，新的使命是為開發人員提供他們需要的基礎設施，加入了許多專家幫助他們探索提升開發人員生產力的方法。

IT 服務支援部總監帕蒂現在多了一個迷人的新角色。為了加速將更多的開發人員從脈絡業務轉移到核心業務，她自願管理超過一百五十個應用程序，將它們全部轉換為維護模式，由一群優秀又積極的工程師負責支援，目標是以最低的成本管理這些應用程序，或是完全殺死它們。她也幫忙引擎感測器產品團隊建立了客服功能，而且是由德瑞克支援！

出乎意料的是，這星期早些時候，梅克辛終於履行了和莎拉的午餐之約，還是莎拉開口邀請她的。這場午餐完全顛覆了梅克辛的想像，儘管一開始戰戰兢兢，但她很樂在其中，甚至還學到了新的東西。梅克辛認為她和莎拉可能還萌生了一種理解彼此、互相尊重的情感。也許吧。他們約好要再見面。

當她再也忍受不了腦海中歷歷在目的情景時，她站起身來舉起酒杯。「謝謝大家今晚賞光。我們有很多要慶祝的事情。身為反抗軍，我們結謀起義，為了對抗古老、強大、不公不義的秩序！我們排除萬難，成功推翻舊的帝國！」梅克辛向眾人大聲喊道。

所有人雀躍地歡呼，其中有人大喊：「梅克辛！恭喜你升職！」她舉起雙臂以示勝利，然後坐了下來。

「確實，還有很長的路要走，梅克辛，」埃瑞克說。「像你們這種規模龐大、組織複雜的大公司，就像正要覺醒的巨人。你們推出的引擎感測器，創造了一個高達三億美元商機的龐大市場。僅僅一年，你們就佔領了將近 10%，這是非常驚人的數字。試問，有哪一家新創公司能在一年內就搶佔三億美元商機的一成？如果真有一家新創公司辦到了，各大商業財經雜誌封面應該都被他們佔據了。貨真價實的獨角獸公司。」

「這肯定就是新經濟型態的本質。使用者體驗的破壞式創新，不再只是科技巨頭的獨家權利，不是 Facebook、Apple、Amazon、Netflix 或 Google 這些高科技公司才能完成的不可能任務。」埃瑞克繼續說。「相反地，任何想要扭轉市場局面，帶來全新風氣的組織都有機會讓使用者體驗煥然一新。有誰能比得上已經深耕幾十年客戶關係，願意持續投入創新動力，繼續提升顧客利益的組織？」

「像無極限零件公司這樣的企業，坐擁龐大客群和供應鏈，對每個客群、各年齡層的顧客需求瞭若指掌。與新創企業相比，大公司擁有更充足的資源和專業知識。我們需要的是持續專注和居安思危的企業文化，以及價值創造流程的現代管理方法學。」

「證據就是，看看華爾街對於這家公司的評價，」埃瑞克說。「股價創下歷史新高，和你加入反抗軍的時候相比，上漲了 2.5 倍。無極限零件公司現在的估值是銷售收入的 6 倍，幾乎是過去估值的整整 4 倍。在實體零售商店業者中，無極限零件公司的優異成績令整個零售產業垂涎並津津樂道，不僅在破壞式創新的數位時代裡倖存下來，甚至大獲成功，欣欣向榮。」

「而這僅僅是開始。毫無疑問，我們正處於一個嶄新的開端，這個黃金年代將會孕育未來幾十年的經濟成長，為社會各行各業帶來一片繁榮。」

「我們正處於軟體和資料時代的破曉黎明。史蒂夫和瑪姬正在思考什麼資料對於公司的長期成長有所益處，探索向顧客購買資料的可行方式，甚至考慮直接購入有助於規劃企業戰略的資料，幫助他們做出更好的決策。史蒂夫已經瞭解技術專家是公司最重要的人才資產。這就是為什麼你將升職為傑出工程師。」埃瑞克說：「你知道嗎，史蒂夫甚至在床邊放了一本記錄著公司重要人物的名冊，好讓他即使是在迪士尼樂園的人山人海中，也能叫出這些人的名字。你知道你、庫爾特、布倫特和香儂都在這本書裡嗎？十年前，只有最優秀的工廠經理和門市經理有機會上榜。現在，工程師也被寫進書裡了。」

「偉大的時代就在前方，梅克辛，」他說。

「你說得對極了，埃瑞克。小蝦米對抗不了大鯨魚。」梅克辛說。「想在市場中獲勝，唯有以快勝慢。而堅持創新、持續突破的大公司，幾乎每次都能旗開得勝。獨角獸專案就是最好的證明。」

寄件者：艾倫·沛瑞茲（營運合夥人、韋恩-優科豪馬基金合夥人）

收件者：史蒂夫·馬斯特斯（無極限零件公司 CEO）

副　本：迪克·蘭德里（無極限零件公司 CFO）

日　期：1 月 11 日，下午 4:51

主　旨：小酌一杯嗎？

史蒂夫：

我要首先坦承，一年多前聽到你在董事會上的發言，我當時覺得你瘋了。即使我相信你所說的「員工參與度、顧客滿意度和現金流」是對公司唯一重要的核心要素。

坦白說，我不認為無極限零件公司拿到的是成長模式的企業經營劇本，更別說借助軟體能力來實現成長了。然而你將貴公司一舉提升為我們的投資組合中成長幅度最高的公司。鑑於市場對於一家公司的成長空間給予了更高的期待值（相對於價值和盈利能力而言），貴公司是去年我們的投資組合中表現最優秀的公司之一。

儘管我最初持懷疑態度，但我非常開心你證明我當時看錯了。突然間，我成為我們公司的英雄。我們得到了許多投資機會，其中一些曾經是各自行業中最負盛名的品牌。他們肯定也能從這樣的數位創新專案收穫良多。我想知道，我們要如何幫助這些公司在各自的市場中取勝。

我會到埃爾克哈特格羅夫參加下一次董事會。前一天晚上有時間碰面小酌一下嗎？我很想瞭解你們這一路的學習和經驗，也想知道您的看法，關於如何應用這種組織創新倡議到我們投資組合中其他公司的想法。

到時見！

艾倫

職位描述：傑出工程師

透過以下方式提倡和培養卓越的技術文化：

- 透過輔導、贊助或正式培訓計畫，培養下一代技術領袖。

- 建立並參與專注於資安、效能、網站可靠性等技術領域的跨團隊聯盟。

- 指導建立治理和架構審理的部門，扶植該部門發展，確保公司義務在未來幾年內得以履行。

    - 審查管理層關切的重要議題。

    - 此部門業務包含風險和審計、資訊和電子紀錄，以及體系架構。

    - 為任何尋求方法建議的團隊提供技術支援。

    - 制定措施以維持治理效能，讓部門人員具備實作能力，時刻維持競爭力。

- 成為企業宣傳大使，針對技術領域的受眾，提升公司品牌形象，促進人才招募業務，與頂尖科技公司競爭優秀人才。

- 監督殺人鯨系統的架構、設計和實施作業，此企業級事件擷取平台將會取代資料中心，並確保所有企業服務遵循時程表過渡到此平台。

五大理念

第一個理念： 區域性和簡潔性（Locality and Simplicity）

第二個理念： 專注、流暢和快樂（Focus, Flow, and Joy）

第三個理念： 持續改善日常工作（Improvement of Daily Work）

第四個理念： 心理上的安全感（Psychological Safety）

第五個理念： 以顧客為中心（Customer Focus）

事件時間軸

上方事件（由左至右）：

薪資核算故障；史蒂夫辭去董事長一職；比爾·帕爾默被提拔為 IT 營運部副總經理

梅克辛因薪酬核算被咎責，調派至鳳凰專案

員工大會 / 莎拉宣布發布鳳凰專案 / 梅克辛遇見庫爾特

鳳凰專案明日正式發布 / 恐慌蔓延 / 梅克辛到碼頭酒吧加入反抗軍

鳳凰專案發布惡夢開始

莎拉下令未經核准不可做出新的程式碼變更

鳳凰系統終於穩定 / 克爾斯登加入反抗軍 / 埃瑞克介紹五大理念

庫爾特成為資料中心團隊的新任經理 / 梅克辛和怪人戴夫加入他的團隊 / 出現「功能凍結」的傳言

測試日

繼續測試 / 梅克辛進入營運部的「比扎羅世界」/ 梅克辛生病

梅克辛發現資料中心是組織瓶頸

資料中心終於擁有可用的開發環境，可以佈建和測試程式碼 / 必須取得 TEP-LARB 核准才能獨立推送程式碼到生產環境

反抗軍決定將開發人員和 QA 人員放在一起

部署作業是資料中心團隊的新瓶頸

和瑪姬·李見面

資料中心無說服 LARB 他們直接部到生產環境反抗軍說服里斯放手讓們去做

時間軸： 9/2 — 9/12 — 10/1 — 10/16 ▶

下方事件（由左至右）：

第三季內部稽核

莎拉開始反對比爾 / 布倫特被認為是問題所在 / 鳳凰專案將在一星期後發布

薪資核算故障；史蒂夫辭去董事長一職；比爾·帕爾默被提拔為 IT 營運部副總經理

比爾發現營運部門有過多專案 / 舉行 CAB 會議試圖變更系統 / 比爾遇見埃瑞克，他提到了三步工作法和四種工作類型。

嚴重層級第一級事故，信用卡處理系統故障 / 布倫特解決了問題，但比爾推論是布倫特本人造成該問題 / 比爾告訴帕蒂每兩週進行預防性演練。

比爾試圖說服史蒂夫，發布鳳凰專案是個壞主意 / CAB 會議建立了一個更結構化的變更管理系統 / 每週實施 CAB 例行會議

鳳凰專案發布惡夢開始

比爾決定改變布倫特的工作方式：他必須記下所有事情，並且避免做出小的修復 / 舉行 CAB 會議，他們決定再次調整流程

史蒂夫給出了九十天期限來修復鳳凰專案，否則將外包整個 IT 部門

鳳凰專案的發布惡夢仍在上演 / PCI 稽核人員來到公司，比爾無力應對

比爾和史蒂夫就鳳凰專案產生意見分歧 / 比爾要史蒂夫等著他明早的辭職信

比爾同意回來工作九十天

功能凍結開始

功能凍結計畫將為期一週，專注修復鳳凰專案

約翰消失了 / 比爾開始監控專案 / 帕蒂建立看板告示 / 逐步收尾功能凍結計畫

布倫特在鳳凰專案的工作進度遲了一星期 / 比爾畫了一張等待時間表

比爾在錘子頭酒吧碰上約翰 / 約翰說他準備辭職

黑五活動發布

產品管理成為新的瓶頸

瑪姬將產品經理調至資料中心團隊

資料中心團隊首次獨立推送變更至生產環境

對事不對人的事後回顧 / 資料中心團隊和促銷團隊合作

梅克辛參加門市培訓

取名為獨角獸專案 / 員工大會

黑豹專案啟動

獨角獸專案 Demo 日

創新計畫成立

刪減兩億美元預算

創新計畫提案大會 / 瑪姬調任，庫爾特留職停薪

莎拉離任 / 庫爾特復職 / 員工大會

無極限零件公司再次成為行業領袖 / 梅克辛升任傑出工程師 / 反抗軍贏得勝利！

———— 11/3 ———————— 11/10 ———————————— 11/28 —— 12/16 —— Jan — Apr ————

史蒂夫邀請比爾成為 COO，接受三年培訓計畫 / 獨角獸團隊受邀參加史蒂夫家的派對 / 埃瑞克鼓勵比爾創作 The DevOps Handbook

獨角獸專案繼續大獲成功

嚴重層級第一級事件 / 無極限零件公司的網站瀏覽人次過多，癱瘓了電子商務系統

莎拉同意公司應該拆分 / 埃瑞克建議比爾，IT 部門每天應該部署兩次 / SWAT 團隊啟動，繪製價值流程圖 / 部署管線圖

獨角獸專案首次迷你發布成功，允許執行感恩節促銷活動 / 稽核人員滿意新的變更控制流程

鳳凰專案部署 / 發現問題出在莎拉逼迫布倫特做出的程式碼變更

獨角獸專案 Demo / 提議 1% 迷你發布

莎拉無視功能凍結

布倫特回歸

和迪克開會時，比爾請求三週時間釐清 IT 部門帶來的所有業務風險

取名為獨角獸專案 / 布倫特因莎拉的秘密任務而消失

比爾和帕蒂與瑪姬·李會面 / 鳳凰專案顯然無法解決理應修復的資料品質問題

參考資料

《獨角獸專案》一書深受許多著作啟發。依筆者淺見，下列佳作涵蓋豐富知識，在創作本書時獲益匪淺。

Accelerate: The Science of Lean Software and DevOps: Building and Scaling High Performing Technology Organizations by Nicole Forsgren, PhD, Jez Humble, and Gene Kim (IT Revolution, 2018).

The Goal: A Process of Ongoing Improvement by Eliyahu M. Goldratt and Jeff Cox (North River Press, 1984).

The High-Velocity Edge: How Market Leaders Leverage Operational Excellence to Beat the Competition by Steven J. Spear (McGraw Hill, 2010).

The Principles of Product Development Flow: Second Generation Lean Product Development by Donald G. Reinertsen (Celeritas, 2009).

Project to Product: How to Survive and Thrive in the Age of Digital Disruption with the Flow Framework by Mik Kersten (IT Revolution, 2018).

A Seat at The Table: IT Leadership in the Age of Agility by Mark Schwartz (IT Revolution, 2017).

Team of Teams: New Rules of Engagement for a Complex World by Gen. Stanley McChrystal with Tantum Collins, David Silverman, and Chris Fussell (Portfolio, 2015).

Technological Revolutions and Financial Capital: The Dynamics of Bubbles and Golden Ages by Carlota Perez (Edward Elgar Pub, 2003).

Transforming NOKIA: The Power of Paranoid Optimism to Lead Through Colossal Change by Risto Siilasmaa (McGraw-Hill, 2018).

這些年來，我也受到許多名師講座、公開演講、影片、文章啟發，和仰慕已久的名師人物的通信聯繫也給予我許多靈感。我將這些直接影響本書創作靈感的元素，按照出現於《獨角獸專案》的順序列於下方。

第 2 章

"Fireside Chat with Compuware CEO Chris O'Malley," YouTube video, posted by IT Revolution, from DevOps Enterprise Summit Las Vegas 2018, https://www.youtube.com/watch?v=r3H1E2lY_ig

第 3 章

Zachary Tellman, *Elements of Clojure* (LuLu.com, 2019).

第 6 章

"The PMO is Dead, Long Live the PMO - Barclays," YouTube video, posted by IT Revolution, from DevOps Enterprise Summit London 2018, https://www.youtube.com/watch?v=R-fol1vkPlM

"Better Value Sooner Safer Happier - Jon Smart," YouTube video, posted by IT Revolution, from DevOps Enterprise Summit London 2019, https://www.youtube.com/watch?v=ZKrhdyjGoM8

第 7 章

Rich Hickey, "Simple Made Easy," *InfoQ*, recorded at QCon London 2012, posted June 20, 2012, https://www.infoq.com/presentations Simple-Made-Easy-QCon-London-2012/

Nicole Forsgren, PhD, Jez Humble, and Gene Kim, *Accelerate: The Science of Lean Software and DevOps: Building and Scaling High Performing Technology Organizations* by Nicole Forsgren, PhD, Jez Humble, and Gene Kim (IT Revolution, 2018).

Ward Cunningham, "Ward Explains Debt Metaphor," wiki.c2.com, last edited January 22, 2011, http://c2.com/cgi/wiki?WardExplainsDebtMetaphor

第 8 章

"What people think programming is vs. how it actually is," YouTube video, posted by Jombo, February 22, 2018, https://www.youtube.com watch?v=HluANRwPyNo&feature=youtu.be

Ryan Naraine, "10 Years Since the Bill Gates Security Memo: A Personal Journey," ZDNet, January 13, 2012, https://www.zdnet.com article/10-years-since-the-bill-gates-security-memo-a-personal-journey/

Bill Gates, "Bill Gates: Trustworthy Computing," *Wired*, January 17, 2012, https://www.wired.com/2002/01/bill-gates-trustworthy-computing/

Risto Siilasmaa, *Transforming NOKIA: The Power of Paranoid Optimism to Lead Through Colossal Change* (McGraw-Hill, 2018) Kindle, 49.

John Cutler (@johncutlefish), "Case in point (from actual org) * In 2015 reference feature took 15-30d. * In 2018 same (class of) feature took 150-300d primarily bc of 1) tech debt, and 2) fast track silver bullets to drive success theater and/or acquisitions (for same effect) Cc: @realgenekim @mik_kersten" Twitter, September 29, 2018.

John Allspaw, "How Your Systems Keep Running Day After Day – John Allspaw," YouTube video, posted by ITRevolution, from the DevOps Enterprise Summit Las Vegas, 2017, https://www.youtube.com/watch?v=xA5U85LSk0M

Charles Duhigg, "What Google Learned From Its Quest to Build the Perfect Team," *New York Times*, February 25, 2016, https://www.nytimes.com/2016/02/28/magazine/what-google-learned-from-its-quest-to-build-the-perfect-team.html?smid=pl-share.

"Guide: Understand Team Effectiveness," ReWork, accessed August 21, 2019, https://rework.withgoogle.com/print/guides/5721312655835136/

Team of Teams: New Rules of Engagement for a Complex World by Gen. Stanley McChrystal with Tantum Collins, David Silverman, and Chris Fussell (Portfolio, 2015).

"Quote by W. Edwards Deming," The W. Edwards Deming Institute, February 1993, https://quotes.deming.org/authors/W._Edwards_Deming/quote/10091

The Principles of Product Development Flow: Second Generation Lean Product Development by Donald G. Reinertsen (Celeritas, 2009).

The High-Velocity Edge: How Market Leaders Leverage Operational Excellence to Beat the Competition by Steven J. Spear (McGraw Hill, 2010).

"Convergence of Safety Culture and Lean: Lessons from the Leaders," YouTube video, posted by IT Revolution, from DevOps Enterprise Summit San Francisco 2017, https://www.youtube.com/watch?v=CFMJ3V4VakA

Jeffrey Snover (@jsnover), "I literally (and yes I do mean literally) wanted to hide under my desk. I knew that they wouldn't be able to tell who did it (downside of DomainOS) so ... making the phonecall was one of the hardest things I've every done." Twitter, November 17, 2017, https://twitter.com/jsnover/status/931632205020913664

"Paul O'Neill of Safety Leadership," YouTube video, posted by Steve Japs, February 7, 2014, https://www.youtube.com/watch?v=0gvOrYuPBEA&t=1467s

"Paul O'Neill The Irreducible Components of Leadership.wmv," YouTube video, posted by ValueCapture, Mar 22, 2012, https://www.youtube.com/watch?v=htLCVqaLBvo.

第 9 章

Bill Sempf (@sempf), "QA Engineer walks into a bar. Order a beer. Orders 0 beers. Orders 999999999 beers. Orders a lizard. Orders -1 beers. Orders a sfdeljknesv." Twitter, September 23, 2014, https://twitter.com/sempf/status/514473420277694465

第 12 章

Mik Kersten, "Project to Product: Thrive in the Age of Digital Disruption with the Flow Framework," YouTube video, posted by IT Revolution, from DevOps Enterprise Summit London 2019, https://www.youtube.com/watch?v=hrjvbTlirnk

第 13 章

John Allspaw, "How Your Systems Keep Running Day after Day – John Allspaw," YouTube video, posted by IT Revolution, from DevOps Enterprise Summit San Francisco 2017, https://www.youtube.com/watch?v=xA5U85LSk0M&t=2s

DD Woods, *STELLA: Report from the SNAFUcatchers Workshop on Coping with Complexity* (Columbus, OH: The Ohio State University, 2017) https://snafucatchers.github.io/

Gene Kim, Jez Humble, Patrick Debois, and John Willis, *The DevOps Handbook: How to Create World-Class Agility, Reliability, and Security in Technology Organizations* (IT Revolution, 2016).

Gene Kim and John Willis, *Beyond The Phoenix Project: The Origins and Evolution of DevOps* (IT Revolution, 2018).

"DOES15 – Courtney Kissler & Jason Josephy – Mindsets and Metrics and Mainframes...Oh My!" YouTube video, posted by DevOps Enterprise Summit, from DevOps Enterprise Summit 2015, https://www.youtube.com/watch?v=88_y1YFsRig

第 14 章

Jeffrey Dean and Sanjar Ghemawat, *MapReduce: Simplified Data Processing on Lage Clusters*, (Google Inc., 2004) https://static.googleusercontent.com/media/research.google.com/en//archive/mapreduce-osdi04.pdf.

Christoper Bergh, Gil Benghiat, and Eran Strod, *The DataOps Cookbook: Methodologies and Tools that Reduce Analytics Cycle Time While Improving Quality* (DataKitchen, 2019).

"From Startups to Big-Business: Using Functional Programming Techniques to Transform Line of," YouTube video, posted by Microsoft Developer, May 8, 2018, https://www.youtube.com/watch?v=dSCzCaiWgLM.

"Forging a Functional Enterprise: How Thinking Functionally Transforms Line-of-Business Applications," YouTube video, posted by IT Revolution, from DevOps Enterprise Summit London 2019, https://www.youtube.com/watch?v=n5S3hScE6dU&amp=&t=5s.

第 16 章

Stacey Vanek Smith, "Episode 724: Cat Scam," *Planet Money*, NPR, March 13, 2019, https://www.npr.org/sections/money/2019/03/13/703014256/episode-724-cat-scam.

"Digital Transformation: Thriving Through the Transition – Jeffrey Snover, Microsoft," YouTube video, posted by IT Revolution, from DevOps Enterprise Summit London 2018, https://www.youtube.com/watch?v=nKyF8fzed0w&feature=youtu.be.

"Zone to Win – Organizing to Complete in an Age of Disruption, by Geoffrey Moore," YouTube video, posted by TSIA, November 6, 2017, https://www.youtube.com/watch?v=FsV_cqde7w8.

"GOTO 2016 – Zome to Win – Geoffrey Moore," YouTube video, posted by GOTO Conferences, December 7, 2016, https://www.youtube.com/watch?v=fG4Lndk-PTI&t=391s.

"Digital Transformation: Thriving Through the Transition – Jeffrey Snover, Mircosoft," YouTube video, posted by IT Revolution, from DevOps Enterprise Summit Las Vegas 2018, https://www.youtube.com/watch?v=qHxkcndCQoI&t=1s.

"Discovering Your Way to Greatness: How Fining and Fixing Faults is the Path to Perfection," YouTube video, posted by IT Revolution, from DevOps Enterprise Summit London 2019, https://www.youtube.com/watch?v=h4XMoHhireY.

第 17 章

"DOES14 – Steve Neely – Rally Software," YouTube video, posted by DevOps Enterprise Summit 2014, November 5, 2014, https://www.youtube.com/watch?v=BcvCR5FDvH8.

"Typescript at Google," Neugierig.org, September 1, 2018, http://neugierig.org/software/blog/2018/09/typescript-at-google.html.

第 19 章

Kim, Humble, Debois, and Willis, *The DevOps Handbook*.

"More Culture, More Engineering, Less Duct-Tape (DOES17 US) – CSG International," YouTube video, posted by IT Revolution, from DevOps Enterprise Summit San Francisco 2017, https://www.youtube.com/watch?v=rCKONS4FTX4&t=247s

XI IOT - Facefeed Application Deployment Guide," Nutanix Workshops website, accessed August 20, 2019, https://nutanix.handsonworkshops.com/workshops/e1c32f92-1de8-4642-9d88-31a4159d0431/p/

Compuware (compuwarecorp), "The racks keep leaving and space keeps opening up in our #datacenter, but our #mainframeswill never leave! #alwaysandforever #ibmz #hybridIT #cloudcomputing #cloud" Instragram, September 7, 2018, https://www.instagram.com/p/Bnb8B4iAQun/?utm_source=ig_embed

"Keynote: Crossing the River by Feeling the Stones – Simon Wardley, Researcher, Leading Edge Forum," YouTube video, posted by CNCF [Cloud Native Computing Foundation], May 6, 2018, https://www.youtube.com/watch?v=xlNYYy8pzB4

XI IOT - Facefeed Application Deployment Guide," Nutanix Workshops website, accessed August 20, 2019, https://nutanix.handsonworkshops.com/workshops/e1c32f92-1de8-4642-9d88-31a4159d0431/p/

尾聲

"Open Source is the Best Insurance for the Future: Eddie Satterly Talks About IAG," YouTube video, posted by The New Stack, December 5, 2017, https://www.youtube.com/watch?v=k0rcNAzLzj4&t=2s

"DevOps at Target: Year 3," YouTube video, posted by IT Revolution, from DevOps Enterprise Summit San Francisco 2016, https://www.youtube.com/watch?v=1FMktLCYukQ.

Technological Revolutions and Financial Capital: The Dynamics of Bubbles and Golden Ages by Carlota Perez (Edward Elgar Pub, 2003).

"Risto Siilasmaa on Machine Learning," YouTube video, posted by Nokia, November 11, 2017, https://www.youtube.com/watch?v=KNMy7NCQDgk&t=3721s

碼頭酒吧的原型是 Café Intención，Adidas 公司定期在此聚會討論數位轉型方案，並且向公司高層提案。這些在酒吧裡舉行的會議結果促成了平台團隊的成立。

致謝

感謝我的太太 Margueritte Kim，她的愛和支持是我的工作動力、精神支柱。敬我們的兒子 Reid、Parker 和 Grant。

感謝 Anna Noak、Kate Sage、Leah Brown、Ann Perry 和 IT Revolution 全體團隊，他們在我寫作這本書的所有階段中提供了慷慨幫助——要是你知道他們必須忍受多少事情就好了！

我想感謝以下人士，他們慷慨地付出時間和我分享專業知識——假如沒有他們，這本書不可能有誕生的一天。他們教會了我許多關於汽車零件產業、架構原則、商業和技術領導力、程式設計等寶貴知識！

John Allspaw (Adaptive Capacity Labs)、Josh Atwell (Splunk)、Chris Bergh (Data Kitchen)、Charles Betz (Forrester)、Jason Cox (Disney)、John Cutler (Amplitude)、Stephen Fishman (Salesforce)、Dr. Nicole Forsgren(Google)、Jeff Gallimore (Excella)、Sam Guckenheimer (Microsoft)、Scott Havens (Jet.com/Walmart Labs)、Dr. Rod Johnson (Atomist)、Rob Juncker (Code42)、Dr. Mik Kersten (Tasktop)、Dr. Tom Longstaff (CMU/SEI)、Courtney Kissler (Nike)、Chris O'Malley (Compuware)、Mike Nygard (Sabre) Joe Payne (Code42)、Scott Prugh (CSG)、Mark Schwartz (Amazon)、Dr. Steven Spear (MIT/The High-Velocity Edge), Jeffrey Snover (Microsoft) 以及 John Willis (Botchagalupe Technologies)。

感謝為本書手稿提供寶貴建議的人們：Paul Auclair、Lee Barnett, Fernando Cornago Dominica DeGrandis、Chris Eng、Rob England、Alan Fahrner、David Favelle、Bryan Finster、Dana Finster、Ron Forrester、Dawn Foster、Raj Fowler、Gary Gruver、Ryan Gurney、Tim Hunter、Finbarr Joy、Sam Knutson、Adam Leventhal、Paul Love、Dr. Steve Mayner、Erica Morrison、Steven Murawski、Scott Nasello、Shaun Norris、Dr. Tapabrata Pal、Mark Schwartz、Nate Shimek、Randy Shoup、Scott Stockton、Keith Swett 以 及 Michael Winslow。

感謝這些年來不吝幫助我的人，以及我可能忘記寫上的名字，請接受我最真摯的感謝。如果你想更深入瞭解書中提到的概念，我在參考資料部分列出了相關出處，敬請參閱。

Gene Kim 著作

小說

The Phoenix Project: A Novel About IT, DevOps, and Helping Your Business Win (2013), co-authored with Kevin Behr and George Spafford
（鳳凰專案：看 IT 部門如何讓公司從谷底翻身的傳奇故事）

The Unicorn Project: A Novel about Developers, Digital Disruption, and Thriving in the Age of Data
（獨角獸專案：IT 部門如何引領百年企業振衰起敝，重返榮耀）

非小說

Accelerate: The Science of Lean Software and DevOps: Building and Scaling High Performing Technology Organizations (2018), co-authored with Nicole Forsgren, PhD, and Jez Humble

Beyond The Phoenix Project: The Origin and Evolution of DevOps (Audio) (2018), co-authored with John Willis

The DevOps Handbook: How to Create World-Class Agility, Reliability, & Security in Technology Organizations (2016), co-authored with Jez Humble, Patrick Debois, and John Willis
（DevOps Handbook 中文版：打造世界級技術組織的實踐指南）

Visible Ops Security: Achieving Common Security and IT Operations Objectives in 4 Practical Steps (2008), co-authored with Paul Love and George Spafford

The Visible Ops Handbook: Implementing ITIL in 4 Practical and Auditable Steps (2005), co-authored with Kevin Behr and George Spafford

獨角獸專案｜看 IT 部門如何引領百年企業振衰起敝，重返榮耀

作　　者：Gene Kim
譯　　者：沈佩誼
企劃編輯：莊吳行世
文字編輯：王雅雯
設計裝幀：張寶莉
發 行 人：廖文良

發 行 所：碁峰資訊股份有限公司
地　　址：台北市南港區三重路 66 號 7 樓之 6
電　　話：(02)2788-2408
傳　　真：(02)8192-4433
網　　站：www.gotop.com.tw
書　　號：ACV040700
版　　次：2020 年 11 月初版
　　　　　2022 年 01 月初版二刷
建議售價：NT$480

國家圖書館出版品預行編目資料

獨角獸專案：看 IT 部門如何引領百年企業振衰起敝，重返榮耀 / Gene Kim 原著；沈佩誼譯. -- 初版. --
臺北市：碁峰資訊, 2020.11
　面；　　公分
譯自：The Unicorn Project
　ISBN 978-986-502-665-3(平裝)
874.57　　　　　　　　　　　　　109017174

讀者服務

● 感謝您購買碁峰圖書，如果您對本書的內容或表達上有不清楚的地方或其他建議，請至碁峰網站：「聯絡我們」\「圖書問題」留下您所購買之書籍及問題。(請註明購買書籍之書號及書名，以及問題頁數，以便能儘快為您處理)
http://www.gotop.com.tw

● 售後服務僅限書籍本身內容，若是軟、硬體問題，請您直接與軟體廠商聯絡。

● 若於購買書籍後發現有破損、缺頁、裝訂錯誤之問題，請直接將書寄回更換，並註明您的姓名、連絡電話及地址，將有專人與您連絡補寄商品。